Ketterl / Marx / Meurer (Hgg.)

Mythos – Geschichte – Gegenwart

LITERATUR & GEGENWART

Herausgegeben von
Friedhelm Marx

Band 5

Mythos – Geschichte – Gegenwart

Beiträge zum Werk Michael Köhlmeiers

Herausgegeben von
Simone Ketterl
Friedhelm Marx
Jonas Meurer

Königshausen & Neumann

Gedruckt mit finanzieller Unterstützung der
Fritz Thyssen Stiftung für Wissenschaftsförderung in Köln

Bibliografische Information der Deutschen Nationalbibliothek

Die Deutsche Nationalbibliothek verzeichnet diese Publikation in der Deutschen Nationalbibliografie; detaillierte bibliografische Daten sind im Internet über http://dnb.d-nb.de abrufbar.

Gedruckt auf säurefreiem, alterungsbeständigem Papier
Umschlag: skh-softics / coverart
Umschlagabbildung: © Peter-Andreas Hassiepen, München

Printed in Germany
ISBN 978-3-8260-7453-0
www.koenigshausen-neumann.de
www.ebook.de
www.buchhandel.de
www.buchkatalog.de

Inhalt

Simone Ketterl, Friedhelm Marx und Jonas Meurer

Vorwort

Michael Köhlmeier gehört zu den vielseitigsten Autoren der deutschsprachigen Gegenwartsliteratur. Das Werk des »Natural Born Narrator«[1] kreist, in immer neuen Anläufen und Versuchen, um die elementare Frage nach dem Menschen, nach seinen Ängsten, Leidenschaften, Träumen und inneren Abgründen. Dabei stehen durchweg konkrete, in all ihrer Komplexität gezeichnete, nicht selten von existenziellen Zweifeln geplagte Individuen im Mittelpunkt.

Köhlmeiers Œuvre umfasst Novellen, Fabeln, Märchen, Legenden, Gedichte und Songtexte ebenso wie Schelmen-, Familien-, Gesellschafts- und Dialogromane. Auf keine Gattung, keinen Stil und kein Thema endgültig festzulegen, besticht es vor allem durch die Präzision, Kraft und Virtuosität des Erzählens: Sein Debüt, *Der Peverl-Toni und seine abenteuerliche Reise durch meinen Kopf* (1982), ist ein fantastisch-surrealer Roman, die historischen Imaginationen *Spielplatz der Helden* (1988) und *Zwei Herren am Strand* (2014) erzählen von einer Grönlandexpedition einerseits, über die Freundschaft zwischen Charlie Chaplin und Winston Churchill andererseits. Die autofiktionale *Idylle mit ertrinkendem Hund* (2008) thematisiert kaum verschleiert den Tod der eigenen Tochter und die Trauer um sie. Mit dem Epochenroman *Abendland* (2007), dem Schelmenroman *Die Abenteuer des Joel Spazierer* (2013) und dem Beziehungsroman *Bruder und Schwester Lenobel* (2018) legt Köhlmeier kaleidoskopische Reflexionen über die europäische Geschichte des 20. Jahrhunderts vor. Der Roman *Das Mädchen mit dem Fingerhut* (2016), eine »Parabel auf den Menschen als Flüchtling«[2], wirft elementare ethische Fragen auf, die unseren Umgang mit dem Fremden betreffen.[3]

Geschichten sind für Michael Köhlmeier »Kristallisationskerne[] für Erfahrungen und Imaginationen«[4], seine eigenen Geschichten erzählen immer wieder von der Lebensnotwendigkeit des Erzählens – und betreiben damit literarische Selbst- und Medienreflexion: Die Erzählung *Sunrise* etwa führt die »*gesellige* und die *identitätsbildende* Dimension des Erzäh-

---

1 Klaus Nüchtern, Nackt auf einem Blatt Papier, in: Die Welt vom 18.10.2014.

2 Hubert Winkels, Ohne Sprache unbehaust, in: Die Zeit vom 11.06.2016.

3 Vgl. dazu u.a. Stephanie Waldow, Schreiben als Begegnung mit dem Anderen. Zum Verhältnis von Ethik und Narration in philosophischen und literarischen Texten der Gegenwart, Paderborn 2013.

4 Robert Vellusig, Der Erzähler. Betrachtungen zum Werk Michael Köhlmeiers, in: Michael Köhlmeier, hrsg. von Günther A. Höfler und Dems., Graz 2001, S. 48.

lens«[5] vor Augen, der Roman *Abendland* kontrastiert mündliches und schriftliches Erzählen und problematisiert deren Transformation. Dabei bilden Schuld, Schuldbewusstsein und Verantwortung oftmals den Impuls des Erzählens. Allein die lose miteinander verknüpften Romane um Köhlmeiers »Alter Ego«[6], den Schriftsteller Sebastian Lukasser, spielen ganz unterschiedliche Formen von zwischenmenschlicher Schuldverstrickung und Verantwortung durch. So fragt sich der als Ich-Erzähler fungierende Protagonist sowohl im Jahrhundertepos *Abendland* als auch in der *Coming-of-Age*-Geschichte *Madalyn* (2010), inwieweit man als Individuum für seine Mitmenschen – sei es für den alkoholabhängigen Vater oder die adoleszente Nachbarstochter – verantwortlich ist.

Einer größeren Öffentlichkeit wurde Michael Köhlmeier durch seine freien Nacherzählungen biblischer und europäischer Mythen bekannt, die nach der Relevanz der Überlieferung für die Gegenwart fragen. Dieses leidenschaftliche Interesse an der europäischen Kulturtradition zeigt sich auch in den *Odyssee*-Romanen *Telemach* (1995) und *Kalypso* (1997) oder in *Der Mann, der Verlorenes wiederfindet* (2017), einer Novelle über den Heiligen Antonius von Padua. Neben seinem breiten epischen Werk, das zudem mehrere Bände mit Erzählungen und Kurzprosa umfasst, hat Köhlmeier auch als Autor von Gedichtbänden (*Der Liebhaber bald nach dem Frühstück* [2012] und *Ein Vorbild für die Tiere* [2017]) und als Liedermacher auf sich aufmerksam gemacht. Das Werk des »menschenfreundlichen Philosophen unter den Schriftstellern«[7] wurde in zahlreiche Sprachen übersetzt und mit etlichen renommierten Preisen ausgezeichnet, darunter der Rauriser Literaturpreis, der Johann-Peter-Hebel-Preis, der Anton-Wildgans-Preis, der Marie-Luise-Kaschnitz-Preis und der Literaturpreis der Konrad-Adenauer-Stiftung.

Der vorliegende Band nimmt möglichst viele Aspekte dieses facettenreichen Werks auf. Er versammelt die Beiträge des 2019 im Anschluss an die Bamberger Poetikprofessur Michael Köhlmeiers vom Lehrstuhl für Neuere deutsche Literaturwissenschaft der Otto-Friedrich-Universität Bamberg ausgerichteten Kolloquiums. Der Band zielt auf eine längst überfällige, breit angelegte Bestandsaufnahme, die der Bedeutung Michael Köhlmeiers innerhalb der deutschsprachigen und europäischen Gegenwartsliteratur gerecht wird. Literaturwissenschaftlerinnen und Literaturwissenschaftler aus dem In- und Ausland gehen in ihren Einzelstudien den ästhetischen, erzählerischen, gesellschaftsdiagnostischen und ethischen Aspekten im Werk Michael Köhlmeiers nach.

5 Ebd., S. 49.

6 Carsten Otte, Die Liebe der Seelenverwandten, in: Tagesspiegel vom 16.08.2018.

7 Sandra Kegel, Mörder, die wir lieben. Zu Besuch bei Michael Köhlmeier, in: Frankfurter Allgemeine Zeitung vom 27.01.2013.

Den Anfang macht **Michael Köhlmeier** selbst: Am Beispiel der Grimm'schen Märchen *Das Mädchen ohne Hände* und *Marienkind* beschreibt er in seiner zweiten Bamberger Poetikvorlesung die Härte, die Abgründigkeit, die Bildkraft dieser Gattung, die sein eigenes Werk seit jeher produktiv geprägt hat. Im Märchen sind Kategorien wie Gut und Böse auf so verstörende Weise ineinander verschränkt, dass jede moralische Deutung oder Bewertung ins Leere laufen muss. Stattdessen plädiert er für eine ästhetische Wahrnehmung der Märchen, die auch in ihren grausamsten Bildern nicht auf unsere wache Wirklichkeit verweisen, sondern auf das Nebeltal unserer Träume.

Leonhard Herrmann zeigt in seinem Beitrag *Vom Leben erzählen. Selbstreflexion, Geschichtlichkeit und die Idee des ›Abendlands‹ bei Michael Köhlmeier* am Beispiel des Romans *Abendland*, dass Erzählen für Köhlmeier immer zweierlei bedeutet: das Entfalten einer Geschichte und die Reflexion über die Motive, Wurzeln und Antriebe, die Formen und Verfahren des Erzählens. Diese erzählerische Selbstreflexion besitzt dabei gleichermaßen eine historiografische und autobiografische Basis: Bedingung des Erzählens von Geschichte ist hier das sukzessive Freilegen der eigenen historischen Bedingtheit. Das Ergebnis dieser narrativen Reflexionsarbeit ist die spezifische Form von *Abendland*, die das titelgebende ›Abendland‹ bei aller Verwurzelung in der (auch individuellen) Geschichte als unabgeschlossenen, zukunftsoffenen Möglichkeitsraum kennzeichnet.

Dass in Michael Köhlmeiers Romanen die Figuren Beziehungen eingehen, die oftmals eine besondere Intensität oder aber auch eine besondere Konstellation aufweisen, zeigt **Iris Hermann**s Beitrag über *Beziehungsweise(n) in den Romanen ›Abendland‹ und ›Bruder und Schwester Lenobel‹ von Michael Köhlmeier.* Das gilt ihrer Beobachtung zufolge in erhöhtem Maße im Roman *Bruder und Schwester Lenobel*, dessen Handlung sich auf Grundlage eines überaus facettenreichen Beziehungsgeflechts entfaltet. Im zweiten Teil des Beitrags wird die »Jüdischkeit« der Figuren und ihre Relevanz für den gesamten Roman untersucht. Deutlich wird dabei, dass vieles, was als stabil angesehen wird, nur vorläufig ist, was für die Beziehungen im Text ebenso wie für die religiöse Gesinnung der Figuren gilt.

Ebenfalls *Abendland* – mit Blick auf die darin vertretenen, vermeintlich genuin europäischen, durchaus ambivalenten ›Exporte‹ Ratio, Christentum und Wissenschaft, sowie das Weltbürgertum des Protagonisten –, *Bruder und Schwester Lenobel*, aber auch *Abenteuer des Joel Spazierer* rückt **Corina Erk** in den Fokus, deren Aufsatz sich um *Europa im Werk Michael Köhlmeiers* dreht. Alle drei Romane bedienen sich eines panoramaartigen Erzählverfahrens, um die europäische Geschichte des 20. Jahrhunderts, auch in Beziehung zu außereuropäischen, transnationalen Erinnerungsorten, darzustellen. Gleichwohl bleiben die Texte deutlich stärker auf der Ebene privater Individualgeschichten der Protagonisten als sie eine politisch aufgeladene Gesellschaftsgeschichte liefern. Abschließend zeichnet Erk am Beispiel von *Das Mädchen mit dem Fingerhut* und Köhlmeiers Reden zum gegenwärtigen Zustand von Gesellschaft und (EU-)Politik ein Bild des Autors als mittelbarer Homo politicus.

Diesem Thema widmet sich **Ulrike Tanzer** in *Michael Köhlmeier als Homo politicus* ganz explizit – am Beispiel von Köhlmeiers vielbeachteter Rede beim Gedenktag gegen Gewalt und Faschismus am 4. Mai 2018 vor dem österreichischen Parlament in der Wiener Hofburg. 2018 war in Österreich ein Gedenk- und Erinnerungsjahr, in dem der Republikgründung 1918, des ›Anschlusses‹ und des Novemberpogroms 1938, der Allgemeinen Erklärung der Menschenrechte 1948 sowie der Bewegung 1968 gedacht wurde. Tanzer analysiert Köhlmeiers Rede detailliert und verortet sie im Kontext sowohl der gegenwärtigen österreichischen Innenpolitik (Regierung Kurz/Strache) als auch der Tradition der österreichischen Literatur, die in der Zweiten Republik vielfach kritisch auf die politischen und gesellschaftlichen Entwicklungen reagiert.

Corinna Schlicht versteht in *»es muß doch so etwas wie eine Liste geben« – Fairness und Verantwortung in ›Sunrise‹ und ›Das Mädchen mit dem Fingerhut‹* diese beiden kürzeren Erzähltexte Köhlmeiers als literarische Studien zu dem Verhältnis von Eigenverantwortlichkeit des Menschen und seinen sozialen Verflechtungen. Beide Prosaarbeiten Köhlmeiers rücken, so die These, die Literatur selbst ins Zentrum ihrer Textwelten, indem die Funktion des Erzählens wie auch die des Interpretierens bei der Herausbildung von Fairness und Verantwortung im menschlichen Miteinander illustriert wird. Beide Texte zeichnen sich somit nicht zuletzt dadurch aus, dass sie auf das Potenzial der Literatur setzen – »das sichtbar und erfahrbar zu machen, was ohne den literarischen Blick unbeachtet bliebe«.

In *Die Abenteuer des Joel Spazierer* ist der Protagonist nicht nur als geradezu prototypische Schelmenfigur angelegt, der Roman entwirft darüber hinaus ein satirisches Gesellschafts- und Geschichtspanorama und bedient sich ausgiebig des Arsenals unzuverlässigen autodiegetischen Erzählens. Vor allem anhand dieser Merkmale verortet **Liesbeth Meurer** den Roman in gattungstheoretischer Absicht in der literarturgeschichtlichen Tradition des Schelmenromans. Wie der Titel *»Ich habe mich inzwischen erkundigt, was ein Schelmenroman ist.« ›Die Abenteuer des Joel Spazierer‹ als (Meta-)Schelmenroman* ankündigt, wird zudem argumentiert, dass im Text die Zugehörigkeit zur Gattung vielfach zum Gegenstand expliziter Reflexion avanciert: Als Metaschelmenroman, der seine eigene Poetik affirmativ ausstellt und zugleich kritisch hinterfragt, verleihe Köhlmeier der Gattung »ein zeitgenössisches Gewand«.

Auch **Christian Benesch** interessiert sich für *Die Abenteuer des Joel Spazierer*, allerdings vornehmlich für eine 2017 uraufgeführte Dramatisierung des Theaters Koblenz – nur ein Beispiel für die etablierte Theaterpraxis, Romane für die Bühne zu adaptieren. Benesch vergleicht beide Gattungen aus erzähltheoretischer Perspektive, wobei nach konventioneller Auffassung das Drama unvermittelt, der Roman hingegen von einem fiktiven Erzähler vermittelt sei. Im Zusammenhang mit der Romandramatisierung geht es Benesch vor diesem Hintergrund vor allem um die Frage, ob und wenn ja, mit welchen Konsequenzen der Erzähler der Vorlage im Zuge der Dramatisierung verloren gehen kann.

Mit seinem Bestseller *Zwei Herren am Strand* legte Köhlmeier 2014 eine unterhaltsame metafiktional-historische Doppelbiografie über die Freundschaft Charlie Chaplins und Winston Churchills vor. **Katharina Meisers** Beitrag *Clowneskes Erzählen in Michael Köhlmeiers ›Zwei Herren am Strand‹* illustriert, wie Köhlmeier damit auch eine implizite Poetik verfasst, die unmittelbar mit der Erzählerfigur als Repräsentant des *homo ludens* verknüpft ist. Indem er einen Clown als Erzähler einsetzt, der seine Leser(innen) – und zuletzt auch sich selbst – auf unterhaltsam-leichte Art zum Narren hält, liefert er, scheinbar nebenbei, legitime Antworten auf prominente epistemologische, erzähltheoretische und existenzphilosophische Fragen. Damit erweist sich der Roman als Performanz des Clownesken im Erzählen selbst.

Roger Vorderegger richtet sein Augenmerk auf *Die Quintessenz der Formensprache. Michael Köhlmeiers Songtexte*. In ihrer Mehrzahl sind Köhlmeiers Songs, die im Vorarlberger Dialekt geschrieben sind, (literarische) Balladen. Als solche berichten sie nicht nur über Menschen oder Ereignisse, sondern vergegenwärtigen diese auch situativ, vorzugsweise über dialogische oder monologische Momente. Insofern aber kommt hier, so Vordereggers These, nicht nur der Lyriker, sondern auch der Erzähler Michael Köhlmeier, der seine Figuren reden lässt, ganz zu sich selbst. All das belegt Vorderegger mit Interpretationen ausgewählter Songs, von denen die frühsten aus den 1970er-Jahren stammen, die er auch im Gesamtwerk verortet.

Müssen Schriftsteller sich entscheiden, auf welcher Seite der Literatur sie stehen, müssen sie zwischen dem Metier des Romanciers oder des Lyrikers wählen? **Michael Krüger** führt, diese Frage im Gepäck, in *Der Erzähler als Dichter* kundig durch Köhlmeiers Gedichtbände *Der Liebhaber bald nach dem Frühstück* und *Ein Vorbild für die Tiere*. Dabei zeigt er unter anderem die poetische Nähe zur Lyrik von William Carlos Williams. Auch in Köhlmeiers vieldeutigen und vielschichtigen Gedichten werden vielfach Bilder festgehalten, die in ihrer Ausschnitthaftigkeit wie Exposés kurzer Erzähltext wirken. Krügers Rat? »Lesen und wieder lesen und noch einmal lesen.«

Sotera Fornaro untersucht Köhlmeiers Bearbeitungen und Neufassungen der Homerischen *Odyssee* in *Telemach* und *Kalypso* – Texte, in denen zwischen Mythos und Gegenwart vermittelt wird und die im antiken

Stoff genuin *moderne* Fragestellungen und Problemlagen identifizieren und profilieren. Dass Köhlmeier dabei narrative Strategien Homers souverän adaptiert und dadurch den Effekt eines »drängenden, fließenden Erzählens« erzeugt gerät dabei ebenso in den Blick wie die Figurenanlage dieser ›Epen‹, in denen »die ganze symbolische Reichweite der homerischen Figuren« ausgelotet werde.

In seinem Beitrag *Große Erzähleingänge revisited – Michael Köhlmeiers ›Nibelungen‹* unternimmt **Detlef Goller** eine minutiöse Lektüre des vom Autor gegenüber der Hörfassung hinzugefügten Erzähleinganges. In deutlicher Abgrenzung zur berühmten Programmstrophe der in Hohenems wiederentdeckten Nibelungenhandschrift C wird eine klare Gattungszuordnung der damit eingeleiteten Erzählung gerade dadurch verweigert, dass alle für den Nibelungenstoff relevanten Gattungsmerkmale aufgerufen werden. Im gesamten Text inszeniert sich die Erzählinstanz als in einer semioralen Tradition stehender, reflektierender olympischer Erzähler, der, wie es Köhlmeiers Titel vorgibt, »[d]ie Nibelungen neu erzählt«.

In Köhlmeiers *Der Menschensohn* konkurrieren zwei Traditionen der biblischen Nacherzählung miteinander: Die lehrmäßige Aufbereitung christlicher Überlieferung und die historisch-kritische Analyse des religiösen Erbes. Dieser Konflikt löst sich im Lauf der Handlung nicht auf, er spitzt sich vielmehr zu, je weiter der Text in die Passionsgeschichte eindringt. Dies geschieht im Dienst einer selbstreflexiven Auseinandersetzung mit den Bedingungen des Glaubens in der Moderne, mit den Widersprüchen und Paradoxien, die der moderne Gläubige aushalten muss, so **Florian Gassners** Schlussfolgerung in seinem Aufsatz *Vom Mythos Erzählen: Michael Köhlmeiers ›Der Menschensohn‹*.

In *Der Mann, der Verlorenes wiederfindet*, wird eine in mehrere Textstufen und geschichtliche Handlungsebenen aufgefächerte Heiligenlegende erzählt, wie **Alexander Honold** und **Seraina Plotke** in *Der Mann, der Gelesenes wiederbelebt. Michael Köhlmeier und die Antonius-Legenden* nachweisen. Angespielt wird in Köhlmeiers Novelle zunächst auf die Lebensgeschichte des im 13. Jahrhundert in Padua verstorbenen Heiligen Antonius. Während die Verführungen jenes Wüstenheiligen oftmals als Bildsujet gestaltet wurden, erlangte der mittelalterliche Paduaner Antonius hauptsächlich durch seine Predigten Bekanntheit; in postumer Verklärung schrieb man ihm die Fähigkeit zu, beim Wiederauffinden verlorener Gegenstände Beistand zu leisten. All diese Merkmale fließen ein in eine dritte, nochmals stärker fiktionalisierten Antoniusfigur, die Köhlmeier zum Protagonisten macht. Ihm gelingt das Kunststück, in *seinem* Antonius verschiedene Referenzfiguren zu verbinden und dabei das Prinzip der Legendenbildung durch ein intertextuelles Kaleidoskop vorzuführen.

In ihrem Beitrag *Finden, Erfinden, Erzählen. Die Welten des Michael Köhlmeier* stellt **Aleida Assmann** Michael Köhlmeiers Werk als »unglaublich umfangreiches, reichhaltiges und großartiges Oeuvre« vor und nimmt eine präzise Einordnung seiner Poetik vor. Sie bestimmt Köhlmeier als »Vollbluterzähler«, der in der Lage sei, sämtlicher Register literarischen Schreibens zu ziehen. Dass Köhlmeier in diesem Sinne ein »Verwandlungskünstler« sei, beschränke sich jedoch nicht auf die Themen, Gattungen oder Stile von literarischen *Texten*, vielmehr entfalte er seine vielschichtige Poetik auch in anderen medialen Formen – immer wieder neu und immer wieder anders.

Jürgen Thaler schließlich widmet sich unter der Überschrift *»Lebendige Schrift«. Michael Köhlmeier und die Tradition* einem Zusammenhang, der für Köhlmeiers Werk eminent wichtig ist. Dabei wird das von Moses Mendelssohn eingefuhrte Konzept der »lebendigen Schrift« als theoretischer Bezugsrahmen präsentiert, um den verschiedenen Formen der Aktualisierung von Traditionen nachzuspüren. So kann Thaler Köhlmeiers Umgang mit historischen Begebenheiten, Gattungen und literarischen Vorlagen produktiv fokussieren. Er sensibilisiert somit dafür, dass das Werk sich nicht nur durch eine eigenwillige Aktualisierung von Vorgefundenem auszeichnet, sondern dass sich gerade in der Auseinandersetzung mit dieser spezifischen Form der literarischen Vergegenwärtigung von Tradition und Geschichte(n) einer der poetischen Stärken des Werks darstellen lassen.

Die Tagung wurde sowohl von der Forschungsförderung der Otto-Friedrich-Universität wie auch von der Fritz Thyssen Stiftung unterstützt. Allen Teilnehmerinnen und Teilnehmern, auch den lesebegierigen und diskussionsfreudigen Studierenden des Seminars im Sommersemester 2019, das die Poetikprofessur begleitete, gilt unser Dank für zahlreiche Anregungen, die aus den Tagungs- und Seminardebatten in die hier versammelten Beiträge eingegangen sind. Das Internationale Künstlerhaus Villa Concordia stellte den idealen Gesprächsraum für unser Kolloquium bereit, das Team des Lehrstuhls für Neuere deutsche Literaturwissenschaft der Universität Bamberg sorgte für eine reibungslose Organisation. Die Drucklegung unterstützten Florian Halt und Clara Mangelsdorf. Ihnen allen, den Beiträgerinnen und Beiträgern, der Leiterin des Künstlerhauses Nora Gomringer und vor allem Michael Köhlmeier selbst möchten wir herzlich danken.

Gewidmet ist dieser Band unserer Bamberger Kollegin Seraina Plotke und ihrem Andenken. Sie verstarb nach schwerer Krankheit am 27. Oktober 2020.

Michael Köhlmeier

Satan und Madonna – ein Plot. Die Nähe von Gut und Böse im Märchen[1]

I

Das Märchen vom *Mädchen ohne Hände* (KHM 31)[2] ist eines der schrecklichsten, das wir kennen. Dabei begegnet es uns in der Fassung der *Kinder- und Hausmärchen* der Brüder Grimm in einer bereits überarbeiteten Form. Wilhelm Grimm, der ab der dritten Auflage allein für die Redaktion der Märchensammlung verantwortlich zeichnete, urteilte wohl, dass die ursprüngliche Geschichte Kindern nicht zuzumuten sei.

Das »ursprüngliche« Märchen eben, wie es tatsächlich in norddeutscher Gegend zu Lebzeiten der Grimms noch erzählt wurde, war eine nur wenig verschlüsselte Missbrauchsgeschichte: Der Vater schneidet seiner Tochter die Zunge heraus und hackt ihr die Hände ab und jagt sie davon, nachdem er ihr so viel Leid angetan hat; sie soll nicht darüber sprechen und soll auch nicht aufschreiben können, was ihr widerfahren ist. Ohne Zweifel war diese Geschichte nicht für Kinder gedacht. Wilhelm machte aus dem Vater den Teufel, und er ließ es mit dem Abhacken der Hände genug sein.

Der Teufel ist böse, das weiß jeder, es ist nachgerade seine Aufgabe, böse zu sein, vom Teufel ist nur Böses zu erwarten; auch Kinder wundern sich nicht, wenn der Teufel böse ist, und seine bösen Taten erschrecken sie wenig, denn was sollte er anderes tun als Böses. Dass es auch Väter gibt, die sich wie Teufel benehmen, das wissen Erwachsene; Kindern mögen sie bitte diesen Einblick ins Leben ersparen. Die Familie mit dem Vater als Vorstand darf nicht in Verruf gebracht werden. Wo hingegen der Teufel auftritt, hat das Böse eine *außermenschliche* Ursache, damit wird ihm das Unheimliche sicher nicht ganz genommen, aber es ist draußen, man kann mit dem Finger – weg von uns – darauf zeigen, und der Finger wird auch nicht gleich abgebissen; das Böse als Teufel erscheint ein bisschen harmloser. Mephisto ist im Vergleich zu dem wirklichen Menschen Adolf Eichmann ein netter Zyniker ...

---

[1] Zuerst erschienen in: *Quart. Heft für Kultur Tirol* (2018), H. 32, S. 10–27.

[2] Angeben wird hier und im Folgenden die übliche Nummerierung der *Kinder- und Hausmärchen* (KHM). Vgl. zum Aufbau der Sammlung den Kommentar in: Kinder- und Hausmärchen. Gesammelt durch die Brüder Grimm. Vollständige Ausgabe auf der Grundlage der dritten Auflage (1937), hrsg. von Heinz Rölleke, Frankfurt am Main 1985, S. 1168f.

Der Müller trifft im Wald ein Männlein, das fragt ihn, warum er so unglücklich dreinschaut. Der Müller jammert ihm von seiner Armut vor; das Männlein sagt, wenn er ihm gebe, was hinter seinem Haus ist, mache er ihn zu einem reichen Mann. Hinter meinem Haus, denkt der Müller, ist ein alter Apfelbaum, der nichts mehr trägt, den kann er gern haben; und er schlägt ein. Zu Hause läuft ihm die Frau entgegen; alle Schubladen seien voller Gold, die Kästen voll feinem Linnen und Seide. Der Müller erzählt, die Frau ist bestürzt. ›Das war der Teufel! Und hinter dem Haus war unsere kleine Tochter und hat dort gespielt!‹ Als das Kind in ein reifes Alter kommt, taucht der Teufel auf und will es holen. Aber das Mädchen wäscht sich die Hände, und der Teufel kann es nicht packen. Er solle seine Tochter daran hindern, die Hände zu waschen, befiehlt er dem Müller, sonst nehme er ihn mit in die Hölle. Da hackt der Vater seiner Tochter die Hände ab. Das Mädchen weint über die Stümpfe, und die Tränen machen sie rein, und der Teufel hat das Nachsehen. Der Vater fällt vor seiner Tochter auf die Knie, sie möge ihm verzeihen, und das tut sie, aber sie will nicht zu Hause bleiben, sie bittet den Vater, ihr die Stümpfe auf den Rücken zu binden. So geht sie in die Welt hinaus. Sie trifft einen König, der heiratet sie, macht sie zur Königin und lässt ihr silberne Hände anlegen. Der Krieg bricht aus, der König zieht ins Feld. Die Königin bringt einen Sohn zur Welt. Ihre Schwiegermutter, ausnahmsweise eine gute, schreibt an ihren Sohn einen Brief, er dürfe sich freuen, er sei Vater eines Knaben geworden. Sie schickt einen Boten, der legt sich unterwegs nieder, um zu ruhen, da kommt der Teufel und schreibt den Brief um: Die Königin habe einen Bastard geboren, sie habe ihn, den König, betrogen. Der König liest den Brief, kann es nicht glauben, schreibt dagegen, man solle die Königin ehren und das Kind behüten, bis er zurückkomme. Wieder schläft der Bote ein, wieder kommt der Teufel und fälscht auch diesen Brief: Die Königin und ihr Bastard sollen getötet, zum Beweis solle der Königin die Zunge herausgeschnitten werden. Die gute Schwiegermutter warnt die Königin, bindet ihr das Kind auf den Rücken und schickt sie in den Wald, auf dass sie der König nicht finde. Sie lässt ein Reh töten, schneidet ihm die Zunge heraus und weist sie dem König vor, als er aus dem Krieg zurückkommt. Die List des Teufels fliegt auf, der König macht sich auf die Suche nach seiner Frau und seinem Sohn. Schließlich findet er die beiden. Gott und sein Engel greifen ein, sie lassen der Königin neue Hände nachwachsen. Alles ist gut.

Soweit das Märchen *Das Mädchen ohne Hände*.

Das Märchen *Marienkind* (KHM 3) steht in der Grimm'schen Sammlung an dritter Stelle, Wilhelm und Jacob Grimm zählten es also zu den wichtigen Stücken ihrer Sammlung. Nach ihren Angaben hat ihnen Gretchen Wild die Geschichte erzählt, eine der Töchter der befreundeten Apothekerfamilie aus Kassel und Schwester von Dorothea ›Dortchen‹, der späteren Frau von Wilhelm Grimm. Wahrscheinlich haben sich die Brüder obendrein von einem Märchen aus dem *Pentamerone* des Neapolitaners Giambattista Basile inspirieren lassen. Die Geschichte ist für sich schon haarsträubend genug, parallel zu *Das Mädchen ohne Hände* gelesen, tut sich uns eine Welt der Hoffnungslosigkeit und des Ausgeliefertseins auf, ein Vorwurf geistiger und seelischer Apokalypse – nämlich, weil sich Gut und Böse kaum noch voneinander unterscheiden.

Wieder geht ein Mann in den Wald und klagt über seine Armut; da erscheint ihm die himmlische Madonna, und auch sie sagt, sie werde ihn reich machen, wenn er ihr dafür gibt, was verborgen in seinem Haus ist. Der Mann verspricht es. Verborgen in seinem Haus aber ist das Kind im Bauch seiner Frau. Nach der Geburt erscheint die Madonna und nimmt das Kind mit sich. Sie zieht es oben im Himmel groß, und als es herangewachsen ist, gibt sie ihm dreizehn Schlüssel, die passen in die dreizehn Türen des Himmels. Sie sagt, sie gehe und lasse das Kind allein, hinter zwölf Türen dürfe es schauen, hinter die dreizehnte aber nicht. In den zwölf Kammern knien die Apostel und beten, und schließlich kann das Kind seine Neugierde nicht mehr bändigen und öffnet die dreizehnte Tür. Dort wohnt die Dreifaltigkeit, das Kind berührt sie mit dem Finger, und der Finger wird zu Gold. Als die Muttergottes zurückkommt, sieht sie den goldenen Finger und weiß, was geschehen ist. Sie fragt das Kind, ob es die dreizehnte Tür geöffnet habe, das Kind sagt: ›Nein.‹ Sie fragt ein zweites Mal und ein drittes Mal. Das Kind leugnet wieder. Da schickt es die Muttergottes auf die Erde zurück. Das Mädchen heiratet einen König und bringt ein Kind zur Welt. In der Nacht nach der Geburt erscheint die Madonna und fragt wieder: ›Hast du die dreizehnte Tür geöffnet?‹ Die Königin leugnet. Da nimmt ihr die Madonna das Kind. Erste Gerüchte kommen auf – die Königin habe ihr Kind getötet. Sie wird wieder schwanger, bringt wieder ein Mädchen zu Welt, und wieder erscheint ihr in der Nacht die Madonna. Ob sie es nun zugibt. »Nein.« Auch dieses Kind wird ihr genommen. Empörung im Volk, die Königin sei eine Menschenfresserin. Der König verteidigt sie – noch. Das dritte Kind wird geboren, die Madonna erscheint, wieder sagt die Königin, sie habe die dreizehnte Tür im Himmel nicht geöffnet. Auch das dritte Kind wird ihr genommen. Da verlangt das Volk, die Königin auf dem Scheiterhaufen hinzurichten. Erst als die Flammen hochschlagen, ruft die Königin in den Himmel hinauf: ›Ich geb's zu! Ich geb's zu, ich habe die dreizehnte Tür geöffnet!‹ Da wird ihr verziehen, und sie wird zu ihren Kindern in den Himmel aufgenommen.

II

Es fällt schwer zu entscheiden, welche der beiden Geschichten »teuflischer« ist. Die Empörung trifft die Madonna mehr als den Teufel, aber Empörung ist bekanntlich billig. Und sie verstellt den Blick. Wir wollen den Kern der beiden Märchen herausschälen, um unserem Thema Kontur zu verschaffen – selbstverständlich mit dem Ziel, zu ergründen, warum diese merkwürdigen, geheimnisvollen, zugleich geheimnislosen Gebilde uns seit – wie die Märchenforschung herausgefunden hat – tausenden Jahren faszinieren.

Ich schlage deshalb vor, das Böse in *Das Mädchen ohne Hände* und in *Marienkind* vorerst nicht unter moralischen, sondern unter ästhetischen Gesichtspunkten zu betrachten. Was, zugegeben, widersinnig erscheint, beziehen sich diese beiden Begriffe ja gerade auf moralische Kategorien und sind so ohne weiteres nicht als ästhetische zu denken. Aber aus solcher Widersinnigkeit, meine ich, besteht das Wesen der Märchen und auch das Wesen mancher Mythen.

Dass Grausamkeit schön sein kann, führen uns unzählige Märchen, Legenden und Mythen vor – wie die über den Satyr Marsyas, der von Apoll gehäutet wird, oder viele Heiligengeschichten, in denen Martyrien bis zur Verzückung geschildert werden, denken wir an die Qualen des heiligen Laurentius, der auf dem Grill geröstet wurde und der, laut Legende, seine Peiniger verspottete, indem er bat, man möge ihn umdrehen, auf der einen Seite sei er gar – hier wird das Böse, die Grausamkeit, in einen Witz verkehrt, also ästhetisiert.

Fragen wir nicht nach den Ähnlichkeiten der Handlung in unseren beiden Märchen, sondern nach einem gemeinsamen Motiv, von dem die jeweilige Handlung ihren Ausgang nimmt.

Da ist einmal der im Wald allein vor sich hin jammernde arme Mann, den Gut und Böse nicht scheren, der nur endlich auch einmal haben möchte – haben, nicht darben. Dann, als der erste Plot Point in der Geschichte, der Punkt, an dem die Handlung in Gang gesetzt wird: der Tausch. Das Männlein und die Madonna bieten an, etwas scheinbar Wertloses gegen Reichtum zu tauschen. Einmal meint der Müller, es handelt sich um den alten, unfruchtbaren Apfelbaum, und wir unterstellen dem Teufel, dass er genau auf diesen Irrtum spekuliert; im anderen Märchen sieht es aus, als habe der Mann gar keine Vermutung, was für eine Sache es sein könnte, die sich *im Haus verborgen* befindet, nur dass er sich denkt, wertvoll könne die Sache auf jeden Fall nicht sein, denn etwas Wertvolles besitzt er nicht, sonst würde er ja nicht jammern. Beide werden also im Unklaren gelassen, wofür sie den Reichtum eintauschen; und wir, die wir die Geschichte erzählt bekommen, sind davon überzeugt, hätten sie es gewusst – nämlich dass sie ihr Kind opfern sollen –, wären sie den Handel nicht eingegangen.

Das ist nicht fair.

Gut, vom Teufel kann man Fairness nicht erwarten, und der Müller wusste ja nicht einmal, dass in dem Männchen der Gottseibeiuns steckt, also gab es für ihn keinen Grund, ihm zu misstrauen. Die Muttergottes aber, das meine ich doch glauben zu dürfen, führt – so wie sie uns bisher gepriesen wurde – einen Ahnungslosen nicht hinters Licht, nein, das tut sie nicht. In dem Märchen *Marienkind* tut sie es aber; hier präsentiert sich die Gnadenreiche als Gnadenlose. – Aber ich wollte ja nicht moralisch werden ...

Im weiteren Verlauf zweigen die Handlungen der beiden Märchen auseinander, und sie finden auch nicht mehr zusammen.

Das Motiv, das die schließlich sehr verschiedenen Handlungen auslöst, ist also der Tausch, und zwar ein unfairer Tausch, in beiden Fällen. Den Prinzipien der bürgerlichen Ökonomie folgend, ist ein unfairer Tausch aber eigentlich gar kein Tausch, sondern ein Betrug; Tausch setzt nämlich Gleichheit voraus, auch Gleichheit des Wissenstandes; was jemand auf die beschriebene unfaire Weise erworben hat, hat er eigentlich gestohlen. – Und wieder kommt die Moral daher ...

Und es ist kein Wunder, dass sie daherkommt, denn wir haben bisher unser Augenmerk nur auf die Handlungen und ihre Motive gelenkt. Gut und Böse, so haben wir unterstellt, entstehen erst im Tun, im Handeln. Erich Kästners »Es gibt nichts Gutes, außer man tut es«[3], fasst diese Einsicht in ein schönes Bonmot. Der Katholik aber beichtet, er habe *gesündigt in Gedanken, Worten und Werken* – also nicht nur in Werken, nicht erst, als er Böses *getan* hat. Und auf dem Gebiet der Sünde ist die katholische Kirche kompetent, folglich sollten wir die Beichtformel ernst nehmen.

Dass die den Taten vorgesetzten Worte zum Bösen gezählt werden, ist zwar nicht unbedingt korrekt und logisch widerspruchsfrei durchdacht, aber praktisch sinnvoll, weil uns nicht nur die Historie, sondern auch unser tagtägliches Leben immer wieder vorführen, wie aus bösen Worten böse Taten folgen, weswegen Verhetzung nach dem Bürgerlichen Gesetzbuch ja auch bestraft wird, unter Umständen sogar empfindlich.

Was aber tatsächlich unter der ›Sünde des Wortes‹ zu verstehen ist, lässt sich so einfach nicht definieren. Wenn zum Beispiel in einem Roman eine Figur auftritt, die rassistische Reden hält, und wenn diese Figur auch noch die denkbar übelsten Worte verwendet, wird in einem freien Land wohl kein Gericht den Autor dafür verurteilen. Wenn allerdings derselbe Autor bei einer politischen Versammlung wortwörtlich die gleiche Rede hält, bekommt er wahrscheinlich Schwierigkeiten. Und was wird daraus, wenn sich der Autor in der Öffentlichkeit zwar zurückhält, aber seinen Lesern doch klar ist, dass er die Meinungen seiner Figur teilt? Also wenn er Verhetzung mithilfe eines Romans betreibt? Und wie soll das festgestellt werden? Oder umgekehrt – kann sich einer, der wegen Verhetzung vor Gericht steht, weil er vor einer überschaubaren Gruppe von Menschen womöglich auch noch in plumpen Phrasen seine Bösartigkeiten abgeson-

---

[3] Erich Kästner, Kurz und bündig. Epigramme, Zürich 1950, S. 39.

dert hat, nicht mit Recht beschweren, wenn ein Schriftsteller, der eine seiner Figuren zu einem womöglich tausendmal größeren Publikum viel Schlimmeres, in viel verführerischen Worten reden lässt, das aber ungestraft? Oder was, wenn jemand eine Gefahr darin sieht, dass ein Roman, unabhängig davon, welche Meinungen der Autor vertritt, auf die Leser verhetzend wirkt, weil die darin auftretende böse Figur besonders gut gezeichnet wurde – wird dann eine Anzeige wegen Verhetzung vielleicht doch eine Chance haben? Wenn aber ja, sollte man Autoren dann raten, böse Figuren nicht ganz so überzeugend, also von einem literarischen Standpunkt aus betrachtet, weniger gut zu zeichnen? Dass also Shakespeare wegen seines Richard III. oder wegen seines Jago oder seines Edmund oder seines Macbeth auch heute noch eventuell verurteilt würde? Oder was ist mit der Satire? Jonathan Swifts *Bescheidener Vorschlag im Sinne von Nationalökonomen, wie Kinder armer Leute zum Wohle des Staates am besten benutzt werden können*[4] ist ein leidenschaftlicher Apell, die Unbarmherzigkeit einer Gesellschaft nicht zu dulden, gekleidet allerdings in die Form einer unbarmherzigen, bürokratisch-sachlichen Analyse, die zum Schluss kommt, der Bettelei könne am besten begegnet werden, indem man die Kinder armer Leute den Reichen zum Verzehr anbietet. An keiner Stelle des Textes wird darauf hingewiesen, dass es der Autor nicht ernst meint, dass es sich also um eine Satire handelt. Was, wenn jemand, der diese Art von Spaß nicht versteht, und solche Menschen gibt es, daraus eine grausige praktische Konsequenz zieht? Oder: Jemanden zum Selbstmord anzustiften, ist zwar nicht strafbar, moralisch aber doch bedenklich – ist Goethe wegen des Verfassens seines *Werthers* verfemt worden? Immerhin hat das Buch eine Selbstmordserie ausgelöst.

Im Unterschied zur bösen Tat ist das böse Wort nicht so leicht zu identifizieren.

III

Allerdings: bereits die Gedanken als Sünde zu bezeichnen, muss einen aufgeklärten, sein Leben mündig selbst bestimmenden Menschen doch ärgerlich verwundern.

Wir alle wissen, aus bösen Gedanken folgen bei einer halbwegs gesitteten Erziehung nur selten böse Worte und noch seltener böse Taten. Und wir wissen weiters, dass unsere Vernunft unsere Gedanken selten lenkt. Denken gleicht einem Strom, und der fließt in jedem Augenblick durch uns hindurch, die wenigsten Gedanken sind sprachlich ausformuliert; wir

---

4 *A Modest Proposal: For Preventing the Children of Poor People from Being a Burthen to Their Parents or Country, and for Making Them Beneficial to the Publick* (1729), in deutscher Übersetzung in: Swift, Humoristische Werke, übers. von Franz Kottenkamp. Bd. 1: Vermischte prosaische Schriften, Stuttgart 1842, S. 29–42.

können nicht einmal genau sagen, wie wir denken; die einen meinen, wir denken in Bildern, die anderen behaupten, Sprache und Denken sind aneinandergekoppelt. In seinem 17. Aphorismus in *Jenseits von Gut und Böse* schreibt Nietzsche:

> [E]in Gedanke kommt, wenn »er« will, und nicht, wenn »ich« will; so dass es eine Fälschung des Tatbestandes ist, zu sagen: das Subjekt »ich« ist die Bedingung des Prädikats »denke«. Es denkt: aber dass dies »es« gerade jenes alte berühmte »Ich« sei, ist, milde geredet, nur eine Annahme, eine Behauptung, vor allem keine »unmittelbare Gewissheit«.[5]

Ein mit mir befreundeter Psychiater hat mir von einem Patienten erzählt, den er vor vielen Jahren behandelt hatte. Der Mann litt unter dem Tourette-Syndrom, und er litt wirklich darunter; so sehr litt er, dass er sich kaum mehr traute, das Haus zu verlassen. Der Mann war rechtschaffen, freund lich, entgegenkommend, sogar schüchtern, er war gebildet und hatte eine gute Erziehung genossen, und lange hatte er ein ganz normales Leben geführt – und dann war *es* auf einmal da, *es*: Wenn er unter Menschen war, besonders wenn er den Eindruck hatte, er werde beobachtet, konnte es vorkommen, dass eine Schimpftirade aus ihm herausbrach, so heftig, dass alle, die um ihn herum waren, vor Entsetzen erstarrten, vor allem, weil er die schmutzigsten, versautesten, niederträchtigsten Worte gebrauchte. Als ihn mein Freund fragte, ob er sich bei seinen Anfällen all dieser Worte überhaupt bewusst gewesen sei, antwortete ihm der Mann, natürlich sei er sich der Worte bewusst, und er stellte meinem Freund gleich die Gegenfrage: Ob er denn mit absoluter Gewissheit behaupten könne, dass solche Worte in seinen Gedanken noch nie aufgetaucht seien. Da musste ihm mein Freund zugeben, dass auch er nicht frei von solchen Gedanken und auch solchen Ausdrücken sei. Und der Patient belehrte den Arzt: Der Unterschied zwischen ihnen liege nur darin, dass er, der Arzt, es zu verhindern wisse, dass sich diese Gedanken zu Worten formen, die dann auch ausgesprochen werden, und dass er, der Patient, das eben nicht könne. Ihre Gedanken aber, ihre nicht ausgesprochenen Worte würden sich nicht oder nur wenig voneinander unterscheiden. Die Krankheit bestehe darin, dass die Worte über die Lippen kommen.

Wenn der Mensch schon wegen seiner bösen Gedanken verurteilt würde, wäre – anders als Martin Luther glaubte – der Himmel leer und die Hölle voll. Vielleicht hat Augustinus, als er die menschenfeindliche Gnadenlehre seiner späten Jahre formulierte, in der er uns darüber unterrichtet, dass die allermeisten verdammt sind, daran gedacht, dass eben die

[5] Friedrich Nietzsche, Jenseits von Gut und Böse, in: Nietzsche, Kritische Studienausgabe, hrsg. von Giorgio Colli und Mazzino Montinari. Bd. 5: Jenseits von Gut und Böse. Zur Genealogie der Moral, München/Berlin/New York 1999, S. 9–243, hier S. 31.

allermeisten im Lauf ihres Lebens verdammenswürdige Gedanken haben, gehabt haben und weiter haben werden, so dass die Seele der allermeisten nie und nimmer rein sein wird und es folglich von Anfang an einer besonderen Gnade bedurfte, wenn einem ein Leben lang kein böser Gedanke kommt.

Hamlet (in der Übersetzung von August Wilhelm von Schlegel) spricht es aus, wenn er Ophelia zurechtweist:

> Ich bin selbst leidlich tugendhaft, dennoch könnte ich mich solcher Dinge anklagen, daß es besser wäre, meine Mutter hätte mich nicht geboren. Ich bin sehr stolz, rachsüchtig, ehrgeizig; mir stehn mehr Vergehungen zu Dienst, als ich Gedanken habe, sie zu hegen, Einbildungskraft, ihnen Gestalt zu geben, oder Zeit, sie auszuführen. Wozu sollen solche Gesellen wie ich zwischen Himmel und Erde herumkriechen? Wir sind ausgemachte Schurken, alle: trau keinem von uns! Geh deines Wegs zum Kloster![6]

Was sind die Dinge, derer Hamlet sich anklagen könnte, anderes als Gedanken? Die Gedanken bieten ihm sogar mehr Vergehen an, als sie selbst fassen können. Wir brauchen keine Bestätigung von einem Psychologen, um zu wissen, dass wir uns manchmal erst beruhigen können und zu klaren, das heißt, zivilisierten Gedanken fähig sind, wenn wir uns zuvor – in Gedanken – abreagiert haben; und nicht selten sind diese »Abreaktionen« von einer Grausamkeit, die uns, würden sie laut ausgesprochen, in die Psychiatrie, in Handlungen umgesetzt, lebenslang ins Gefängnis bringen würden.

›Die Gedanken sind frei!‹ ist mehr als ein politischer Slogan; die Gedanken sind *gemäß ihrer Natur* frei, sie sind der einzige von der Natur uns zugestandene Ort der Freiheit, alle anderen Orte müssen wir uns erobern. Wer die Idee der Sünde auf unsere Gedanken ausdehnen möchte, will Zugriff auf diesen Ort; er ist ein Okkupant, und zwar der gefährlichste Okkupant, der sich denken lässt. Manès Sperber schreibt in seinem berühmten Essay über den Tyrannen, selbst wenn seine Untertanen vor ihm im Staub liegen und sein Lob singen und seine Worte und seine Taten bejubeln, nie wird er sich sicher sein können, ob sie ebenso *denken*, immer wird ihn die bange Frage quälen: Was geht in ihren Köpfen vor? Und manchmal lässt er die Köpfe aufschlagen, um nachzusehen. Aber dort findet er nichts.[7]

---

[6] William Shakespeare, Hamlet, in: Shakespeare, Sämtliche Werke, übers. von August Wilhelm von Schlegel und Ludwig Tieck. Bd. 6: Hamlet. Der Kaufmann von Venedig. Wie es euch gefällt, Berlin 1841, S. 1–144, hier S. 65.

[7] Vgl. Manès Sperber, Zur Analyse der Tyrannis, in: Sperber, Zur Analyse der Tyrannis. Das Unglück, begabt zu sein. Zwei sozialpsychologische Essays, Wien 1975, S. 23–104, S. 80ff.

Wenn der Marquis von Posa in Schillers *Don Karlos* sein berühmtes »Geben Sie Gedankenfreiheit!«[8] ausstößt, folgt im Text, getrennt nur durch einen Bindestrich, noch in derselben Zeile die Regieanweisung »*Sich ihm zu Füßen werfend.*« – Was soll man davon halten? Wirft sich einer dem Tyrannen zu Füßen und bittet: ›Darf ich denken, was ich will.‹ Hat man je einen jämmerlicheren Lakaien gesehen? Schillers Leidenschaft für die Freiheit war mir nie geheuer. Ich hatte immer den Verdacht, er meint mit Freiheit des Denkens eben nicht die Freiheit, dass jeder denken darf, was er will, auch einen hanebüchenen Blödsinn, sondern nur das, was vernünftig ist – also denken wie Friedrich Schiller. Gegen sein Freiheitsdrama ist unser bürgerliches Gesetzbuch ein Bollwerk an Liberalität. Darin wird die Freiheit der Gedanken nicht einmal erwähnt, sie wird als selbstverständlich vorausgesetzt.

IV

Kehren wir zu unseren beiden Märchen zurück. – Wir müssen uns also von der Handlung lösen, aber auch von dem Motiv, das die jeweilige Handlung in Gang setzte, wollen wir die Moral aus unseren Überlegungen heraushalten und Gut und Böse als allein ästhetische Kategorien sehen. Nur: Was bleibt dann noch übrig, worüber sich die eine Geschichte mit der anderen vergleichen ließe?

Je ein Bild. Eine Chiffre.

In *Das Mädchen ohne Hände* sind es die silbernen Handprothesen, in *Marienkind* ist es der goldene Finger, der das Mädchen verrät, nachdem sie die verbotene dreizehnte Tür geöffnet hat. Dabei stellen wir etwas Verblüffendes fest: Weder die silbernen Hände noch der goldene Finger sind für die Handlung notwendig. Beides sind Bilder, die wie in einem Traum vor uns stehen, man möchte sagen, nackt, in einem Zustand vor den Worten, ja, in einem Zustand vor den Gedanken, bevor die Koordinaten Gut und Böse aufgespannt wurden, in einem Zustand vor der Moral.

In vielen Märchen und auch in Mythen begegnen wir solchen Bildern, die sich zwar mehr oder weniger in die Handlung einfügen, die aber weder für die Handlung noch zur Charakterisierung einer Person notwendig sind. Jeder kennt das Märchen von den Bremer Stadtmusikanten. Wenn ich Sie frage, welches Bild fällt Ihnen spontan dazu ein, werden Sie antworten: die Tiere, die übereinander stehen. Vielleicht ist es schon lange her, seit Ihnen das Märchen erzählt wurde, oder seit Sie es gelesen haben. Wissen Sie noch, um was für Tiere es sich handelt? Und wissen Sie noch, warum die Tiere übereinander stehen? Ich habe in der Vorbereitung zu

---

[8] Friedrich Schiller, Don Karlos, in: Schiller, Werke. Nationalausgabe. Bd. 6: Don Karlos. Erstausgabe 1787. Thalia-Fragmente 1785–1787, hrsg. von Paul Böckmann und Gerhard Kluge, Weimar 1973, S. 191.

diesem Vortrag in meinem Bekanntenkreis herumtelefoniert. Alle haben beim Stichwort Bremer Stadtmusikanten die übereinander gestapelten Tiere assoziiert. Keiner wusste genau zu sagen, um welche Tiere es sich handelt, und keiner, warum der Hund auf den Esel, die Katze auf den Hund und der Hahn auf die Katze steigt. Sie tun es übrigens, um die Räuber zu erschrecken, die nachts im Wald in einem Haus sitzen. Es hätte viele andere Möglichkeiten gegeben, sie zu erschrecken, sich übereinander zu stellen, ist sicher die ausgefallenste. Ich vermute, das Bild hatte ursprünglich mit der Geschichte gar nichts zu tun.

Oder denken wir an den Kyklopen Polyphem in der *Odyssee* des Homer. Er ist eine märchenhafte Figur, er tritt in einer der Geschichten auf, die Odysseus am Hof der Phäaken erzählt. Polyphem hat nur ein Auge, das kennzeichnet ihn. Aber dass er nur ein Auge hat, spielt für die Handlung nicht die geringste Rolle, Odysseus hätte ihm gewiss auch zwei Augen ausgestochen. Wieder vermute ich, das Bild des einäugigen Riesen war da, längst bevor darum herum eine Handlung, eine Geschichte, gewoben wurde. Auch in dem Märchen *Einäuglein, Zweiäuglein, Dreiäuglein* (KHM 130) hat die Anzahl der Augen auf die Handlung keinen Einfluss, die drei Schwestern könnten ebenso vier oder fünf Augen haben oder nur je zwei wie wir.

In unseren beiden Märchen, *Das Mädchen ohne Hände* und *Marienkind*, haben wir es mit aus ihrer Art und ihrer Funktion geratenen Gliedmaßen zu tun, einmal mit silbernen Händen, einmal mit einem goldenen Finger. Trotz der edlen Materialien haben die Bilder etwas Bedrohliches an sich. Hände und Finger sind zwar veredelt, Silber und Gold sind mehr wert als Sehnen, Fleisch und Knochen, aber als Hände und als Finger sind sie nun unbrauchbar. In dem Bild von den silbernen Händen und dem Bild von dem goldenen Finger wird ein Eingriff in unsere Souveränität dokumentiert, ein Eingriff allerdings, der von einer transzendenten Welt aus vorgenommen wurde. Ob diese transzendenten Welt der Himmel oder die Hölle ist, davon kündet das Bild nicht. Auch ob es gut oder schlecht ist, dass von außen auf jemanden von uns zugegriffen wurde, sagt uns das Bild nicht. Auch nicht, ob es vielleicht gar eine Bevorzugung ist, wenn ein Glied zwar unbrauchbar gemacht, aber veredelt worden ist. Das Bild sagt uns gar nichts. Es zeigt. Es ist. Und alles darüber hinaus ist Kommentar – unser Kommentar.

Wir sehen: Eine Veredelung von Gliedmaßen hat stattgefunden auf Kosten ihrer Brauchbarkeit. Und wir sehen auch, es gelingt uns nicht oder nur mit größter Mühe, dieses Bild *nicht* zu kommentieren; schon seine bloße Beschreibung läuft Gefahr, von Wort zu Wort in einen Kommentar hinüberzugleiten. Worte bewerten; und das muss mit Moral noch längst nichts zu tun haben. Worte schaffen ein Netz, eines verweist auf viele andere, und was darin eingespannt ist, nimmt an der Bedeutung teil und wird zu einem Teil dessen, was wir *Sinn* nennen.

Geschichten sind aus Worten gebaut. In der Geschichte vom *Mädchen ohne Hände* wurde der Eingriff in unsere Welt von der Hölle aus vorgenommen, in *Marienkind* vom Himmel. Die Silberhände und der Goldfinger sind Spuren, die ein Wesen aus einer anderen Welt hinterlassen hat, einmal kam es aus der Hölle, einmal aus dem Himmel; die Geschichten dazu haben sie nicht geliefert, die haben wir uns ausgedacht, mit Hilfe unseres Verstandes. Und nie sind wir uns sicher, verwenden wir die beiden Worte *Himmel* und *Hölle* als Metaphern, sind *Hölle* und *Himmel* poetische Begriffe oder doch knallhart theologische – wir neigen heute zu ersterem.

Schon dass wir die Silberhände dem Satan, den Goldfinger aber der Madonna zuordnen, ist eine Interpretation; Hände und Finger ließen sich gegeneinander austauschen. Die Bilder, die Chiffren, stehen nackt und rein vor uns – und: Sie sind unerträglich. Das Unerträgliche besteht darin, dass sie schweigen. Rohware sind sie, die noch keine Bedeutung haben – mag sich der denken, der sich eine Welt ohne Bedeutung nicht vorstellen kann. Wir bringen die Bilder zum Sprechen, indem wir eine Geschichte um sie herum spinnen, und oft drängen wir sie dadurch ins Nebenbei. Silberhände und Goldfinger als pure Chiffren unterscheiden sich voneinander nur wenig; eingebaut in ihre Geschichten werden sie einmal Bestandteil des Plots des Teufels, einmal des Plots der Madonna.

V

Nachdem Jacob und Wilhelm Grimm die erste Fassung der *Kinder- und Hausmärchen* herausgegeben hatten, meinte Clemens Brentano, der ehemalige Freund der Brüder, darüber urteilen zu müssen – und in seinem Urteil kommt alle Verachtung zum Ausdruck, die er in Wahrheit für diese Gattung empfand:

> Ich finde die Erzählung [...] äußerst liederlich, und versudelt, und in Manchen dadurch sehr langweilich [...]. Will man ein Kinderkleid zeigen, so kann man es mit aller Treue, ohne eines vorzuzeigen, an dem alle Knöpfe herunter gerißen, das mit Dreck beschmiert ist, und wo das Hemd den Hosen heraushängt. [...] [D]ergleichen Treue, wie hier in den Kindermärchen macht sich sehr lumpicht.[9]

Abgesehen davon, dass ich den Brentano nicht leiden kann und für einen weniger als mittelmäßigen Dichter halte, der, wenn er dem Wilhelm Grimm auf der Schulter säße, ihm nicht bis zum Kinn reichte; abgesehen

---

[9] Achim von Arnim und Clemens Brentano, Freundschaftsbriefe, hrsg. von Hartwig Schultz. Bd. 2: 1807–1829, Frankfurt am Main 1998, S. 674f.

davon, kann man doch nur den Kopf schütteln, wie jemand, der sich in der Sammlung *Des Knaben Wunderhorn*, die er zusammen mit Achim von Arnim herausgegeben hat, so intensiv nicht nur mit Volksliedern, sondern auch mit Märchen auseinandergesetzt hat, wie so einer nicht den geringsten Tau davon hat, was das Wesen dieser Gattung ausmacht. Es verwundert deshalb auch nicht, dass er einer der ersten war, die ein Thema aufbrachten, das dann später, vor allem ab den Sechzigerjahren des vergangenen Jahrhunderts, immer wieder wie eine Standarte in den Diskussionen aufgestellt wurde, nämlich: die Gewalt in den Märchen.

Mein Leben lang habe ich mich mit Märchen beschäftigt, und immer wieder habe ich sie gegen den Vorwurf verteidigen müssen, sie seien grausam, sie seien oft amoralisch, sie erschrecken die Kinder, pflanzen ihnen Alpträume in den Kopf, lassen sie schlecht schlafen, verderben sie. Irgendwann habe ich festgestellt, dass meine Verteidigung nichts anderes ist als die Spiegelverkehrung der Vorwürfe. Dass es in manchen Märchen nahezu kataklysmische Gewaltszenen gibt, das lässt sich nicht leugnen, und diese schön zu reden, hieße, sich argumentativ auf die Angreifer einzustellen und ihre Vorwürfe anzuerkennen. Märchen kann man nicht verteidigen; reine, von allem anderen abgelöste Schönheit benötigt keinen Anwalt, und kein Anwalt könnte sie verteidigen.

Am Phänomen der Gewalt im Märchen lässt sich veranschaulichen, was ich anfangs meinte, als ich vorschlug, Gut und Böse als ästhetische und nicht als moralische Kategorien zu fassen. Wir alle kennen das Märchen vom *Rumpelstilzchen* (KHM 55), und die meisten von Ihnen werden sich an den Schluss erinnern, als der böse Zwerg – der übrigens auch das Kind der Königin/Müllerstochter mit sich nehmen will – sein Spiel verliert und vor Zorn erst mit dem einen Bein so fest aufstampft, dass er bis zum Knie im Boden versinkt, sich dann am anderen Bein packt und sich selbst in der Mitte auseinanderreißt. Ich habe diese Geschichte oft meinen Kindern vorgelesen und auch nacherzählt und habe sie auch vor Erwachsenen erzählt, und immer war am Ende ein erleichtertes, heiteres Lachen gewesen und auch eine durchaus moralische Befriedigung, weil es dem ordentlich gegeben worden ist, der den Frauen die Kinder wegnehmen will.

Rumpelstilzchen ist ein Musterbeispiel für die Ästhetisierung von Gut und Böse. Moralisch gesehen, berichtet das Märchen nur Schlechtes. Ein Müller – ja, es sind immer die Müller! – prahlt, seine Tochter könne Stroh zu Gold spinnen; der König hört es und will den Beweis, sprich: das Gold; anstatt dass die Tochter den Unsinn aufklärt, lässt sie sich darauf ein, weil ihr der König verspricht, sie zu heiraten, wenn ihr das Unmögliche gelingt; in der Nacht kommt ein Männlein und schlägt ihr einen Tausch vor – wieder das Motiv des Tausches! –, es spinnt das Stroh zu Gold, wenn sie ihm dafür ihr erstgeborenes Kind gibt; sie ist einverstanden. Der Handel verstößt zweifellos gegen die guten Sitten, aber betrügerisch wie der Handel in unseren beiden Märchen, *Das Mädchen ohne Hände* und *Marienkind*, ist er nicht. Die Betrügerin ist hier die Müllerstochter/Königin, sie hält sich nicht an die Regeln des Tauschs, sie entdeckt den Namen des Zwergs, und der geht leer aus. – Lauter miese Sachen. Und am Ende dann noch ein Blutbad wie aus einem Splattermovie, und zwar aus einem ganz schlimmen.

Und das für Kinder? – Haben also Brentano und die Kinderpsychologen seit den Sechzigerjahren, die Pädagogen und Soziologen, die Helikoptereltern und die Überkorrekten, die Lehrplanersteller und sanften Theologen recht? Sollen die Märchen ent-brutalisiert oder überhaupt aus den Kinderzimmern verbannt werden? Dass kritisch in der Geschichte darauf hingewiesen werden soll, auch das böse Männchen ist betrogen worden? Dass sich das böse Männchen am Ende, anstatt sich selbst in Fetzen zu reißen, mit einem bedauernden Schulterzucken verabschiedet? – Kann man machen. Aber man soll dann nicht mehr von Märchen sprechen.

VI

Die Welt des Märchens, übertragen auf die Wirklichkeit, zeigt in der Tat oftmals ein Schlachtfeld, von dem man die Augen abwenden möchte, dessen Anblick wir auf jeden Fall einem Kind ersparen sollten. Aber Märchen und Wirklichkeit sind nicht in eins zu setzen; im Märchen begegnet uns die Wirklichkeit in einem noch larvenhaften Zustand; der Träumer mag die Relevanz anders gewichten und sagen, die Wirklichkeit sei die Maske des Märchens; die Surrealisten haben nach dieser Wertung ihre Ästhetik ausgerichtet: das Primat des Traums.

Was wir Wirklichkeit nennen, ist für den einzelnen Menschen wie für die Menschheit ohne moralische Richtlinien nicht zu überstehen, und die Moral teilt nun einmal Handlungen in Gut und Böse ein. Die Entdeckung der Moral diente dem Überleben, dem Überleben des Einzelnen, dem Überleben der Gattung. Im Märchen gelten aber andere Lebens- und Überlebensgesetze. Das Märchen wird vom Zauber gesteuert und nicht von der Vernunft und auch nur bedingt von den Gefühlen. Darum geschehen im Märchen Dinge, die nicht begründet sind, die sich nicht in die zwingende Kette der Kausalität eingliedern lassen. In einem der kürzesten Geschichten der Grimmschen Sammlung, betitelt mit *Herr Korbes* (KHM 41), tun sich die Dinge mit den Tieren zusammen, um gezielt und strategisch ausgeklügelt einen Menschen erst zu quälen und endlich zu töten, und sie tun es fröhlich singend. Und wir wissen nicht warum. Es ist böse, was sie tun, und dennoch ist, was sie tun, mit moralischen Kategorien weder zu erklären noch zu verurteilen.

In der letzten Fassung der *Kinder- und Hausmärchen* hielt Wilhelm Grimm diese Ungeheuerlichkeit nicht mehr aus, und er fügte dem Märchen einen Satz hinzu: »Der Herr Korbes muss ein böser Mann gewesen sein.«[10] Damit waren Kausalität und Moral wiederhergestellt.

Die viel zitierte ›Moral aus der Geschicht‹, wenn sie denn am Ende eines Märchens auftaucht, ist immer angeklebt – nämlich, weil man sich nicht damit abfinden konnte, dass uns Märchen keine Botschaft senden, dass sie vielleicht allein schön sind und keine Bedeutung haben; dass sie sich zwar als Gleichnisse verwenden lassen, aber nur, wenn man ihnen Gewalt antut – als Gleichnisse, mit deren Hilfe vor allem Kindern etwas eingebeult werden soll. In den meisten Fällen haben sich die Brüder Grimm diesen Moralaufkleber verboten, beim *Herr Korbes* machten sie eine Ausnahme. Die Geschichte vom *Marienkind* ist ihnen wohl als eine bereits ›moralische Geschichte‹ zugetragen worden, weshalb ich vermute, wir haben es bei diesem Märchen nicht eigentlich mit einem solchen zu tun, sondern mit dem Endprodukt einer Umwandlung in ein Gleichnis im Interesse einer vermeintlich christlichen Ethik – ›wenn du bereust, wird dir vergeben‹. Es ist höchst interessant, dem Kern dieses Märchens nachzuforschen und die verschiedenen Varianten zu rekonstruieren.

Die Literaturwissenschaftler, Volkskundler und Erzählforscher Johannes Bolte und Georg Polívka haben in ihrem monumentalen, fünf dicke, engst beschriebene Bände umfassenden Kommentarwerk zu den Märchen der Brüder Grimm[11] jeder einzelnen Geschichte nachgeforscht und ihr Rhizom ausgegraben. Gleich zu Beginn ihres Kommentars weisen sie auf eine zweitgleich mit dem *Marienkind* in Deutschland erzählte Version, in der statt der Muttergottes eine schwarz gekleidete Jungfrau auftritt, die das Mädchen nicht in den Himmel, sondern in ein schwarzes Schloss führt. Hinter der verbotenen dreizehnten Tür sitzen anstatt der heiligen Dreifaltigkeit vier schwarze Jungfrauen, in »Bücherlesen vertieft« wie es heißt. Als Strafe muss das Mädchen »etwas verlieren«,[12] und es entscheidet sich für die Sprache. Von nun an kann sie nicht mehr sprechen. Sie heiratet einen König, bringt ein Kind zur Welt, die böse Schwiegermutter ertränkt das Kind und bespritzt die Wiege mit Blut; auch hier wird die Königin verdächtigt, ihr eigenes Kind aufgefressen zu haben. Schließlich kommt die Sache auf, und die Schwiegermutter wird zusammen mit giftigen Schlangen in ein Fass gesperrt. In einer flämisch französischen Variante wird von einer »grünen Jungfrau« erzählt; bei Giambattista Basile nimmt die Rolle der Madonna eine grüne Eidechse ein, die Handlung ist ähnlich; in einem tschechischen Märchen sitzt hinter der dreizehnten Tür ein nickendes Gerippe, und das Märchen verliert vor Schreck die Sprache. Es gibt eine Version, in der nimmt die Rolle der Madonna ein Wesen halb

---

10 Kinder- und Hausmärchen (wie Anm. 2), S. 1215.

11 Vgl. Johannes Bolte und Georg Polívka, Anmerkungen zu den Kinder- und Hausmärchen der Brüder Grimm. 5. Bde., Leipzig 1913–32.

12 Ebd., Bd. 1: Nr. 1–60, S. 13.

Frau halb Fisch ein; in einer anderen wiederum hängt im dreizehnten Zimmer ein Kruzifix, und Christus spricht vom Kreuz herab, das Mädchen dürfe unter gar keinen Umständen verraten, dass es hinter diese Tür geschaut habe. Die Reihe ließe sich noch lange fortsetzen. In den meisten Fassungen, nicht in allen, aber doch in den meisten berührt das Mädchen mit dem Finger, was sich hinter der dreizehnten Tür befindet, und der Finger wird vergoldet. Und in keiner Variante wird auf den goldenen Finger weiter eingegangen, er wird nicht einmal mehr erwähnt.

Wilhelm Grimm hatte von allem Anfang an ihre Sammlung als für Kinder geeignet erachtet und sie deshalb auch *Kinder- und Hausmärchen* genannt. Er wusste, die Bilder, die in Märchen wie aus einem Nebeltal aufsteigen, haben mit unserer wachen Wirklichkeit nichts gemein, und die grausamsten Dinge, die sich aus diesen Bildern heraus erzählen lassen, verweisen nicht auf diese wache Wirklichkeit, sondern auf Traumbilder, die der Schläfer nicht deutet und an denen er nichts moralisch Verwerfliches findet, eben weil sie noch nicht gedeutet wurden.

Die Traumwelt und die Märchenwelt sind Zauberwelten, und in einer Zauberwelt ist es nicht so schlimm, wenn einer seinem eigenen Bruder den Kopf abschneidet wie in dem Märchen *Die zwei Brüder* (KHM 60), denn schon läuft der Hase los und besorgt ein Kraut, das bewirkt, dass der Kopf wieder anwächst. Die abgehackte Ferse der Schwester von Aschenputtel ist Teil eines missglückten Glückszaubers, von Blut wird zwar erzählt, nicht aber vom Schmerz; und wenn sich die Schwester in *Die sieben Raben* (KHM 25) einen Finger abhackt und ihn als Schlüssel zum Glasberg gebraucht, in dem ihre verzauberten Brüder leben, dann gibt es wieder keinen Schmerz, dann fließt nicht einmal Blut, dann ist mit einem Satz alles gesagt: »Das gute Schwesterchen nahm ein Messer, schnitt sich ein kleines Fingerchen ab, steckte es in das Tor und schloß glücklich auf.«[13]

VII

Woher aber kommen diese stummen Bilder? Wie haben sich diese Chiffren gebildet? Und wie haben sie es geschafft, sich über so lange Zeit in den Geschichten zu halten, wo sie doch zur Handlung und zur Personencharakterisierung nichts oder nur wenig beitragen? Oft sind sie Nebensächlichkeiten. Oder sie tarnen sich als solche. Oder sie sind zu Nebensächlichkeiten erzählt worden.

Goldfinger und Silberarme sind Bilder, und sie bereiten uns Unbehagen, weil uns die Deutung nicht zufriedenstellt; wir beziehen das Bild auf die Geschichte und sehen oder spüren doch, dass es in der Handlung und den handelnden Personen keinen Niederschlag findet. Wir übersetzen das Bild in Worte, und wissen dann doch nicht mehr, aus welchem Bild das

---

13 Kinder- und Hausmärchen (wie Anm. 2), S. 132.

Wort entstand. Und dennoch ist das Bild da – es ist da als Nukleus, sein Rätsel überstrahlt das Märchen, färbt es ein, gibt ihm seinen spezifischen Klang. Märchen sind die Primzahlen der Literatur, und das Rätsel dieser letzten, einfachsten Form ist ein Bild.

Sigmund Freud fand solche Bilder an seiner *Via regia*, als wären es Wegmarken am Königsweg ins Unbewusste, hinunter zu den Träumen. Tatsächlich wurden Märchen und Träume als Geschwister gesehen – es gibt Analysen des Märchens *Brüderchen und Schwesterchen* (KHM 11), in denen das Mädchen zur Traummetapher, der Bub zum Märchenmetapher erklärt wird. Freud hat darauf hingewiesen, dass die Traumsymbolik keine Erfindung der Psychoanalyse sei, sondern sich in Märchen und Mythen finden lässt. Aber auch er hat die stummen Schönheiten zu gering geschätzt, er hat sie über die *Deutung* rationalisiert und ihnen dadurch *Bedeutung* gegeben. C.G Jung war behutsamer, er war sich bewusst, dass etwas, das nichts bedeutet, doch Bedeutung haben kann; er hat ... – Aber das würde für heute zu weit führen.

Abendland und Europa

Leonhard Herrmann

Vom Leben erzählen.
Selbstreflexion, Geschichtlichkeit und die Idee des ›Abendlands‹ bei Michael Köhlmeier

»Heute vor einem Jahr, am 18. April 2001, starb Carl Jacob Candoris«.[1] Mit diesen Worten beginnt der erste Teil des ersten Buchs von Michael Köhlmeiers Jahrhundertrückblick *Abendland* (2004).[2] Urheber dieser lakonischen Feststellung ist der Ich-Erzähler Sebastian Lukasser. Mit dem zeitlichen Abstand eines Jahres erinnert sich dieser daran, wie er seinen väterlichen Freund Candoris kurz vor dessen Tod[3] besucht hatte, um in langen Gesprächen Material für dessen Biografie zu sammeln – Gespräche, die Wochen der gegenseitigen biografischen Arbeit in Anspruch genommen hatten und nun ins Zentrum der langen, den gesamten Roman umfassenden Ich-Erzählung Sebastians rücken. Sebastian und Carl waren, wie Sebastians Erzählung deutlich macht, durch eine in alle biografischen Tiefen Sebastians hineinreichende Freundschaft verbunden. Sie ist der Grund dafür, dass Candoris ihn gebeten hatte, seine Biografie zu schreiben. Carl Jacob Candoris ist emeritierter Mathematikprofessor, Sebastian Lukasser ist Schriftsteller, der mit seinem Schöpfer Michael Köhlmeier nicht allein das Geburtsjahr, sondern im Mindesten auch eine Leidenschaft für das Erzählen teilt.[4] Sebastians schriftstellerischer Ruhm verdankt sich einer Reihe an Doppelbiografien, die insbesondere in den USA, seiner zwischenzeitlichen Wahlheimat, einen sehr populären Lektürestoff darstellten. Leserinnen und Lesern späterer Erzähltexte Köhlmeiers be-

---

1 Michael Köhlmeier, Abendland. Roman, München 2010, S. 13. Im Folgenden zitiert unter der Sigle: A.

2 Der vorliegende Text stellt eine das biografische Erzählen fokussierende Überarbeitung bisheriger Ausführungen zu *Abendland* dar, vgl. Leonhard Herrmann, Kulturgeschichten des Wissens. Das ganze 20. Jahrhundert im Rückblick – fiktive Gelehrtenbiografien von Michael Köhlmeier und Marcel Beyer, in: KulturPoetik 2/2011, S. 240–257; Ders., Literarische Vernunftkritik im Roman der Gegenwart, Stuttgart 2017, S. 251–257.

3 Zur Bedeutung des Todes von Carls als der »Geburtsstunde der Narration« für Sebastians Erzählung vgl. Alexandra Pölzlbauer, Lebensabend – Abendland. Michael Köhlmeier erzählt vom Sterben, in: Franz-Josef Deiters, Axel Flietmann, Birgit Lang, Alison Lewis und Christiane Weller (Hrsg.), Altern/Ageing, Freiburg 2015, S. 235–251, hier S. 237.

4 Zum Werk Köhlmeiers als Reaktion auf die ›Krise des Erzählens‹ vgl. Robert Vellusig, Der Erzähler. Betrachtungen zum Werk Michael Köhlmeiers, in: Günther A. Höfler und Robert Vellusig (Hrsg.), Michael Köhlmeier, Wien 2001, S. 25–62.

gegnet Sebastian Lukasser als Ich-Erzähler im Roman *Madalyn*, aber auch als Freund und dramaturgischer Ratgeber des Ich-Erzählers in *Die Abenteuer des Joel Spazierer.*[5]

Sebastians Erzählung von seinen Gesprächen mit Carl stellt nicht allein eine Biografie seines von Alter und Krankheit gezeichneten Freundes dar, sondern auch einen autobiografischen Bericht seiner eigenen Vergangenheit. Sebastian ist, wie er selbst berichtet, von Candoris nicht allein wegen seiner schriftstellerischen Fähigkeiten als sein Biograf ausgewählt worden, sondern gerade aufgrund der Nähe zwischen den beiden: Für Carl ist Sebastian »der einzige Mensch von all jenen, die ich geliebt habe, der noch lebt« (A 13). Die Lebensgeschichte Carls, der sich auf das Tiefste in die Familiengeschichte der Lukassers eingeschrieben hat, ist für Sebastian zu einem großen Teil auch seine eigene. Die Bekanntschaft zwischen beiden reicht bis in Sebastians früheste Kindheit zurück. Erst durch Carl lernen sich die Eltern Sebastians überhaupt kennen. Später wird Carl zum Gönner, Ratgeber und Förderer von Sebastians Vater, dem Jazzgitarristen Georg Lukasser, der von dieser Unterstützung existenziell abhängt. Das Leben von Carl zu erzählen, gelingt Sebastian erst, als er beginnt, seine eigene Beziehung zu dem Porträtierten zu reflektieren. Daraus resultiert eine binnenfiktional motivierte Erzählstruktur, mit der Köhlmeier die Erzählweisen von Biografie, Autobiografie und Geschichtsschreibung in ein enges Verhältnis setzt.

Mit dieser Grundstruktur ist *Abendland* – so soll im Folgenden in vier Schritten deutlich werden – ein Roman, der gleichermaßen Fragen nach der Erzählbarkeit von Leben und von Geschichte reflektiert und qua seiner eigenen Form einen Vorschlag für ihr Erzählwerdens macht. Dafür soll *erstens* gezeigt werden, inwiefern Köhlmeier im Rückgriff auf geschichts- und gedächtnistheoretische Debatten des 20. Jahrhunderts[6] eine durchaus eigenständige Antwort formuliert, die den gängigen Konstruktivismus negiert, Geschichtsschreibung aber dennoch als etwas grundlegend Subjektives betrachtet. Aufbauend darauf soll *zweitens* deutlich werden, dass der Roman als eine in dieser Hinsicht subjektive Geschichtserzählung zwei grundlegende epistemische Systeme oder Verfahren konfrontiert, die – wie *drittens* gezeigt wird – in Form eines komplexen biografischen Erzählarrangements entfaltet werden. *Viertens* wird deutlich, dass dieses Erzählarrangement auf einer weltanschaulich-philosophischen

---

[5] Vgl. dazu Antje Graf, Figur der Freundschaft Sebastian Lukasser als textüberschreitendes Phänomen im Werk Michael Köhlmeiers, in: Kritische Ausgabe 30 (2016), S. 15–18.

[6] Zu *Abendland* als Roman »über Geschichte, über die Erinnerung und über das Erzählen« vgl. Matthias Beilein, Die Maßstäbe der Erinnerung, in: Ulrike Längle und Jürgen Thaler (Hrsg.), Michael Köhlmeiers *Abendland*, Innsbruck 2010, S. 27–39, hier S. 36.

Grundlage basiert, die der Roman in Form eines theologischen Vokabulars selbst artikuliert. Das titelgebende *Abendland*, obwohl kaum expliziter Gegenstand des Textes, erweist sich dabei als eine profund selbstreflexive Erzählung mit einer problematischen Vergangenheit und einer grundlegend offenen Zukunft.

I Geschichte: Erzählung und Erfahrung

Grundlage für die historiografietheoretischen Reflexionen des Romans ist die enge, gegenseitige Bezogenheit der beiden Gesprächspartner Carl und Sebastian, deren Begegnung die Rahmenhandlung des Textes prägt. Carl als Gegenstand der geplanten Biografie ist nicht etwa das Produkt seines Biografen Sebastian. Sebastian hat vielmehr umgekehrt »den hoffnungslosen Gedanken«, seinerseits »ein Geschöpf dieses Mannes zu sein, und nicht nur ich, sondern auch mein Vater, meine Mutter, mein Sohn« (A 46). Als Schöpfer seines eigenen Biografen, dem der Ziehsohn auch noch als über Fünfzigjähriger kindgleich ergeben ist, legt der Mathematiker Carl selbst den Grundstein für die Erzählung seiner eigenen Biografie. Obwohl er seine Rolle, ausführendes Organ von Carls höherem Willen zu sein, kritisch reflektiert, vermag es Sebastian nicht, ihr zu entkommen. Vielmehr löst sein Auftrag »ein Gefühl von Erhabenheit« (ebd.) in ihm aus, ein Empfinden, das Carl immer wieder stützt.

Diese Verschränkung des Biografen mit der zu schildernden Biografie lässt sich als ein Statement Michael Köhlmeiers zu zentralen geschichtsphilosophischen Debatten der 1980er- und 1990er-Jahre deuten, die Köhlmeier aufgreift, aber als einseitig konstruktivistisch kritisiert. Den Konstruktivismus, demzufolge Geschichtsschreibung eine Erzählung darstellt, die nicht mehr grundsätzlich von der Fiktion zu unterscheiden ist,[7] hält Köhlmeiers Ich-Erzähler Sebastian für den »Quatsch des 20. Jahrhunderts« (A 188). Doch auch für Sebastian bedeutet das Erzählen einer Geschichte – »trotz aller Vorsicht, nur ja nicht Wirklichkeit und Wunsch zu verwechseln« (A 223) – eine subjektive, von gegenwärtigen Bedürfnissen gesteuerte Selektion und Rekombination von Ereignissen aus der Vergangenheit: »Ich erinnere mich – und das heißt wohl auch, ich lüge mir eine Ordnung in die Dinge« (ebd.). Die im Verlauf des Romans entstehende Beschreibung von Carls Leben, identisch mit der Ich-Erzählung Sebastians und daher letztlich auch mit dem Roman selbst, ist keine ›authentische‹ Wiedergabe einer äußeren, historischen ›Wirklichkeit‹, wie Carl sie sich gewünscht hatte, sondern Sebastians ganz eigene und sehr persönliche Erzählung. Doch in Sebastians biografischer Abhängigkeit von Carl zeigt sich, dass diese Erzählung kein rein subjektives oder gar

[7] Vgl. dazu resümierend Hans-Jürgen Goertz, Unsichere Geschichte. Zur Theorie historischer Referentialität, Stuttgart 2001.

beliebiges Konstrukt ist, sondern im erzählten Gegenstand ihren Ursprung hat. In dem Umstand, dass der Erzähler Sebastian seine gesamte Existenz dem Erzählten, Carl Jacob Candoris, zu verdanken hat, verdeutlicht der Roman, dass die Geschichte selbst die Bedingungen für das eigene Erzähltwerden schafft: Ja – Geschichtsschreibung ist ein Konstrukt, so ließe sich der Rekurs auf geschichtstheoretische Debatten begreifen, der in Michael Köhlmeiers Roman stattfindet. Aber nein – sie ist dadurch weder kontingent noch macht- und triebgesteuert oder ausschließlich diskursiv. Sie ist durch und durch wirklich. Doch erzählen von ihr kann nur der, der nicht nur sie, sondern auch sich selbst kennt – und um seine eigene historische Bedingtheit weiß.

Die organische Verschränkung von Geschichte und ihrem Erzähltwerden bedeutet in Köhlmeiers Texten zudem keine Verschmelzung von Geschichte und Gegenwart, wie es gegenwärtige Thesen von der ›breiten‹ Gegenwart[8] oder einer aus den ›Fugen‹ geratenen Zeit[9] annehmen, die im Konzept der ›Erinnerungskultur‹ ihren Ursprung haben und angesichts der Omnipräsenz von Vergangenheit in der Gegenwart die Grenzen zwischen beiden infrage stellen. Sebastians Verhältnis zu jener Geschichte, die er selbst erzählt, erweist sich weniger als ein Einswerden mit, sondern vielmehr als ein Hervorgehen aus dieser. Das Bewusstsein davon, dass das eigene Selbst die Konsequenz jener Geschichte ist, die es zu erzählen gilt und der Erzählvorgang durch die Geschichte selbst schon veranlasst ist, zieht – zumindest für Sebastian Lukasser – keine Einswerdung mit der Geschichte nach sich, sondern im Gegenteil: ein profund kritisches Verhältnis zum eigenen Gewordensein. Das gilt nicht allein für die eigene Person und deren Geschichte, sondern auch für das titelgebende ›Abendland‹ – ein Begriff, der innerhalb der Erzählung Sebastians eigentlich keine Rolle spielt.

II Erzählen, Wissenschaft und Kunst

Ausgehend von dem Verhältnis zwischen Carl und Sebastian und dem Verhältnis beider zu ihrer Geschichte lässt sich folgern, dass das titelgebende ›Abendland‹ für Köhlmeier kein stabiler, schützender oder identitätsgewährender Rahmen ist, sondern von antagonistischen Kräften getrieben wird, die den Okzident ebenso faszinierend wie gefährlich werden lassen. Diese Kräfte zeigt der Roman einerseits in der wissenschaftlichen Rationalität Carl Jakob Candoris', die für die wissenschaftlich-ökonomische Zweckrationalität im Sinne der *Dialektik der Aufklärung* steht, andererseits in der musikalischen Begabung von Sebastians Vater, der in den frühen 1950er-Jahren zu den Pionieren des Free Jazz in Österreich wird und in seiner genialischen, aber in pragmatischer Hinsicht

8 Vgl. Hans Ulrich Gumbrecht, Unsere breite Gegenwart, Frankfurt am Main 2010.
9 Vgl. Aleida Assmann, Ist die Zeit aus den Fugen?, München 2013.

unbeholfenen Lebensweise von Carls pragmatischen Fähigkeiten zur Lebensgestaltung fundamental abhängig wird. Am fiktiven Beispiel der geradezu ins Unglaubwürdige gesteigerten Integration des Protagonisten Candoris in die Geschichte des 20. Jahrhunderts legt der Roman nahe, dass die westliche Rationalität am Ursprung der historischen Katastrophen steht – eine Auffassung, die auf Horkheimer/Adornos *Die Dialektik der Aufklärung* verweist. Doch anders als hier erweist sich diese Rationalität bei Köhlmeier als begrenzt und dadurch potenziell kontrollierbar: durch das Wissen von ihrer Wirkung auf das eigene Denken und Tun. Der Roman selbst bietet sich dabei als narrative Form an, unsere eigene Eingebundenheit in dieses hoch problematische ›Abendland‹ zu reflektieren.

Mit ihren je unterschiedlichen Verstehensweisen oder Weltzugängen umreißen die Mathematik Carls, die Musik Georgs und das Erzählen Sebastians das, was das titelgebende Abendland bestimmt.[10] Sie verleihen dem Roman eine grundlegend erkenntnistheoretische und erkenntniskritische Dimension: Anders als andere Familien- oder Erinnerungsromane erzählt er die Geschichte des 20. Jahrhunderts, seine Faszination und seine Katastrophen, als eine Geschichte seiner Anschauungsverfahren, die sich als antagonistisch erweisen.

Die zwei Anschauungsverfahren, die Sebastians Erzählung zueinander in Beziehung setzt erzeugen ein Spannungsfeld, in dem die Geschichte des 20. Jahrhundert steht und entsteht. Das dritte epistemische Verfahren des Romans, Sebastians Erzählung selbst, ist diejenige Form, beide zu reflektieren. Die Mathematik Carls ist von formalen Verfahren geprägt, von maximaler Exaktheit, Logizität und formaler Korrektheit. Doch bleiben ihre Erkenntnisse jenseits der eigenen Benennungs- und Darstellungssysteme anschauungslos und außerhalb ihrer selbst nicht mehr zu kommunizieren. Die Musik Georg Lukassers ist das genaue Gegenteil: Sie ist sinnlich und nicht durch Kalkül oder Folgerichtigkeit strukturiert, sondern durch den virtuosen Genius, der jedoch – und hier berührt sie sich mit der Mathematik – nicht in der Lage ist, seine Verfahrensweise in einem anderen Darstellungsverfahren zu explizieren. Der Free Jazz bringt das im Vergleich zu anderen musikalischen Verfahren noch einmal ganz besonders deutlich zum Ausdruck: Anders als die Mathematik ist er spontan, einmalig, nicht reproduzierbar und kaum zu notieren. Doch analog zur Mathematik ist die Musik Georg Lukassers referenzlos – sie benennt nicht und deutet nicht, sondern *ist*. Anders als dasjenige der Mathematik ist das schiere Sein der Musik aber nicht formaler Art, sondern sinnlich

---

[10] Vellussig, Erzähler (wie Anm. 4), S. 29 zitiert Köhlmeier mit den Worten: »Eine gute Geschichte erzählt immer von den Extremen: von dem einzigen Menschen und gleichzeitig von der Menschheit« – eine Aussage, die Georg Lukasser auf der einen und Carl Jacob Candoris auf der anderen Seite zu Stellvertretern einer solchen ›ganzen Menschheit‹ werden lassen.

und kann auf diese Weise auch denjenigen in seinen Bann ziehen, der sie selbst nicht praktiziert. An ihr gibt es wenig zu verstehen, aber viel zu empfinden – für die Mathematik Carls gilt das Gegenteil.

Zwischen den Polen der reinen Sinnlichkeit Georg Lukassers und der reinen Logik Carls entsteht nun – gleichsam aus einer gemeinsamen Vaterschaft – Sebastians Erzählung. Sie ist ist virtuos, aber nicht strukturlos; anders als die Mathematik ist sie nicht replizierbar, folgt aber dennoch Verfahren und Strategien, die benennbar sind. Sie referiert auf Zeiten und Orte und Personen, deren Handlungen und Gefühle sinnlich und nachvollziehbar sind, und verwendet zugleich eine poetische, von der des Alltags abweichende Sprache. Diese agiert jenseits der formalen Logik, ist aber durch eine ›ästhetische Rationalität‹[11] strukturiert, auf die sich ihre Leserinnen und Leser einlassen.

Carl dagegen ist und bleibt formaler Logiker. Er wünscht sich von Sebastian eine »Nacherzählung« (A 17), keine subjektive Wiedergabe seines Lebens. Gemessen an diesen objektivistischen Vorstellungen scheitert daher das Projekt der Biografie. Der abweichend von der Gewohnheit Sebastians als einzelne Biografie geplante Text (A 663f.) ist bis zum Erzählzeitpunkt im April des Jahres 2002 noch nicht entstanden:

> Ich fand keinen Einstieg. Wenn ich das Wort »ich« tippte, wie unverfänglich der Satzzusammenhang auch war, sah ich eine Lüge vor mir; wenn ich den Namen »Carl Jacob Candoris« schrieb, war es wie Verrat und Tücke; als hätte ich ihm den Namen genommen und einen anderen untergeschoben. Mir dämmerte, daß ich zum erstenmal die Wahrheit schreiben wollte; nicht Fiktion, sondern Wahrheit – »Aderlaß des Herzens« –, und dafür gab es keine Worte – richtig war vielmehr: Ich hatte keine [...]. (A 724)

Mit dem Stichwort von der ›Wahrheit‹ als dem ›Aderlaß des Herzens‹ bezieht sich Michael Köhlmeier, der sich hier deutlich hinter seinem Ich-Erzähler Sebstian Lukasser hervorschimmert, auf Hans-Martin Zöllners 1983 erschienenes schmales Buch mit diesem Titel, das sich als eine ›Psychologie des Wissenschaftsbetriebs‹ versteht[12] – und auch als eine solche ließe sich Sebastians langer Bericht begreifen.

III Das Leben erzählen

Gerade weil Sebastian an einer konventionell-objektivistischen Biografie, wie Carl selbst sie bei ihm in Auftrag gegeben hat, scheitert, wird dessen Leben zum Gegenstand einer Erzählung. Zwar erfüllt diese nicht die üblichen Genre-Erwartungen, die ein Lesepublikum und Carl selbst an sie

---

[11] Vgl. Martin Seel, Die Kunst der Entzweiung. Zum Begriff der ästhetischen Rationalität, Frankfurt am Main 1997.

[12] Vgl. Hans-Martin Zöllner, Wahrheit ist ein Aderlass des Herzens. Psychologie des Wissenschaftsbetriebes, Rorschach 1983.

richten. Vielmehr entsteht eine biografische Erzählung von Carls Leben, die zugleich eine Autobiografie ist. Sebastians Scheitern an einer konventionellen Biografie Carls ist, wie seine Erzählung erst gegen Ende explizit macht, der Ausgangspunkt und zentrale Anlass für Sebastians Erzählung. Adressiert ist diese an seinen Sohn, um diesem wiederum die Bedeutung von Carls Leben für die eigene Familiengeschichte deutlich zu machen.[13] Und auch die Gründe für das eigene Scheitern an dem schriftstellerischen Großprojekt scheint der Vater seinem Sohn mitteilen zu wollen, dies offenkundig vor dem Hintergrund der Bewusstwerdung der eigenen Vergänglichkeit: Kurz vor Beginn des langen Recherchebesuchs bei Carl wird, Sebastian, noch nicht ganz Mitte fünfzig, nach einer Krebsoperation aus dem Krankenhaus entlassen.

Indem Sebastian Carls Bedeutung für die eigene Familie deutlich herausstellt, erhält sein Text eine dritte Funktion: eine Biografie seines Vaters Georg Lukasser zu liefern. Damit erhält Sebastians Erzählung zunächst eine Struktur, wie sie Sebastians berühmten Doppelbiografien zugrunde liegt, ist aber zusätzlich um eine autobiografisch-selbstreflexive Dimension erweitert. Sebastians Erzählung stellt binnenfiktional die Synthese aus einer Doppelbiografie (derjenigen von Carl und Georg) und einer Autobiografie dar, wobei die autobiografische Fundierung die Grundlage liefert dafür, dass die Doppelbiografie möglich wird: Erst durch die Integration eigener, persönlicher Erlebnisse wird die beiden Lebensgeschichten von Carl und Georg erzählbar.

Erzähltechnisch werden die beiden Biografien auf drei unterschiedliche Weisen in die Erzählung Sebastians integriert: Erstens dadurch, dass Sebastian, adressiert an seinen Sohn, von den gemeinsamen Gesprächen erzählt und dabei die Redebeiträge Carls direkt zitiert oder indirekt wiedergibt, zweitens dadurch, dass Sebastian seinerseits von eigenen biografischen Erinnerungen an Carl und seinen Vater erzählt und dabei auch von inneren Vorgängen Carls berichten kann, und drittens durch Carl selbst: Große Teile der Gespräche hat Sebastian auf Magnetband aufgezeichnet, die er »unwesentlich gekürzt und ohne nennenswerte Veränderungen vom Band abgeschrieben« (A 75) hat und nun in seinen Bericht integriert. In diesen langen, fiktiv-mündlichen[14] Binnenerzählungen Carls wiederum

---

[13] Für König geschieht dies deshalb, um den Sohn mit Namen David vom Selbstmord zu bewahren, wodurch Sebastian zu einer »Art Scheherazade« werde; vgl. Christoph König, Zu produktiven Konflikten im Roman *Abendland* von Michael Köhlmeier, in: Längle/Thaler (Hrsg.), Michael Köhlmeiers Abendland (wie Anm. 6), S. 9–26, hier S. 18.

[14] Zum Verhältnis von schriftlichem und mündlichem Erzählen bei Köhlmeier vgl. Vellussig, Erzähler (wie Anm. 4), S. 33 sowie mit explizitem Bezug auf *Abendland*: Jürgen Thaler, Mündlichkeit in Abendland, in: Längle/Thaler (Hrsg.), Michael Köhlmeiers Abendland (wie Anm. 6), S. 41–52, für den die Mündlichkeit

wird das Leben von Sebastians Vater präsent – und zwar in Details, die dem Ich-Erzähler Sebastian bis zu seinen Gesprächen mit Carl nicht bekannt waren. Innerhalb der Bandaufzeichnungen zitiert Carl wiederum weitere Personen. Zudem werden Dokumente weiterer Personen integriert – so gibt Sebastian Tonbänder wieder, auf denen eine Tante Carls berichtet.

Sowohl in seinen eigenen Berichten als auch in der indirekten Wiedergabe durch Sebastian offenbart sich der Mathematiker Carl als exemplarische Figur des 20. Jahrhunderts, das er immer wieder beeinflusste. Die beiden fiktiven Zentralfiguren der Erzählung Sebastians werden – bei bewusstem Überschreiten jeder erzählerischen Plausibilität – in ein Ensemble aus, wie Klaus Nüchtern geschätzt hat, 690 realhistorischen Figuren[15] integriert. Beide sind an historische Vorbilder angelehnt: Georg Lukasser ist, so Nüchtern, ein »fiktiver Ersatzmann«[16] für den amerikanischen Jazzgitarristen Billy Bauer (1915–2005). Carl besitzt Ähnlichkeiten mit dem Innsbrucker Mathematiker Leopold Vietoris (1891–2002),[17] wobei Michael Köhlmeier selbst die Bedeutung dieses historischen Vorbilds stark relativiert, dies ganz offenkundig im Interesse der Exempelhaftigkeit Carls für die Rationalität des 20. Jahrhunderts, die der Roman auch negativ konnotiert. Seine Figur sei, so Köhlmeier, »zwar eine kleine Hommage« an Leopold Vietoris, »aber nicht mehr«.[18] Die im Roman Carl zugeschriebene Dissertation hat, wie Andrea Albrecht nachweist, ein realgeschichtliches Analogon aus der Feder des deutschen Mathematikers Hans Petersson (1902–1984).[19]

Carl, der in seiner Kindheit mit seinem Großvater die Natur beobachtet, wird in den 1920er-Jahren zum kongenialen Mathematiker und engen Vertrauten Emmy Noethers, von der er promoviert wird. An ihrer Seite lebt er einige Zeit in der frühstalinistischen Sowjetunion, steigt in den Kolonialwarenhandel seines Großvaters ein, wird Universitätsdozent in Portugal und berichtet als geheimer Informant der Royal Navy und

---

des Textes auf die platonischen Dialoge als Anfangsgründen der abendländischen Philosophie verweist.

15 Vgl. Klaus Nüchtern: Die Schrammeln, der Jazz und die Neue Musik. Über Musikalisches in »Abendland«, in: Längle/Thaler (Hrsg.), Michael Köhlmeiers Abendland (wie Anm. 6), S. 53–66, hier S. 54.

16 Ebd., S. 55.

17 Vgl. Volker Hage, Das Kreuz des Abendlandes, in: Der Spiegel 41 (2007), S. 194–196, hier S. 194.

18 Edith Schlocker, Köhlmeiers Buch »Abendland« für Deutschen Buchpreis nominiert [Interview mit Michael Köhlmeier vom 30.8.2007], online abrufbar unter: https://web.archive.org/web/20071001015351/http://www.tirol.com/szene/national/68187/index.do (aufgerufen am 23.02.2021).

19 Vgl. Andrea Albrecht, Mathematisches Wissen und historisches Erzählen. Michael Köhlmeiers Roman *Abendland*, in: Gegenwartsliteratur 8 (2009), S. 192–217, hier S. 194.

bald gar Churchill persönlich über den Stand des deutschen Atomprogramms – eine Tätigkeit, die er gezielt dazu nutzt, die entsprechenden Programme der Alliierten zu dynamisieren. Schließlich emigriert er in die USA, ist an der Seite von Julius Robert Oppenheimer am Bau der ersten Atombombe beteiligt und gehört zu den »zweihundertsechzig Auserwählten«, die »niederknieten wie Moses vor dem brennenden Dornbusch« (A 638), als die erste Atombombe in der Wüste von New Mexico explodierte. Später reist er nach Japan, um die Folgen des Atombombenabwurfs zu analysieren. Nach dem Zweiten Weltkrieg besucht er an der Seite eines amerikanischen Freundes die Nürnberger Prozesse und wird schließlich Mathematikprofessor in Innsbruck.

Carls Mathematik macht ihn auch in praktischer Hinsicht zu einem Vernunftmenschen, der als Konsequenz seines Vertrauens in die Logik auch auf die – mit Max Horkheimer gesprochen – »instrumentelle Vernunft«[20] des Menschen setzt. Als ganz und gar diesseitsbezogener Macht- und Kalkülmensch[21] ist Carl durch und durch ein Repräsentant des technischen Zeitalters und in dieser Hinsicht eng verwandt mit Max Frischs Homo faber: »Ich habe nie an etwas anderes geglaubt als an das, was Menschen bewerkstelligen. Daran aber schon« (A 68). Carls tätige Vernunft ist zwar anders als seine logische Vernunft nicht anschauungslos, sondern konkretisiert sich vielmehr in überaus wirklichen Ergebnissen. Aber ebenso wie seine Logik ist sie ethisch indifferent. Handelt Carl ethisch, dann nicht aus Einsicht oder gar aus Notwendigkeit, sondern aus einem Gestaltungs- und Veränderungswillen heraus.

Indem er sein eigenes Jahrhundert als amoralisch empfindet, sieht sich Carl ebenfalls im Recht, frei von Moral zu handeln. Vom »Gewissen eines Mannes [zu] verlangen, daß es sich über den Konsens erhebt«, erscheint Carl als Unmöglichkeit – insbesondere dann, wenn »[d]as Gewissen der Gemeinschaft auf dem Hund« war (A 692). Über weite Strecken des Romans geht Carl davon aus (und Leserinnen und Leser folgen ihm in dieser Annahme), dass er im Streit einen Kontrahenten getötet hat. Als sich diese Annahme als falsch erweist – die Person hat gegen alle Wahrscheinlichkeit überlebt und taucht gegen Ende des Romans wieder auf – glaubt Carl nun an sein Recht, tatsächlich einen Mord zu verüben und will einen Auftragsmörder auf den Geliebten seiner Frau ansetzen. Wie er erst

---

20 Zu diesem Konzept, das später das Rationalitätskonzept der *Dialektik der Aufklärung* zentral beeinflusst, vgl. Max Horkheimer, Zur Kritik der instrumentellen Vernunft, in: ders., Gesammelte Schriften, Bd. 6, Zur Kritik der instrumentellen Vernunft und Notizen 1949–1969, hrsg. von Alfred Schmidt, Frankfurt am Main 1991, S. 19–186.

21 Zur epistemologischen Dimension von *Abendland*, die im Folgenden aufgegriffen werden vgl. meine früheren Ausführungen, die hier aufgegriffen werden: Herrmann, Literarische Vernunftkritik (wie Anm. 2), S. 250–256.

im Gespräch mit Carl erfährt, verhindert dies der zu diesem Zeitpunkt elfjährige Sebastian durch einen humanisierenden Einfluss auf Carl.

Befangen in seiner kalten, streng abstrahierenden Logik, seiner persönlichen Eitelkeit und einem unbändigen Selbstbewusstsein ist Carl genuin ethisches Räsonnement weitestgehend fremd. Er hält sich, und auch diese Eigenschaft teilt er mit Max Frischs Walter Faber, für fehlerlos und allem genuin Menschlichen überlegen, woraus er in ethischer Hinsicht gewisse Sonderrechte für die eigene Person ableitet und sich von den üblichen Regeln des menschlichen Zusammenlebens ausgenommen hält. Zwar verhält sich Carl durchaus ethisch – etwa durch die Unterstützung der finanziell ständig darbenden Familie Lukasser oder durch die lebenslange Förderung des japanischen Mathematikgenies Makoto Kurabashi,[22] der durch den Bombenabwurf zum Waisen geworden war. Doch nicht »irgendein Pathos«, »womöglich so etwas wie religiöse Erhebung« oder »ethischer Qualm« (A 607) sind für Carl der Grund dafür, sondern jene Devise, die Carl als grundlegende Verhaltenslehre des 20. Jahrhunderts betrachtet: »Ich kann's, also tu' ich's. Mehr war es nicht. *Queo, ergo facio.* Die bewährte Fortsetzung des *cogito, ergo sum* ins technische Zeitalter« (ebd.).

Auch nachträgliche Zweifel an der Legitimität seines Tuns äußert Carl an keiner Stelle. Im Gegenteil bekennt er gegenüber Sebastian: »Zum Glück bin ich ein Unmensch« (A 655). Begründet wird das durch jene Wissenschaft, die nicht allein Carls beruflichen Erfolg, sondern seine gesamte Persönlichkeit durchdringt und – aus Carls eigener Sicht – weitreichende Folgen auch für seine Weltanschauung hat: »Mathematik ist elegantester Nihilismus« (A 648). Carls kalte und kühl berechnende Logik ist damit innerhalb des Romans als Bestandteil der Katastrophe des 20. Jahrhunderts ausgewiesen. Georg Lukassers Jazzmusik dagegen verkörpert dessen andere, sinnlich-ekstatische und künstlerische Dimension. Gegenüber der Sinnlichkeit der Musik Georg Lukassers empfindet Carl seinen eigenen, rein rationalen Weltzugang als unterlegen und kompensiert dies durch eine nachhaltige, auch finanzielle Förderung Georgs:

> Diese Musik, die ich für die beste des vergangenen Jahrhunderts halte, sie hämmert einem ein, mir hämmerte sie ein: Die Welt ist sexy. Und wo sie es nicht ist, braucht man nicht hinzusehen. Sex ist mehr als geschlechtliche Betätigung, er ist eine Sicht auf die Welt, eine prinzipielle Lebenseinstellung, eine gefährliche – Achtung! –, aber eine, die glücklich machen kann. Die einzige, die wirklich glücklich machen kann. Daneben ist alles andere zweitrangig und harmlos [...]. (A 618)

---

[22] Zu dessen historischem Vorbild vgl. Albrecht, Mathematisches Wissen (wie Anm. 19), S. 210.

In dieser Konstellation der Figuren Carl und Georg wird das 20. Jahrhundert in seiner Ganzheit präsent – eine Ganzheitlichkeit, die ihrerseits wiederum nur durch die spezifische autobiografische Perspektive Sebastians als solche erzählerisch vermittelt werden kann. Erst in einer Darstellungsform, die zu gleichen Teilen eine Doppelbiografie in Bezug auf seine Gegenstände und eine Autobiografie in Bezug auf das Subjekt des Erzählers darstellt, wird das ›ganze‹ 20. Jahrhunderts erzählerisch fassbar.

Das Erzählverfahren der Doppel- oder Parallelbiografie hat sehr alte Vorbilder. Es verweist auf Plutarchs *Bioi parálleloi*, die je einen herausragenden Römer und einen herausragenden Griechen zueinander in Beziehung setzen,[23] kehrt jedoch die ethische Funktion der Geschichte für die Gegenwart um: Mit Nietzsches *Vom Nutzen und Nachtheil der Historie für das Leben* gesprochen, weicht die ›monumentalische‹ Begegnung mit Geschichte, wie sie Plutarchs Doppelbiografien nahe legen, einer grundlegend kritischen Funktion. In der Auseinandersetzung mit einer Geschichte, die den eigenen Werten fundamental entgegenläuft, gilt es für Köhlmeiers Ich-Erzähler vielmehr, eine neue Ethik für die Gegenwart zu entwickeln, die sich aus dem Erzähltwerden von Geschichte ergibt.[24]

In dieser Hinsicht ist Sebastian trotz aller persönlichen Befangenheit Carls in der Lage, dessen ethische Differenzlosigkeit einer normativen Kritik zu unterziehen und entsprechend Distanz zu seinem Ziehvater zu gewinnen. Er berichtet, Carl habe im Zuge der langen Gespräche zu einer »Vorlesung über Logik« angesetzt,

> die den mortal terror relativieren sollte, indem derselbe ins Exemplarische erhoben wurde: »Auf der gediegenen Standfestigkeit der Logik behauptet sich der Glaube an die Vernunft, und die Vernunft hielt ich während meines Lebens für die wesentliche Grundlage der zivilisierten Menschheit...« (A 659)

Und auch Carl selbst korreliert seine erkenntnistheoretischen Prinzipien explizit mit seiner Verwobenheit in die Geschichte des 20. Jahrhunderts. Er hält es für das »Schicksal eines Mathematikers: Systeme zu vervollständigen« (A 638).

Dass der Roman als Ganzes die von Carl vertretene Epistemologie als historisch aufzeigt – als typisch für das 20., aber eben nicht mehr für das 21. Jahrhundert – zeigt sich auch in der Unfähigkeit Carls, für den Fortbestand seiner ›Lehren‹ zu sorgen. Beide Genies, die Carl fördert – Georg

---

23 Zur anthropologisch-historiografischen Funktion von Plutarchs Doppelbiografien vgl. Hans von Zimmermann, Biografie und Anthropologie, in: Christian Klein (Hrsg.), Handbuch Biografie, Stuttgart 2009, S. 61–70, hier S. 63.

24 König, Zu produktiven Konflikten (wie Anm. 13), S. 13, spricht mit Blick auf Köhlmeiers Abendland von einem »Paradox ethischen Erzählens«. Es »besteht darin, dass die erzählerische Sympathie für die Menschen ein Erzählergeflecht, etwas Unabsehbares verlangt, das sich, statt des Menschen und gegen die ursprüngliche Absicht, in den Mittelpunkt drängt« (ebd., S. 13f.).

Lukasser und Makoto Kurabashi – begehen Selbstmord; er selbst stirbt kinderlos und hinterlässt als einziges ›Produkt‹ seines Lebens Sebastian, der ihm sein monumentales biografisches Großprojekt jedoch versagt und ihn zum Gegenstand einer Doppelbiografie macht, die seine epistemologischen Konzeptionen nicht etwa überhöhen, sondern kritisch reflektieren.

IV Die Frage nach Gott und der Grund des Erzählens

Ganz am Ende des Romans wird auch Carl selbst zum Kritiker seiner eigenen Rationalität – angeregt womöglich durch die Situation des dialogischen Erinnerns in den Gesprächen mit Sebastian. Ohne bewusst einem entsprechenden Glauben anzuhängen, reflektiert er die (theoretische) Möglichkeit der Annahme eines transzendenten Gottes. Mit der Religion bringt der Roman auf diese Weise eine weitere Verstehensweise von Welt ins Spiel, die das durch Georg und Carl repräsentierte säkulare 20. Jahrhundert weder in der Logizität noch in der Kunst Ästhetik integrieren konnte. Erst jetzt, ganz am Ende seines Lebens, wird Religiosität für Carl denkbar – und zwar abermals in der Begegnung mit Geschichte und ihrer narrativen Repräsentationsweisen.[25] In der Selbstbezüglichkeit von Erinnerung – in der »Antinomie des futurum exaktum«, in einem »in alle Ewigkeit [...] sich an sich selbst erinnernde[n] Geist«, der einem »Spiegel im Spiegel« (A 710) gleiche, erkennt Carl die Möglichkeit eines Gottesbeweises, den seine mathematische Logik ablehnen muss.

Die Annahme, dass sich im Futurum exactum ein Gottesbeweises verbirgt, geht auf den Philosophen Robert Spaemann zurück.[26] Dieses innerhalb der Reflexionen Carls zunächst nur beiläufig erwähnte Theorem stiftet einen poetologischen Rahmen für die (dann nur scheinbar aus dem Ruder laufende) narrative Opulenz des Romans und könnte so etwas wie den archimedischen Punkt von Köhlmeiers weitschweifigem Roman darstellen. Für Carl, der sich selbst als einen »agnostischen Formalisten« bezeichnet, besitzt die Theorie zunächst eine profund epistemologische Dimension. Er hält sie für einen Hinweis darauf, dass sich die Unergründlichkeit des ›Dinges an sich‹ »durch einen Nachweis der Widerspruchsfreiheit formaler Systeme nicht aus der Welt schaffen lasse« (A 710f.). Er, der sein ganzes Leben lang die Wirklichkeit als dem Menschen nicht allein zugängig, sondern unterworfen annahm, nimmt nun, kurz vor seinem Tod, nun doch einen letzten, unergründlichen Seinsgrund an. Auf dieser Grundlage eröffnet ihm die Annahme des Futurum exaktum als eines

---

25 Zum Folgenden vgl. auch: Leonhard Herrmann, Vom Wissen glauben. Religion und Gott im historischen Erzählen der Gegenwart, in: Daniel Fulda, Stephan Jäger, zus. m. Elena Aggazzi (Hrsg.), Romanhaftes Erzählen von Geschichte, Berlin 2019, S. 131–153.

26 Vgl. Robert Spaemann, Der letzte Gottesbeweis, München 2007, S. 31.

»sich an sich selbst erinnernde[n] Geist[es]« (A 710, s.o.) die Möglichkeit einer Begründung von Transzendenz, die in der seiner bisherigen, logisch-szientistischen Rationalität, die geschlossen und widerspruchsfrei ist, negiert wurde.

Im Rahmen eines populärwissenschaftlichen Vermittlungsversuchs erläutert Robert Spaemann seinen ›grammatikalischen‹ Gottesbeweis anhand des Beispielsatzes:

> Wenn wir heute hier sind, werden wir morgen hier gewesen sein. Das Gegenwärtige bleibt als Vergangenheit des künftig Gegenwärtigen immer wirklich. Aber von welcher Art ist diese Wirklichkeit? Man könnte sagen: in den Spuren, die sie durch ihre kausale Einwirkung hinterläßt. Aber diese Spuren werden schwächer und schwächer. Und Spuren sind sie nur, solange das, was sie hinterlassen hat, als es selbst erinnert wird.[27]

Gott ist für Robert Spaemann deshalb da, weil es unserer Vernunft nach undenkbar ist, dass das Futurum exaktum ›Wir werden einmal gewesen sein‹ irgendwann nicht mehr gültig sein sollte: Wenn die Welt an einem Zeitpunkt *t* aufhört zu existieren, ist es aus der Sicht Spaemanns nicht mehr sinnvoll zu sagen, dass wir zu diesem Zeitpunkt *t* existiert *haben werden*, denn mit dem Ende der Welt endet jede mögliche Wahrnehmungsperspektive, aus der heraus der Blick zurück in die Vergangenheit möglich wäre. Mit der »bewussten Gegenwart« endet auch die Vergangenheit des Menschen – ein Gedanke, der jedoch undenkbar ist. Also ist auch das Ende der Welt für uns undenkbar, und also muss Gott existieren:

> Der Satz: »In ferner Zukunft wird es nicht mehr wahr sein, daß wir heute abend hier zusammen waren« ist Unsinn. Er läßt sich nicht denken. Wenn wir einmal nicht mehr hier gewesen sein werden, dann sind wir tatsächlich auch jetzt nicht wirklich hier [...]. Wenn gegenwärtige Wirklichkeit einmal nicht mehr gewesen sein wird, dann ist sie gar nicht wirklich. Wer das Futurum exactum beseitigt, beseitigt das Präsens. [...] Wenn es Wirklichkeit gibt, dann ist das Futurum exactum unausweichlich, und mit ihm das Postulat des wirklichen Gottes.[28]

Spaemanns Theorem macht die Annahme eines transzendenten Gottes zur Bedingung einer sprachlogischen Annahme – dass nämlich das Futurum exaktum in Gestalt der Aussage ›Wir werden einmal gewesen sein‹ nicht nur jetzt, sondern in Ewigkeit gültig ist. Die Annahme Gottes als Bedingung für die Logik einer Aussage markiert die Grenzen der formalen Logik von Carls Mathematik, die Gott ausschließt.

---

[27] Robert Spaemann, Der Gottesbeweis, in: Die Welt vom 26.03.2005, online abrufbar unter: https://www.welt.de/print-welt/article560135/Der-Gottesbeweis.html (aufgerufen am 23.02.2021).

[28] Ebd.

Mit Blick auf die außerfiktionale Welt ist gewiss fraglich, ob Spaemann jenem Zirkelschluss, den er an anderen Gottesbeweisen kritisiert, nicht auch selbst unterliegt. Ein genauerer Blick auf die Theorie dürfte erweisen, dass auch sie die Existenz Gottes als nicht hinterfragbare Grundannahme annehmen muss für die These, dass mit dem Ende der Welt Aussagen darüber, was in dieser Welt gewesen ist, nicht mehr denkbar sind. In einem kurzen Vorwort zu seinem Buch relativiert Spaemann selbst den Begriff »Beweis« als »etwas großspurig«[29] und betont, es handle sich vielmehr um ein Argument für die Vernünftigkeit, an Gott zu glauben, denn dieser Glaube gewährleiste die Annahme von zeitloser Wahrheit und mit dieser die Möglichkeit den Menschen selbst als wahrheits- und vernunftfähiges Wesen zu betrachten. Doch auch die Relativierung Robert Spaemanns weist Köhlmeiers Roman-Mathematiker als einen Glaubenden aus: »Auch das Vertrauen in die Vernunft ist ein Glaube, ein Glaube, der mit dem Glauben an Gott eng zusammenhängt«.[30]

In *Abendland* fungiert das Futurum exaktum daher, so meine letzte These, auch nicht primär als Möglichkeit für einen Gottesbeweis, sondern vielmehr als Begründung der narrativen Struktur des Romans und – damit einhergehend – als Basis seines poetisch-epistemologischen Selbstverständnisses. Erzählen, so Christoph König, wird für den Roman daher zu einem »autopoietischen Hauptwort« und sei »ohne Ende«.[31] Als poetologische Metapher macht das Futurum exaktum deutlich, dass – abermals im Unterschied zu der als ›kühl‹ markierten formalen Logik Carls – der Kreis aus erinnerndem Geist und sich erinnerndem Biografen, den die ineinander verwobenen und sich gegenseitig bedingenden Erzählungen von Sebastian und Carl ausmachen, nicht gänzlich geschlossen ist, sondern – analog zu den sich spiegelnden Spiegeln, auf die Carl sich bezieht, – unabschließbar. Als eine zwischen Vergangenheit und Gegenwart oszillierende Form, die sich für Carl in zwei sich gegenseitig spiegelnden Spiegeln zeigt, besteht die Struktur von *Abendland* aus zwei sich gegenseitig bedingenden Biografien, die beide ausschließlich als erinnerte Gehalte vorliegen und erst in dieser Gegenseitigkeit erzählbar werden. Aus der Offenheit, die diese gegenseitige Bedingtheit erzeugt, erwächst die Unendlichkeit – im Sinne einer Unabschließbarkeit – der Köhlmeier'schen Erzählwelten, die als sinnlich-anschauliche Formen ins Spiel gebracht werden für Inhalte, die die formale Logik Carls nicht erfassen und die reine Sinnlichkeit Georg Lukassers nicht darstellen kann: die Geschichte des eigenen Lebens. Erzählen hat damit für Köhlmeier eine grundlegend anthropologische

---

29 Spaemann, Der letzte Gottesbeweis (wie Anm. 26), S. 7.
30 Ebd.
31 König, Zu produktiven Konflikten (wie Anm. 13), hier S. 15.

Dimension – als eine dem ›ganzen Menschen‹ zugeeignete Form von Wissen, die Poetik, Philosophie und Religion zugleich berührt.[32]

Vielleicht bezieht Köhlmeiers Roman diese Offenheit der zwei in sich selbst spiegelnden Spiegel, die die geschlossenen Systeme Carls nur formal als Unendlichkeit bestimmen, nicht aber anschaulich darstellen können, nicht allein auf die narrative Form und ihre epistemischen Potenziale, sondern auch auf seinen eigentlichen, den titelgebenden Gegenstand – das Abendland.[33] Unabschließbar ist nicht allein das Erzählen einer in ihrer Vielfalt unerschöpflichen Welt. Unabschließbar – und in alle Richtungen zukunftsoffen – ist bei Michael Köhlmeier auch das Abendland als eigentliches, nur im Titel genanntes Zentrum dieser Erzählung. Der Grund dafür, dass sich die Erzählung vom Abendland in der Erzählung dreier Biografien – eines Mathematikers, eines Musikers und eines Schriftstellers – verbirgt, liegt in einer strukturellen Analogie zwischen dem Leben des Einzelnen und einem geistig-epistemologischen Hintergrund. Für den Roman *Abendland* und das Abendland als Horizont des Einzelnen gilt für Michael Köhlmeier offenbar das gleiche, was er über jedes menschliche Leben sagt: »Es ist alles, alles in einem.«[34]

---

32 Günther A. Höfler zitiert Köhlmeier mit den (aus dem Jahr 1980 stammenden) Worten: »Ein Buch, das wirklich aus dem ganzen Kopf geschrieben worden ist, müßte einen Grenzbereich zeigen zwischen Philosophie, Poesie und vielleicht sogar religiöser Haltung« (Günther A. Höfler, Musterschüler und Helden. Zur anthropologischen Erzählpoetik Michael Köhlmeiers, in: Vellusig, Michael Köhlmeier (wie Anm. 4), S. 63–87, hier S. 64). Dieses Bekenntnis zu einer ›romantischen‹ Poetik hat womöglich auch für *Abendland* noch Gültigkeit.

33 Zum Zusammenhang zwischen der Abendland- und der Europa-Thematik bei Köhlmeier, insbesondere im Hinblick auf die Nacherzählung klassischer Sagen, vgl. Maria Behre, Europa als Labyrinth des Abendlandes. Köhlmeiers Neu-Lektüre und Neu-Erzählung des Mythos, in: Germanica 56 (2015), S. 41–55.

34 Schlocker, Köhlmeiers Buch »Abendland« (wie Anm. 18).

Iris Hermann

Beziehungsweise(n) in den Romanen *Abendland* und *Bruder und Schwester Lenobel* von Michael Köhlmeier

Es gibt vieles, was an diesen beiden Romanen Michael Köhlmeiers unser Interesse wecken kann. Das stupende Wissen, das vor allem in den Gesprächen der Figuren zutage tritt, die Musikbegeisterung mit ihrer profunden Kenntnis des Jazz des 20. Jahrhunderts, die Verdichtung der Grundstruktur des Erzählten in den Märchen[1] im letzten Roman, ohne dass sich diese Verdichtung zweifelsfrei aufschlüsseln ließe, nicht zuletzt das panoramaartige Anschaulichwerden eines Jahrhunderts, das den »unbescheidenen« Titel *Abendland* durchaus rechtfertigt. Ich möchte mich hier auf etwas anderes konzentrieren, auf die Beziehungen ausgesuchter Figuren,[2] die Struktur dieser Beziehungen, und, in einem zweiten Teil, der sich auf *Bruder und Schwester Lenobel* bezieht, betrachte ich eine Besonderheit des Figurenkontextes: die Jüdischkeit dieser »Juden, wie sie im Buche stehen«.

I *Bruder und Schwester Lenobel*: die Liebesbeziehungen

In beiden Romanen sind es die Beziehungen der Figuren untereinander, so wie sie sich in ihren Gesprächen zeigen, die das Herzstück der Texte bilden. Es ist lange her, dass ich Romane gelesen habe, deren Dialoge mich derart fasziniert haben wie diese. Dabei sind die Figuren nicht immer besonders »verständlich« erzählt, allzu oft ergibt sich ihr plötzliches Handeln gerade *nicht* aus ihren zuvor getroffenen Überlegungen.

Am farbigsten sind sie dort, wo sich die Figuren in Beziehung zeigen, oder, wie Sebastian Lukasser es in *Abendland* gleich zu Beginn ausspricht: eine Beziehung »unterhalten«:

> Mein Name ist Sebastian Lukasser. Ich bin Schriftsteller, zweiundfünfzig Jahre alt und lebe in Wien, allein; unterhalte eine Beziehung zu einer Frau, die achtzehn Jahre jünger ist als ich und die das, was wir miteinander haben und was wir füreinander sind, genau so bezeichnet hat, nämlich als Unterhal-

---

[1] In *Die Abenteuer des Joel Spazierer* findet sich folgende Einsicht: »Sebastian Lukasser ist Schriftsteller und in den Gedanken vernarrt, Märchen und Mythen bildeten einen Katalog aus Präzedenzfällen.« (Michael Köhlmeier, Die Abenteuer des Joel Spazierer, München 2014, S. 73).

[2] »Das Hauptereignis von ›Bruder und Schwester Lenobel‹ ist denn auch die Entwicklung der Charaktere, ihre Konstellationen«. (Rezension von Marie Schmidt vom 5.9.2018 in der *Süddeutschen Zeitung*).

> tung – wogegen ich viel einzuwenden hätte, allerdings nicht das, was sie sich erhofft.[3]

Wirken manche der lang andauernden Beziehungen mitunter etwas behäbig, so bekommen sie eine neue Dynamik immer dann, wenn sich eine neue anbahnt, ohne dass die alte gleich abgelöst wird. Auffallend ist, dass es selten die Männer sind, die sich aktiv in Liebesabenteuer stürzen. In den Romanen begegnen uns vielmehr liebeshungrige Frauen, die ihr Begehren deutlich äußern und damit erfolgreich sind, die Männerfiguren antworten auf die Avancen, aber sie sind selten von sich aus aktiv.

Als Robert Lenobel, erfolgreicher Psychoanalytiker in Wien, nach über 20 Jahren Ehe auf eine Patientin namens Bess trifft, ist es ihre Stimme am Telefon, die ihn in ihren Bann zieht.[4] Doch vermag er sich noch zu schützen, indem er nach drei Sitzungen die Behandlung abbricht, dennoch aber für Jahre über sie nachdenkt, von ihr zumindest in Gedanken nicht loskommt. Er nennt dem Schriftsteller Sebastian Lukasser, den er jeden Mittwoch trifft und der sein einziger Freund ist, zunächst die Idee für einen Roman, und zwar so, als handele es sich um eine Versuchsanordnung und nicht um ein eigenes Erlebnis:

> Ob er, Sebastian, sich zutrauen würde, eine Geschichte zu schreiben, in der solches geschehe – zwei wildfremde Menschen telefonieren miteinander und verlieben sich ineinander, begehen aber dann den Fehler, sich zu treffen, et cetera; oder noch einmal anders gefragt, ob er ein Beispiel aus der Literatur kenne.[5]

Robert verschiebt in den Bereich der Fiktion, was ihm als Romanfigur in der Diegese tatsächlich geschieht. Bess und er beginnen jedoch zu diesem Zeitpunkt, nach drei Psychoanalysesitzungen, noch keine Affäre. Ungeheuerlicher als Roberts Verschwinden, das den spannenden Beginn des Buches bildet, und seine lange nicht geklärte Anfangsfrage, wo er denn nun sei, was ihm geschehen war, usw., ist diese Affäre, die gerade deshalb so unerhört ist, weil hier eine Figur lieben lernt, die es bis zu seinem fünfzigsten Lebensjahr offenbar nicht konnte. So zumindest lautet die Einschätzung seines Freundes Sebastian Lukasser:

---

3 Michael Köhlmeier, Abendland, München ^{8}2017, S. 16. Im Folgenden zitiert unter der Sigle A mit entsprechender Seitenzahl.

4 Die Faszination für eine Stimme findet sich auch im Roman *Madalyn*, in dem sich die gleichnamige Hauptfigur die faszinierende Stimme von Moritz Kaltenegger vorzustellen vermag, ohne sie je gehört zu haben (Michael Köhlmeier, Madalyn, München ^{5}2018, S. 28f.).

5 Michael Köhlmeier, Bruder und Schwester Lenobel, München 2018, S. 140. Im Folgenden zitiert unter der Sigle BS und entsprechender Seitenzahl.

> Warum Robert geheiratet hatte, nicht einmal das reimte sich für ihn. Er konnte sich ihn und Hanna (seine Ehefrau) im Bett nicht vorstellen, mit dem besten Willen nicht. Robert, bei einer Frau liegend, in Umarmung – nein. Allerdings, dass sich Robert verliebte – ja: Dieser Film wäre komisch und traurig; nur ein Mal angesehen, wahrscheinlich zum Totlachen, öfter angesehen, sehr sehr traurig. (BS 141)

Was Robert dann im Nachgang, nachdem er Bess schon wieder verlassen hatte, seinem Freund Sebastian Lukasser erzählt, denn die Liebesgeschichte gibt es hier als erzählte, als stimmlich vorgetragene in der Diegese also, wirkt nicht so, als müsse einer erst lernen, was die Liebe sei, wie sie sich anfühlte, was man von ihr erwarten könne, was nicht, sondern so, als würden zwei sich schicksalhaft begegnen und könnten letztendlich gar nicht anders, als zumindest eine Affäre eingehen. So zumindest erzählt Robert von seiner Liebe zu Bess. An die Bess der ersten Begegnung erinnert er sich jedoch nur vage, aber das Gefühl, das sie in ihm auslöst, wird von ihm intensiv betrachtet:

> Ich habe mich in dieser Nacht selbst gesehen, Sebastian. Nicht, wie ich bin. Sondern, wie ich sein könnte. Nicht einmal, wie ich sein will. Nur, wie ich sein könnte. ... Eine Welt, die sein könnte. Das ist ein gewaltiges Gefühl, das Ich in seiner reinen Form, so dass alle anderen Personen aus dem Herzen gedrängt werden, aus der Welt, die ist, als erstes jene Person, die für diesen Ausbruch verantwortlich gemacht wird. (BS 152)

Das Verlieben, so wie es Robert Lenobel hier auffasst, hat vor allem zwei Komponenten: Es öffnet dem Ich eine Welt, wie sie sein könnte, eine Welt des Vaihinger'schen »Als-ob«,[6] eine imaginative Möglichkeit des anderen Weges in einer Parallelwelt, die ja dann tatsächlich von Robert erkundet wird. Und dann wieder auch verlassen wird, weil der Weg ist nicht der zu einer Geliebten, sondern der Weg ist der mit einer Geliebten zu sich selbst, und dann geht es alleine weiter auf dem Weg der Selbsterkundung, die den Juden Robert nach Israel an die Klagemauer führt.

---

6 Hans Vaihinger, Die Philosophie des Als Ob – System der theoretischen, praktischen und religiösen Fiktionen der Menschheit auf Grund eines idealistischen Positivismus, Leipzig 1922. In BS wird dieser Autor als Lieblingsautor Lenobels genannt. Daraus eine programmatische Lektüre abzuleiten, führt jedoch meines Erachtens zu weit. Dennoch ist der Gedanke, eine alternative Existenz sich vorstellen zu können und sie schließlich in Ansätzen auch zu wagen, das erzählerische Schwungrad des Romans. Es geht also weniger um eine theoretische Grundstruktur des Romans, die mit Vaihingers *Als-Ob* zu beschreiben und analysieren wäre, als darum, den Grundgedanken allen Erzählens, sich eine Welt diegetisch zu formen, die vielleicht sein könnte, aber nicht »ist«, im Roman zu vergegenwärtigen, so, dass selbst der behäbige Robert sich dazu entschließt, sein Leben völlig umzukrempeln und nach Israel zu reisen.

Allerdings kommt auf der Ebene der Fiktion die Liebesbeziehung erst bei einem erneuten Wiedersehen nach vier langen sehnsuchtsvollen Jahren in Gang, nachdem Robert zuvor Bess' Avancen von sich wies, ja als Psychoanalytiker von sich weisen musste: »Er brach die Behandlung ab. Und brach zusammen.« (BS 176)

Als sie sich nach vier Jahren auf Betreiben von Bess bei einer Preisverleihung für ihren Mann wiedersehen, zögern sie nicht mehr und eine stürmische Liebesbeziehung beginnt. Zwei Monate lieben sich Bess und Robert jeden Abend. Am Ende dieser Liebesbeziehung denkt Robert über sich selbst intensiv nach, er erinnert sich an das Schicksal seiner Mutter als Kindertransportkind in England, ihre psychische Erkrankung und dann an sein Leben mit seiner Schwester Jetti ohne die Mutter. Die Geschichte seiner Mutter schreibt Robert nicht auf (obwohl er es anfänglich versucht), er spricht sie, ohne nur einmal abzusetzen, in sein Diktiergerät. Ich zitiere sie hier im Zusammenhang, es ist die Geschichte seiner Herkunft, in ihrer Klarheit kein, wie es an anderer Stelle heißt, »Nachgeborenenklischee« (BS 99). Die Erzählung dieser Lebensgeschichte eines Kindertransportkindes, das zu klein ist, um zu begreifen, warum es seine Eltern verlassen muss, begründet die Identitätssuche von Robert Lenobel. Seine Mutter wird wegen ihrer jüdischen Herkunft verfolgt, sie verliert ihre Identität und wird christlich sozialisiert, jäh wird sie nach dem Ende des Krieges erwachsen, als sie erfährt, was ihr tatsächlich geschehen ist. Den Bruch mit ihrer Herkunft beantwortet sie mit einem erneuten Bruch und nimmt ihr jüdisches Erbe wortwörtlich an, als materielles Erbe. Robert erzählt diese Geschichte wie folgt:

> Als Marie-Marlene Hirsch fünf Jahre alt gewesen war, wurde sie über Refugee Children Movement nach England gebracht. Ihre Eltern hatten versucht, ihr zu erklären, warum das geschehe. Sie hatte es nicht verstanden. Sie meinte, sie sei böse gewesen, man wolle sie nicht mehr haben. Sie reiste zusammen mit dreihundert Kindern aus Wien im Zug durch Nazideutschland, in Hoek van Holland wurden sie auf ein Schiff gebracht, das nach England übersetzte. Marie-Marlene, die meinte, sie heiße Lene, weil sie nie anders genannt wurde, war eine der Jüngsten. Einen Koffer hatte sie bei sich, nicht größer als die Aktenmappe ihres Vaters, darin war eine zweite Garnitur, kein Spielzeug. In ihren Mantel waren fünfzig Pfund eingenäht, sie wusste wo: in ihrem linken Ärmel unter der Achsel. Das Geld sollte sie, wenn sie dazu aufgefordert würde, abgeben. Sie hatte während der Fahrt kein Wort gesprochen. Erst als sie von einem englischen Soldaten, der Deutsch konnte, gefragt wurde, wie sie heiße, sagte sie: »Ich heiße Lene.« Sie sagte es ernsthaft und zugleich stolz, als wäre es ein Adelstitel, betonte jedes Wort und sah dabei geradeaus ins Leere wie bei einem Eid. Eine der Frauen, die gekommen waren, um sich ein Kind auszusuchen und ihm eine Heimat zu geben, »bis der Teufel wieder in die Hölle zurückgekehrt war«, verliebte sich in sie, in ihren »tapferen Ernst«, und sie sagte zu dem Soldaten: »Die da will ich. Kannst du ein Auge auf sie haben, damit sie mir keiner wegschnappt? Ich kann ihr alles bieten.«

Der Soldat sagte: »Nimm sie einfach mit!« Und die Frau nahm sie mit sich nach London in ihre kleine Wohnung. Marie-Marlene war aber bereits an eine Familie empfohlen worden, ihr Vater hatte über einen Geschäftspartner in England Pateneltern angeschrieben und auch schon eine größere Überweisung getätigt. Mutter und Vater hatten ihr eingeschärft, sie solle auf Mr und Ms Cole warten und nur auf sie und nur mit ihnen dürfe sie gehen. Aber Lene hatte es vergessen. Das Ehepaar, selbst jüdisch, war pünktlich bei der Sammelstelle in Harwich eingetroffen, fand aber die kleine Lene nicht, eben weil sie bereits vergeben worden war. Chaos herrschte. Geschwisterkinder hielten einander an den Händen und ließen nicht los. So kam Lene zu der Frau, die falsche Angaben gemacht und sich als verheiratet ausgegeben hatte, die lebte in London. Als Alleinstehende, das wusste sie, hätte sie keine Chance gehabt, ein Kind bei sich aufzunehmen, jedenfalls nicht am Beginn der Kindertransporte im November und Dezember 1938. Später fragte niemand mehr, es kamen nämlich zu viele Kinder an, so viele waren nicht vorgesehen, und wer eines wollte, der bekam auch eines. Geschwister blieben oft übrig und kamen in ein Heim. Mehr als eines wollte selten jemand. Lene hatte es gut bei der Frau, sie hatte sogar ein eigenes Zimmer. Sie lernte schnell Englisch, und nach einem Jahr hatte sie ihre Muttersprache vergessen, und auch ihre Eltern vergaß sie. Miss Alice Button, so hieß die Frau, sprach mit ihr nie über ihre Herkunft, sie erzählte ihr nicht, dass sie jüdisch war, und als der Krieg über England losbrach, flüchtete sie mit ihr in die Bunker, aber was Krieg ist, erklärte sie ihr nicht. Sie drückte sie an sich, wenn die Sirenen heulten, und legte ihr ein feuchtes Tuch aufs Gesichtchen. Alice Buttons Schwester, die ebenfalls allein lebte, besaß ein Haus in Hampshire in der Nähe der Stadt Basingstoke, sie betrieb eine kleine Landwirtschaft, Hühner, ein paar Schweine, zwei Kühe und ein Pferd. Dorthin zog Alice Button mit ihrer Pflegetochter, es war nicht anzunehmen, dass die Deutschen das flache Land bombardierten. Von nun an lebte Lene mit ihrer »Mam« und ihrer »Aunt« zusammen, und wenn sie sich später daran erinnerte, fand sie nichts, was die Harmonie getrübt hätte. Aber es fiel ihr später schwer, sich überhaupt an irgendetwas zu erinnern. An die St. Michael's Church erinnerte sie sich, wie ein Gebirge aus grauem Stein war sie ihr erschienen, sie hatte geweint und sich gesträubt, als sie an den Händen von Mam und Aunt die Kathedrale betreten sollte. Erst war Aunt hineingegangen und unversehrt wieder herausgekommen, dann Mam, und schließlich hatte sie sich überreden lassen. Bald freute sie sich auf die Sonntage, wenn sie zusammen mit dem Bus in die Stadt fuhren, um den Gottesdienst zu besuchen. Die Menschen grüßten sie und waren freundlich zu ihr. Und an den Hund erinnerte sie sich, einen blonden mit langen Haaren, der viel Geduld hatte. Gern war sie zu ihm in die Hundehütte gekrochen, und dann hatten Mam und Aunt so getan, als suchten sie nach ihr, und hatten so getan, als seien sie unendlich erleichtert und freuten sich über alle Maßen, als sie die beiden fanden, die kleine Lene ganz in das Fell des Hundes verkrochen. Am Ende des Krieges war Lene zwölf Jahre alt und war eine der besten Schülerinnen. Sie redete nicht viel, schrieb aber schöne Aufsätze, war immer gut gelaunt und höflich und zuvorkommend und wusste immer noch nicht, wer sie war, warum sie hier war, und wusste nicht mehr, wer ihre Eltern waren. Anfang der fünfziger Jahre fasste Alice Button endlich Mut und ging zur

Behörde; sie erzählte die ganze Geschichte und beantragte, Lene zu adoptieren. Sie wollte, dass nun, wo alles neu anfing, auch alles seine Ordnung habe. Sie gestand auch, dass sie damals gelogen hatte, dass sie angegeben hatte, verheiratet zu sein, dass sie gehofft habe, im allgemeinen Durcheinander frage niemand, und es hatte ja auch niemand gefragt. Aber nun fragte die Behörde. Sie setzte sich mit der Kinder- und Jugend-Alijah in Verbindung, der jüdischen Organisation, die sich vor und während des Krieges um jüdische Flüchtlingskinder gekümmert hatte, und die forschte nach, und nach einem Jahr teilte sie mit, dass Lenes Eltern, Herr Dr. Leopold Hirsch und Frau Josefine Hirsch, geborene Lion, in Auschwitz beziehungsweise Treblinka ermordet worden seien. Und teilten zugleich mit, dass ein gewisser Herr Dipl. Ing. Herwig Gasteiner aus Wien sich gemeldet habe, der behaupte, in Wien existierten eine Wohnung und andere Dinge, die der Familie Hirsch gehörten und auf die er über den Krieg achtgegeben habe und die er gern an den rechtmäßigen Besitzer oder dessen Erbin, so sie noch lebten, zurückerstatten würde. Lene war nun zwanzig Jahre alt. Sie ließ sich von Mam und Aunt alles erzählen und nahm ein Flugzeug nach Wien und kam nicht wieder zurück. Sie schrieb keinen Brief und antwortete auf keinen Brief. Sie zog in die Wohnung in der Taborstraße 17, im 2. Wiener Gemeindebezirk und lebte dort allein, bis sie Arthur Lenobel kennenlernte und heiratete. Bald darauf kam ihr Sohn zur Welt und sechs Jahre später ihre Tochter… (BS 217ff.)

Robert beginnt sich nach dem Erzählen der Kindertransportgeschichte seiner Mutter, die den Bruch mit ihrem jüdischen Leben bedeutete, ganz grundsätzlich mit seiner Herkunft, aber auch der Psychoanalyse als seiner Profession und vielen anderen damit zusammenhängenden Dingen auseinanderzusetzen. Er liest Girard und seine Sündenbocktheorie, liest Essays von Hans Blumenberg und den *Siebenkäs* von Jean Paul, eine Ehegeschichte, deren eingeschobener Text, »Rede des Christus vom Weltgebäude herab, *dass kein Gott sei*«, ihm zur eigenen Positionsbestimmung dient. Eingebettet in eine grundlegende Skepsis der eigenen Profession, der Psychoanalyse,[7] gegenüber, resultiert aus seiner Lektüre des *Siebenkäs*:

---

[7] Die Psychoanalyse begreift Lenobel als jüdisches Denken und Handeln, wenn er darlegt, die Seele sei eine jüdische Erfindung: »Die Seele war eine Erfindung des Judentums; die Juden hatten herausgekriegt, dass der Atem nicht einfach nur Luft, sondern Luft aus Gottes Mund war. (Der Psychoanalytiker ist der Jude, wie er im Buche steht.)« (BS 231). Dies wird jedoch nicht weiter ausgeführt. Wie komplex die jüdische Auffassung der Seele und ihre verschiedenen Begriffe dafür sind, wird hier noch nicht einmal gestreift, Lenobel ist kein orthodoxer Jude, der um sein Erbe weiß und die verschiedenen Begriffe, die das Judentum für Seele kennt, zu unterscheiden weiß. Noch am ehesten beruft er sich an dieser Stelle auf die folgenden für das Judentum so grundlegenden Verse aus der Genesis: »Da nahm Gott, der HERR, etwas Staub von der Erde, formte daraus den Menschen und blies ihm den Lebensatem in die Nase. So wurde der Mensch ein lebendiges Wesen«. (1. Buch Mose 2,7).

> Psychoanalyse ist Religion, die behauptet, sie sei keine, aber so tut, als wäre sie eine, dachte er und tat, als hätte er das nicht immer schon gewusst. Sie streitet es zwar vehement ab, tut aber so, als hätte sie eine Vorstellung, wie der Mensch innerlich geordnet sein könnte. Was ist meine Wissenschaft anderes als eine verschämte Sammlung von Zitaten, wörtlichen und bildlichen, Symbolen und Allegorien, die sich vor das nackte Empfinden drängen, als wäre dessen Anblick wie das abgeschlagene Haupt der Medusa nicht zu ertragen? Und hatte gleich ein weiteres geliehenes Bild vor sich: Christus, der über den Gräbern schwebt und den Toten eine Rede hält, dass kein Gott sei – ein Traumbild: Der Erlöser war er selbst, die Toten waren seine Patienten, die Rede war endlich die Wahrheit, nämlich, dass er ihnen nicht helfen konnte; dass er ihr Erlöser nicht ist. Dass er ihr Erlöser nicht sein will. Aber auch nicht ihr Killer. (BS 190f.)

Die Beziehung zu Bess führt später zu einer echten »Runderneuerung« Robert Lenobels, er möchte ein Buch zu schreiben beginnen, reflektiert seine Rolle als Psychoanalytiker noch einmal neu, denkt ganz grundsätzlich über die Seele nach, die er wie ihre Behandlung, die Psychoanalyse, für eine jüdische Erfindung hält und letztendlich stellt er sich Fragen nach der Letztbegründbarkeit des Lebens, religiöse Fragen mithin und auf all das hätte er sich nicht einlassen können, wäre er Bess nicht begegnet und hätte er nicht gespürt, was Liebe und Lieben ist. In der Liebeserfahrung ist der Impuls verankert, dem Leben nicht nur eine neue Richtung zu geben, sondern es auch reflektierend neu zu begründen.

Doch nach zwei Monaten ist der gordische Knoten eines Neuanfangs geschnürt und wird von ihm vehement durchschlagen, indem er sich von Bess überraschend trennt. Er meint, etwas vordergründig, sie habe sich mit ihm nur eingelassen, um einen anderen Liebhaber zu vergessen oder eifersüchtig zu machen, ihre Beteuerungen, dass es ihr nur und ausschließlich um ihn gehe, weist er brüsk zurück und macht ihr den zentralen Vorwurf, sie habe ihn nicht an ihrem Leben teilhaben lassen: Nie habe er beispielsweise ihr Atelier betreten dürfen.

Hier ist jetzt viel nacherzählt worden, aber gerade das Erzählen und Nacherzählen ist die Spur, die der Roman auslegt, sie ist wie in *Abendland* seine ganz zentrale Struktur. Alles, was geschieht, wird erzählt, jemandem berichtet, am Telefon erzählt, aufgeschrieben, zumindest aber diktiert, es wird letztendlich zur Schrift, zum Text, zur Verwandlung eines bloßen Gedankens oder eben auch Handelns in das Medium des Erzählten. Robert Lenobel kommt erzählend zu dem Schluss, dass das einzig Bleibende die Ich-Erfahrung ist, die kein Wozu und Warum zulässt, sondern, so sagt uns der Roman, aus der Liebeserfahrung hervorgeht. Um diesen Kern herum sind noch viele andere Liebesgeschichten angelegt, am sichtbarsten die von Jetti, die keine Kontinuität in ihrem Leben braucht, aber immer wieder die Bestätigung, begehrt zu werden und selber zu begehren. Zum Schluss sind es dann Hanno (Roberts und Hannas Sohn) und David

(Sebastian Lukassers Sohn), die diese Einsichten in die nächste Generation tragen und dabei auch höchst unangenehme Erfahrungen machen. David wird zusammengeschlagen, als er versucht, sich von seiner Ehefrau zu trennen, die er bald nach der Eheschließung nicht mehr liebt und mit der er sein Leben definitiv nicht teilen will. Diesen Zustand zu beenden, auch sich von einer weiteren Parallelbeziehung zu lösen, dabei hilft ihm Hanno, den er wie zufällig vor der Tür von Sebastian Lukasser kennenlernt. Das ist ein weiteres wichtiges Merkmal im Beziehungsgefüge der Romane: Selbst Figuren, die fern voneinander eingeführt werden, laufen aufeinander zu, ohne dass sie von womöglich gemeinsamen anderen Beziehungsgeflechten wissen. Selbst die Eigenbrötler erlangen so eine beispielhafte Beziehungsintensität, wobei der Beginn eines Kontaktes wie zufällig, aber fast wie von einem Schicksal gelenkt erscheint, so wie, in diesem Fall, das gleichzeitige Aufsuchen einer Person.

II *Abendland*: Liebesbeziehungen II

In diesem opulenten Roman ist es möglich, als Lesende in den Liebesbeziehungen länger zu verweilen, obschon auch sie ihre eigene Dynamik und d.h. Wechsel aufweisen. Dunkelstes Kapitel dieser Lebensbeichte von Carl Candoris (denn das ist der Roman in seinem Kern) ist dessen Plan, den Liebhaber seiner Frau Margarida zu töten. Das ist die dunkle Seite einer ansonsten stabilen und vor allem dem Ziehsohn Sebastian Lukasser Halt gebenden Liebe, die diese ganzen Wirren übersteht und die nur der Tod letztlich trennt. Die beiden Romane Köhlmeiers sind um jeweils sehr starke und zentrale Männerfiguren entworfen, wobei Candoris das *Abendland* ungleich dominanter beherrscht als Lenobel das Geschwisterbuch, in dem er aufgrund seines Verschwindens auch lange Passagen gar nicht auftaucht.

Das Bestechende an *Abendland* ist sicher, dass in die so lebendigen »Beziehungsaufstellungen«[8] hinein das 20. Jahrhundert sich einfindet mit vielen großen Gestalten, von Django Reinhardt über Edith Stein zu Emmy Noether, bei der Candoris Schüler war. Erwähnenswert ist, dass sich diese realen Personen (also Noether, Stein, Reinhardt etc.) ihrer Zeit mit den imaginären Figuren so verbinden, dass die Figuren Realität gewinnen, die realen Personen aber einen emotionalen Tiefgang bekommen, indem sie in

---

8 »Es war einmal ein Psychiater in Wien: *Bruder und Schwester Lenobel* von Michael Köhlmeier ist eine Familienaufstellung für Fortgeschrittene.« (Sandra Kegel in ihrer Rezension in der *Frankfurter Allgemeinen Zeitung vom* 24.11.2018). Das ist zwar von Sandra Kegel über das Geschwisterbuch gesagt worden, trifft aber womöglich auf *Abendland* noch vielmehr zu. Candoris vertraut seine Lebensbeichte dem Sohn seines Ziehsohnes an, es geht also um die Familienkonstellation einer Wahlfamilie, in die hinein alle anderen Beziehungen und Verwandtschaften reflektiert werden.

Beziehungen imaginiert werden. Hier wird der Roman zum historischen Roman im besten Sinne.

Die Beziehung, die die innigste des Buches ist und seine Grundstruktur begründet, ist die zwischen Carl Jakob Candoris und Sebastian Lukasser. Sebastian Lukasser ist der Sohn eines berühmten Jazzgitarristen, der von Candoris lange unterstützt wurde und sich früh das Leben nahm. Sebastian wird fortan der Ziehsohn von Candoris und Margarida. Selbst gerade erst nach einer Prostataoperation aus dem Krankenhaus entlassen, ruft ihn, den Schriftsteller, Candoris zu sich, um ihm seine Lebensgeschichte zu diktieren, wenig später stirbt er. Das ist die Grundmatrix des Romans: Sebastian Lukasser erzählt das, was Candoris ihm erzählt. Auch hier gilt also: Relevant ist allein, was erzählt wird. Dadurch bekommt es seine Begründung und gewinnt an Authentizität. Was einer Art Beichte gleichkommt, führt noch einmal zu einer Annäherung Sebastians an Carl Candoris und beleuchtet vor allem auch ihre eigene Beziehung, die eng ist, aber auch sehr ungleich. Candoris, ein überaus wohlhabender Mathematikprofessor, ist der großzügige Mäzen, der sich jedoch in das Leben derer, die er unterstützt, intensiv einmischt, ihnen dabei auch einen Teil ihrer Freiheit nimmt und sei es die, eigene Fehler zu begehen.

> Der Mäzen ist das säkularisierte Genie. Es gehört einiges dazu, in der schier unendlichen Fülle von vollendeten und klar voneinander geschiedenen Wesenheiten das Außergewöhnliche zu entdecken. Das originäre Genie kreiert Schönheit. Der Mäzen definiert sie. Das ist auch nicht schlecht. Er zieht sie hinüber in den Bereich der Übertreibung. Vielleicht lässt sich ja ein wenig Glanz des Einmaligen abzweigen. Alles, was man tut, tut man für sich selbst; wenn dabei auch etwas für einen anderen rausspringt, ist das ein Zufall; wenn man es dabei belässt und den Zufall nicht stört, ist man ein guter Mensch. (A 641)

Die Frauen, die Sebastian Lukasser liebt, sind zum einen Dagmar, mit der er einen Sohn hat, den er so gut wie nicht kennenlernt, der aber in *Bruder und Schwester Lenobel* vor seiner Tür stehen wird, um ihm vom Krebstod Dagmars zu berichten, zum Zeitpunkt des Erzählens von Candoris ist es Evelyn[9] und die vielleicht schillerndste, aber auch sehr rätselvolle Liebe ist

---

9 In einer Rezension auf buchkritik.at heißt es zusammenfassend über die Beziehung zu Evelyn:
»Sebastian hat zum Zeitpunkt der Erzählzeit, also des Interviews mit CJC ein Verhältnis zu Evelyn, von dem auch Candoris weiß und das dieser so charakterisiert: ›Was tut dir weh?‹ Sie schläft mit anderen. ›Das vervierfacht deinen Wert.‹ Mitnichten ein Trost für Sebastian. ›Nichts was wir gemeinsam taten, wies darüber hinaus‹, meint Sebastian über Evelyn und sich. Er schläft nie bei ihr, genauso wenig wie er will, dass sie beim ihm übernachtet. Sie wirft ihm vor, er habe von sich ein Bild als ›Künstler, der Schurke‹, aber er findet es albern ein Kind zu zeugen, nur weil man von sich selbst gerührt sei. Von seiner Wohnung in der Heumühlgasse aus streift er immer wieder über den Naschmarkt, schwatzt bei Bekir's

in den »tintendunklen Jahren« Amerikas, die Sebastian Lukasser auf den Spuren seines Vaters, dann jedoch auf ganz andere Art und Weise dort verbringt, Maybelle, eine Beziehung, die der Roman nur durch einen Unfalltod zu beenden weiß:

> Maybelle sei am Steuer gesessen. Ich erinnerte mich nicht. Becky erzählte es mir. Sie hatte es von der Polizei. Ein entgegenkommender Wagen habe uns gerammt. Der Fahrer wurde dabei schwer verletzt; er war betrunken. Becky erzählte, ihre Mutter sei auf der Stelle tot gewesen. Es könne sich gar nichts anders zugetragen haben, hatte ihr die Polizeibeamtin erklärt, die wenige Minuten nach dem Unfall zusammen mit ihrem Kollegen am Unfallort eingetroffen war. (A 537)

Der Liebesbeziehung mit der älteren Maybelle wird dieses abrupte Ende nicht »gerecht«. Betont wird in Sebastians Erzählen, denn er ist es jetzt, der Carl Candoris seine »tintendunklen«, weil gerade auch im Schreiben verbrachten Jahre erzählt in diesem Kapitel, das mit dem Unfalltod nicht sofort endet, die eigenartige Fremdheit, Fürsorglichkeit und Zugewandtheit Maybelles, Eigenschaften, auf die Candoris unerwarteterweise eifersüchtig reagiert. Sebastian zieht sich nach der Genesung von den Unfallverletzungen trauernd in ein Haus in den »Mäandern des Little Missouri« (A 552) zurück, reduziert seine menschlichen Kontakte auf das Nötigste und verbringt sein Leben mit der Hündin Suka, bis auch diese Lebensgenossin einen gewaltsamen Tod findet, der Sebastian so verletzt, dass er ihren Mörder mit der Waffe in der Hand zur Rede stellen will, dabei aber selbst so massiv bedroht wird, dass ihm nur die Flucht bleibt.

Am Ende des Romans hat sich Sebastian wieder Dagmar angenähert, die er zwar nicht trifft, die er aber jede Nacht für lange Telefonanrufe, in denen vor allem erzählt wird, anruft. *Abendland* ist ein Roman, der uns das 20. Jahrhundert nahebringt mit seinen großen Verwerfungen und näher noch im Beziehungskarussell seiner imaginären und »realen« Figuren und ihren Lieben und der Leidenschaft vor allem für die Jazzmusik. Es sind Geschichten in der Geschichte, die den Roman so einzigartig machen. Inmitten im großen Panorama der Weltgeschichte besteht es aus Episoden der Figuren, die abseits der großen und bedeutenden Ereignisse stehen mögen, deren Erleben und ihre persönliche Geschichte mit denen ihr eigenen Erzählmodi das manchmal lakonische, manchmal opulente narratologische Geflecht des Romans ausmacht.

---

mit Freunden und alle seine Angelegenheiten erscheinen ihm immer mehr in unfertigem Zustand. Dann, 17 Jahre später, taucht David auf, der Sohn, den er mit Dagmar vor 19 Jahren gezeugt hatte und seither nicht mehr gesehen hat. Am Ende finden dann auch Dagmar und Sebastian wieder zusammen und sie verabreden sich ›Freitags, nachts um eins‹ zum Telefonieren. Ein zaghafter Neuanfang, der in die Zukunft verweist.« (Wegen des Umbaus der Seite nach dem Tod ihres Betreibers Alfred Ohswald ist diese Rezension nicht mehr zugänglich).

III Jüdischkeit

Ich kehre jedoch noch einmal zu *Bruder und Schwester Lenobel* zurück. Robert und Jetti sind Juden, die (nichtjüdische) Hanna führt eine jüdische Buchhandlung, Robert verschwindet ins Land seiner Väter, nach Israel. Diese Jüdischkeit bildet nicht nur einen der Stränge im Roman, sondern sozusagen das innere Knäuel. Zentrale Figuren des Romans sind Juden, d.h. (im orthodoxen Sinne), sie haben eine jüdische Mutter, andere Figuren interessieren sich zumindest für das Judentum (so wie Roberts Frau, die keine Jüdin ist).

Dabei kümmert sich Robert zu Beginn keineswegs um sein Judentum, zumindest ist das nicht gleich sichtbar. Seine sogenannten »KZ-Großeltern« kamen in Auschwitz und Treblinka ums Leben, das zweite Großelternpaar nahm sich 1967 in Israel das Leben, seine eigene jüdische Mutter, das schon ausführlich erwähnte Kindertransportkind, verstirbt schließlich traumatisiert und schwerkrank in einem Sanatorium. Das ist schweres biografisches Gepäck, das nach Auseinandersetzung geradezu schreit. Die aber leisten weder Robert noch seine Schwester Jetti, die rein pragmatisch das Leben von ihr und Robert durch den Verkauf einer als Erbe gesicherten Grafiksammlung sichert, als die Mutter so schwer erkrankt, dass sie sich nicht mehr um die Kinder kümmern kann.

Es ist Roberts nichtjüdische Frau Hanna, die an der University of Southern California Steven Spielbergs *Shoah Foundation* besucht, dort viele jüdische Schicksale recherchiert und als Resultat der Reise in ihrer Buchhandlung einen Vortragsabend organisiert. Des weiteren trägt sie sich mit dem Gedanken, ein Buch über Abba Kovner, einem litauischen Juden, Widerstandskämpfer, Zeuge im Eichmannprozess, der am Ende des Zweiten Weltkriegs mit anderen die Organisation *Dam Yehudi Nakam* gründet (Das jüdische Blut muss gerächt werden) und Rachetaten größten Ausmaßes in Deutschland plante.[10] Robert erklärt dieses Enga-

---

[10] »Hanna hatte in Kalifornien an der USC einige Studenten kennengelernt, die an einer Arbeit über Dam Yehudi Nakam schrieben. Das war eine jüdische Organisation, die 1945 gegründet worden war, um den Deutschen die Taten der Nazis heimzuzahlen. Der Name bedeutete Das jüdische Blut wird gerächt werden. Sie hatte von dem legendären Abba Kovner erfahren, einem Dichter, der die Organisation gegründet und geleitet hatte und deren Ziele er mit erzengelhafter Konsequenz durchsetzen wollte. Kovner und seine Genossen postulierten, die Deutschen in ihrer Gesamtheit seien schuld – abgesehen von Ausnahmen, wenigen gerechten Männern und Frauen, die Widerstand geleistet hatten. Nakam, wie der Kurzname lautete, war aus der Jüdischen Brigade hervorgegangen, die während des Krieges in Palästina Freiwillige rekrutiert hatte und sich dem Kommando der Alliierten unterstellte, war aber radikaler und unerbittlicher als diese. Sie operierte selbständig und streng im Geheimen. Kovner beabsichtigte – Plan A –, das Trinkwasser der Städte Hamburg, Frankfurt, München und Nürnberg zu vergiften. Außerdem sollten SS Angehörige ausgeforscht und ermordet werden. Plan A

gement Hannas für verrückt, ja moralisch verwerflich, für nicht jüdisch sogar. Auch Jetti macht Hanna während des Vortragsabends einen Strich durch die Rechnung, indem sie respektlos und gar antisemitisch, wie Hanna findet, reagiert:

> Wenn man so viele Geschichten hintereinander hört, so Jetti, klingt eine wie die andere, und plötzlich wird ein Leben zum Klischee, als hätte es sich einer ausgedacht, der von allem ein bisschen weiß, aber eben nicht mehr als ein bisschen, besser wäre es, man würde alles vergessen, bevor einer den Holocaust allen Ernstes zu einem Schwarzweißfilm erklärt.« »Da fiel Feuer vom Himmel«, so fährt der Roman fort, »Jetti saß. Hanna stand. (A 76)

Obwohl Hanna gänzlich anderer Meinung ist, distanziert sie sich, philosemitisch womöglich, nicht von ihr, sondern biegt sich ihre andere Meinung wie folgt zurecht:

> Nein, sagt sie, sie sei einer Meinung mit ihrer Schwägerin, man dürfte nicht mit trostreichen Lügen ein Leben zu einem sinn- und bedeutungsvollen Drama hinbiegen; eigentlich sei es unmoralisch, überhaupt zu erzählen, jede Erzählung sei doch im Kern eine Lüge, weil das Leben, das wirkliche Leben niemals unter einen dramatischen Bogen passe. (Ebd.)

Damit hat Hanna sich – allerdings konträr – zu all dem im Roman verhalten, was ihn und auch den großen Roman *Abendland* ausmacht. Denn dort geht es gerade um das Erzählen und seine Qualität des Als-ob, der Fiktion, die nicht gänzlich erfindet, sondern sich vergleichend an einer Realität orientiert und neue Lebensmöglichkeiten ersinnt und gewissermaßen ausprobiert in einem erzählten Probehandeln.[11]

Vaihinger, dem Roman zufolge Roberts Lieblingsphilosoph, hat sich in seiner Philosophie des Als-ob in extenso zum positiven Nutzen der Fiktionen geäußert. Die große Vielfalt seiner Überlegungen ist als wieder-

---

wurde fallengelassen. Ein vorbereiteter Anschlag in Nürnberg, bei dem Brotlaibe in einer Brotfabrik vergiftet werden sollten, misslang. Einige Nazi-Täter aber waren gefasst und liquidiert worden. Von einem Gemetzel in Schwaben wurde berichtet, bei dem hundertfünfzig sogenannte ›Werwölfe‹, keiner älter als fünfzehn Jahre, erschossen worden seien. Ein besonders spektakulärer Fall, so hatte Hanna von den Studenten erfahren, sei in den österreichischen Bergen ›abgewickelt‹ worden. Wenige Tage nach der Kapitulation Deutschlands nahm eine Gruppe von Kämpfern in der Nähe von München zwei Totenkopf-Offiziere fest, die nach einem ›Verhör‹ gestanden, an Ermordungen von Juden beteiligt gewesen zu sein. Sie wurden gefesselt und in den Kofferraum ihres eigenen Wagens gesteckt, dann fuhren die Partisanen mit ihnen in die Berge, trieben sie über den Gletscher und stießen sie in eine Spalte. Hanna interessierte sich vor allem für Abba Kovner.« (BS 96f.)

11 Noch deutlicher wird die immense Beweglichkeit des Geschichtenerfindens im »Schelmenroman« *Die Abenteuer des Joel Spazierer*, s. dazu auch den Beitrag von Liesbeth Meurer in diesem Band.

kehrendes Stichwort für Köhlmeiers Erzählen sicher nicht unwichtig, aber es bezieht doch nicht so eng auf das immens ausgreifende philosophische Werk, dass dieser Bezug hier nachgezeichnet werden könnte.

Schauen wir aber bei Robert Lenobel, dem »Als Ob-Juden«, wie es ihm in Israel ergeht, dem Land der Väter, in dem er aber nicht an die Väter Israels denkt, dafür aber an den eigenen Vater, der eine zweite Familie neben der von Robert und Jetti gegründet hatte. Die Kinder dieser Familie begreifen sich gerade nicht als Juden. Sie sind es auch strenggenommen nicht, weil sie keine jüdische Mutter haben. Robert jedoch definiert sich als der »Jude, wie er im Buche steht«:

> Sebastian gegenüber hatte er ausgeführt: Wenn ich sagte, ich bin Jude, weil ich jüdisches Blut habe, dann wäre ich Rassist. Wenn ich sagte, ich bin Jude, weil ich der jüdischen Religion angehöre, wäre ich ein Lügner. Wenn ich sagte, ich bin Jude, weil ich der Menschengruppe angehöre, die von den Nazis und den Stalinisten und von so vielen anderen verfolgt wurde, dann wäre ich ein Hochstapler. Also bleibt mir nichts anderes, als mich ex negativo zu definieren: »Ich bin der Jude, wie er im Buche steht, nämlich all das, was er nicht ist und nicht sein will. (BS 540)

Und einige Seiten zuvor heißt es im Roman: »Der Jude, wie er im Buche steht, drückte sich in Jerusalem vor der Klagemauer herum und beobachtete aus den Augenwinkeln, wie sich die anderen Juden benehmen.« (BS 535)

Das ist folgerichtig bei einer Religion des Buches, dass es das Schreiben ist, das Robert näher an eine jüdische Identität führt, so fremd sie ihm auch zunächst erscheinen mag. Dieser Teil des Buches wirkt utopisch, zu glatt verläuft Roberts Identifikation mit dem Land seiner Väter. Aber genau dieser Ausgang des Buches stimmt auch »heiter«. Robert ist zwar nicht einfach angekommen in Israel, aber doch zufrieden damit, dass er sich jetzt hier an dieser Stelle, in Israel, mit seinem Jüdischsein auseinandersetzt, es somit sucht an einem Ort, der jüdischer ist als sein freudianisches Wien: Aber auch das Wien der Vorkriegszeit steht mit Freud und Schnitzler und vielen anderen für eine reiche jüdische Kultur, die dann von den Nazis nachhaltig zerstört worden ist. Köhlmeier knüpft mit diesem Geschwisterbuch an das jüdische Wien der Vorkriegszeit an, in dem er die Figuren in ihren Herkünften mit ihrem Jüdischsein konfrontiert und damit mit seinem Roman einen ähnlichen Beitrag leistet wie mit seiner mutigen Rede am 4. 5. 2018[12] vor der damaligen österreichischen Regierung, die mit antisemitischen Äußerungen von sich reden machte. In der Rede wie im Roman erhalten die jüdischen Opfer eine Stimme, eine Geschichte, eine Herkunft, ein Weiterleben und letztendlich eine Utopie.

---

12 Nachzulesen ist diese ebenso wirkungsvolle wie mutige Rede in: Michael Köhlmeier, Erwarten Sie nicht, dass ich mich dumm stelle. Reden gegen das Vergessen, München 2018, S. 7–10.

In Jerusalem schreibt Robert in ein Notizbuch, träumt an der Klagemauer von einem sich rächenden Vater, beginnt zu tanzen, macht aus seinem Deutsch mit dem österreichischen Zungenschlag eine Art Jiddisch, steigt aus den Büchern in das jüdische Leben und ist froh, dass er herübergerettet wurde. Und entkommt doch den Büchern gerade nicht, weil er aufschreibt, was er erlebt und notiert, was ihm als jüdische Einsicht erscheint: »Der Messias ist der Tod. In ihm werden Wirklichkeit und Fiktion eins – was wir glauben, was wir wissen. Punkt.« (BS 541)

Noch aber ist gerade das nicht der Fall, ist der Messias, der Erlöser, nicht gekommen. So lange wird er im Als Ob leben, Geschichten ersinnen, erzählen und andere, nämlich Sebastian bitten, die Geliebte zur Rückkehr zu bewegen, fast so als ob er es selbst tun würde.

Es gibt jedoch eine Figur im Buch, die sich selbst nicht in dieser Hinsicht festlegen mag, die kaum über ihr Judentum reflektiert,[13] die einen langen Weg in viele Sackgassen von Beziehungen unternimmt, bis sie Sebastian bittet, sie zu heiraten, was der ohne zu zögern tun möchte. Jetti kann sich endlich binden, als sie sich vergegenwärtigt, dass sie als die kleine, unstete Schwester, die auf ihr Studium verzichtet, um ihrem Bruder das Medizinstudium und die nachfolgende kostspielige Lehranalyse als Ausbildung zum Psychoanalytiker zu ermöglichen, auf ihren großen Bruder aufpassen muss und dass sie allein sein Lebensmensch ist, nicht die Geliebte Bess, nicht die Ehefrau Hanna, nicht der Weggefährte Sebastian. Deshalb ist es ganz konsequent, den Roman *Bruder und Schwester Lenobel* zu nennen, wenn wir Jetti Glauben schenken. Als sie sich von ihm trennen muss, nennt sie Lucien die folgenden Gründe und erläutert auch, in welcher Beziehung sie sich zu Robert sieht:

> Unsere Mutter hatte immer wieder Liebhaber gehabt, ich glaube, sie hatte mehrere nebeneinander, und vielleicht hatte sie ihr Leben lang den Menschen nicht erkannt, auf den sie hätte aufpassen sollen. Ihr damaliger Geliebter war verheiratet, und sie war sehr eifersüchtig auf seine Frau, sie wollte, dass er sich von seiner Frau scheiden lässt. Sie hat geweint und geschimpft und hat ihn gedrängt, und ich habe zugehört, zufällig, sie wusste nicht, dass ich zuhöre, sonst hätte sie anders gesprochen. Sie sagte, sie will mit ihm zusammenleben, mit ihm und mit mir, zu dritt. Verstehst du, Lucien? Ich habe zugehört und habe gedacht, was ist mit Robert. Was ist mit meinem Bruder? Nimmt sie ihn nicht mit? Will sie ihn nicht haben? Will sie nur mich mitnehmen?

[13] »Ihre Jüdischkeit reduzierte sich auf ein unbequemes Bedenken der Nazizeit; unbequem deshalb, weil sie, wenn sie erst einmal als Jüdin erkannt war, wie eine zerbrechliche Heiligkeit behandelt wurde, als wäre es eine Gotteslästerung, mit ihr ins Bett zu gehen, obendrein die Lästerung eines fremden Gottes – die Liebhaber waren ja meistens christliche Agnostiker oder christliche Atheisten, so oder so der Aufklärung verpflichtet, unter deren Schild ein fremder Gott besser beschützt war als ein eigener, weil am Fremden Toleranz deutlicher demonstriert werden konnte.« (BS 46).

Und da habe ich mir große Sorgen um meinen Bruder gemacht, der viel gescheiter war als ich und schon auf dem Gymnasium, und der mich immer ein bisschen von oben herab behandelt hat, das tut er bis heute, seine Frau übrigens auch, sie noch mehr als er. Große Angst habe ich um ihn gehabt. Ich glaube, schon damals war mir bewusst, dass ich auf ihn aufpassen muss, ich habe dafür keine Worte parat gehabt, das hat ein Kind nicht, aber ich habe es gefühlt. Ich denke, das ist der Grund, warum ich nicht geheiratet habe. Es gibt eben keinen Richtigen für mich. Du warst schon der Richtige für mich, Lucien, aber nur für eine gewisse Zeit, nicht für immer, nur für drei Jahre. Ich rede wie ein Rabbi, wie ein Pfarrer, wie ein umgedrehter Pfarrer. (BS 313f.)

So gesehen ist der Roman ein Roman über das Vorläufige und Ersinnen des Vorläufigen und dennoch der Versuch, Ankünfte zu erproben: im Heiligen Land, in der Ehe, in der Liebe sowieso, »aber nur für eine gewisse Zeit.« Dass nichts bleibt, auch das Erzählte wiederum nicht für eine unverbrüchliche und andauernde Wahrheit bürgen kann, auch das weiß vor allem *Joel Spazierer*, dem das letzte schelmische Wort gehören soll:

»Die Wirklichkeit« – so pflegte ich dreißig Jahre später meine Vorlesungen zu beginnen – »ist ein endloses Gewebe von Sinnhaftem und Sinnfremdem; ersteres adeln wir mit dem einsamen Begriff Wahrheit, für letzteres haben wir unzählige Worte zur Verfügung.« Das habe ich irgendwo abgekupfert. Ebenso wie diese Einsicht: »Alles, was Erinnerung ist, gerät unter das Regime der narrativen Transformation.« Diese beiden Sentenzen waren es übrigens, die mich den Damen und Herren, die in einem fernen, fernen Land über die ausreichende Macht dazu verfügten, für einen Lehrstuhl empfahlen.[14]

14 Michael Köhlmeier, Die Abenteuer des Joel Spazierer, München 2014, S. 65f.

Corina Erk

Europa im Werk Michael Köhlmeiers

I Ein »monumentales Jahrhundertepos«:[1] *Abendland*

Wenngleich Michael Köhlmeiers umfassendes Werk[2] nicht als dezidiert politisch oder politisierend bezeichnet werden kann, ist es doch immer wieder von Spuren der Auseinandersetzung des Autors mit der europäischen Geschichte insbesondere des 20. Jahrhunderts durchzogen. Derartige literarische Seitenblicke auf Europa finden sich bereits in frühen Texten des Schriftstellers, etwa in den Odyssee-Romanen *Telemach* (1995) und *Kalypso*[3] (1997), aber auch in späteren Werken, wie der Novelle *Der Mann, der Verlorenes wiederfindet* (2017) über das Leben des Heiligen Antonius von Padua, die von seiner Affinität zur europäischen Kulturtradition zeugen.

2007 erschien mit Köhlmeiers *Abendland* ein Roman,[4] der allenthalben als »Welt- und Jahrhundertpanorama, wie man es lange nicht gelesen hat«,[5] als »ein Parforceritt durch die Welt- und Kulturgeschichte des 20. Jahrhunderts«[6] sowie als Köhlmeiers »(vorläufiges) opus magnum«[7] bezeichnet wurde.[8] Angelegt als Retrospektive, verknüpft der Autor darin

---

1 Verena Auffermann, Das ganze Leben, in: Die Zeit vom 20.09.2007, o.S.

2 Ein schon etwas älterer Sammelband zum Werk Michael Köhlmeiers liegt vor mit Günther A. Höfler (Hrsg.), Michael Köhlmeier, Graz 2001.

3 Vgl. zu diesem Roman zum Beispiel Raymond L. Burt, Heimweh in Paradise. The Role of Narrative in Michael Köhlmeier's *Kalypso*, in: Modern Austrian Literature 31.3/4 (1998), S. 240–251 oder Alfred Strasser, Michael Köhlmeiers Sicht der Antike am Beispiel des Romans *Kalypso*, in: Germanica 31 (2002), S. 175–186.

4 Vgl. Michael Köhlmeier, *Abendland*, München [8]2017. Im Folgenden zitiert unter der Sigle A mit entsprechender Seitenzahl.

5 Wolfgang Schneider, Panorama eines Lebens, in: Deutschlandfunk Kultur vom 29.08.2007, o.S.

6 Andreas Breitenstein, Jenseits von Gut und Böse, in: Neue Zürcher Zeitung vom 31.01.2013, S. 60.

7 Ulrike Längle und Jürgen Thaler, Vorwort, in: Dies. (Hrsg.), Michael Köhlmeiers *Abendland*. Fünf Studien, Innsbruck 2010, S. 7–8, hier S. 7.

8 Gleichwohl sind, bei aller Euphorie der Feuilletons über diesen Roman, auch Gegenstimmen zu verzeichnen, etwa die von Felicitas von Lovenberg in der *Zeit*, die über *Abendland* urteilt: »Die ersten dreihundert Seiten liest man mit Euphorie, die nächsten dreihundert mit Bewunderung und einsetzender Übersättigung und die letzten hundertsiebzig, weil man zum Schluss kommen möchte.« Felicitas von Lovenberg, Das angenehm unangenehme Gefühl, so etwas wie Seele zu besitzen, in: Die Zeit vom 10.10.2007, S. L 3. In der Süddeutschen Zeitung wiederum heißt es über den Roman: »Das Erzählen geschieht irgendwann um der Erzählfreude willen (›fabulieren‹ heißt das Fachwort dafür) und lässt sich dafür feiern.

die Lebensgeschichte des 95-jährigen Mathematikers Carl Jacob Candoris, geboren 1906 in Meran, (vgl. A 64), eine Kunstfigur, mit der des Schriftstellers Sebastian Lukasser – Letzterer ist mit Ersterem in diesem Familienroman in einer Vater-Sohn-ähnlichen Beziehung verbunden – vor dem Hintergrund der Geschichte des 20. Jahrhunderts. Geografisch reichen Candoris' Stationen und damit die Erinnerungsorte des Romans weit über Europa hinaus; erwähnt seien hier seine Aufenthalte in New York, Los Alamos, Tokio oder São Paulo. An etlichen historischen Ereignissen nicht nur der europäischen, sondern der Weltgeschichte scheint der Wissenschaftler unmittelbar beteiligt gewesen zu sein: sei es als Helfer von Julius Robert Oppenheimer im *Manhattan Project* beim Bau der Atombombe oder als Beobachter bei den Nürnberger Prozessen, in deren Kontext er sich mit dem für den Tod von Edith Stein verantwortlichen Arthur Seyß-Inquart unterhält. Kolonialismus und der Völkermord an den Herero und Nama in Deutsch-Südwestafrika, Lebensmüdigkeit, Kriegseuphorie und -ernüchterung vor und während des Ersten Weltkriegs, Nationalsozialismus, Stalinismus, Nagasaki und Hiroshima, das Portugal Salazars, das rassistische Amerika, die RAF und schließlich der 11. September 2001 sind die hier arg verknappt aufgeführten Stationen, die dieses literarische Panorama abschreitet und auf diese Weise neben der Lebensgeschichte des Mathematikers Candoris und des Autors Lukasser in Form einer von zahlreichen Nebenfiguren, etlichen Schauplätzen und komplexen Zeitsprüngen geprägten Mehrfachbiografie, genannt seien an dieser Stelle als Beispiele etwa Edith Stein oder Emmy Noether,[9] auch die Entwicklungsgeschichte des 20. Jahrhunderts skizziert.[10] Da geistes- und kunstgeschichtlich noch Exkurse über die Mathematik,[11] den Jazz,[12] das Genie oder die Poetologie

Köhlmeiers Roman ist so ein Fall: Er ist lang, aber er hat kein produktives Problem. Er erzählt viel, aber er tut das ohne Grund. Er lässt nichts aus, was man wissen und erzählen kann, aber wir verstehen nicht, warum uns dieser Stoff in dieser Breite aufgedrängt wird.« Christoph Bartmann, Fabulieren bis zum Anschlag, in: Süddeutsche Zeitung vom 29.09.2007, S. 18.

9 Zur Bedeutung der beiden Frauenfiguren als Europäerinnen in *Abendland* vgl. Maria Behre, Europa als Labyrinth des Abendlandes, in: Germanica 56 (2015), S. 41–55, hier S. 48-52.

10 Zu *Abendland* als (meta-)historiografischem Roman vgl. Leonhard Herrmann, Kulturgeschichten des Wissens. Das ganze 20. Jahrhundert im Rückblick – fiktive Gelehrtenbiografien von Michael Köhlmeier und Marcel Beyer, in: KulturPoetik 11.2 (2011), S. 240–257.

11 Zur Bedeutung der Mathematik in *Abendland* vgl. Andrea Albrecht, Mathematisches Wissen und historisches Erzählen. Michael Köhlmeiers Roman *Abendland*, in: Gegenwartsliteratur 8 (2009), S. 192–217.

12 Zur Rolle der Musik in *Abendland* vgl. Klaus Nüchtern, Die Schrammeln, der Jazz und die Neue Musik. Über Musikalisches in *Abendland*, in: Ulrike Längle, Jürgen Thaler (Hrsg.), Michael Köhlmeiers *Abendland*. Fünf Studien, Innsbruck 2010, S. 53–66.

des Romans selbst[13] hinzukommen, lässt sich *Abendland* durchaus als ein von *Double Tales*,[14] etwa dem Paar Europa/Amerika, geprägter Roman eben auch über europäische Diskurse adressieren, in dem Privat- und Zeitgeschichte literarisch verschmolzen werden. Das von Eric Hobsbawm als solches bezeichnete »kurze 20. Jahrhundert«[15] präsentiert sich in *Abendland* also als durchaus überbordend, zumal die erzählte Zeit von 1885 bis 2002 reicht.

Köhlmeier vertritt mit seinen Figuren in *Abendland* das Prinzip des (durch die Kunst zusammengeführten) Weltbürgertums, etwa wenn der Jazzmusiker Georg Lukasser[16] sein sich aus verschiedenen Nationen ›rekrutierendes‹ Publikum in der Musik zu vereinen weiß:

> Jeder im Club durfte sich sagen: er spricht zu mir, in Wahrheit spricht er nur zu mir. Und jeder hat ihn verstanden. Da saßen Franzosen, Amerikaner, Briten, Österreicher, Ungarn, Tschechen, und ich versichere euch, hätte sich einer der Mühe unterzogen, jeden einzelnen nach dem Konzert zu bitten, er möge aufschreiben, was der Bursche vorne auf der Bühne hinter der komischen Gitarre einer Meinung nach erzählt habe, man hätte hinterher einen Packen Papier in der Hand gehalten, beschrieben in einem halben Dutzend Sprachen, aber auf jedem Blatt wäre die gleiche Geschichte gestanden. (A 23)

---

13 Zum Erzählen in *Abendland* vgl. Herrmann, Kulturgeschichten des Wissens (wie Anm. 10), S. 240–257 sowie Matthias Beilein, Die Maßstäbe der Erinnerung, in: Ulrike Längle, Jürgen Thaler (Hrsg.), Michael Köhlmeiers *Abendland.* Fünf Studien, Innsbruck 2010, S. 27–39. Zur Autopoiesis des Romans vgl. überdies Christoph König, Zu produktiven Konflikten im Roman *Abendland* von Michael Köhlmeier, in: Ulrike Längle, Jürgen Thaler (Hrsg.), Michael Köhlmeiers *Abendland.* Fünf Studien, Innsbruck 2010, S. 9–26. Auch der Autor hat sich zur Erzähl-Konstruktion seines Romans geäußert. Vgl. hierzu Michael Maar, Die Geschichte hat ihren eigenen Kopf. Michael Köhlmeier im Interview, in: Frankfurter Allgemeine Zeitung vom 05.10.2007 S. 52.

14 Nicht nur der fiktive Schriftsteller Sebastian Lukasser verfasst die von ihm als solche bezeichneten *Double Tales* über gänzlich verschiedene Musiker, etwa Django Reinhardt und Jimi Hendrix, Duke Ellington und Johann Strauß, Hank Williams und Johann und Josef Schrammel. Vgl. A 509f. Auch der Autor Köhlmeier hat letztlich eine solche verfasst, eben jene über Candoris und Lukasser als die beiden dominierenden intradiegetischen Erzählerstimmen in *Abendland.*

15 Eric Hobsbawm, Das Zeitalter der Extreme. Weltgeschichte des 20. Jahrhunderts, München 1995, S. 11.

16 Es scheint nicht von ungefähr, dass der dem Alkohol verfallene, depressive, an der Welt und sich selbst verzweifelnde, letztlich Suizid begehende, fiktive Musiker Georg Lukasser, Vater des ebenso fiktiven Autors Sebastian Lukasser, über eine Namensanalogie mit dem Philosophen Georg Lukács, dem ›Vater‹ der transzendentalen Obdachlosigkeit, verbunden ist. Zu Letzterem vgl. Georg Lukács, Die Theorie des Romans. Ein geschichtsphilosophischer Versuch über die Formen der großen Epik, in: Zeitschrift für Ästhetik und allgemeine Kunstwissenschaft 11 (1916), S. 225–271 und S. 390–431.

Während der Autor Lukasser Europa zeitweilig den Rücken kehrt (»Ich wollte in Amerika ein neues Leben beginnen. Mitten auf einer Straße in Brooklyn beschloss ich, nie wieder nach Deutschland oder Österreich oder sonst irgendwohin in Europa zurückzukehren« [A 45]), ist insbesondere die Wissenschaft in *Abendland* dazu geeignet, nationale Grenzen zu überwinden, was vor allem mittels der Figur des jazzsüchtigen (vgl. A 181) Mathematikers Candoris deutlich wird: »Er unterhielt Bekanntschaften in der weiten Welt, führte stundenlange Ferngespräche, diskutierte mit einem Kollegen auf der anderen Seite des Globus über einen Artikel in *Nature* oder *Science*« (A 44). Das Weltbürgertum gehört quasi zur DNA der Figur Candoris, der schon als junger Mann die Welt bereiste: »Er meldete sich von der Universität ab und fuhr in der Welt herum – Lissabon, Kairo, Hongkong, Istanbul, Panama. Schließlich in die Vereinigten Staaten von Amerika.« (A 175) Darüber hinaus kann Candoris als Vertreter der Vernunftreligion gelten, er, der »Logik verehrte [...] wie andere den lieben Gott« (A 47), der die Vernunft »für die wesentliche Grundlage der zivilisierten Menschheit« (A 659) hält. Gerade in der Figur des einer humanistisch gebildeten Familie entstammenden (vgl. A 88) Mathematikprofessors verkörpert sich ein zentraler Wert des klassischen abendländischen Europa-Bildes, und zwar der der Ratio der Aufklärung: »Auf der gediegenen Standfestigkeit der Logik behauptet sich der Glaube an die Vernunft, und die Vernunft hielt ich während meines Lebens für die wesentliche Grundlage der zivilisierten Menschheit ...«. (A 45) Aus der Perspektive der USA, deren Bürger durch eine *Hybrid Identity* (Homi K. Bhabha) gekennzeichnet sind (vgl. A 563), charakterisiert sich Europa in *Abendland* darüber hinaus durch das Christentum (vgl. A 562). Bei all dem ist es jedoch auch und vor allem die Wissenschaft gewesen, die infolge ihrer machtpolitischen Instrumentalisierung den Zweiten Weltkrieg mitermöglichte. Dies lässt sich etwa aus einem Gespräch zwischen Candoris und dem ihn als »Agent gegen Nazideutschland« (A 623) anwerbenden Offizier der britischen Royal Air Force herauslesen: »Wie kein anderer Krieg in der Geschichte werde dieser Krieg ein Krieg der Maschinen sein, und er werde entscheidend am Himmel ausgetragen; [...] Und: Dieser Krieg werde in den Laboratorien und den technischen Versuchsanstalten, den Universitätsinstituten und Forschungseinrichtungen gewonnen.« (A 621)

Bei aller Sympathie für Candoris' Weltbürgertum, ist Europa in *Abendland* stets von der Katastrophe des Zweiten Weltkriegs gezeichnet und geprägt, insbesondere was die Blicke von außen, etwa vonseiten Amerikas, auf den von Adolf Hitler angezündeten (vgl. A 26) Kontinent betrifft, den Bilder von Reichspogromnacht, *Stürmer*-Karikaturen und Konzentrationslagern (vgl. A 90ff.) ebenso formten wie das Diktum »Nie wieder Krieg!« und der damit verbundene Aufbauprozess der Europäischen Union (vgl. A 98). Dabei vermittelt *Abendland* gerade den Holocaust als transnationale Erinnerung (vgl. A 562). Dennoch handelt es sich bei Köhlmeiers *Abendland*, trotz seines im Schreibstil des humanistisch Gelehrten abgefassten Tons, nicht in unmittelbarer Weise um einen Europa-Roman in dem Sinne, dass darin etwa politische Überlegungen für ein tragfähiges Konzepte Europa zu finden wären. Vielmehr wird dieses Textgebilde verschiedener Narrationen auch und gerade von der Figur Candoris als Personifikation der europäischen Geschichte des letzten Jahrhunderts zusammengehalten. Dabei mögen sich dessen Erinnerungen mitunter als unzuverlässig erweisen, als eben jene auch im Roman thematisierten Zeugen eines unbewussten Prozesses der Konstruktion von Gedächtnisinhalten, als Beispiele für ein *False Memory*, dessen Artikulation als metareflexiver Kommentar letztlich auch die Erzählsituation des Romans selbst wiedergibt:

> Die Erinnerung formt sich nach den Folgen des Erinnerten; der Phantasie liegt ein stabiles gegenwärtiges Verlangen zugrunde, nämlich: sich einzubilden, wer man in der Vergangenheit hätte gewesen sein können; und trotz aller Vorsicht, nur ja nicht Wirklichkeit und Wunsch zu verwechseln, streckt sich das Fragezeichen des Konjunktivs allmählich zum Rufzeichen des Indikativs, so dass das Erinnerte bald alles andere als ein Bild aus der Vergangenheit darstellt, sondern nur noch die Nöte der Gegenwart spiegelt. (A 223)

Ob die Gebrechlichkeit des nunmehr 95-Jährigen, der als alter Mann naturgemäß von der Vitalität seiner Jugendjahre entfernt ist, metaphorisch für eine gewisse Ermattung des Konzepts Europa/EU im 21. Jahrhundert stehen soll, muss daher letztlich offenbleiben. Eine kulturpessimistische Haltung, wie sie Oswald Spengler in seinem titelähnlichen Werk *Der Untergang des Abendlandes. Umrisse einer Morphologie der Weltgeschichte* (1918–1922) vertreten hat, hier freilich in einem dichotomischen Abgleich zum sogenannten Morgenland, findet sich in Köhlmeiers *Abendland* nicht in demselben Maße, lässt sich dem Text aber durchaus, wenn auch in anderem Sinne, in Nuancen attestieren, etwa wenn vom »hysterische[n] Europa« (A 300) zu Beginn der 1930er-Jahre erzählt wird oder von den Morden in Auschwitz (vgl. A 306ff., 320f.), einer der »Tötungsfabriken der Nazis« (A 329). Auch die, abgesehen vom Titel, einzige Nennung des Nomens »Abendland« im immerhin fast 800-Seiten starken Text, ist aufgrund der Allusion an die Ikonografie des gekreuzigten Jesus negativ konnotiert, wenn es heißt: »Das Kreuz des Abendlandes ist das schlechte Gewissen.« (A 584) Die scheinbaren hehren Werte der (westeuropäischen) Identität wie Humanität, Toleranz oder Freiheit, vertreten auch durch eben jenes Christentum oder die Symbolik der Französischen Revolution, werden in Köhlmeiers *Abendland* infolge von dessen unaufdringlicher Reflexion der Gewaltgeschichte des 20. Jahrhunderts allenthalben kritisch hinterfragt:

> In seiner mehrdeutigen Ambivalenz fasst dieser Satz treffend zusammen, wovon in diesem Roman erzählt wird: einerseits einer aus der Geschichte des Christentums freigesetzten abendländischen Erfolgsgeschichte der Naturbeherrschung durch Naturwissenschaft und erkenntnistheoretischer Fortschritte [...], andererseits einer gemessen an christlichen Werten abendländischen Versagensgeschichte, für die nicht nur die Verfolgung und Ermordung der europäischen Juden durch die Nationalsozialisten einsteht, sondern auch der europäische Kolonialismus oder die Atombombenabwürfe auf Hiroshima und Nagasaki am 6. und 9. August 1945.[17]

Ferner konstatiert der Roman, dass der EU vonseiten der Gesellschaft eine gewisse Gleichgültigkeit entgegengebracht werde (vgl. A 407), ohne allerdings aufzuzeigen, wie dieser Indifferenz beizukommen sein könnte. Indem der Text im Modus der großen Geschichtserzählung, die einem Abschreiten von Zeit und Raum Europas gleichkommt, den Bogen von der Geopolitik des ausgehenden 19. und beginnenden 20. Jahrhunderts zur Erzählgegenwart des Autors spannt, plädiert der Text durchaus für die EU als Friedensprojekt, mitunter in Analogismen, wenn es etwa zur »Lage der deutschen Kolonien in Afrika« heißt: »Friede war mehr als ein ethisches Postulat, es war ein politisch lebensnotwendiges Programm.« (A 729) Eine Antwort auf die Frage, was die europäische Identität ausmache, so es sie denn gibt, verweigert der Roman aber ganz bewusst, fokussiert er sich doch im Gesamten stärker auf die private Individualgeschichte seiner Protagonisten als auf die kollektive, mit ikonografischen Erinnerungsbildern aufgeladene Gesellschaftsgeschichte. Personifikation und Introspektion überwiegen das Politische dabei deutlich, sodass, entgegen der eingangs zitierten Zuschreibungen an den Roman als umfassendes Panorama des 20. Jahrhunderts, von einer individualisierten, Authentizität suggerierenden Geschichtsnarration Europas auf Basis einer Erzählung im Sinne der *Oral History*, der bewussten »Simulation von Zeitzeugenschaft«,[18] zu sprechen ist.

II Schlaglichter einer Beziehung: *Die Abenteuer des Joel Spazierer* (2013) und *Bruder und Schwester Lenobel* (2018)

Spuren von Köhlmeiers Auseinandersetzung mit der europäischen Geschichte des 20. Jahrhunderts finden sich auch in seinen jüngeren Werken, wie etwa in dem in vielerlei Hinsicht durchaus als abenteuerlich zu bezeichnendem Roman *Die Abenteuer des Joel Spazierer* (2013).[19] In zwölf Kapiteln widmet sich Köhlmeier in diesem Text der europäischen Schreib-

---

17 Gunther Nickel, Das Abendland als Lebenswelt, online abrufbar unter: http://www.satt.org/literatur/17_06_abendland.html (aufgerufen am 23.02.2021).

18 Beilein, Die Maßstäbe der Erinnerung (wie Anm. 13), S. 38.

19 Vgl. Michael Köhlmeier, Die Abenteuer des Joel Spazierer, München 2013. Im Folgenden zitiert unter der Sigle JS mit entsprechender Seitenzahl.

tradition des Schelmenromans, wobei der Romantitel zwar einerseits die Nähe zu Grimmelshausens *Der Abentheuerliche Simplicissimus Teutsch* nicht von ungefähr offenbart. Auch der erste Satz des eigentlichen Plots (»Meine Geschichte beginnt in einer Zeit, von der viele glaubten, sie sei die letzte.« [JS 7]) darf als recht unverhohlene Anspielung auf den Grimmelshausen-Text gelesen werden.[20] Andererseits aber ist dieser Joel Spazierer ob seiner Amoralität eben doch nicht geeignet, der Gesellschaft einen Spiegel vorzuhalten.[21] So blickt der zwischen (weniger) Gut und (mehr) Böse mäandernde Protagonist und Ich-Erzähler András Fülöp alias András Šrámek (vgl. JS 28) alias Andres Philip (vgl. JS 134), letztlich alias Joel Spazierer (vgl. JS 127, 240, 361), geboren 1949 in Budapest, in einer satirischen Retrospektive auf sein Leben zurück, nicht ohne dabei den Schreibprozess als solchen im Rahmen poetologischer Kommentare mitzudenken, wenn er sich mit dem fiktiven Autor Sebastian Lukasser über die ›richtige‹ Art und Weise des Romanschreibens austauscht, oder den Leser in Form direkter Apostrophierungen in den Text zu integrieren respektive pädagogisch zu unterweisen sucht: »Meine Ambition ist es, Ihnen nicht nur mein Leben zu erzählen, sondern auch die eine oder andere Maxime vorzustellen, die ich zur Bewältigung desselben gewonnen habe; und weil ich *die Lüge* [Hervor. im Orig.] als Überschrift zu meiner Existenz wähle [...], möchte ich einige Anleitungen zu deren praktischer Anwendung in meine Biographie einstreuen.« (JS 38)

Joel Spazierer lebt, nachdem er als Vierjähriger einen kurzen Moment der Selbsterkenntnis im Lacan'schen Spiegelstadium im wahren Wortsinne hatte (vgl. JS 12), in chaotischen Verhältnissen, wandelbar wie ein Chamäleon: Mal ist er Stricher (vgl. JS 101ff.), mal wird er von einem ungarischen Major entführt (vgl. JS 134), mal erhält er mit einem neuen Pass auch gleich eine neue Identität (vgl. JS 142) – ein Konzept, das er ein Leben lang beibehalten wird –, mal wird er zum Mörder an der Mutter eines Freundes (vgl. JS 248), mal lebt er, Parzival gleich, als Illiterat mit einem desertierten G.I. in den Wäldern Österreichs (vgl. JS 357), mal fungiert er als Hausmeister in einem Studentenwohnheim (vgl. JS 365), mal ist er Drogendealer (vgl. JS 386), lebt im Rotlichtmilieu (vgl. JS 404), verkehrt unter Kommunisten (vgl. JS 417) und wird zum Schachgroßmeister ernannt (vgl. JS 515f.), bevor er schließlich als Ernst-Thälmann Koch – in der DDR gibt er sich als Enkel des Arbeiterführers Ernst Thälmann aus –

---

20 So heißt es im sich am Pikaroroman orientierenden *Simplicissimus*: »Es eröffnet sich zu dieser unserer Zeit (von welcher man glaubt, dass es die letzte sei)«. Hans Jakob Christoffel von Grimmelshausen, Der Abentheurliche Simplicissimus Teutsch, Nürnberg 1669, S. 6.

21 So urteilt etwa die Neue Zürcher Zeitung über Joel Spazierer, er sei ein »gefühlloser Übermensch« und »polymorph-perverser Desperado des Augenblicks«. Breitenstein, Jenseits von Gut und Böse (wie Anm. 6), S. 60.

Professor für wissenschaftlichen Atheismus an der Berliner Humboldt-Universität wird (vgl. JS 597ff.), selbstredend zugleich als Duzfreund von Margot Honecker und Erich Mielke. Zugleich enthält der Roman Visionen eines Europas, in dem der totale Liberalismus vollends die Macht übernommen hat und Staatsgrenzen hinweggefegt worden sind:

> Herr Lundin hatte mir [Joel Spazierer, Anm. d. Verf.] mit Worten, so breit und vertrauensselig wie sein Schädel, geschildert, wie es in Europa aussehen wird, wenn endlich die Handelsgrenzen gefallen und die verschiedenen Währungen abgeschafft und durch eine gemeinsame ersetzt sein würden: unbegrenzte Produktion, absolute Freiheit, uneingeschränktes Glück. [...] Herrn Lundins Vision präsentierte ein Zusammenleben ohne Staat; gigantische private Versicherungsinstitute würden gegründet werden, sie würden die Aufgabengebiete von Polizei, Militär, Schulbehörde, Alterspflege etc. besetzen und neu gestalten. Abermillionen Franken, die heute, anstatt sie in sinnvolle Projekte zu investieren, als Bürokratenfutter verbraten würden, könnten nach Abschaffung der Staaten direkt in die Geldbörse des Bürgers wandern, der, weil er für einen Teil davon, keine gegenwärtige Verwendung habe, Aktien kaufe und damit Zukunft schaffe. »Nenne mir einen vernünftigen Grund, warum zwischen die Bürger und das Geld ein Staat gestellt werden soll!« Geld brachte Segen. Geld heilte Wunden. Geld vollbrachte Wunder. Geld tat Gutes. Wenig Geld führte den einen oder anderen vielleicht in Versuchung, viel Geld jedoch führte zur Erlösung. Geld regte meine Einbildungskraft an, die bisher kaum zum Einsatz gekommen war, und wenn, dann um zu lügen. Geld hingegen war die pure Wahrheit. Geld hat die Zeit nicht erschaffen, aber es sorgte dafür, dass ihr die Luft nicht ausging. Im Geld war die Zukunft wesentlich enthalten. In jeder Münze, in jedem Schein. (JS 209f.)

Stationen der abenteuerlichen Reise des altklugen Kindes Joel Spazierer gleichen einer Odyssee durch Europa zwischen Ost und West, von Budapest, über Wien, Frankfurt am Main, Paris, nach Liechtenstein und schließlich Berlin. Historische Ereignisse aus der zweiten Hälfte des 20. Jahrhunderts, wie der Tod Stalins 1953 (vgl. JS 19), der Volksaufstand in Ungarn 1956 (vgl. JS 108) oder der Angriff des venezolanischen Terroristen Ilich Ramírez Sánchez (auch Carlos, der Schakal genannt) auf das OPEC-Hauptquartier in Wien 1975 (vgl. JS 381), werden in diesem Roman quasi en passant miterzählt.[22]

2018 legt Köhlmeier mit *Bruder und Schwester Lenobel* sodann einen Beziehungsroman vor,[23] in dessen Mittelpunkt die Lebens-, Familien- und Freundschaftsgeschichte der vier Protagonisten Robert, Jetti, Hanna und

---

[22] Zur Möglichkeit des historischen Erzählens in seinem Werk vgl. Michael Köhlmeier, Erzählen: dem Vergangenen Referenz erweisen, in: Ernst Grohotolsky (Hrsg.), Provinz, sozusagen. Österreichische Literaturgeschichten, Graz 1995, S. 167–177.

[23] Vgl. Michael Köhlmeier, Bruder und Schwester Lenobel, München 2018. Im Folgenden zitiert unter der Sigle BS mit entsprechender Seitenzahl.

Sebastian steht, deren Werdegang eng mit der europäischen Geschichte verknüpft ist. So erleben Dr. Robert Lenobel, 55 Jahre alt, Wiener Psychoanalytiker in Freud'scher Nachfolge, und seine Schwester Jetti Momente des Einbruchs ihrer jüdischen Familienvergangenheit in die Gegenwart, wenngleich sie sich im Grunde als konfessionslose Juden verstehen: »Ihre Jüdischkeit reduzierte sich auf ein unbequemes Bedenken der Nazizeit« (BS 46). Zwar pflegen die dem europäischem Bildungsbürgertum entstammenden Geschwister, die Schuberts *Winterreise* hören oder Adorno lesen, einen durchaus satirischen Umgang mit jüdischen Stereotypen, etwa dem der »immer nur von Geld« (BS 32) redenden Juden, doch sehen sie sich als solche – und mit ihnen auch angeheiratete Familienmitglieder wie die Buchhändlerin und Nicht-Jüdin Hanna, Roberts Ehefrau – quasi permanent zu einer Auseinandersetzung mit der Holocaust-Vergangenheit gezwungen, haben die Geschwister doch einen »KZ-Opa« und eine »KZ-Oma« (BS 107).

Jetti ist daher auch nicht von ungefähr als Leiterin des Büros »How, Where and Why« in einer »European Agency for Cultural Promotion« (BS 57) in Dublin tätig und kooperiert in dieser Funktion mit Agenturen wie »European Arcadia Deutschland« (BS 293).[24] Denn Köhlmeier erzählt in und mit *Bruder und Schwester Lenobel* wie nebenbei vom Holocaust in Europa während des Zweiten Weltkriegs und von dessen Nachwirkungen, etwa wenn Jetti die vor den Nationalsozialisten gerettete Grafiksammlung der Familie auf dem ›Schwarzmarkt‹ verkauft, um sich und den Bruder finanziell abzusichern, nachdem der Vater die Familie verlassen hat und die Mutter psychisch nicht mehr in der Lage ist, sich um die Kinder zu kümmern; oder wenn sich der vom Leben enttäuschte Atheist Robert Lenobel in romantischer Verklärung des reisend Zu-Sich-Selbst-Findens nach Israel flüchtet, ins »Land der Väter« (BS 128), wie er seine Schwester Jetti in einer E-Mail wissen lässt. Insofern ist es also, entgegen der Bezeugungen der Figuren, eben doch nicht gänzlich egal, welcher Religion sie angehören, obgleich das Ehepaar Lenobel es »seit jeher gewohnt [war, Anm. d. Verf.] den jüdischen Sabbat und den christlichen Sonntag gleichermaßen der heiligen familiären Ruhe zu widmen« (BS 203). Der Holocaust in Europa hat zu tiefen Einschnitten und traumatischen Ereignissen in der Familiengeschichte geführt: Die Mutter der Geschwister Lenobel musste 1938 als Exilkind nach England emigrieren (vgl. BS 217ff.), die Großeltern mütterlicherseits wurden in den KZs der Nazis ermordet (vgl. BS 219, 368), die Großeltern väterlicherseits begingen 1967 in Haifa Selbstmord (Vgl. BS 368).

Roberts Auseinandersetzung mit der Familiengeschichte im Moment seiner von ihm als existenziell empfundenen Lebenskrise nach gescheiterter

[24] Darüber hinaus wird die EU im Roman vor allem als Geldgeber für diverse Projekte thematisiert (vgl. BS 366f.).

Ehe und gescheiterter Affäre erinnert dabei durchaus an eine (erfolglose) Suche nach einer Heimat, die sich gegebenenfalls auch im Judentum finden ließe (vgl. BS 324, 461), zumal Robert die Haltung vertritt, dass Europa, verstanden als das »Abendland«, »geprägt [sei, Anm. d. Verf.] von Judentum und Christentum« (BS 407). Wenngleich also die Erinnerung an die jüdische Familienvergangenheit immer wieder ins Romangeschehen Eingang findet und insbesondere der Holocaust eines der identitätsprägenden Familienthemen ist, das generationell im Sinne des *Postmemory* (Marianne Hirsch)[25] an die Nachgeborenen weitergegeben wird, auch von Robert und Hanna an ihre eigenen Kinder (vgl. BS 475f.), so gelangt die Figur Robert am Ende des Romans nach ihrer scheinbar vergeblich unternommenen Suche nach der eigenen Identität doch zu einer latent resignativen Selbsterkenntnis: »Da war er: ein weitgereister Jude, der keine Sprache verstand außer der seinen und keine andere sprach, nicht einmal die Allerweltssprache.« (BS 539) Auf diese Weise zeige der Text, so Iris Radisch in der *Zeit*, dass die »Suche nach dem Selbst [...] ins Leere«[26] laufe, womit er sich im Grunde in die Tradition des linken Kulturpessimismus einreiht.

Im Kern thematisiert Köhlmeier in seinem Roman *Bruder und Schwester Lenobel*, dessen Titel bewusst auf das Märchen *Brüderchen und Schwesterchen* alludiert,[27] daher das Fortwirken von Traumata über mehrere Generationen einer Familie hinweg, und zwar auf der Basis des für die europäische Geschichte des 20. Jahrhunderts so prägend gewordenen Holocaust. Dabei unterstreicht der Autor die Bedeutung der Erinnerung an eben jene Vergangenheit für die Gegenwart eines auf Grundlage der EU in weiten Teilen vereinten Europas: »Die Vergangenheit existiert nur in der gegenwärtigen Erinnerung, und über diese hat der Mensch Macht, Vergessen ist Macht über die Vergangenheit.« (BS 306)

Mithin setzt Köhlmeier mit *Bruder und Schwester Lenobel* das in seinem Werk sehr ausgeprägte System intratextueller Referenzen fort, handelt es sich bei diesem Roman doch in gewisser Weise auch um eine Fort-

---

25 Vgl. Marianne Hirsch, Family Frames. Photography, Narrative, and Postmemory, Cambridge 1997.

26 Irisch Radisch, Gefühle unter fremdem Gerümpel, in: Die Zeit vom 06.09.2018, S. 39.

27 In diesem Roman hat der Autor, dessen Faszination für Märchen, Mythen und Sagen hinlänglich bekannt ist, jedem der dreizehn Großkapitel Märchen aus der Feder seines fiktiven Autors Sebastian Lukasser vorangestellt. Zu den Märchen vgl. zum Beispiel Michael Köhlmeier, Das Sonntagskind. Märchen und Sagen aus Österreich, Wien 2011; ders., Von den Märchen. Eine lebenslange Liebe, Innsbruck 2018; ders., Die Märchen, München 2019. Zu Köhlmeiers-Mythenrezeption vgl. Michael Köhlmeier, Man weiß ja fast gar nichts, in: Bernd Seidensticker und Martin Vöhler (Hrsg.), Mythen in nachmythischer Zeit. Die Antike in der deutschsprachigen Literatur der Gegenwart, Berlin 2002, S. 209–210.

schreibung des elf Jahre zuvor erschienenen Romans *Abendland*, in dem sich der Verfasser in extenso der Geschichte des Schriftstellers Sebastian Lukasser gewidmet hat (vgl. A 117, 356),[28] gleichsam ein Alter Ego seiner Person,[29] der in *Bruder und Schwester Lenobel* als Freund des Psychoanalytikers Dr. Robert Lenobel in Erscheinung tritt.

III Schlussbetrachtung: Michael Köhlmeier als Homo politicus?

Zwischen dem 2013 erschienenen Roman *Die Abenteuer des Joel Spazierer* und dem 2018 publizierten Roman *Bruder und Schwester Lenobel* liegt *Das Mädchen mit dem Fingerhut* aus dem Jahr 2016.[30] Diese knappe Erzählung wird aufgrund ihrer paradigmatischen Erzählkonstellation als »Parabel auf den Menschen als Flüchtling«[31] gelesen. Sie zeugt damit von Köhlmeiers immer wieder angedeuteter literarischer Auseinandersetzung mit den (west-)europäischen Gegenwartsgesellschaften, bei denen es sich auch und gerade im 21. Jahrhundert aufgrund der ›modernen‹ Flüchtlingskrise um Einwanderungsgesellschaften handelt: Im Zentrum der Erzählung steht die Hauptfigur Yiza, ein sechsjähriges Mädchen, das von einem unbekannten Ort in eine gleichermaßen namenlose, winterliche westeuropäische Stadt geflohen ist. Yiza ist im Grunde stumm; spricht sie doch, dann in einer Sprache, die nur ihre Landsleute verstehen, ohne dass näher bezeichnet wäre, um wen es sich dabei handelt. Obschon der angedeutete auktoriale Erzähler des Textes das Potenzial dazu hätte, den Plot reichhaltig auszugestalten oder die Gedanken- und Gefühlswelt Yizas dem Leser näherzubringen, beschränkt sich der Text infolge seiner »Auslassungstechnik«[32] auf einen reduzierten novellenartigen, lakonischen Stil, der weitgehend auf durch Adjektive oder Metaphern ausgestaltete Bildlichkeit verzichtet, von parataktisch gereihten Hauptsätzen dominiert wird und in dem Erzählzeit und erzählte Zeit miteinander kongruieren.

Obwohl der Titel an Hans Christian Andersens sozialkritisches Kunstmärchen *Das Mädchen mit den Schwefelhölzern* erinnert, so hat Köhlmeier mit *Das Mädchen mit dem Fingerhut* doch keineswegs ein Märchen vorgelegt, sondern eher ein Anti-Märchen über einen Überlebenskampf, die zeitlose Parabel einer Fluchtgeschichte, die sich einer histori-

[28] Auch in *Die Abenteuer des Joel Spazierer* kommt dem Schriftsteller Sebastian Lukasser eine Rolle zu, wenn ihm der titelgebende Protagonist quasi seine Lebensgeschichte beichtet und der fiktive Autor als Berater des Erzählers fungiert. Ebenso ist Lukasser den Köhlmeier-Lesern aus *Madalyn* (2010) bekannt.

[29] Auch wird in *Bruder und Schwester Lenobel* zum Ende hin von Sebastian Lukassers Sohn David erzählt, der ebenfalls bereits in *Abendland* in Erscheinung getreten war.

[30] Vgl. Michael Köhlmeier, Das Mädchen mit dem Fingerhut, München 2018.

[31] Hubert Winkels, Ohne Sprache unbehaust, in: Die Zeit vom 25.05.2016, S. 46.

[32] Ebd., S. 46.

schen Einbettung dezidiert verweigert. Dies sagt viel über die Europa-Bezüge in Köhlmeiers Gesamtwerk aus, die, das haben die vorangegangenen Analysen gezeigt, eher angedeutet als in extenso ausagiert werden. Zwar widmet sich der Autor in seinen Texten durchaus der Vergangenheit Europas insbesondere im 20. Jahrhundert sowie ihren Auswirkungen bis hinein in die Gegenwart, man denke an *Abendland*; er tut dies aber vor allem in Form zeitgeschichtlicher Allusionen in seinen Werken, ohne diese interpretierend auszuleuchten. Die individuellen Erfahrungen der Figuren stehen hierbei im Vordergrund, eine politische oder gar politisierende Auseinandersetzung mit historischen Ereignisse oder geopolitischen Raumfragen findet sich nicht.[33] Insofern sind in dieser Art Literatur auch keine Anhaltspunkte für ein tragfähiges Europa-Konzept von morgen zu finden. Mit Søren Kierkegaard gesprochen, mag dies als verpasste Chance gewertet werden, denn: »Es ist ganz wahr, was die Philosophie sagt, dass das Leben rückwärts verstanden werden muss. Aber darüber vergisst man den andern Satz, dass vorwärts gelebt werden muss.«[34]

Anders zeigt sich Köhlmeier hingegen in seinen Reden, denn in diesen präsentiert sich der Autor durchaus als Kommentator des gegenwärtigen Zustands von Gesellschaft und (EU-)Politik. In einer Rede Köhlmeiers im Mai 2018 zum Gedenktag gegen Gewalt und Rassismus, gehalten in der Wiener Hofburg, offenbarte sich dieser darin als Homo politicus, der sich immer wieder insbesondere gegen Trivialisierungen des Faschismus positioniert.[35] So bezeichnete der Autor das Verhalten der Staaten Europas und der USA angesichts steigender Flüchtlingszahlen als inhuman. Köhlmeier parallelisierte die vom österreichischen Bundeskanzler Sebastian Kurz mitverantwortete Schließung der sogenannten Balkanroute mit der Reaktion der europäischen Staaten und der USA auf die Zunahme an Flüchtlingen nach dem ›Anschluss‹ Österreichs und dem Münchner

33 Köhlmeier selbst bezeichnet seine Literatur im Grunde als unpolitisch: »[Z]u keiner Zeit und bei keiner Tätigkeit denke ich weniger in politischen Kategorien, als wenn ich schreibe. Das Letzte, was mich beim Schreiben interessiert, ist Politik. […] Als Schriftsteller verbiete ich mir den politischen Blick.« Michael Köhlmeier, Rede zum Thema ›Der Schriftsteller und die Politik‹, gehalten im Stift Stams in Tirol 1977, in: Ders., Erwarten Sie nicht, dass ich mich dumm stelle. Reden gegen das Vergessen, München [2]2018, S. 22–38, hier S. 22.

34 Søren Kierkegaard, Die Tagebücher, Band 1: 1834–1848, ausgew. und übers. von Theodor Haecker, Innsbruck 1923, S. 203.

35 Vgl. Michael Köhlmeier, Festrede zum Jubiläum ›30 Jahre Kulturverein allerart‹ in Bludenz am 20. Januar 2018, in: Ders., Erwarten Sie nicht, dass ich mich dumm stelle. Reden gegen das Vergessen, München [2]2018, S. 62–73.

Abkommen 1938,[36] indem er kritisierte, »dass es auch damals solche gegeben hat, die sich damit brüsteten, Fluchtrouten geschlossen zu haben«.[37]

Köhlmeier fordert also in seinen politischen Reden dezidiert dazu auf, Lehren aus der Geschichte insbesondere des Zweiten Weltkriegs und des Holocausts zu ziehen: »Zum großen Bösen kamen die Menschen nie mit *einem* [Hervor. im Orig.] großen Schritt, sondern mit vielen kleinen, von denen jeder zu klein schien für eine große Empörung. Erst wird gesagt, dann wird getan.«[38] Die Funktion der Literatur liegt für den Autor dabei darin, diesen Prozess zu unterstützen: »Bücher sind dazu da, um uns beim Erinnern zu helfen«,[39] denn »[w]o nicht erzählt wird, wird vergessen«.[40] Wenn eben jene (Erinnerungs-)Literatur im Zuge rezeptionsästhetischer Prozesse also politisch gelesen und auf breiter Basis rezipiert wird, dann mag sie dazu geeignet sein, so etwas wie eine europäische Öffentlichkeit herzustellen, die sich dann, etwa im Fall der auch von Köhlmeier in *Das Mädchen mit dem Fingerhut* oder in seinen Reden verhandelten Flüchtlingsthematik, über einen humanitären Umgang mit den Herausforderungen des 21. Jahrhunderts zu verständigen hätte. Insofern verweisen die Texte Köhlmeiers auf allgemein menschliche Werte und vermeiden daher einen negativ konnotierten Eurozentrismus.[41] Ob die Kultur allerdings, in diesem Fall auch eine politisierte oder gar politisierende Literatur dazu geeignet ist, hierbei als sinnstiftendes Mittel zu fungieren, wird sich erst in der Zukunft zeigen. Köhlmeier jedenfalls ist von deren Potenzial überzeugt: »Kunst, Musik, Literatur können Inhumanität nicht heilen. Aber sie können die Humanität stärken.«[42]

---

[36] Auf der internationalen Flüchtlingskonferenz von Évian 1938 sollten sich 32 Staaten aus Europa und Amerika, nachdem sie zunächst eine verschärfte Asyl- und Einwanderungspolitik und eine weitgehende Schließung der Grenzen angesichts sprunghaft ansteigender Flüchtlingszahlen von Juden aus Deutschland und Österreich, betrieben hatten, über Aufnahmequoten von Flüchtlingen aus Nazi-Deutschland einigen. Das erschreckende Ergebnis: Die Konferenz blieb erfolglos; kein Land erklärte sich bereit, Flüchtlinge aufzunehmen.

[37] Michael Köhlmeier, Rede am 4. Mai 2018 in der Wiener Hofburg zum Gedenktag gegen Gewalt und Rassismus, in: Ders., Erwarten Sie nicht, dass ich mich dumm stelle. Reden gegen das Vergessen, München [2]2018, S. 7–10, hier S. 9.

[38] Ebd., S. 8.

[39] Michael Köhlmeier, Rede am 30. April 2018 in Salzburg zur Einweihung des Mahnmals zur Erinnerung an die Bücherverbrennung im Jahr 1938, in: Ders., Erwarten Sie nicht, dass ich mich dumm stelle. Reden gegen das Vergessen, München [2]2018, S. 11–17, hier S. 11.

[40] Ebd., S. 17.

[41] Humanität fordert Köhlmeier in seinen Reden immer wieder etwa in Michael Köhlmeier, Dankesrede bei der Verleihung des Humanismus-Preises 2014 in Innsbruck, in: Ders., Erwarten Sie nicht, dass ich mich dumm stelle. Reden gegen das Vergessen, München [2]2018, S. 18–21.

[42] Köhlmeier, Festrede zum Jubiläum ›30 Jahre Kulturverein allerart‹ in Bludenz am 20. Januar 2018 (wie Anm. 35), S. 720.

Politik und Moral

Ulrike Tanzer

Michael Köhlmeier als Homo politicus

I

2018 wurde in Österreich als Gedenk- und Erinnerungsjahr begangen: Gedacht werden sollte der Republikgründung 1918, des ›Anschlusses‹ und des Novemberpogroms 1938, der Allgemeinen Erklärung der Menschenrechte 1948 (und der Ratifikation der Europäischen Menschenrechtskonvention durch Österreich 1958) sowie der Bewegung 1968. Zudem sollte auf die Revolution von 1848 hingewiesen werden, als Beginn parlamentarischer und demokratischer Entwicklungen, so zumindest die offizielle Website *www.oesterreich100.at* des verantwortlichen Beirats, der im Bundeskanzleramt unter Vorsitz des ehemaligen Bundespräsidenten Heinz Fischer eingerichtet wurde.[1]

Eine Vielzahl von Veranstaltungen und Ausstellungen in Wien und in den Bundesländern, Programmschwerpunkte des ORF, Berichterstattungen in den Medien sowie eine Reihe von Publikationen widmeten sich diesen Gedenktagen. Die offiziellen Feierlichkeiten fanden im Kontext einer neuen Bundesregierung aus ÖVP (mittlerweile mit der neuen Parteifarbe Türkis statt dem traditionellen Schwarz) und FPÖ (blau) statt, die nur zwei Wochen vor Beginn des Jubiläumsjahres ihr Amt angetreten hatte – und die seit 28. Mai 2019 Geschichte ist. Im Gegensatz zur Bundesregierung Schüssel I, die im Februar 2000 aus ÖVP und FPÖ gebildet worden war, blieben starke Proteste im In- und Ausland aus. Der Rechtspopulismus in Europa und darüber hinaus ist mittlerweile geradezu zum Mainstream geworden. Die Bekanntmachung des sogenannten Ibiza-Videos am 17. Mai 2019, in dem es um den Zugriff auf Medien und auf Wirtschaftsunternehmen geht, um illegale Parteispenden und um einen größeren Einfluss Russlands,[2] führte zum Rücktritt von Vizekanzler und FPÖ-Parteiobmann Hans-Christian Strache sowie von FPÖ-Klubobmann Johann Gudenus. Ein Misstrauensvotum gegen Bundeskanzler Sebastian Kurz (ÖVP) und sein gesamtes Team fand am 27. Mai 2019 eine parlamentarische Mehrheit. Damit wurde erstmals in der Geschichte Österreichs ein Kanzler abgewählt.

---

1 Republik Österreich, 2018 – 100 Jahre Republik, Republik Österreich, online abrufbar unter: http://www.oesterreich100.at (aufgerufen am 23.02.2021).

2 Vgl. Frederik Obermaier und Bastian Obermayer, Die Ibiza-Affäre. Innenansichten eines Skandals, Köln 2019.

Doch zurück zum Gedenk- und Erinnerungsjahr: In den offiziellen Gedenkreden der Repräsentanten des Staates wurden wiederholt Demokratie und Gemeinsamkeit beschworen. Diese Reden »werden nur interessant«, so der Innsbrucker Zeithistoriker Dirk Rupnow, »wenn man sie vor dem Hintergrund der realpolitischen Verhältnisse und der unterschiedlichen politischen Positionen liest, in Verbindung setzt mit ansonsten populistischen, antisemitischen oder rassistischen Aussagen, einer strikten Anti-Migrationspolitik und beständigen Stimmungsmache gegen Muslime im Land und dem gleichzeitigen Angriff auf sozialstaatliche Einrichtungen und Errungenschaften.«[3] Die zu verschiedenen Anlässen eingeladenen Gastrednerinnen und Gastredner, bezeichnenderweise in den meisten Fällen Künstlerinnen und Künstler, kümmerten sich zum überwiegenden Teil nicht um die »staatstragende Gedenkroutine«[4]. Der Schriftsteller Daniel Kehlmann kritisierte bei der Eröffnung des Brucknerfestes in Linz die restriktive Flüchtlingspolitik der Regierung. Er erinnerte daran, dass vor 80 Jahren auch aus Österreich um Hilfe suchende Flüchtlinge aufbrachen.[5] Der Künstler André Heller ging bei der Gedenkfeier zum ›Anschluss‹ am 12. März auf das Schicksal seines Vaters ein, sprach über NS-Täterschaft, Mitverantwortung, Widerstand und Befreiung, immer wieder bezugnehmend auf die aktuelle politische Situation.[6] Beim Staatsakt zur Republikgründung in der Staatsoper eröffnete die Schriftstellerin Maja Haderlap, eine Kärntner Slowenin, ihre Festrede mit einer Begrüßung auf Deutsch und in ihrer Muttersprache Slowenisch. Rückblickend auf die bewegte Geschichte ihrer Familie betonte Haderlap die integrative Kraft der Demokratie, nicht zuletzt weil durch den Schutz und die Einbindung von Minderheiten, sie warnte aber auch zugleich vor einer zunehmenden Ökonomisierung des Lebens.[7] Die wohl »wichtigste Rede des Jahres«[8] – so Dirk Rupnow – hielt der Vorarlberger Schriftsteller Michael Köhlmeier; er sprach auf Einladung des Nationalratspräsidenten Wolfgang Sobotka

---

3 Dirk Rupnow, Das Gedenk- und Erinnerungsjahr 2018 – Eine Rückschau., in: zeitgeschichte 46 (2019) 4, S. 463–477, hier S. 468f.

4 Ebd., S. 469.

5 Daniel Kehlmann, Im Steinbruch. Festrede zur feierlichen Eröffnung des Internationalen Brucknerfestes Linz 2018, in: OÖ Nachrichten, online abrufbar unter: https://www.nachrichten.at/kultur/Brucknerfest-Kehlmann-schiesst-scharf-gegen-Kurz;art16,3001814 (aufgerufen am 23.02.2021).

6 André Heller, Gedenkrede zum 80. Jahrestag des 12. März 1938, online abrufbar unter: https://www.bundespraesident.at/fileadmin/user_upload/Gedenkrede_Andre_Heller.pdf (aufgerufen am 23.2.2021).

7 Maja Haderlap, Festrede. Im langen Atem der Geschichte, online abrufbar unter https://www.bundespraesident.at/aktuelles/detail/news/festrede-von-maja-haderlap-beim-staatsakt-zu-100-jahre-republik-oesterreich/ (aufgerufen am 23.02.2021).

8 Rupnow, Gedenk- und Erinnerungsjahr 2018 (wie Anm. 3), S. 469.

(ÖVP) beim Gedenktag gegen Gewalt und Rassismus am 4. Mai 2018 vor dem österreichischen Parlament in der Wiener Hofburg.

II

Die innenpolitischen Kontexte seien zunächst etwas genauer vorgestellt: Gleich zu Beginn des Jahres 2018 überschattete die sogenannte Liederbuch-Affäre die Ereignisse. Nur wenige Tage vor der niederösterreichischen Landtagswahl berichtete die Wiener Stadtzeitung *Falter* vom Liederbuch der deutschnationalen Burschenschaft *Germania* in Wiener Neustadt, deren stellvertretender Vorsitzender der FPÖ-Spitzenkandidat war. Neben anderen Texten, die Verbrechen der deutschen Wehrmacht verharmlosen, findet sich dort im Lied »Es lagen die alten Germanen« die Zeile: »Da trat in ihre Mitte der Jude Ben Gurion: ›Gebt Gas, ihr alten Germanen, wir schaffen die siebte Million.‹« ein Aufruf, der an Menschenverachtung kaum zu überbieten ist. Die Causa blieb praktisch ohne Konsequenzen, in Niederösterreich und auf Bundesebene. Sie führte nur dazu, dass sich die FPÖ gleich zu Beginn des geschichtsträchtigen Jahrs genötigt sah, eine »Rot-Weiß-Rot«-Erklärung abzugeben, in der sie sich feierlich zur Republik Österreich sowie zu Demokratie, Parlamentarismus und Rechtsstaatlichkeit bekannte und von Gewalt, Totalitarismus und Rassismus und vor allem Antisemitismus distanzierte; außerdem kündigte sie an, eine Historikerkommission einzurichten, um ihre Parteigeschichte aufzuarbeiten. Über deren Zusammensetzung und Arbeitsweise herrschte lange Zeit Unklarheit, die Veröffentlichung von Berichten oder Zwischenberichten wurde immer wieder verschoben. Als Anfang August 2019 ein erster Rohbericht vom Vorsitzenden Wilhelm Brauneder vorgelegt wurde, stellte sich die Erforschung der Parteigeschichte vornehmlich als »taktisches Manöver« heraus, um aus den negativen Schlagzeilen zu kommen.[9] Die Archive der schlagenden Burschenschaften blieben allem Anschein nach auch der ausgewählten Gruppe von Historikern und Journalisten verschlossen. Offensichtlich wurde aber versucht, die FPÖ als eine normale Partei der Zweiten Republik darzustellen. Schließlich hatten sich nach 1945 ehemalige Nationalsozialisten und Antisemiten auf allen Seiten gefunden. Übersehen wird damit, dass die FPÖ tatsächlich das Sammelbecken für ehemalige Nationalsozialisten und Deutschnationale (das sogenannte Dritte Lager) gewesen ist und Antisemitismus als ein Kernstück der Parteiideologie gelten kann.[10]

---

9 Klaus Taschwer, Historikerbericht der FPÖ: Intransparenz als Prinzip. Kommentar, in: Der Standard vom 05.08.2019.

10 Vgl. Kantor Center for the Study of Contemporary European Jewry/Tel Aviv University, Antisemitism Worldwide 2017. General Analysis/Draft, Dina Porat (Hrsg.), 2018, S. 61–64; s. auch kürzlich erschienen Margit Reiter, Anton Reinthaller und die Anfänge der Freiheitlichen Partei Österreichs. Der politische

Die niederösterreichische Liederbuch-Affäre ist jedenfalls nur der Beginn regelmäßiger, über das gesamte Jahr verteilter rechtsextremer Aussagen und Aktionen von Politikern: Die österreichische Tageszeitung *Der Standard*[11] hat zum Jahresende eine Auflistung von 50 solchen Zwischenfällen zusammengestellt, mithin etwa einem pro Woche, einschließlich der Sommerpause. Fast alle gehen dabei auf das Konto der FPÖ, so gut wie praktisch alle wurden verharmlost und zu »Einzelfällen« erklärt, kein einziger davon hat die Regierungskoalition auch nur in die Nähe einer Krise gebracht. Es handelt sich mithin um Alltag im Gedenk- und Erinnerungsjahr: Im FPÖ-nahen, rechtsradikalen Magazin *Aula* wird der österreichische Teilnehmer beim Eurovision Song Contest als »Quotenmohr« bezeichnet, die FPÖ Vöcklamarkt fordert in einem Posting »Schütze Deine Rasse, es ist das Blut Deiner Ahnen!«, ein Amstettner FPÖ-Stadtrat schimpft anlässlich einer ÖBB-Werbung über »Schwuchteln und Neger«, Hakenkreuze werden gepostet, rassistische Karikaturen geteilt usw. Der FPÖ-Innenminister, der in der Vergangenheit für zahlreiche rassistische Wahlkämpfe der Partei verantwortlich war, fordert, Asylbewerber »konzentriert« an einem Ort zu halten. Der FPÖ-Klubchef behauptet, es gebe »stichhaltige Gerüchte«, dass der US-amerikanische Philanthrop George Soros »Migrantenströme nach Europa unterstützte«. Wenige Monate später sollten die Erstaufnahmestellen in Traiskirchen und Thalham auf Anordnung des FPÖ-Innenministers in »Ausreisezentren« umbenannt werden.[12] In seinem Pressestatement am 18. Mai 2019 nach der Aufkündigung der Regierungszusammenarbeit mit der FPÖ wird Bundeskanzler Sebastian Kurz auf diese Vorfälle folgendermaßen Bezug nehmen: »Für diese inhaltlichen Erfolge war ich bereit, viel auszuhalten, viel in Kauf zu nehmen. Vom Rattengedicht[13] über die Nähe zu radikalen Gruppierungen bis hin zu immer wieder auftauchenden Einzelfällen. Auch wenn ich es nicht immer öffentlich gesagt habe, Sie können mir glauben, das war oft persönlich nicht einfach.«[14]

Wie Dirk Rupnow in seiner Rückschau eingehend analysiert, war das eigentliche Jahresthema weiterhin Migration, ein Thema, mit dem Sebastian Kurz bereits 2017 erfolgreich seinen Wahlkampf geführt hatte. Ungenutzt blieb die Gelegenheit, bei den verschiedenen Gedenkveranstaltungen auf die grundlegende Bedeutung von Menschenrechten und Asyl

Werdegang eines Nationalsozialisten und die »Ehemaligen« in der Zweiten Republik, in: Vierteljahrshefte für Zeitgeschichte 66 (2018) 4, S. 539–575.

11 Das war doch nur ein Einzelfall, in: Der Standard, 7./8./9.12.2018.

12 Vgl. https://www.derstandard.at/story/2000098647513/warum-kickl-aus-aufnahme stellen-ausreisezentren-macht (aufgerufen am 23.02.2021).

13 Im April 2019 war im FPÖ-Parteiblatt der Stadt Braunau am Inn ein ausländerfeindliches Gedicht erschienen.

14 Bundeskanzler Sebastian Kurz: Pressestatement vom 18.05.2019, online abrufbar unter: https://orf.at/stories/3123088/ (aufgerufen am 23.02.2021).

hinzuweisen oder eine diesbezügliche Verantwortung zu unterstreichen. Stattdessen wurde die Kriminalisierung jeglicher Form von Migration und aller MigrantInnen konsequent fortgesetzt, einschließlich der Beschuldigung von NGOs, auch dies im entsprechenden europäischen und internationalen Umfeld. Eine EU-Abgeordnete der ÖVP schrieb im Sommer auf ihrem Facebook-Account: »Weder die afrikanische noch die moslemische Kultur sind kompatibel mit unserer Kultur.« – mit Verweis auf die angeblich bekannte Gewaltbereitschaft und das hohe Aggressionspotenzial dieser Kulturen. Gespielt wurde aber auch mit dem Angstpotenzial der Bevölkerung. Die Sprachwissenschaftlerin Ruth Wodak hat in zahlreichen Untersuchungen rechtspopulistische Bewegungen beschrieben und analysiert. Ethnische, religiöse, sprachliche und politische Minderheiten werden als Sündenböcke instrumentalisiert und als Bedrohung inszeniert. Dieses Phänomen manifestiert sich in einer Politik mit der Angst.[15] Der Journalist Helmut Brandstätter, ehemaliger Herausgeber der Tageszeitung *Kurier* und nunmehriger Kandidat der NEOS, einer bürgerlich-liberalen Partei, konstatiert in seinem kürzlich erschienenen Buch: »Die kurze Amtszeit von Türkis-Blau ließ eine grundsätzliche Veränderung der Republik Österreich nicht zu, aber die Ansätze sind zu erkennen, und sie deuten in Richtung eines autoritären Staates, der durch Erzeugung von Angst erreicht werden sollte.«[16]

Australien wurde als Vorbild in Hinblick auf eine Abschottung der Grenzen angeführt, mit einer Internierung außerhalb des Staatsgebiets, um dort Asylanträge zu vermeiden (dort durchaus doppelsinnig als »Pacific Solution« bezeichnet), wofür Lager mit gegebenenfalls unterschiedlichen Bezeichnungen (»Anlandezonen«, »Ausschiffungsplattformen«) in Nordafrika ins Auge gefasst wurden. Der FPÖ-Wehrsprecher im Nationalrat regte in einem Interview im September an, Boden in Nordafrika militärisch zu besetzen, um solche Einrichtungen zu ermöglichen. Damit eröffnet sich ein weiterer historischer Kontext, der bei praktisch allem mitschwingt (historischen wie gegenwärtigen Themen), aber fast nie vordergründig verhandelt wird: »die völlig unzulänglich aufgearbeitete und im öffentlichen Bewusstsein weiterhin praktisch inexistente Geschichte von Europas Kolonialismus und seinem Ausbeutungs- und Gewaltcharakter mit ihren lang anhaltenden Folgen«[17].

---

15 Vgl. Ruth Wodak, Politik mit der Angst. Zur Wirkung rechtspopulistischer Diskurse, Wien 2016.

16 Helmut Brandstätter, Kurz & Kickl. Ihr Spiel mit Macht und Angst, Wien 2019, S. 24.

17 Rupnow, Gedenk- und Erinnerungsjahr 2018 (wie Anm. 3), S. 466.

III

»Sehr geehrte Damen und Herren, erwarten Sie nicht von mir, dass ich mich dumm stelle. Nicht an so einem Tag, nicht bei so einer Zusammenkunft. Ich möchte nur eines: den Ermordeten des NS-Regimes, von deren Leben die Schüler so eindringlich berichtet haben, in die Augen sehen können – und sei es nur mithilfe Ihrer und meiner Einbildungskraft.«[18] So beginnt Michael Köhlmeiers Rede zum Gedenktag gegen Gewalt und Rassismus am 4. Mai 2018 vor den höchsten Repräsentantinnen und Repräsentanten der Republik. Ohne Umschweife, mit wenigen Worten geht Köhlmeier hier in medias res. Er verweist kurz auf den Kontext und knüpft an die vorangegangenen, von Schülerinnen und Schülern vorgetragenen Berichte über die Ermordeten des NS-Regimes an.

> Diese Menschen höre ich fragen: Was wirst du zu jenen sagen, die hier sitzen und einer Partei angehören, von deren Mitgliedern immer wieder einige, nahezu im Wochenrhythmus, naziverharmlosende oder antisemitische oder rassistische Meldungen abgeben, entweder gleich in der krassen Öffentlichkeit oder klamm versteckt in den Foren und sozialen Medien – was wirst du denen sagen? Willst du so tun, als wüsstest du das alles nicht? Als wüsstest du nicht, was gemeint ist, wenn sie ihre Codes austauschen, einmal von ›gewissen Kreisen an der Ostküste‹ sprechen, dann mit der Zahl ›88‹ spielen oder wie eben erst den Namen George Soros als Klick verwenden zu Verschwörungstheorien in der unseligen Tradition der Protokolle der Weisen von Zion? Der Begriff ›stichhaltig Gerüchte‹ wird seinen Platz finden im Wörterbuch der Niedertracht und Verleumdung.
> Gehörst du auch zu denen, höre ich fragen, die sich abstumpfen haben lassen, die durch das gespenstische Immer-Wieder dieser ›Einzelfälle‹ nicht mehr alarmiert sind, sondern im Gegenteil das häufige Auftreten solcher ›Fälle‹ als Symptom der Landläufigkeit abtun, des Normalen, des ›Kenn-ma-eh-Schon‹, des einschläfernden ›Ist-nix-Neues?‹ Zum großen Bösen kamen die Menschen nie mit einem großen Schritt, sondern mit vielen kleinen, von dene jeder zu klein schien für eine große Empörung. Erst wird gesagt, dann wird getan.[19]

Indem Köhlmeier mit den Opfern in einen fiktiven Dialog tritt, weckt er die Emotionen seines Publikums. (Dies ist auch – man kann es bei der Aufzeichnung des Gedenkaktes sehen – den Zuhörerinnen und Zuhörern deutlich anzumerken. Betroffenheit, Verlegenheit, bisweilen Abwehr und Ablehnung ist in den Gesichtern zu lesen.)[20]

---

[18] Michael Köhlmeier, Erwarten Sie nicht, dass ich mich dumm stelle, in: M.K.: Erwarten Sie nicht, dass ich mich dumm stelle. Reden gegen das Vergessen. Mit einem Nachwort von Hanno Loewy, München 2018, S. 7–10, hier S. 7.

[19] Ebd., S. 7f.

[20] https://www.youtube.com/watch?v=N7nlcui16cE (aufgerufen am 23.02.2021).

Die Einleitung (*exordium*) zielt nicht so sehr auf eine Belehrung (*docere*), sondern – der klassischen Rhetorik folgend – auf die »Erregung der Leidenschaften (*movere, concitare*)«.[21] Der Schluss der Rede wird nochmals auf die Recherche und die Erzählungen der Schülerinnen und Schüler eingehen, und damit die Grundintention des Gesagten betonen: den Opfern – und sich selbst in die Augen schauen können.[22] Das Gespräch mit den Toten verschiebt den Diskurs – die Zuhörerinnen und Zuhörer werden nur indirekt angesprochen. Wie Köhlmeier die Opfer aufruft, sie zu Wort kommen lässt, ist von großer Eindrücklichkeit. Nicht nur durch dieses Stilmittel besticht die Rede, sondern auch durch ihre Einfachheit. Der Schriftsteller Doron Rabinovici hat in seiner Salzburger Stefan-Zweig-Poetikvorlesung darauf Bezug genommen und diese Einfachheit als den »eigentliche[n] und treffliche[n] Kunstgriff« bezeichnet. »Die Rede dauerte bloß sechseinhalb Minuten, doch manch großes Werk der Weltliteratur ist kürzer. Wer glaubt denn etwa, das Schlichte in diesen Worten sei ein Ausdruck von rhetorischer Unbeholfenheit? Vermutet irgendwer einen plötzlichen Köhlmeier'schen Sprachverlust?«[23] Rabinovici spielt hier auf die Wortgewalt Michael Köhlmeiers an, der einem großen Publikum als Erzähler von Mythen, Sagen und Märchen bekannt ist. Er stellt sich auch gegen Kritiker wie Stefan Gmünder von der Tageszeitung *Der Standard*, der eine Rede wie »eine der großen literarischen Einlassungen von Martin Walser oder Friedrich Dürrenmatt«[24] vermisste. Dass Rabinovici dies in Form rhetorischer Fragen tut, verweist kunstvoll auf Köhlmeiers Rede, die gleichfalls durch immer wiederkehrende Fragen strukturiert wird. Die *interrogatio* ist das prägende Stilmittel, das dazu dient »den heuchlerischen Philosemitismus vor allem der FPÖ ebenso wie die Betroffenheitsroutine des Holocaust-Gedenkens vor dem Hintergrund einer menschenfeindlichen Anti-Migrationspolitik und rassistischen antimuslimischen Stimmungsmache«[25] zu entlarven.

Köhlmeiers Rede hat viel Aufmerksamkeit, Zustimmung und auch Kritik ausgelöst. Bundeskanzler Sebastian Kurz (ÖVP) ortete eine direkte Kritik an seiner Person und wies den NS-Vergleich auf das Schärfste zurück: »Die Aussage, dass es auch damals Menschen gegeben hat, die Fluchtrouten geschlossen haben, zielt eindeutig auf Nazis und Nazi-Kollaborateure ab«, sagte der Regierungschef in einem Interview. Auch die FPÖ übte scharfe Kritik. Köhlmeier konterte, er bleibe bei seinen

---

21 Gert Ueding, Klassische Rhetorik, München 1995, S. 75.

22 Köhlmeier, Erwarten Sie nicht (wie Anm. 18), S. 10.

23 Doron Rabinovici, I wie Rabinovici. Zu Sprachen finden, hrsg. von Christa Gürtler und Norbert Christian Wolf, Wien 2019, S. 112.

24 Ebd., S. 111.

25 Rupnow, Gedenk- und Erinnerungsjahr 2018 (wie Anm. 3), S.469.

Aussagen.[26] Die Rede wurde mit dem Ferdinand-Berger-Preis des Dokumentationsarchivs des österreichischen Widerstandes ausgezeichnet[27] und zusammen mit anderen Reden Köhlmeiers (wie etwa der Rede am 30. April 2018 in Salzburg zur Einweihung des Mahnmals zur Erinnerung an die Bücherverbrennung im Jahr 1938) als Taschenbuchausgabe in hoher Auflage publiziert. Manche der Sätze haben sich in das kollektive Gedächtnis eingebrannt.

IV

Michael Köhlmeiers Rede steht in einer langen Tradition der österreichischen Literatur. Es gibt markante Wendepunkte in der Geschichte der Zweiten Republik, in denen sich Schriftstellerinnen und Schriftsteller mit besonderer Vehemenz politisch engagierten, sich publizistisch äußerten und auf das Tagesgeschehen bezogen. Die Causa Waldheim, der Aufstieg Jörg Haiders[28] und die Regierung Schüssel I seien hier exemplarisch genannt.[29] Allerdings: Nicht das Gedenkjahr 1988 markierte den Beginn einer literarischen Auseinandersetzung mit der verdrängten nationalsozialistischen Vergangenheit, sondern diese setzte früher ein. Bereits 1960 übte der Schriftsteller und Opernsänger Hans Lebert in seinem Roman *Die Wolfshaut* Kritik am Vertuschen nationalsozialistischer Gewalttaten im Nachkriegsösterreich. Der durch mythische Erzählmuster geprägte Text gehört in die spezifisch österreichische Tradition der »Antiheimat-Literatur« (von Thomas Bernhard über Gert Jonke bis Franz Innerhofer), wurde durch eine Neuauflage 1991 wiederentdeckt und von Schriftsteller/innen wie Elfriede Jelinek hochgelobt.[30] Was Walter Weiss über die österreichische Literatur der 1970-Jahre feststellte, nämlich deren »neuerwachte[s] Interesse für bisher eher tabuisierte Zonen der österreichischen

---

26 https://diepresse.com/home/innenpolitik/5544991/Koehlmeier-zum-Nachlesen_Erwarten-Sie-nicht-dass-ich-mich-dumm-stelle (aufgerufen am 23.02.2021).

27 Orf.at: DÖW ehrt Köhlmeier für Hofburg-Rede. Artikel vom 8. April 2019, abgerufen am 8.4.2019.

28 Vgl. Ulrike Tanzer, »Hysterischer Hausarzt von Österreich«. Österreichkritik in den publizistischen Schriften Gerhard Roths, in: Janusz Golec (Hrsg.), Der Schriftsteller und der Staat. Apologie und Kritik in der österreichischen Literatur, Beiträge des 13. Polnisch-Österreichischen Germanistentreffens Kazimierz Dolny 1998, Lublin 1999, S. 225–240.

29 Zuletzt vgl. Allyson Fiddler, The Art of Resistance. Cultural Protest against the Austrian Far Right in the Early Twenty-First Century, New York, Oxford 2018.

30 Vgl. zur Forschungsdiskussion und zum mythischen Erzählen bei Lebert: Herwig Gottwald, Spuren des Mythos in moderner deutschsprachiger Literatur. Theoretische Modelle und Fallstudien, Würzburg 2007, S. 262–290.

Vergangenheit«[31], trifft umso mehr für die Mitte der 1980er-Jahre zu. Erinnerungsarbeit gegen das Verdrängen und Vergessen leisten Werke wie Elisabeth Reicharts *Februarschatten* (1984), Elfriede Jelineks *Oh Wildnis, oh Schutz vor ihr* (1985), Heimrad Bäckers *nachschrift* (1986), Heinz R. Ungers *Die Republik des Vergessens* (Trilogie, 1987) und Erich Hackls *Abschied von Sidonie* (1989), um nur einige zu nennen.

Schriftstellerinnen und Schriftsteller wie Elfriede Jelinek, Thomas Bernhard, Josef Haslinger, Peter Turrini, Gerhard Roth, Marlene Streeruwitz, Robert Menasse und Karl-Markus Gauß zählen zu den »wichtigen Stimmen in der Herausarbeitung einer Epoche«[32], deren Eckpunkte mit dem Präsidentschaftswahlkampf Kurt Waldheims 1986 und dem Beitritt Österreichs zur Europäischen Union 1995 anzusetzen sind. Besonders auf die Zäsur 1985/86 sei hingewiesen, die von verschiedenen Determinanten bestimmt wurde: Die Großparteien büßten massiv Wählerstimmen ein. Konnten sie 1975 noch 93% der Stimmen auf sich vereinigen, so sank ihr Anteil 1990 auf 75%. Im Gegenzug konnte sich die von Jörg Haider angeführte FPÖ als Mittelpartei etablieren, die Sozialpartnerschaft geriet in eine Krise und die Waldheim-Affäre »enthüllte den Homo austriacus, legte den österreichischen Opportunismus frei«[33]. Ernst Hanisch resümiert die politische und gesellschaftliche Entwicklung dieser Jahre zutreffend, wenn er konstatiert, dass »Waldheim, Haider und Krenn[34] [...] in persona den Bruch [illustrieren], den die österreichische Geschichte Mitte der 1980er Jahre erfuhr.«[35]

In zahlreichen Essays, Reden und Polemiken kritisierten Schriftstellerinnen und Schriftsteller das widersprüchliche Geschichtsverständnis der Zweiten Republik, griffen das latente Fortwirken nationalsozialistischen Gedankenguts an und polemisierten gegen den repräsentativen Schein Österreichs, auch indem immer wieder auf eine Rhetorik der Überzeichnung und Übertreibung in der Tradition Thomas Bernhards zurückgegriffen wurde. Diese Form der Österreichschelte ist differenziert analysiert und kritisch kommentiert worden. Man denke etwa an die Auseinandersetzung um den Schriftsteller Gerhard Roth, der sich mit dem Vorwurf seines Kollegen Antonio Fian konfrontiert sah, »Leerformeln ewigen Betroffenseins

31 Walter Weiss, Die Literatur der Gegenwart in Österreich, in: Manfred Durzak (Hrsg.), Deutsche Gegenwartsliteratur. Ausgangspositionen und aktuelle Entwicklungen, Stuttgart 1981, S. 602–619, hier S. 614.

32 Josef Haslinger, Das endlose Land, in: Kristina Pfoser-Schewig (Hrsg.), Gerhard Roth: Das doppelköpfige Österreich. Essays, Polemiken, Interviews, Frankfurt am Main 1995, S. 9–18, hier S. 15.

33 Ernst Hanisch, Der lange Schatten des Staates. Österreichische Gesellschaftsgeschichte im 20. Jahrhundert, Wien 1994, S. 460.

34 Kurt Krenn (1936–2014), Bischof von St. Pölten, galt als prononciertester Vertreter des konservativen Flügels innerhalb der katholischen Kirche Österreichs.

35 Hanisch, Der lange Schatten des Staates (wie Anm. 33), S. 460.

und ewiger Empörung« zu verbreiten.[36] Ähnlich äußerten sich Intellektuelle und Schriftsteller wie Konrad Paul Liessmann, Walter Klier, Robert Menasse und Hubertus Czernin, die einerseits einen »literarischen Staatsbeschimpfungsmechanismus [orten], den der Staat durchaus wohlwollend zur Kenntnis nimmt«[37], und die andererseits Schriftstellern wie Gerhard Roth vorwarfen, durch ihre Äußerungen »genau jene Atmosphäre mit zu erzeugen, von der Jörg Haider besonders geschickt profitiert.«[38]

Die Situation hat sich mittlerweile nicht zuletzt durch die sozialen Medien grundlegend geändert. (Hier kann nicht genauer darauf eingegangen werden.) Im Kontext der vorhin geschilderten Situation ist aber auch Michael Köhlmeiers Position zu verstehen: Er bezieht zwar regelmäßig Stellung zu politischen Themen: So zeigte er im Jahr 2014 den damaligen FPÖ-Europaabgeordneten Andreas Mölzer wegen Verhetzung an.[39] Dennoch gehört Köhlmeier nicht zu den ständigen Zwischenrufern. In seiner Rede zum Gedenktag gegen Gewalt und Rassismus heißt es: »Ich habe lange darüber nachgedacht, was ich heute vor Ihnen sagen soll. Mir wäre lieber gewesen, man hätte mich nicht gefragt, ob ich hier sprechen will. Aber man hat mich gefragt, und ich empfinde es als meine staatsbürgerliche Pflicht, es zu tun.«[40] Das grundlegende Dilemma der intellektuellen Einmischung ist ihm nur zu bewusst. Einerseits haben Gesellschaften immer exklusiver Außenseiter bedurft, deren Wortmeldungen Irritation, Störung, Infragestellung auslösten, andererseits verliert ihre Stimme angesichts der nicht enden wollenden Krise aufklärerischer Werte an Gewicht. Die moderne Kommunikation ermöglicht eine Einmischung in die öffentliche Diskussion, ohne auf die Splendid Isolation des Schreibenden verzichten zu müssen. Ein mediales Engagement steigert zudem den Bekanntheitsgrad mit den entsprechenden ökonomischen Konsequenzen, allerdings auf die Gefahr hin, dass die Sprache inflationär wird. In einem Interview in der *Augsburger Allgemeinen* meinte Michael Köhlmeier: »Ich fühle mich oft berufen, etwas öffentlich zu sagen, aber wenn du jedes Mal

---

36 Antonio Fian, »Hysterischer Hausarzt von Österreich«. Der Schriftsteller Gerhard Roth als Verkörperung des gnadenlos Guten – Eine Polemik, in: Der Standard (Wien) vom 27.11.1992.

37 Konrad Paul Liessmann, Verteidigung der Lämmer gegen die Schafe. Ein Spaziergang über die österreichische Literaturweide, in: Christian Döring (Hrsg.), Deutschsprachige Gegenwartsliteratur. Wider ihre Verächter, Frankfurt am Main 1995, S. 82–107, hier: S. 83.

38 Robert Menasse, Ein verrücktes Land, in: R.M.: Hysterien und andere historische Irrtümer. Mit einem Nachwort von Rüdiger Wischenbart, Wien 1996, S. 9–19, hier S. 16.

39 Autor Michael Köhlmeier zeigt Mölzer wegen Verhetzung an, in: derStandard.at. (derstandard.at, abgerufen am 9.9.2017).
Karin Janker: In vielen kleinen Schritten zum Bösen, in: sueddeutsche.de. 2018, ISSN 0174-4917 (sueddeutsche.de, abgerufen 5.7.2018).

40 Köhlmeier, Erwarten Sie nicht (wie Anm. 18), S. 9.

was sagst, dann bist du bald ein Querulant, auch wenn du Recht hast.«[41] Hanno Loewy, Leiter des jüdischen Museums in Hohenems, bezeichnet seinen Freund hingegen nicht als politischen Aktivisten, sondern als »aufmerksame[n] Bürger«[42]. Dies scheint eine treffende Zuschreibung zu sein.

---

41 Michael Köhlmeier. Interview, in: Augsburger Allgemeine Zeitung vom 8.7.2019.

42 Hanno Loewy, Nachwort, in: Köhlmeier, Erwarten Sie nicht (wie Anm. 18), S. 85–95, hier S. 88.

Corinna Schlicht

»es muß doch so etwas wie eine Liste geben« – Fairness und Verantwortung in *Sunrise* und *Das Mädchen mit dem Fingerhut*

Auf den ersten Blick scheinen Michael Köhlmeiers Erzählung *Sunrise* aus dem Jahr 1994 und sein Roman *Das Mädchen mit dem Fingerhut* aus dem Jahr 2016 wenig gemeinsam zu haben. Doch umkreisen beide Texte die Frage, ob es im Leben »fair«[1] zugeht oder zugehen kann, d.h., die Texte fragen nach dem Verhaltnis von Eigenverantwortlichkeit des Menschen und seinen sozialen Verflechtungen.

Sunrise, im Paratext als Erzählung ausgewiesen, ist genau genommen als Novellenkranz mit Rahmen- und Binnenerzählungen angelegt. Während auf der Rahmenebene ein autodiegetischer namenlos bleibender Erzähler mit seinem Bekannten Richard in einem nächtlichen Irgendwo auf die Mitnahme durch ein Auto wartet, unterhält Richard die beiden in *Decamerone*-Manier mit einer Geschichte. »Hör zu« (S 7) ist der erste Satz, mit dem der Ich-Erzähler zum Zuhörer der Binnenerzählung gemacht wird, in der es darum geht, dass der Tod bei seiner täglichen Arbeit an einem Morgen in Los Angeles auf dem Hollywood Boulevard die falsche Person mit seiner Sichel trifft. Darauf geraten das versehentliche Opfer, die 20-jährige Stripperin Rita Luna, und der eigentlich gemeinte, der gut 50-jährige Obdachlose Leo Pomeranz, genannt Sneezy nach dem erkälteten Zwerg in Disneys Schneewittchen-Variante, in Streit mit dem Tod, der ihnen eine Stunde Zeit gewährt, in der sie buchstäblich um ihr Leben reden. In Rezensionen ist daher ganz richtig auf die Verwandtschaft zu den *Erzählungen aus Tausend und einer Nacht* hingewiesen worden,[2] in denen bekanntermaßen die Jungfrau Scheherazade tausend und eine Geschichte erzählt, um ihrer Hinrichtung zu entgehen. Durch den Konflikt mit dem Tod ist eine weitere Erzählklammer gesetzt, die wiederum Binnenerzählungen, nämlich die von Leo und Rita, umschließt. In *Sunrise* verbindet sich dieses Erzählen gegen den Tod mit dem Modell des Streitgesprächs, das sich schon im spätmittelalterlichen Text *Der Ackermann*

---

1 Michael Köhlmeier, Sunrise, Innsbruck 1994, S. 21. Im Folgenden zitiert unter der Sigle S und entsprechender Seitenzahl. Vgl. zum Aspekt der Fairness in *Sunrise* die Rezension von Alfred Bodenheimer: Ders., Das verfehlte Ziel des Todes. Michael Köhlmeiers Geschichte ›Sunrise‹, in: Neue Zürcher Zeitung vom 5.5.1994, S. 27.

2 Vgl. Eva Schobel, Scheherazade in Los Angeles. Michael Köhlmeiers Geschichte ›Sunrise‹, in: Süddeutsche Zeitung vom 20.7.1994, S. 24.

aus Böhmen von Johannes von Tepl findet und u.a. von Hugo von Hofmannsthal in seinen Dramentexten *Der Thor und der Tod* sowie im *Jedermann* variierend ausgestaltet wurde. Die Verweise zeigen, Erzählen und Leben sind aufs Engste miteinander verzahnt; solange erzählt wird, ist der Tod aufgeschoben.

Auch in *Das Mädchen mit dem Fingerhut* geht es um das Überleben, nur in einem viel realistischeren Setting. Der Roman schlägt mit seiner parataktischen Syntax, der Dichte an Deiktika und einer relativ einfachen Lexik einen kindlichen Ton an. Damit erzeugt er eine bemerkenswerte Spannung zwischen der märchenhaften Naivität kindlicher Weltwahrnehmung und dem intendierten Grauen, das sich einstellt, wenn die mutmaßlich weniger naiven RezipientInnen die Erlebnisse einer unbegleiteten minderjährigen Geflüchteten als das erkennen, was sie sind, nämlich als puren Überlebenskampf eines sich selbst überlassenen Menschen. Der Text vollzieht den Fluchtweg der sechsjährigen Titelfigur nach, die vermutlich über die Balkanroute in den deutschsprachigen Raum gelangt. Ich sage vermutlich, weil die Erzählung nur so viel über die Außenwelt verrät, wie das sechsjährige Kind weiß, also praktisch nichts.

> Zu einem schmalen Spalt öffnete sich der Container, sie schlüpfte hinein und fiel. Sie fiel auf den Müll. Es war stockdunkel. Sie tastete nach den guten Dingen. Sie fand eine Bananenschale und nagte sie ab. Noch ein paar Dinge fand sie, die gut rochen und sich beißen ließen.[3]

Es ist dies das Bild des Homo sacer, des auf die nackte Existenz reduzierten staatenlosen Menschen. Hunger, Durst und Müdigkeit, das sind die Mangelerfahrungen dieser Existenz und zwar in Mitten westlichen Wohlstands.[4] Der Roman zielt damit auf die Wahrnehmungsstrukturen der LeserInnen, die zum Textende hin in einer überraschenden Apostrophe zum Hinsehen und Nachdenken aufgefordert werden: »[S]o hör die Schritte [...] Kannst du sie sehen? Kannst du die beiden sehen?« (MF 139)

---

3 Michael Köhlmeier, Das Mädchen mit dem Fingerhut, München 2016, S. 21. Im Folgenden zitiert unter der Sigle MF und entsprechender Seitenzahl.

4 In Deutschland wird das Privateigentum so hochgehalten, dass diese Art des so genannten Containerns bis heute per Gesetz (als Hausfriedensbruch gemäß § 123 Abs. 1 StGB oder als Diebstahl gemäß §§ 242f. StGB) verboten ist. Zur aktuellen Debatte sei auf die journalistischen Beiträge auf *Zeit online* vom 31.05.2019 – online abrufbar unter: https://www.zeit.de/wirtschaft/2019-05/lebensmittel-till-steffen-reste-containern-straffrei (aufgerufen am 23.02.2021), auf *Spiegel online* vom 06.06.2019 – online abrufbar unter: https://www.spiegel.de/panorama/justiz/containern-bleibt-illegal-a-1271261.html (aufgerufen am 23.02.2021) sowie auf *tagesschau.de* am 06.06.2019 – online abrufbar unter: https://www.tagesschau.de/inland/containern-103.html (aufgerufen am 23.02.2021) – hingewiesen.

In beiden Diegesen ist die Fairness- oder Gerechtigkeitsfrage damit verbunden, wem gegenüber der oder die Einzelne überhaupt Rechte einklagen kann. Darauf habe ich im Titel meines Beitrags angespielt. Die poststrukturalistische Spielanlage von *Sunrise* führt ironisch die Kontingenz des Lebens und damit auch das Fehlen einer höheren Instanz, welche die Geschicke der Menschen lenken könnte, vor Augen. Leo und Rita rekurrieren in ihrem Ärger über den Fehlwurf des Todes auf kulturell tradierte Mythen, die davon erzählen, dass Leben und Tod einem größeren Ganzen entspringen und daher sinnvoll sind: »Oh, sie [Rita, C.S.] findet es ungerecht. […] Sie sagt: Okay, gehen wir die Sache ganz cool an, es muß doch so etwas wie eine Liste geben« (S 18f.). Doch anders als in den anzitierten tradierten Geschichten ist der moderne Mensch auf sich geworfen. Der Tod arbeitet nicht nach einer verbindlichen Liste, und die Frage, wessen Leben lebenswert ist, ist somit offen und bedarf der Aushandlung und letztlich der Empathie durch die Mitmenschen. Genau hierin berühren sich die beiden Prosatexte. Auch wenn *Sunrise* in heiter-ironischem Plauderton gehalten ist, eher Spielcharakter hat und frei von den moralischen Implikationen des nüchternen Beobachtens ist, die *Das Mädchen mit dem Fingerhut* auszeichnen, so fußen doch beide Textwelten auf der Diagnose, dass das Leben und der Tod ihren Sinn nur durch die Wertefestlegungen der Menschen haben.

In *Sunrise* wird die Literatur selbst zur sinnstiftenden Instanz. In *Das Mädchen mit dem Fingerhut* liegt die Aufgabe der Sinnstiftung in der außerliterarischen Wirklichkeit bei den Lesenden. Der Roman verweist – hier allerdings nicht ironisch wie in *Sunrise*, sondern moralisch – auf die Verantwortung des Menschen im Sinne eines sozialen Gewissens. Fairness ist damit eine Frage des sozialen Verantwortungsgefühls, wenn der Roman mittels der eingangs zitierten Apostrophe fragt, ob wir, die LeserInnen, uns verantwortlich fühlen wollen für das Wohlergehen dieser Menschen, die da aus dem Elend zu uns kommen. Wie die beiden Prosatexte diese Zusammenhänge inszenieren und diskutieren, werde ich im Folgenden in drei Schritten erörtern.

Zunächst widme ich mich unter den Aspekten individuelle Verantwortung und kontingente Welterfahrung *Sunrise*; die Novelle gestaltet die Frage nach Fairness und Verantwortung über die Motive der Wette und des Zufalls. Schon auf der Ebene der Rahmenhandlung entscheidet ein Münzwurf darüber, wer für das Herbeiwinken eines Autos und wer für die Unterhaltung zuständig ist. Die Wettsituation wiederholt sich, wenn Rita und Leo um ihr Überleben antreten und noch einmal, wenn die Erzählerfigur sich am Ende mit Richard über einen fairen Ausgang der Geschichte streitet. Immer geht es um die Interpretation der Handlungsbedingungen als fair, wobei ›fair‹ so etwas wie Chancengleichheit bedeutet. Die Chancen zu nutzen, dies fällt wiederum in den Verantwortungsbereich des Individuums; der Nutzungsqualität der Chancen Sinn zu verleihen, obliegt gleichfalls dem oder der Einzelnen. Sinn ist also anthropomorph und deshalb eine soziale, gar kulturelle Aushandlungsfrage.

Dem Tod wird dabei sowohl vom Erzähler als auch von Leo und Rita die Rolle eines Entscheidungsträgers zugewiesen, die er jedoch nicht annimmt, vielmehr heißt es: »Der Tod hört sich das Argumentieren der beiden an, und es war ihm gleichgültig« (S 21). ›Gleichgültig‹ wird von Richard jedoch nicht im Sinne von ›indifferent‹ oder ›unwichtig‹ verstanden, sondern im Sinne des englischen ›equal‹, also ›gleich-gültig‹. Fairness bedeutet somit, Leo und Rita vorurteilslos zu begegnen.

Die erste halbe Stunde bekommt Leo/Sneezy, der in seiner Redezeit über seine gerade eben erst errungene lebensbejahende Einstellung nachdenkt; er will sein alkoholisiertes Obdachlosenleben aufgeben und rekurriert als Sinnstiftungsnarrativ auf eine Jugenderinnerung. Hier erzählt er von seinem ersten Liebesgefühl für die erwachsene Rosa-Linda, die Freundin seines Onkels. Als diese bei einem Diebstahl aufzufliegen droht, nimmt der junge Leo die Schuld selbstlos auf sich. Dieser heroische und zugleich amoralische Moment, wenn er seine Eltern belügt und die Diebin beschützt, beschert ihm mit dem erotisch-liebevollen Zuspruch Rosa-Lindas einen Moment höchsten Glücks. Die durch sein Selbstopfer ausgelöste Glückserfahrung enthält ein Sinnstiftungsangebot, das er als Argument für sein Weiterleben in die Waagschale wirft.

Rita Luna hingegen reflektiert mit ihrer Geschichte den Tod selbst. Ihre Erzählung fungiert somit als Kommentar zu Sneezys Geschichte. Ritas Überlegungen liegen jenseits der Moralbegriffe; auch sie erzählt eine Liebesgeschichte, die als Steigerung der Liebesgeschichte Leos zu verstehen ist. Bei einem Besuch in einer Klinik zum Aidstest, den die junge Stripperin widerwillig angeht, trifft sie auf den zwei Jahre jüngeren Mexikaner Rosario Sandoval,[5] genannt Schoscho, in den sie sich verliebt. Das romantische Motiv des Seelenbunds wird von Rita anzitiert, wenn sie sagt: »Wir haben die gleiche Blutgruppe. Ich habe das als einen Hinweis verstanden. Da kann man jetzt sagen, was man will. Ich verstehe das als einen Hinweis« (S 59). Die Wiederholung macht klar, dass es die Entscheidung der Figur ist, die Ereignisse des Lebens nicht als zufällig und damit sinnlos abzutun, sondern im Rekurs auf ein kulturelles Narrativ[6] als bedeutungs-

---

[5] Leos und Ritas Geschichten spiegeln sich in dem Echo, das die Namen Rosa-Linda und Rosario Sandoval bilden.

[6] Mit ›Kultur‹ sind hier überindividuelle, kollektive Vorstellungen und Denkmuster gemeint, die sich vor allem über Erzählungen vermitteln, die nach Albrecht Koschorke ein »privilegiertes Medium der kollektiven Gedächtnisbildung« darstellen (Albrecht Koschorke, Wahrheit und Erfindung. Grundzüge einer Allgemeinen Erzähltheorie, Frankfurt am Main 2012, S. 219). Im Sinne Albrecht Koschorkes spreche ich von ›kulturellen Narrativen‹ als erzählerischen Grund-

voll zu begreifen. In der Krankheit Aids sind Liebe und Tod eng miteinander verbunden, wobei die Angst vor dem Sterben den Beginn der Liebesgeschichte mit Schoscho ausmacht. Ihre ganze Beziehung ist gekennzeichnet von Misstrauen, unbedingtem Genusswillen und dem Bewusstsein des Todes, der letztlich zum Druckmittel wird, wenn Schoscho permanent mit Suizid droht. Ritas Hauptargument gegen ihr jetziges Sterben ist, dass sie schon einmal dem Tod entkommen sei, als sie den Selbstmorddrohungen des Geliebten damit begegnet ist, dass sie sich tatsächlich die Pulsadern aufgeschnitten und dies aber überlebt hat.

Nachdem der Tod beiden zugehört hat, wechselt die Erzählung zurück zur Rahmenhandlung. Hier beschwert sich die Erzählerfigur darüber, dass der Tod keine Entscheidung treffen will und dass somit die Geschichte keinen sinnvollen Abschluss gefunden habe. Im Ringen um eine faire und sinnstiftende Lösung schreibt sich der Erzähler unbeabsichtigt als »Schlaukopf« (S 73, 74, 76) analeptisch in die Geschichte ein. Dabei übersieht er einerseits die zahlreichen Hinweise, dass es sich bei Richard und dem Tod um dieselbe Person handelt. Zum anderen schlägt er den nachdrücklichen Vorschlag aus, mit einem anhaltenden Auto mitzufahren. Anstatt also dem Tod eigennützig zu entkommen, beginnt er als Anwalt von Rita und Leo ein Streitgespräch mit dem Tod. Sein Lösungsvorschlag ist, dass nicht Leo oder Rita, sondern ein unbeteiligter Dritter, ein Schlaukopf, vom Tod geholt wird. In Anspielung auf den Titel der Erzählung holt Richard bei Sonnenaufgang eine Sichel aus seinem Rucksack und spricht den Erzähler mit Schlaukopf an, für den es nun keinen Ausweg mehr gibt. Eine übergeordnete Erzählstimme stellt dann nüchtern fest: »Er warf und traf. – Diesmal traf er.« (S 75)

Köhlmeiers Todesfigur kann sich nicht mehr auf eine Instanz berufen, welche die Rechtmäßigkeit seines Handelns bestätigen würde. Der Zufall hatte die Sichel geführt und deshalb endet Leos und Ritas verbaler Wettstreit mit einer Pattsituation, denn – so das Fazit – keiner *verdient* den Tod oder das Leben. Beide, Rita und Leo, können nur darüber nachdenken, inwieweit sie in einem emphatischen Sinne gelebt haben. Lebenssinn kann nur eigenverantwortlich vom Individuum gestiftet werden. Den Sinn zu bewerten, obliegt keiner Instanz, es sei denn, sie definiert sich selbst so. Diese Form der Selbstermächtigung vollzieht die Erzählerfigur. Sie will sich mit dem offenen Ende nicht zufriedengeben; sie agiert und mischt sich ein. Weil der Tod nur die Kontingenz, nicht aber einen sinnvollen Ausgang aus der Geschichte anzubieten hat, muss ein Sinn erfunden werden. Der Erzähler agiert in der Folge tatsächlich als Erzähler, als Autor gar, dafür findet sich im Text die etwas spöttische Benennung des ›Schlaukopfs‹. Diese ironische Bezeichnung und die Einschätzung, dass

---

mustern kulturellen Selbstverständnisses, wobei die Narrative das kollektive Bewusstsein prägen (vgl. Koschorke, Wahrheit, S. 24).

der Schlaukopf, der Rita und Leo mit seinem Eingreifen rettet, »einen Heldentod sterben [wird]« (S 74),[7] verweist auf das kulturelle Narrativ, das diesem Lösungsvorschlag zugrunde liegt. Ironisch wird so die Situation des (post)modernen Subjekts illustriert: Zum einen kann es dem Leben nur aus sich heraus Sinn verleihen, zum anderen vermag es die Folgen seiner Handlungen nicht in Gänze vorauszusehen. Aber – so muss man hinzufügen – ohne das empathische Engagement der Erzählerfigur und ohne seine Vorstellungskraft, gäbe es gar keinen Sinn. Im Erzählen selbst liegt also die sinnstiftende Kraft, die ein Publikum braucht, um dieses Sinnangebot zu affirmieren.

Der Literatur wird so – auch bei aller Komik von *Sunrise* – eine soziale Dimension zugesprochen, die der Roman *Das Mädchen mit dem Fingerhut* weiter ausführt, wenn der Erzähler die Lesenden explizit auffordert, eine Haltung zum Erzählten einzunehmen. Dies soll nun in einem zweiten Schritt unter den Aspekten soziale Verantwortung und kultureller Wertehorizont anhand des Romans diskutiert werden.

Auch ohne umfassende Kontextualisierung oder narrative erklärende Passagen ist ersichtlich, dass es sich bei dem *Mädchen mit dem Fingerhut* um die Geschichte eines Flüchtlingskindes handelt, wie sie derzeit zuhauf in Europa gestrandet sind.[8] Viele RezensentInnen loben den Text als Gegenwartsdiagnose.[9] Leonhard Herrmann diskutiert den Roman im Kontext

---

[7] Dass Köhlmeier damit auch auf den von der Postmoderne in der Folge von Michel Foucaults und Roland Barthes Überlegungen zur Autorschaft ausgerufenen *Tod des Autors* anspielt, liegt auf der Hand, spielt für die vorliegenden Überlegungen aber keine zentrale Rolle.

[8] Der Roman evoziert Fotos und Berichte von Kindern, die alleine auf der Flucht, ohne erwachsenen Schutz in Booten übers Meer oder in LKWs versteckt ins Ungewisse unterwegs sind, wie sie z.B. von Unicef dokumentiert werden. Vgl. dazu unicef-Bericht *Kindheit im Wartezustand* aus dem Jahr 2017, online abrufbar unter: https://www.unicef.de/blob/137024/ecc6a2cfed1abe041d261b489d2ae6cf/kindheit-im-wartezustand-unicef-fluechtlingskinderstudie-2017-data.pdf (aufgerufen am 23.02.2021) oder Berichte des Bundesfachverbands unbegleiteter minderjähriger Flüchtlinge, online abrufbar unter: http://www.b-umf.de/ (aufgerufen am 23.02.2021).

[9] So etwa Insa Wilke, Die Ungerührten, in: Süddeutsche Zeitung vom 07.03.2016. Auch Hubert Winkels resümiert positiv wertend: »Gewiss kann man diese widerborstige Geschichte auch auf die namen- und rechtlosen Flüchtlinge unserer und aller Tage beziehen. Sie taugt abstrakt als Parabel und konkret als erzählerisches Polaroid« (Hubert Winkels, Ohne Sprache unbehaust, in: Die Zeit vom 25.5.2016). Judith von Sternburg kommt zu dem Schluss: »Im Dschungel, der unsere Heimat ist. Michael Köhlmeier erzählt in seinem neuen Roman ›Das Mädchen mit dem Fingerhut‹ die völlig aussichtslose Geschichte eines fremden Kindes, das durch eine westeuropäische Großstadt irrt […]. Der Leser wird sich vermutlich erst in den Erwachsenen wiedererkennen und dadurch ganz und gar begreifen, wie sehr dieser schmale, so arglos daherkommende, so zutiefst bittere

von Jenny Erpenbecks *Gehen, ging, gegangen* und Bodo Kirchhoffs Novelle *Widerfahrnis*, also im Vergleich mit anderen literarischen Texten, die, indem sie »Erfahrungen Geflüchteter mit einem saturierten Alltag der Gegenwart konfrontieren«,[10] als Beiträge zum Fluchtdiskurs seit 2015 zu verstehen sind. Herrmann benennt als mutmaßliche Wirkungsabsicht Köhlmeiers, das Erzeugen von »Mitleid und Rührung«,[11] beides Vokabeln, die der Roman selbst aufgreift und als Frage an die RezipientInnen richtet. Dabei findet Köhlmeier ein Erzählverfahren, das »eine identifikatorische Lektüreerfahrung [verweigert]«.[12]

Dem ist zuzustimmen, aber m.E. verweigert der Roman nicht einfach nur die Identifikation, sondern er setzt geradezu auf die Konfrontation der mutmaßlich wohlstandsgesättigten LeserInnen mit jenen Menschen, deren Verelendung – so die These des Romans – vorprogrammiert ist. Dabei besteht der Clou des Romans gerade in der nüchternen Feststellung, dass derartige soziale Abstiege in der westlichen Wohlstandsgesellschaft alltäglich und keineswegs besonders sind. Nicht das Ungewöhnliche, sondern das Gewöhnliche rückt damit in den Blick, sodass die appellative Frage des Romans »Kannst du sie sehen?« (MF 139) nicht darauf abzielt, wie wir mit der *neuen* Situation der Geflüchteten umgehen wollen, sondern warum wir *grundsätzlich* so gleichgültig mit dem sozialen Elend in unserer Mitte umgehen. Dies wäre dann in Umkehrung zu *Sunrise* die andere Bedeutung von Gleichgültigkeit, nämlich dass in unserer Gesellschaft die Menschen keineswegs die gleiche Gültigkeit haben und somit unterschiedliche Wertschätzung erfahren.

Die Position des extradiegetischen Erzählers und die dominante Kinderperspektive erzeugen eine beobachtende, märchenhaft-mythische Atmosphäre, d.h., der Text weiß fast nur so viel, wie seine Hauptfigur weiß und versteht. Dieses spezielle Kind begreift die Welt, in der es sich bewegt, noch weniger als andere Kinder, weil es in ihr vollkommen auf sich allein gestellt umherstromert außerhalb von jeglichen Sicherheit gebenden Orientierungen. Nichts davon hat dieses Mädchen, kein Konzept von Familie, von Heimat oder von Fürsorge. Es kennt nicht einmal den eigenen Namen; sie wird Yiza genannt, was aber gar kein Eigenname ist.

Die Narration ist reduziert auf die Schilderungen basalen Er- und Überlebens. Die Erwähnung von Hunger, Durst und Müdigkeit durchzieht

---

Roman mitten in unsere Tage hineingehört« (Judith von Sternburg, Das niedliche kleine Kind, in: Frankfurter Rundschau vom 29.1.2016).

10 Leonhard Herrmann, Ohne Orte – ohne Worte. Das Engagement der deutschsprachigen Gegenwartsliteratur in der Debatte um ›Neue Kriege‹, Flucht und Migration, in: Stephanie Bremerich, Dieter Burdorf, Abdalla Eldimagh (Hrsg.), Flucht, Exil und Migration in der Literatur. Syrische und deutsche Perspektiven, Berlin 2018, S. 205–229, hier S. 211.

11 Ebd., S. 216.

12 Ebd., S. 227.

leitmotivisch den Text, dessen Handlung rasch erzählt ist. Es ist Winter, wir folgen dem Mädchen auf seinem Weg durch verschiedene Städte irgendwo durch Europa, der Euro als Zahlungsmittel lässt darauf schließen. Zu Beginn ist sie in Begleitung eines Mannes, den sie Onkel nennt, der aber wohl nur irgendein Mann ist, der sich auf dem Flüchtlingstreck um sie kümmert. Schließlich verliert sie den Onkel aus den Augen, schlägt sich eine Zeit alleine durch und wird zuletzt von der Polizei aufgelesen und in eine Notunterkunft für Kinder gebracht. Dort lernt sie zwei Jungen, Schamhan und Arian, kennen, der ältere spricht ihre Sprache und überredet sie, gemeinsam zu fliehen. Die Kinder folgen einem Märchennarrativ: »[Z]ieh lieber mit uns fort, [...] etwas Besseres als den Tod findest du überall«,[13] so lautet die Aufforderung, den der Esel in den *Bremer Stadtmusikanten* dem Hahn gibt und es könnte das Motto dieser drei Kinder sein. So trägt Arian einen 5-Euroschein wie ein Heiligenbild bei sich und träumt einem damit verbundenen Verheißungsnarrativ hinterher. In ähnlicher Weise ist Schamhan geblendet von Geschichten über Westeuropa, denn er will die beiden in ein leerstehendes Haus führen, von dem er sich vorstellt, dass wohlhabende Europäer es besitzen und es vollgestopft mit Nahrungsmitteln zeitweilig nicht benutzen würden, sodass er dort mit seinen beiden BegleiterInnen sicher überwintern könnte. Auf der Suche nach einer solchen Behausung bewegen sie sich wie Figuren aus einem Märchen durch winterliche Straßen einer Stadt, wärmen sich in der U-Bahn auf und flüchten in die Vorstadt, streifen durch schneebedeckte Felder, schlafen zusammengekauert im Wald oder in einer verlassenen Scheune. Doch behütet sie kein gütiger Gott oder barmherziger Engel, wie es im Märchen üblich ist, sondern sie sind gottverlassen:

> Die Sachen waren am Morgen immer noch nicht trocken. Yiza und Arian weinten sich aus dem Schlaf. Sie wollten etwas zu essen haben. An ihren nackten Körpern klebten Halme, in ihren Haaren war Heu. Dünn und weiß waren ihre Körper. Als schimmerten sie von innen. Arian war sogar noch dünner als Yiza. Sie zitterten, klapperten mit den Zähnen, weinten, und Schamhan weinte mit ihnen. Da waren sie stumm. Und Schamhan weinte allein. (MF 64)

Von dem 14-jährigen Schamhan hat Yiza bereits in der Unterkunft, in der die drei sich kennenlernen, den titelgebenden Fingerhut erhalten. Sie trägt ihn über einer Schnittwunde am Finger wie einen Talisman. *Das kleine Mädchen mit den Schwefelhölzchen* klingt da an. Doch fungiert die Märchenallusion als kontrastierende Mahnung an die RezipientInnen, denn in den Märchen gibt es Rettung und sei es wie bei Andersen als Erlösungsversprechen im Jenseits. Die Subtexte zu Köhlmeiers Erzählung zeigen

[13] Die Bremer Stadtmusikanten, in: Brüder Grimm, Kinder- und Hausmärchen, hrsg. von Heinz Rölleke, Band 1, Stuttgart 1980/2001, S. 161–164, hier S. 162.

die Diskrepanz auf, die zwischen kulturellem Wertehorizont und praktischer Umsetzung liegt. Das Mädchen erlebt zwar immer wieder eine vordergründig freundliche Aufnahme durch eine Krankenschwester, Polizisten und eine fremde Frau, doch zeigt der Roman, dass es sich keineswegs um Akte der Nächstenliebe oder Humanität handelt. Die Jungen haben bereits erfahren, dass es in den westlichen Wohlstandgesellschaften kein Recht auf Mitleid gibt, Arian versteckt aus diesem Grund mit einer tief ins Gesicht gezogenen Kopfbedeckung seine buschigen Augenbrauen, von denen er weiß, dass sie die Menschen abschrecken. Yizas Augen und ihre langen, weichen Haare lösen hingegen stets Entzücken aus, wie Schamhan Arian erklärt:

> Sie ist der Liebling von allen. Jeder will sie streicheln. Das hast du doch gesehen. Sie tut allen leid. [...] Dich wird man abschieben. Und mich wird man abschieben. Ich bin kein Liebling. Du bist auch kein Liebling. Wenn deine Stimme tiefer wird, bist du niemandes Liebling mehr. Du hast jetzt schon Augenbrauen wie ein Mann. (MF 79f.)

So sind den Figuren gängige Vorurteile in den Mund gelegt: Männer und Jungen gelten nicht als Menschen, die Mitgefühl verdienen, ein junges hübsches Mädchen erhält hingegen einen Niedlichkeitsbonus. Das wiederholt Schamhan am Ende seiner Rede nicht nur für Arian, sondern auch für die RezipientInnen, die indirekt mit dem Personalpronomen ›sie‹ adressiert werden: »Sie mögen Kinder nicht, die Augenbrauen haben wie du. [...] Sie ist ein Liebling. Ich bin kein Liebling. Und du bist auch kein Liebling« (MF 81).

In der Folge greift eine als Renate bezeichnete Frau – die Kinder befinden sich also vermutlich mittlerweile im deutschsprachigen Raum – das Mädchen auf, pflegt und nährt sie, bringt ihr ihre Sprache bei. Aber sie sperrt es zugleich wie ein Haustier ein und stellt es wie eine Puppe zur Schau, wobei die Diminutive den Märchenton erzeugen, der das eigentlich Verbrechen, das sich hier abspielt, kontrastiert:

> Yiza frühstückte im Bett. Die Frau wollte es so. Sie wollte ihr dabei zusehen. Das blasse Gesichtchen wollte sie ansehen und die schwarzen Haare, die nun kurz waren und glänzten wie Satin. Und das gestärkte weiße Hemdchen wollte sie ansehen, die Ärmel und den kleinen Kragen mit den gestickten Rändern und die Perlmuttknöpfe über der Brust. Ein Betttischchen stellte sie vor sie hin auf die Zudecke, darauf ein Tablett, eine Tasse Tee, Semmelhälften, bestrichen mit Butter. Dass ihr Liebling Süßes nicht mochte, hatte sie inzwischen bemerkt. (MF 124f.)

Yiza beschreibt die Situation hingegen so: »die Frau sei sehr böse« (MF 132), womit sie das Narrativ kontrastiert, in dem Renate sich eingerichtet hat: »die Frau [...], die ihr das Leben gerettet hatte, so hatte sich die Frau genannt« (MF 138).

Auch eine Krankenschwester hatte Yiza zuvor als »Liebling« (MF 31, 36) unter anderen Kindern auserkoren. Mit diesen Frauen und Schamhans Ausführungen deutet der Roman den Genderdiskurs an, der mit der Fluchtdebatte eng verzahnt ist. Der Roman führt dies keineswegs aus, dies obliegt den LeserInnen, denn es geht ja nicht um eine quasi objektive Kontextualisierung, sondern um die vorfindlichen Vorurteile, die es zu hinterfragen gilt. Köhlmeiers Darstellung unterläuft die vor allem den rechten Diskurs prägenden Sexismen gegen männliche Migranten, wenn es im Roman gerade die Frauen sind, die wie im Fall von Renate dem Mädchen Gewalt antun. Die Jungen und auch der Onkel, der zu Beginn des Romans präsent ist, greifen das Kind hingegen nicht an. Dieser Aspekt ist ganz subtil angelegt. Auch dreht der Roman die Gendervorurteile nicht einfach um. Gewalt geht auch von Männern aus, was an der kindlichen Figur Arians am Ende des Romans ersichtlich wird. Doch sind es die psychosozialen Umstände und nicht die biologistisch gedachte Abstammung, die den Jungen zur Gewalt führen, wenn Arian das Mädchen aus Renates Gefangenschaft befreit.

Bei einem Fluchtversuch kommt es zu einem Kampf mit Renate, bei dem der vom Angstgeschrei seiner Freundin aufgebrachte Arian mehrfach auf Renate einschlägt. Arians Gewaltausbruch erscheint verstörend und plausibel zugleich, entspringt er doch seinem Selbstverständnis als männlichem Retter. Die Brutalität ängstigt das Mädchen. Zwar folgt es Arian, doch dessen Beteuerungen seiner Wehrhaftigkeit: »Mir kommt keiner. Mir nicht!« (MF 136), beruhigen weder das Mädchen noch die LeserInnen. Hier wird nicht das märchenhafte Bild einer romantischen Lebensgemeinschaft gezeichnet; es sind eben nicht Hänsel und Gretel, denen man, nachdem die Hexe im Ofen verbrannt ist, gerne folgt, ohne die Brutalität dieses Agierens gegen die Hexe moralisch infrage zu stellen. Arians Gewaltausbruch hat etwas Monströses. Aber wie wir schon aus der Frankenstein-Erzählung wissen, sind Monster nicht von Natur aus auf der Welt, sondern sie sind Menschenwerk. Der Gewaltakt gegen die – um im Märchennarrativ zu bleiben – böse Hexe, erscheint anders als in der Märchendiegese im realistischen Setting brutal und doch – so muss man sich fragen, wie anders wäre aus der Perspektive des in unserer Gegenwartsgesellschaft ungewollten Jungen gegen diesen Akt von Kindesentführung und Freiheitsberaubung vorzugehen? Beide Kinder befinden sich in der Illegalität, Vertrauen in Erwachsene oder in Behörden kennen sie nicht. Arians patriarchale Prägung, die in feinen Pinselstrichen bereits an anderer Stelle angedeutet wurde und seine Gewalt- und Ausgrenzungserfahrungen[14] haben ihn sozialisiert und gerade dieses patriarchale Selbstverständnis führt dazu, dass er sich überhaupt für Yiza verantwortlich fühlt. Darin zeigt sich

[14] Vgl. den Diskurs über männliche Augenbrauen, den Schamhan und Arian führen.

die Ambivalenz. Das Mädchen gerät vom Regen in die Traufe. Von Renates krimineller Übergriffigkeit wechselt sie in die Abhängigkeit und den Gewaltbereich des Jungen.

Hier schaltet sich der Erzähler ein, der die beiden in den Blick nimmt, wenn sie zu den anderen Gestrandeten der Wohlstandsgesellschaft ziehen. Er fragt, ob die Wahrnehmung der LeserInnen auf die beiden gerichtet ist oder nicht.

> Wenn es wahr ist, dass an Gottes rechter Seite sein Liebling steht, bei allem, was er tut, was er pflanzt und segnet, wenn das wahr ist, so hör die Schritte, die kleinen, die großen, das Trippeln und das Stampfen! Warte, bis sich die Augen an die Dunkelheit gewöhnen! Und nun? Kannst du sie sehen? Kannst du die beiden sehen? (MF 139)

Neben den Märchen wird hier ein weiteres kulturelles Narrativ anzitiert, nämlich das christliche Glaubensbekenntnis. Dort heißt es bekanntlich über Jesus: »er sitzt zur Rechten Gottes, des allmächtigen Vaters; / von dort wird er kommen, zu richten die Lebenden und die Toten«. Jesus wird von Köhlmeier durch die im Roman für das Mädchen genutzte Bezeichnung ›Liebling‹ ersetzt und mit dem Konditionalsatz »wenn das wahr ist« verknüpft. Es wird also nach der Gültigkeit der christlichen Kernbotschaft, der Nächstenliebe, gefragt und zugleich auf die außerliterarische Wirklichkeit angespielt. Im Fluchtdiskurs werden von verschiedenen Seiten die sogenannten abendländischen Werte, also die kulturelle Verankerung im Christentum, gegen die als vermeintlich bedrohlich gekennzeichneten Fremden vorgebracht. Wenn also das Glaubens- kein Lippenbekenntnis ist, so müssten die Schutzbefohlenen eigentlich wahrgenommen werden. Dies ist die moralische Fallhöhe des Romans, der jedoch mit einem resignativen Bild endet: »Arian ist der Kapitän. Er geleitet das Schiff zu den Freunden und in den Sommer. Die Freunde, das sind eine Horde von Zerlumpten, die bereits zu alt sind für Mitleid und Rührung.« (MF 140)

Mit dieser bitteren Pointe endet der Text: Wir sind eine empathielose Gesellschaft, so lautet das Fazit. Sich genau dazu kritisch zu verhalten, ist der Appell des Romans. Mitgefühl ist die Grundvoraussetzung für soziale Verantwortung. Wird Empathie verweigert, macht man sich mitschuldig am Elend der anderen.

Dies führt mich zu meinem letzten Punkt, nämlich der Rolle der Literatur. Die Frage nach Empathieverteilung, wie sie in *Das Mädchen mit dem Fingerhut* kritisch in den Blick genommen wird, klingt auch in *Sunrise* an, wenn Leo zu Beginn seiner Erzählung skeptisch fragt, ob er als gealterter unattraktiver Mann gegenüber der erotischen Vitalität Ritas überhaupt eine Chance im Wettstreit um das Recht auf Weiterleben hat. Beider Reden zielen darauf ab, plausibel zu machen, warum sie als Individuen rettenswert seien. Dass sie es beide trotz möglicher Vorurteile gegen ihr Herkunftsmilieu sind, welches geprägt ist von Alkoholismus, Prostitution,

Aids und Obdachlosigkeit, dafür steht die Figur des Erzählers, der nämlich bei aller Ironie der Gesamtanlage des Textes empathisch ist. Seine Einfühlung erwächst aus der Erzählung Richards, der ja explizit zum Zuhören auffordert, womit die Rolle des Erzählens und damit die der Literatur beschrieben wäre. Des Erzählers Mitgefühl geht soweit, dass er die Geschichte umschreibt und eine Lösung herbeiführt. Diesen Möglichkeitsraum zu eröffnen, ist das Wesen der Poesie. Und hier liegt auch ihr humanitäres Potential, nämlich wie in *Das Mädchen mit dem Fingerhut* das sichtbar und erfahrbar zu machen, was ohne den literarischen Blick unbeachtet bliebe, wie etwa die geflüchteten und unbehausten Menschen, die in und von unserem Müll leben. In diesem Sinne verstehe ich Michael Köhlmeiers Äußerung im Rahmen einer Festrede im Jahr 2018, die mir als Schlussbemerkung dienen soll: »Wir wissen: Kunst, Musik, Literatur können Inhumanität nicht heilen. Aber sie können Humanität stärken«.[15]

[15] Michael Köhlmeier, »30 Jahre Kunstverein aller Art« in Bludenz am 20. Januar 2018, in: Ders., Erwarten Sie nicht, dass ich mich dumm stelle. Reden gegen das Vergessen, München 2018, S. 62–73, hier S. 72.

Roman und Adaption

Liesbeth Meurer

»Ich habe mich inzwischen erkundigt, was ein Schelmenroman ist.«

Die Abenteuer des Joel Spazierer als (Meta-)Schelmenroman

Einleitung

Der Schelmenroman ist eine Gattung, die vor allem Assoziationen mit der Barockliteratur weckt – und deren Entwicklung lange und mit breitem Konsens im gattungstheoretischen Diskurs auch als im 17. Jahrhundert abgeschlossen galt. Dreihundert Jahre später aber, insbesondere in der Nachkriegsliteratur der jungen Bundesrepublik, spielte die Gattung etwa mit Albert Vigoleis Thelens *Die Insel des zweiten Gesichts* (1953), Thomas Manns *Bekenntnisse des Hochstaplers Felix Krull* (1954) oder Günter Grass' *Die Blechtrommel* (1959) erneut eine größere Rolle in der deutschsprachigen Literatur.

Und auch in der Literatur der unmittelbaren Gegenwart, so meine These, erfährt der Schelmenroman eine (kleine) Renaissance: Zu nennen sind etwa Michael Kumpfmüllers *Hampels Fluchten* (2000), Jan Faktors *Schornstein* (2006) und *Georgs Sorgen um die Vergangenheit oder Im Reich des heiligen Hodensack-Bimbams von Prag* (2010), Jan Koneffkes *Die sieben Leben des Felix Kannmacher* (2011), Abbas Khiders *Ohrfeige* (2016) oder Ingo Schulzes *Peter Holtz. Sein glückliches Leben erzählt von ihm selbst* (2017). Im vorliegenden Beitrag möchte ich dieser These exemplarisch anhand von Michael Köhlmeiers Roman *Die Abenteuer des Joel Spazierer* (2013) Substanz verleihen. Kapitel I wird begründen, dass jener Roman in vielerlei Hinsicht als zeitgenössischer Schelmenroman gelten kann; in Kapitel II werde ich auf die spezifischen Möglichkeiten moderner Schelmenromane eingehen, indem ich aufzeige, dass der Roman seine Gattung immer wieder selbst zum Thema macht, reflektiert und persifliert, sodass er eine Art ›Meta-Schelmenroman‹ darstellt. Im abschließenden Kapitel sollen in der gebotenen Kürze die Funktionen einer solchen Metaisierungsstrategie erörtert werden.

I *Die Abenteuer des Joel Spazierer* als Schelmenroman

Schon der Titel des Romans erinnert fern an Grimmelshausens *Der Abentheurliche Simplicissimus Teutsch* (1668/69). Ebenfalls bereits aus dem

Titel ersichtlich ist der sprechende Name[1] des Protagonisten, schließlich zieht sich das Spazieren gleich einem roten Faden durch sein sonst so gar nicht konstantes Leben: Als ein von Kindesbeinen an umtriebiger Flaneur[2] legt er im Laufe seines Lebens abertausende Kilometer zurück, ein Rastloser, den es niemals lange an einem Ort hält.

Der Schelm als Figur

Üblicherweise stammt der Schelm aus niederen, meist ungeklärten Verhältnissen, oft verliert er schon früh seine Eltern, was bei Köhlmeiers Protagonisten allerdings beides nicht der Fall ist. András wächst äußerst privilegiert als einziges Kind einer angesehenen Budapester Ärztefamilie auf (vgl. JS 7ff.). Wo also andere Schelme durch denkbar schlechte Lebensumstände in die pikareske Laufbahn gezwungen werden und zu kriminellen Mitteln greifen *müssen*, wählt er dieses Leben zunächst aus freien Stücken: Er findet Spaß am Lügen, er gefällt sich in der Rolle des mysteriösen Außenseiters und vermeidet es entschieden, anderen Menschen näherzukommen und ihnen einen Blick hinter seine Fassade zu ermöglichen, die Rechte anderer zu übergehen bereitet ihm keinerlei moralische Skrupel. Einmal diesen Lebensweg eingeschlagen gerät aber auch András mehr und mehr zum Spielball, sein Leben entwickelt eine verhängnisvolle Eigendynamik, er verliert die Kontrolle – und erfährt so ebenfalls jene Fremdbestimmtheit, die das Leben aller pikaresken Protagonisten auszeichnet. Wenngleich äußere Umstände András *auf den ersten Blick* nicht zum Schelm machen, werden doch zwei wesentliche Kriterien erfüllt, die als ausschlaggebend für diese Konversion einer zunächst unbescholtenen Figur gelten:

Erstens wird seine Familie als erste Sozialisations- und Enkulturationsinstanz ihrer Aufgabe nicht gerecht, sondern versäumt es, dem Heranwachsenden gesellschaftlich tradierte Werte und Normen zu vermitteln und vorzuleben.[3] Während andere Schelme oft *keine* familiale Sozialisation erfahren, erweist sich die des jungen András als gänzlich *desolat*, ja *defekt*. In Wien angekommen, nehmen die Eltern neue Jobs an, die Großmutter verbringt die meiste Zeit bei ihrem Geliebten und der Großvater,

---

1 Vgl. Hans Wagener, Simplex, Felix, Oskar und andere – Zur barocken Tradition im zeitgenössischen Schelmenroman, in: Gerd Labroisse, Gerhard P. Knapp (Hrsg.), Literarische Tradition heute. Deutschsprachige Gegenwartsliteratur in ihrem Verhältnis zur Tradition, Amsterdam 1988, S. 117–158, hier S. 137.

2 Vgl. z.B. Michael Köhlmeier, Die Abenteuer des Joel Spazierer, München 2013, S. 208, 230. Im Folgenden zitiert unter der Sigle JS und entsprechender Seitenzahl.

3 Vgl. Claudio Guillén, Zur Frage der Begriffsbestimmung des Pikaresken, in: Helmut Heidenreich (Hrsg.), Pikarische Welt. Schriften zum europäischen Schelmenroman, Darmstadt 1969, S. 375–396, hier S. 383f.

gebrochen von der Folter, kann nicht für András sorgen, sodass niemand das Kind daran hindert, alleine durch Wien zu streifen, verhängnisvolle Freundschaften zu knüpfen und die ersten Schritte auf seiner kriminellen Laufbahn zu nehmen (vgl. JS 87ff., 91, 96ff.). Der Umgang innerhalb der Familie ist von solcher Gefühlskälte geprägt, dass András' späterer Mangel an Empathiefähigkeit nicht verwundert. Wegen einer Lappalie wird etwa der lästig gewordene Großvater ins Krankenhaus eingeliefert, um nur ein Beispiel zu nennen (vgl. JS 82ff.). »Opa fehlte niemandem. [...] Mama war nur einmal dort, Papa angeblich öfter. [...] Ich nicht. Es war alles viel einfacher ohne Opa.« (JS 87) Gewalt ist ein Dauerthema bei den Fülöps und die Erwachsenen sprechen rücksichtslos vor András über Folterung, Hinrichtung oder die Effizienz verschiedener Suizidarten (vgl. JS 73), was offenbar nicht spurlos an dem Jungen vorbei geht, befürchtet er doch beim Arzt »verhört, gefoltert, hingerichtet, erschossen, liquidiert und aufgehängt« (JS 18) zu werden. Lüge, Betrug und Hochstapelei begleiten András seine ganze Kindheit über. Mutter, Vater, Großmutter – niemand hat den Doktortitel auf regulärem Weg erworben, die deutschen Namen und den Trauschein ebensowenig (vgl. JS 108ff., 116ff.). Und András erscheint dieses Verhalten schlüssig:

> Ob meine Eltern je richtig geheiratet haben, weiß ich nicht. Warum hätten sie es nach ihrer Registrierung als Ehepaar auch tun sollen? Ob sie je ihr Doktorstudium abgeschlossen haben, weiß ich ebenfalls nicht. Warum hätten sie es tun sollen, wenn der Titel genauso durch einfaches Hinmalen von zwei Buchstaben zu kriegen war? (JS 30)

Zweitens erfährt auch András das für die Gattung konstitutive »Initiationserlebnis«, das dem Protagonisten sinnbildlich die Augen öffnet und seine Konversion zum Schelm evoziert, weil, wie Bauer ausführt, »seine Weltanschauung und Lebenseinstellung vor und nach dieser Schlüsselerfahrung nicht mehr dieselben sind«[4]. In András' Fall handelt es sich dabei um eine Erfahrung völliger Einsamkeit in der frühen Kindheit: Die Großeltern, bei denen der damals Dreijährige aufwächst, werden als Regimekritiker inhaftiert, sodass das Kind die Wohnung beim Erwachen aus dem Mittagsschlaf verwaist vorfindet (vgl. JS 9). Schnell stellt András seine Suche nach der Großmutter ein und arrangiert sich mit der neuen Lebenssituation, ja er »rechnete nicht damit, dass sie jemals wiederkommen würde« (JS 10) beziehungsweise dass überhaupt jemals wieder jemand kommen würde. Später bezeichnet er diese Zeit als den Moment seines Bewusstseinserwachens, das ihn von allem Menschlichen entfremdet habe

---

4 Matthias Bauer, Der Schelmenroman, Stuttgart/Weimar 1994, S. 15.

(vgl. JS 16). Simon Zeisberg spricht von einem »existenzielle[n] […] Erlebnis, das sich in seine Biografie als psychogene *black box* einsenkt«[5].

In der Folge beginnt für den Schelm ein unsteter Lebensweg voller Höhen und Tiefen. Er muss zu unlauteren, oft kriminellen Mitteln greifen. Er muss viele verschiedene Rollen spielen, um im Leben zu bestehen, und dabei stets auf seine Demaskierung gefasst sein.[6] Dies befördert ihn ins gesellschaftliche Abseits und führt dazu, dass er – oft Hals über Kopf – alles hinter sich lassen und die Flucht ergreifen muss. Deshalb legt der Schelm im Laufe seines Lebens so viele Kilometer zurück, überquert Ländergrenzen und Ozeane und verweilt niemals lange an einem Ort.[7] Auf dieser ›Lebensreise‹ ist er ständig dem Spiel von Glück und Zufall ausgesetzt.[8]

András' kriminelle Laufbahn beginnt mit kleineren Diebstählen aus finanzieller Not heraus (vgl. JS 91). Meist aber ist keine unmittelbare Notsituation gegeben: Er ist käuflich, lügt, weil es ihm Freude bereitet und er sowieso »in der Wahrheit stets nur eine Option« (JS 113) sieht, stiehlt, weil sich die Gelegenheit bietet (vgl. JS 208, 212, 597) und mordet kaltblütig (vgl. JS 448f.). Er kennt keine Reue für seine Taten. Wie für den pikaresken Protagonisten üblich schlängelt er sich hinter ständig wechselnden Masken durchs Leben und stellt wiederholt seine Fähigkeiten als Hochstapler unter Beweis, um seine Existenz zu sichern:[9] Als vermeintlicher Thälmann-Enkel beantragt András deshalb politisches Asyl in der DDR und dringt so blitzschnell in höchste SED-Kreise vor (vgl. JS 475f.). Und weil er den promovierten Theologen so überzeugend mimt und die richtigen Beziehungen knüpft, tritt er schon bald eine Professur an – ohne je studiert zu haben oder auch nur den Anflug von Expertise in ›seinem‹ Fach aufzuweisen. Diesem Problem begegnet er, indem er seinen eigenen Beitrag zu seinen – gut besuchten – Vorlesungen schwindend gering hält, denn er stellt lediglich sehr allgemein gehaltene Impulsfragen (vgl. JS 597ff.). »Das hob, erstens, die Laune. Gab, zweitens, Mut. Animierte, drittens, die Studenten, ihre Spekulationen ungehemmt wuchern zu lassen; wohinter ich, viertens, meine völlige Unkenntnis der Materie prächtig verstecken konnte.« (JS 599)

Auf András' Lebensreise kristallisiert sich Wien als Dreh- und Angelpunkt heraus. Einmal dort angekommen, kehrt er immer wieder in die

---

5 Simon Zeisberg, Michael Köhlmeier: Die Abenteuer des Joel Spazierer, in: Simpliciana 35 (2013), S. 490–492, hier S. 490; Herv. i.O.

6 Vgl. Bauer, Der Schelmenroman (wie Anm. 4), S. 11.

7 Vgl. Guillén, Begriffsbestimmung des Pikaresken (wie Anm. 3), S. 386; vgl. auch Bauer, Der Schelmenroman (wie Anm. 4), S. 12.

8 Vgl. Dirk Niefanger, Barock. Lehrbuch Germanistik, Stuttgart/Weimar 2012, S. 211.

9 Vgl. Jürgen Jacobs, Der Weg des Pícaro. Untersuchungen zum europäischen Schelmenroman, Tübingen 1998, S. 2.

Stadt zurück. Dazwischen allerdings liegen oft lange Phasen der Abwesenheit. Stationen in Liechtenstein (vgl. JS 202ff.), Italien (vgl. JS 463), Kuba (vgl. JS 450), der DDR (vgl. JS 476), Russland und Mexiko sind nur eine Auswahl. Der schnelle Wechsel von Glück und Pech bedingt diesen ereignisreichen Lebensweg unter anderem. Glückssträhnen wie kurzzeitiger Reichtum und die bevorstehende Hochzeit mit der großen Liebe finden immer wieder ein jähes Ende, András verliert alles und muss alle Zelte abbrechen (vgl. JS 465f.). Deshalb schätzt und fürchtet er »den zwingenden Zauber des Zufalls« (JS 243) gleichermaßen, hält ihn für »eine Drohung wie eine gute Hoffnung« (JS 364) gleichermaßen und macht ihn verantwortlich für alle Ungewissheit im Leben.

Der Schelm als unzuverlässiger Ich-Erzähler

Narratologisch betrachtet lassen sich ebenfalls einige Gattungskonstituenten des Schelmenromans ausmachen. So gilt ein unzuverlässiger Ich-Erzähler,[10] der in einer fiktiven Autobiografie Rückschau auf sein Leben hält,[11] als obligatorisch. Die gesamte Handlung wird aus der »Froschperspektive« des Schelms geschildert,[12] was ihr einerseits den Anschein von Authentizität verleiht und Vertrauen zwischen Erzählinstanz und Lesepublikum herstellt.[13] Andererseits verhindert diese einseitige Perspektive

---

10 Vgl. Katrin Dennerlein, Matías Martínez, Wolf Schmid und Lukas Werner, Grundbegriffe der Erzählanalyse, in: Matías Martínez (Hrsg.), Handbuch Erzählliteratur. Theorie, Analyse, Geschichte, Stuttgart 2011, S. 131–165, hier S. 131; Guillén, Begriffsbestimmung des Pikaresken (wie Anm. 3), S. 389. Wobei ›Ich-Erzähler‹ ein unglücklicher Begriff ist, denn jeder Erzähler »kann sich selbst benennen, auch wenn er dabei nicht die Figur einer erzählten Geschichte meint« (Dennerlein et al., 2011, S. 133). Populärer ist daher heute die Unterscheidung zwischen diegetischem und nichtdiegetischem Erzähler. »Diegetisch soll ein Erzähler heißen, der zur erzählten Geschichte (Diegesis) gehört, der folglich über sich selbst – genauer sein früheres Ich- als Figur der erzählten Geschichte erzählt.« (Ebd.) Ein solcher Erzähler ist es, der als konstitutiv für den Schelmenroman gilt.

11 Vgl. exemplarisch Wagener, barocke Tradition im zeitgenössischen Schelmenroman (wie Anm. 1), S. 120; Niefanger, Barock (wie Anm. 8), S. 211; Jürgen Jacobs, Schelmenroman, in: Reallexikon der deutschen Literaturwissenschaft. Neubearbeitung des Reallexikons der deutschen Literaturgeschichte. Band 3: P-Z, hrsg. von Jan-Dirk Müller, Georg Braungart, Harald Fricke, Klaus Grubmüller, Friedrich Vollhardt und Klaus Weimar, Berlin/New York 2003, S. 371–374, hier S. 371.

12 Bauer, Der Schelmenroman (wie Anm. 4), S. 19; vgl. auch Hans Gerd Rötzer, Der europäische Schelmenroman, Stuttgart 2009, S. 12; Wagener, barocke Tradition im zeitgenössischen Schelmenroman (wie Anm. 1), S. 120; zum Begriff der Perspektive in der Narratologie vgl. allgemein Dennerlein, Martínez, Schmid und Werner, Erzählanalyse (wie Anm. 10), S. 138ff.

13 Vgl. Wagener, barocke Tradition im zeitgenössischen Schelmenroman (wie Anm. 1), S. 120; Jacobs, Schelmenroman (wie Anm. 11), S. 371.

aber einen objektiven und unvoreingenommenen Blick,[14] was wiederum die Leserinnen und Leser in die Pflicht nimmt, diese ›halben Wahrheiten‹ um die Perspektiven der anderen Figuren zu ergänzen[15]. Weiterhin zeichnet sich die Gattung durch die charakteristische episodenhafte Erzählweise aus,[16] die Köhlmeiers Roman auf die Spitze treibt: Manchmal bricht er sogar ganz unvermittelt *innerhalb* einer Episode ab, um mittels großer Zeitsprünge oder Schauplatzwechsel zu einer anderen zu wechseln. Immer wieder verliert deshalb auch der Erzähler selbst den Überblick, was er ganz offen zugibt: »Ich hoffe, ich stecke den Leser mit meiner Verwirrtheit nicht an; ich werde mein Bestes tun, damit er den Überblick behält, wo ich keinen habe.« (JS 27) Das lässt nicht nur an der Zuverlässigkeit der Erzählinstanz zweifeln, sondern schafft auch Distanz zur erzählten Handlung. Denselben Effekt haben kommentierende, den Erzählfluss durchbrechende Einschübe, etwa handwerkliche Tipps des Schriftstellerfreundes Lukasser (vgl. z.B. JS 16, 27, 191, 240), sowie die Vorwegnahme von Kapitelenden (vgl. JS 17, 26, 66, 213). Derartige »erzählerische Kunstgriffe« seien nötig, um die Leserinnen und Leser »in Distanz zum Helden und seiner Geschichte zu bringen«[17] und ihnen so selbst das moralische Urteilen zu überlassen ist, so Jacobs. Und dies wiederum sei unumgänglich, wenn keine Dissoziation zwischen erlebendem und erzählendem Ich stattgefunden hat – was nur dann möglich wäre, wenn die Erzählinstanz ein Bekehrungserlebnis erführe, das ihrer Schelmenlaufban ein Ende setzen würde. Wenn also, kurz gesagt, das erzählende Ich gegenüber dem erzählten Ich gereift, geläutert auftritt und sein früheres Handeln nachträglich moralisch beurteilt.[18] Eine derartige Bekehrung bleibt bei András allerdings aus, wie er mehrmals entschieden betont: »Wissen Sie, ich bin nun mehr als fünfundfünfzig Jahre von jener Zeit entfernt; aber wie ich damals empfand, ist mir frisch, und ich empfinde heute nicht anders.« (JS 24) Noch deutlicher an anderer Stelle: »Ich weiß heute mehr als vor dreiundfünfzig Jahren; aber ich bin nicht ein anderer. Eine Entwicklung fand bei mir nicht statt.« (JS 72) Auch deshalb ist András ein unzuverlässiger Erzähler. Man kann überhaupt fragen, ob eine autobiografische Erzählung nicht *per se* als unzuverlässig gelten muss, auch wenn sich die Erzählinstanz um Objektivität bemüht.[19] Indem die gesamte Diegese ausschließ-

---

[14] Vgl. Guillén, Begriffsbestimmung des Pikaresken (wie Anm. 3), S. 385; Bauer, Der Schelmenroman (wie Anm. 4), S. 12.

[15] Vgl. Bauer, Der Schelmenroman (wie Anm. 4), S. 25.

[16] Vgl. Ulrich Gaier, Wozu braucht der Mensch Dichtung? Anthropologie und Poetik von Platon bis Musil, Stuttgart 2017, S. 226.

[17] Jacobs, Der Weg des Pícaro (wie Anm. 9), S. 62.

[18] Vgl. Bauer, Der Schelmenroman (wie Anm. 4), S. 12ff.; Jacobs, Der Weg des Pícaro (wie Anm. 9), S. 58ff.; Niefanger, Barock (wie Anm. 8), S. 211; Rötzer, Der europäische Schelmenroman (wie Anm. 12), S. 12.

[19] Vgl. Bauer, Der Schelmenroman (wie Anm. 4), S. 9, 12.

lich durch die Brille des Schelms erzählt wird, bleibt bei Köhlmeier beispielsweise unklar, ob András unbehandelte Kindheitstraumata durch Einsamkeit und Entführung davongetragen hat – das nämlich diagnostizieren seine Ärzte, während er selbst heftig dementiert (vgl. JS 24ff., 190). Die äußerst subjektive Erzählweise birgt immer die Gefahr der Manipulation, gerade auch durch die offensichtliche Freude des pikaresken Erzählers am Schildern seiner Missetaten.[20] Überhaupt: Wie soll man einer Erzählerfigur glauben, die die Lüge »als Überschrift zu meiner Existenz« (JS 38; Herv. entf.) bezeichnet und ferner die Ansicht vertritt, »[a]lles, was Erinnerung ist, gerät unter das Regime der narrativen Transformation« (JS 66)? So nämlich sinniert András einmal, was die Frage aufwirft, wie stark transformiert er wohl seine eigenen Erinnerungen zum Besten gibt. Jedenfalls verstrickt er sich nicht selten in Widersprüche, etwa wenn er die Verhaftung der Großmutter in aller Ausführlichkeit beschreibt, anschließend aber angibt, zur selben Zeit Mittagsschlaf gehalten und ihre Abwesenheit erst danach registriert zu haben (vgl. JS 9). Dazu kommen regelmäßige Zweifel, ob das Erzählte real oder nur in einem Traum geschehen sei (vgl. JS 277). All das lässt zwangsläufig starke Zweifel an seiner Glaubwürdigkeit aufkommen.

Satirisches Gesellschaftspanorama

Es ist bereits angeklungen, dass die pikaresken Protagonisten nicht nur im räumlichen Sinn, sondern auch durch verschiedenste Gesellschaftsbereiche und -schichten reisen, wobei sie umfassende Einblicke gewinnen und gewähren.[21] Ständig wechselnde Beschäftigungsverhältnisse verschaffen ihnen Zugang zum Privatleben Anderer und ermöglichen ihnen, schonungslos intime und brisante Informationen zu enthüllen.[22] Köhlmeiers András stammt ursprünglich aus einem akademisch geprägten, wohlhabenden Umfeld (vgl. z.B. JS 74ff.), findet allerdings sehr schnell erste Freunde in prekären Unterschichts-Verhältnissen im Wiener Randbezirk (vgl. JS 96ff.). Durch die Bekanntschaft – Zweckgemeinschaft ist wohl der passendere Begriff – mit dem schwerreichen Unternehmersohn Leif mit Villa samt Hausangestellten in Liechtenstein lernt er auch das andere Ende der Fahnenstange kennen (und schätzen) (vgl. JS 202f.). Als Mörder sitzt er unter anderen Schwerverbrechern ein (vgl. JS 309f.), als Hausmeister im Studentenwohnheim kommt er mit erzkonservativen Theologiestudenten, aber auch alternativen Freigeistern in Berührung (vgl. JS 364ff.).

[20] Vgl. Jacobs, Der Weg des Pícaro (wie Anm. 9), S. 21; Jacobs, Schelmenroman (wie Anm. 11), S. 371.

[21] Vgl. Bauer, Im Fuchsbau der Geschichten. Anatomie des Schelmenromans, Stuttgart 1993, S. 26; Bauer, Der Schelmenroman (wie Anm. 4), S. 8; Niefanger, Barock (wie Anm. 8), S. 230.

[22] Vgl. Bauer, Der Schelmenroman (wie Anm. 4), S. 14.

Sein Geld verdient er als Kind mithilfe der Prostitution (vgl. JS 101ff.), später als Kfz-Mechaniker (vgl. JS 326), Drogendealer (vgl. JS 385f.), vermeintlicher russischer Schachgroßmeister (im Übrigen ohne Russischkenntnisse) (vgl. JS 515) und Universitätsprofessor (vgl. JS 590). Er ist mal gut situierter Familienvater in geordneten Verhältnissen (vgl. JS 590ff.), mal Obdachloser. Und immer beobachtet er aufmerksam, bisweilen zynisch und sammelt seine persönlichen Eindrücke in einem satirisch anmutenden Sittengemälde der Gesellschaft,[23] das er dem Lesepublikum als ein *objektives* Abbild zu verkaufen sucht.[24]

II *Die Abenteuer des Joel Spazierer* als Meta-Schelmenroman

Wurde im obigen Abschnitt an Köhlmeiers *Die Abenteuer des Joel Spazierer* exemplarisch dargelegt, dass auch Romane der Gegenwartsliteratur pikareske Gattungstraditionen bedienen und demnach als Schelmenromane klassifiziert werden können, so möchte ich nun nachfolgend aufzeigen, welch umfangreicher Möglichkeiten sich diese Romane in Bezug auf gattungsbezogene Selbstreflexion bedienen können: Immerhin blicken sie auf eine mehr als dreihundertjährige Tradition und Gattungsgenese zurück. An Köhlmeiers Text lässt sich diese Selbstreflexion, diese Metaisierung, besonders deutlich herausstellen. Sie erfolgt auf zweierlei Weise:

Zum einen durchzieht den gesamten Text ein dichtes Netz an (subtilimpliziten, aber auch ganz expliziten) intertextuellen Bezügen zu Grimmelshausens *Der Abentheurliche Simplicissimus Teutsch, dem* prototypischen Schelmenroman des deutschen Barock.[25] Der sprichwörtliche Wink mit dem Zaunpfahl gereicht dem Erzähler schon ganz zu Beginn zur Präsentation seines Wissens um die *Zugehörigkeit* des eigenen Textes zur Gattung. Denn fast wörtlich wird der berühmte Programmsatz des *Simplicissimus* zitiert, wenn der Erzähler verkündet: »Meine Geschichte beginnt in einer Zeit, von der viele glaubten, sie sei die letzte.« (JS 7) Zum Vergleich beginnt Grimmelshausens Roman mit den berühmten Worten »Es eröffnet sich zu dieser unserer Zeit (von welcher man glaubt / daß es

23 Vgl. Jürgen Jacobs, Schelmenroman, in: Dieter Lamping (Hrsg.), Handbuch der literarischen Gattungen, Stuttgart 2009, S. 667–671, hier S. 667; Jacobs, Schelmenroman (wie Anm. 11), S. 371.

24 Vgl. Bauer, Der Schelmenroman (wie Anm. 4), S. 9ff.; Guillén, Begriffsbestimmung des Pikaresken (wie Anm. 3), S. 386.

25 Vgl. Jacobs, Der Weg des Pícaro (wie Anm. 9); Jacobs, Schelmenroman (wie Anm. 11); Jacobs, Schelmenroman (wie Anm. 24); Niefanger, Barock (wie Anm. 8); Rüdiger Zymner, Texttypen und Schreibweisen, in: Thomas Anz (Hrsg.), Handbuch Literaturwissenschaft. Gegenstände und Begriffe. Bd. 1, Stuttgart 2007, S. 25–80.

die letzte seye [...])«.[26] Auf dieses Zitat wird auch noch indirekt hingewiesen, indem der Erzähler erklärt, sein Schriftsteller-Freund Lukasser rate ihm zu einer literarischen Anspielung als Einstieg (vgl. JS 7). Derart deutliche intertextuelle Bezüge gelten Böhn als Mittel der Wahl, um auf ein *Formzitat*, also den architextuellen Verweis auf eine Gattung, und damit natürlich auf eine Metaisierung innerhalb des Textes aufmerksam zu machen.[27] Weitere Parallelen zwischen den beiden Romanen sind Ähnlichkeiten in der Erzählweise oder markante Überschneidungen in den Biografien ihrer Protagonisten. Ganz deutlich wird das an einer Episode: Beide hausen als Jungen für einige Zeit alleine im Wald, wo sie von ehemaligen Soldaten gefunden werden, die nun als Waldeinsiedler leben und den Kindern Unterschlupf in ihren Hütten, Geborgenheit und väterliche Freundschaft bieten und so für sie jeweils die Rolle eines Mentors bekleiden.[28]

Zum anderen nutzt der Text bewusst seine zeitliche Distanz zur Geburtsstunde der Gattung, um sie *als solche* zu thematisieren, zu reflektieren und zu *persiflieren*. Der Erzähler beschränkt seine immer wieder eingestreuten Kommentare also nicht auf Handlungselemente, sondern er macht auch und gerade vor der eigenen Gattung keinen Halt. Hier geht es nicht mehr nur um die bloße Verortung des Textes innerhalb der Gattungstradition, sondern diese Gattung *selbst* wird zum Objekt der Satire. Ähnlich einer Rahmenerzählung wird das eigene Erzählen bzw. das Schreiben des Romans kommentiert. Nünning bezeichnet diese Spielart der Metafiktion, bei der es um die Bezugnahme auf den eigentlichen Erzählvorgang geht, als Meta*narration*.[29] Die Spannweite der metanarrativen Kommentare von Köhlmeiers Erzählinstanz reicht dabei von einfachen Hinweisen auf Gedanken beim Verfassen des Textes bis hin zu Äußerungen zur Konzeption des (fiktiven) Textes. Meta*fiktion* im engeren Sinne wird in impliziten und ganz prominenten Verweisen auf die gesamte Gattung des Schelmenromans ebenfalls betrieben. Als metafiktional gelten Peters in Anlehnung an Werner Wolf solche autoreferenziellen Aussagen innerhalb eines Erzähltextes, die Leser*innen auf dessen Gemachtheit und

---

26 Hans Jakob Christoffel von Grimmelshausen, Der Abentheurliche Simplicissimus Teutsch und Continuatio des abentheurlichen Simplicissimi, hrsg. von Rolf Tarot, Tübingen 1967, S. 9.

27 Vgl. Andreas Böhn, Formzitate, Gattungsparodien und ironische Formverwendung im Medienvergleich, in: Andreas Böhn (Hrsg.), Formzitate, Gattungsparodien, ironische Formverwendung: Gattungsformen jenseits von Gattungsgrenzen, St. Ingbert 1999, S. 7–57, hier S. 21f.

28 Vgl. JS 164ff.; Grimmelshausen, Simplicissimus (wie Anm. 26), S. 21f.

29 Vgl. Ansgar Nünning, Metanarration als Lakune der Erzähltheorie. Definition, Typologie und Grundriss einer Funktionsgeschichte metanarrativer Erzhläußerungen, in: Arbeiten aus Anglistik und Amerikanistik 26 (2001), 2, S. 125–164, hier S. 132f.

Fiktionalität stoßen.[30] Diese metanarrativen und -fiktionalen Erzählerkommentare sollen nun an einigen Beispielen illustriert werden: Einen einfachen Einblick in seine erzählerische bzw. schriftstellerische Gedankenwelt gewährt die Erzählinstanz mit Kommentaren wie folgendem: »Was ich hier *kursiv* schreibe, war von einem Beamten mit Schreibmaschine in den Pass eingetragen worden.« (JS 475; Herv. i.O.) Die Konzeption des Romans wird beispielsweise thematisiert, indem der Ich-Erzähler zu einem Kapitel anmerkt, es sei jenes »*...in dem ich noch einmal die Chronologie durchbreche und in der Geschichte vorausspringe, wieder bis nahe an die Gegenwart heran; [...] um Ihnen durch eine Zäsur in der Erzählung zu verdeutlichen: dass ich [...] nicht nur in ein anderes Land wechselte, sondern in eine andere Welt.*« (JS 479; Herv. i.O.) Und schließlich wird auch dezidiert »gattungstheoretische Ironie«[31] betrieben, wie es Simon Zeisberg in seiner Besprechung des Romans nennt:

> Sebastian hat vorgeschlagen, gelegentlich eine ›barocke rhetorische Figur‹ in die Erzählung einzuflechten, auch damit der belesene Leser in seiner Vermutung bestärkt werde, es handle sich bei meinem Leben um einen ›Schelmenroman‹. (JS 191; Herv. entf.)

Diese Aussage suggeriert, dass der Schelmenroman eine geradezu kinderleicht zu imitierende Gattung sei: Ein paar barocke Motive und Stilmittel – *et voilà*, schon, könne ein Text auch den intellektuellsten Leserinnen und Lesern als Schelmenroman gelten. Noch deutlicher wird der Erzähler, wenn er beweist, dass selbst er als debütierender Romancier, der mit einigen Schwierigkeiten beim Schreiben *an sich* zu kämpfen hat, mit seinem Text problemlos die Gattungscharakteristika bedienen kann:

> Ich habe mich inzwischen erkundigt, was ein Schelmenroman ist. Darin wird von einem Helden erzählt, der Schreckliches tut und Schreckliches erleidet, für ersteres nicht zur Verantwortung gezogen wird und an letzterem nicht zugrunde geht, weil eigentlich nicht sein Schicksal interessiert, sondern das seiner Zeit, womit alle Menschen gemeint sind – außer ihm. (JS 283)

---

30 Vgl. Henning Peters, Metaisierungsverfahren und ihre Funktionspotentiale in postmodernen Romanzen: John Barth ›Sabbatical. A Romance‹, David Lodge ›Small World. An Academic Romance‹, Niall Williams ›Four Letters of Love‹, in: Janine Hauthal, Julijana Nadj, Ansgar Nünning und Henning Peters (Hrsg.), Metaisierung in Literatur und anderen Medien. Theoretische Grundlagen – Historische Perspektiven. Metagattungen – Funktionen, Berlin/New York 2007, S. 340–360, hier S. 343.

31 Zeisberg, Michael Köhlmeier (wie Anm. 5), S. 490.

III Funktionen der Metaisierung

Diese Aspekte der Metaisierung sowie auffälligste Wiederholungen im Handlungsverlauf, also im Leben des Protagonisten[32] – manchmal werden Figuren sogar unabhängig voneinander die identischen Worte in den Mund gelegt – (vgl. z.B. JS 599, 606f.), lassen den Roman insgesamt ausgesprochen konstruiert wirken. Und diese Wirkung ist durchaus beabsichtigt und Köhlmeiers Roman kein Einzelfall:

> Metaisierende Elemente, die den Fiktionscharakter von Literatur thematisieren, auf deren Künstlichkeit und Konstruiertheit verweisen oder [...] die Form, die Gattung zu ihrem Inhalt erheben, finden sich in zahlreichen zeitgenössischen literarischen Texten.[33]

Nadj spricht von »Metagattungen«, wenn Texte wie der Köhlmeiers mittels solcher metaisierender Elemente »die Konventionen, die Bauformen und Rezeptionserwartungen, sprich, die *Poetik* einer Gattung zu ihrem Thema erheben«. Vorwiegend erzeugen sie damit »ein Bewusstsein für standardisierte und schematisierte Darstellungsprozesse und verweisen auf die Rolle, die Gattungen als Sinnstiftungszentren zukommt.«[34] Metaisierungsverfahren aller Art erfüllen also auf der Rezeptionsebene vordringlich eine Funktion: Sie sollen illusionsstörend wirken,[35] also die im ersten Abschnitt dieses Beitrags erwähnte Distanz zwischen Leserschaft und Erzählwelt stiften. Darüber hinaus beobachtet Nadj, dass

> die Auseinandersetzung mit den Formen und Funktionen literarischer Gattungen, sowie mit gattungsspezifischen Rezeptionserwartungen [...] zu einem wichtigen Thema literarischer Texte geworden [ist], sodass von einem ›generic turn‹ in der Literaturwissenschaft gesprochen werden kann.[36]

---

32 Er raubt etwa zweimal auf die gleiche Weise reiche Bekannte aus, haust zweimal alleine im Wald, wobei er beide Male vor gleichartigen Schwierigkeiten in Form identischer Verletzungen erfährt, und zweimal, als Kleinkind und als Erwachsener verzehrt er, jeweils detailreich beschrieben, sein Brot auf dieselbe ungewöhnliche und animalische Weise, um nur einige Beispiele zu nennen (vgl. JS 10f.; 164; 247f.; 466ff.).

33 Julijana Nadj, Formen und Funktionen gattungsspezifischer Selbstreflexivität in der fiktionalen Metabiographie am Beispiel von Carol Shields' ›Swann‹, in: Janine Hauthal, Julijana Nadj, Ansgar Nünning und Henning Peters (Hrsg.), Metaisierung in Literatur und anderen Medien. Theoretische Grundlagen – Historische Perspektiven. Metagattungen – Funktionen, Berlin/New York 2007, S. 321–339, hier S. 321.

34 Ebd., Herv. i.O.

35 Vgl. Peters, Metaisierungsverfahren und ihre Funktionspotentiale (wie Anm. 30), S. 351.

36 Nadj, Gattungsspezifische Selbstreflexivität (wie Anm. 33), S. 322.

Besonders treffend erweist sich diese Beobachtung für das fiktionale metabiografische Schreiben, das wiederum auch Köhlmeiers Roman inhärent ist.[37] Denn »[d]ie zahlreichen metanarrativen Kommentare und Einschübe« aufgrund der »in der Gegenwart angesiedelten Ebene der biografischen Suche und der metabiografischen Reflexion dieser Suche« dienen der »Bewusstmachung der Konventionalität der Vorgehensweise«.[38]

Fazit

Köhlmeiers *Die Abenteuer des Joel Spazierer* entwirft, wie auch *Abendland* (2007) oder *Bruder und Schwester Lenobel* (2018), ein realhistorisch gesättigtes Panorama von Geschichte und Gesellschaft, interessiert sich darüber hinaus und in erster Linie aber für ein einzelnes, erzählerisch stark konturiertes Subjekt mit komplexen charakterlichen Dispositionen – einen geradezu prototypischen Schelm, der als konstitutiv unzuverlässiger Chronist der eigenen umfang- und wendungsreichen Lebensgeschichte auftritt. Köhlmeier belässt es allerdings nicht einfach beim Verfassen eines ›einfachen‹ Schelmenromans, sondern setzt – als *poeta doctus* – seinen Roman in ein ebenso affirmatives wie distanziert-kritisches, in jedem Fall aber literarästhetisch äußerst produktives Verhältnis zur Gattungstradition. Insbesondere durch Strategien der Intertextualität, Selbstreflexivität und Metaisierung verleiht er dem Schelmenroman in *Die Abenteuer des Joel Spazierer* ein zeitgenössisches Gewand.

37 Vgl. ebd.
38 Ebd., S. 324.

Christian Benesch

Ein Schelm, wer Bühne dabei denkt: Zwei Arten, eine Geschichte zu präsentieren.

Zur Dramatisierung des »Schelmenromans« *Die Abenteuer des Joel Spazierer*

Arbeiten, die sich entlang der Grenze zwischen Epik und Dramatik bewegen, beginnen stets mit dem Hinweis auf den traditionellen Unterschied in der Kommunikationsstruktur zwischen diesen beiden »Gattungen«. Erzähltexte hätten ein vermittelndes Kommunikationssystem, Dramen wären unmittelbar. Man beruft sich dabei nicht selten auf Platons Redekriterium, Käte Hamburger und dem auf deren Erkenntnissen basierenden Modell Manfred Pfisters. Nach diesem Kommunikationsmodell besetzen narrative Texte anders als dramatische Texte die Position eines »im Werk formulierten fiktiven Erzählers als vermittelnde Erzählfunktion«, während in dramatischen Texten »das vermittelnde Kommunikationssystem also ausfällt«.[1]

Ebenso tendieren literaturwissenschaftliche Untersuchungen zur transgenerischen Narratologie dazu, den Dramentext als alleinigen Untersuchungsgegenstand zugrunde zu legen. Inszenierungs- und Aufführungsaspekte werden ausgeblendet, auch wenn – bzw. weil – es sich um eine Narratologie des Dramas handelt.[2]

---

1 Manfred Pfister, Das Drama. Theorie und Analyse, München 2001, S. 20–21. Vgl. auch Christian Benesch, Robert Seethalers ›Der Trafikant‹ als Roman und Theaterstück, in: Literatur im Unterricht. Texte der Gegenwartsliteratur für die Schule 20.3 (2019), S. 219–230.

2 Die strikte Trennung von Dramentext und Bühne wird auch von der Theaterwissenschaft betont, die ihrerseits den einer Inszenierung zugrunde liegenden (schriftlichen) Text außen vor lässt. Im theatralischen Zeichensystem von Erika Fischer-Lichte beispielsweise ist das Drama nicht vorhanden. Beim Literaturwissenschaftler Manfred Pfister spielt es eine wichtige Rolle. Vgl. dazu Guido Hiß, Der theatralische Blick, Berlin 1993, S. 22, Anm. 42; Pfister, Drama (wie Anm. 1), S. 24–25; Erika Fischer-Lichte, Semiotik des Theaters: Bd. 1. Das System der theatralischen Zeichen, Tübingen 2007; Irina O. Rajewsky, Von Erzählern, die (nichts) vermitteln. Überlegungen zu grundlegenden Annahmen der Dramentheorie im Kontext einer transmedialen Narratologie, in: Zeitschrift für französische Sprache und Literatur 117.1 (2007), S. 25–68, hier S. 28, Anm. 12; Ansgar Nünning und Roy Sommer, Drama und Narratologie: Die Entwicklung erzähltheoretischer Modelle und Kategorien für die Dramenanalyse, in: Vera Nünning und Ansgar Nünning (Hrsg.), Erzähltheorie transgenerisch, intermedial, interdisziplinär, Trier 2002, S. 105–128, hier S. 108, Anm. 105. Ausführ-

Ziel der folgenden Überlegungen ist es, durch den Vergleich von Michael Köhlmeiers Roman *Die Abenteuer des Joel Spazierer* und seiner Dramatisierung, die das Theater Koblenz besorgt hat, eine Erzählinstanz im Drama nachzuweisen, die nicht nur, wie bei epischen Kommunikationsstrukturen im Drama kurzfristig zur Vermittlungsinstanz wird,[3] sondern die in die Vermittlung des Dramas als Ganzes involviert ist. Die Leitfrage dabei ist, ob es überhaupt denkmöglich ist, dass der fiktive Erzähler des Romans und damit die Vermittlungsinstanz im Zuge der Dramatisierung völlig verschwindet. Und wenn das nicht im Bereich des Möglichen ist, ist das Drama dann generell erzählervermittelt? Und wenn doch, mit welchen Elementen verschwindet der Erzähler dann?

In dieser Dramatisierung ist die Position der vermittelnden Erzählinstanz mit Joel Spazierer als einer Figur besetzt ist, die als eine Art Spielleiter fungiert, aber auch selbst am Geschehen beteiligt ist. Eine grundsätzliche Vermittlungsinstanz würde in diesem Fall aber auf die Vermittlung der Gesamtheit von Rahmen und Binnenhandlung wie auch auf die Darstellung abzielen. Also auf das Erzählen und das Erzählte gleichermaßen. Dabei zeigt sich die Anwendbarkeit eines Modells mit den vier narrativen Ebenen Geschehen, Geschichte, Erzählung und Präsentation der Erzählung, wie es Wolf Schmid entwickelt.[4] Das Potenzial von Romandramatisierungen für eine Narratologie des Dramas wird wegen der direkten Vergleichbarkeit von Prä- und Folgetext ebenso offensichtlich.

Die Koblenzer Fassung

Romane zu dramatisieren ist keine Besonderheit, denn dramatisiert werden Romane seit es sie gibt. »Schon seit Bestehen der vergleichsweise jungen Gattung Roman wurde auch diese für die Aufführung im Theater dramatisiert.«[5] Aus der Theaterlandschaft sind adaptierte Romane derzeit nicht wegzudenken. Namen von altbekannten Romanciers wie Theodor Fontane, Thomas und Klaus Mann, Alfred Döblin, Robert Musil und Joseph Roth – um nur einige wenige deutschsprachige zu nennen – sind ohnehin regelmäßig auf den Spielplänen zu finden. Aber auch Romane der Gegen-

lich dazu vgl. Holger Korthals, Zwischen Drama und Erzählung. Ein Beitrag zur Theorie geschehensdarstellender Literatur, Berlin 2003, S. 53–74. Das Drama stets als aufgeführtes Drama liest hingegen Peter Hühn. Vgl. Peter Hühn, Erzählen in der Lyrik und im Drama, in: Martin Huber und Wolf Schmid (Hrsg.), Grundthemen der Literaturwissenschaft: Erzählen, Berlin 2018, S. 384–397.

3 Prolog und Epilog, Chor und Song, Spielleiterfiguren, Botenbericht, Teichoskopie, Publikumsanrede, Monolog, Spiel im Spiel usw. leisten Derartiges. Vgl. Nünning und Sommer, Drama und Narratologie (wie Anm. 2).

4 Vgl. Wolf Schmid, Elemente der Narratologie, Berlin/Boston 2014, S. 223–250.

5 Birte Lipinski, Romane auf der Bühne: Form und Funktion von Dramatisierungen im deutschsprachigen Gegenwartstheater, Tübingen 2014, S. 4.

wart scheinen für die Theater interessant zu sein. Neben Wolfgang Herrndorf und Daniel Kehlmann darf auch Michael Köhlmeier nicht fehlen.[6]

Am 4. Februar 2017 stand die Uraufführung der Dramatisierung von Michael Köhlmeiers 650 Seiten starkem Roman *Die Abenteuer des Joel Spazierer* auf dem Spielplan des Theaters Koblenz.[7] Titel des Dramas und Nennung des Romanautors im Untertitel lassen darauf schließen, dass der Rezipient im Theater mit derselben Geschichte und identem Figurenpersonal konfrontiert wird wie der Leser des Romans. Im intertextuellen Spiel mit Ähnlichkeitsbeziehungen zwischen den beiden Polen Identität und Differenz weist der gleichnamige Titel in Richtung Identität.[8] Berichtet wurde über die Theateraufführung nur lokal: Ein etwas ausführlicherer Bericht über die Vor- und Entstehungsgeschichte der Dramatisierung erschien kurz vor der Premiere in der *Rhein-Zeitung*,[9] und ebenda wurde das Stück nach der Uraufführung einer Kritik unterzogen.[10] Als Quelle kommt diesen beiden Zeitungsberichten also relativ hohe Bedeutung zu.

Im Zeitungsbericht von Anke Mersmann erfährt man, dass die Chefdramaturgin in Koblenz Juliane Wulfgramm sowie Intendant Markus Dietze der Meinung waren, dass der Romanstoff »ein absolut theatralischer« sei: »Sein großes Thema ist, unterschiedliche Ichs in die Welt zu schicken – und das ist genau das, was das Theater macht: Imagination, Behauptung, das Aufnehmen von Motiven, all das«. Die Adaption durch

---

6 Neben *Joel Spazierer* gibt es auch (unveröffentlichte) Bühnenfassungen der Romane *Madalyn* (2010), *Zwei Herren am Strand* (2014) und *Das Mädchen mit dem Fingerhut* (2016). Die Koblenzer Fassung ist die bis dato einzige Dramatisierung des *Joel Spazierer*, auch wenn der Verlag den Text von Wipplinger und Wildgruber (»eine mögliche Lesart«) anderen Bühnen nicht zur Verfügung stellt und »die Koblenzer Fassung mit der letzten Aufführung des Stücks untergehen wird und muss – einer urheberrechtlichen Verpflichtung wegen.« Anke Mersmann, Eine abenteuerliche Lebensbeichte: Theater Koblenz bringt den Roman »Die Abenteuer des Joel Spazierer« in eigener Fassung auf die Bühne, in: Rhein-Zeitung vom 03.02.2017, S. 20.

7 Stefan Wipplinger und Olga Wildgruber, Die Abenteuer des Joel Spazierer. Schauspiel nach dem Roman von Michael Köhlmeier, Unveröffentlichtes Manuskript, 2016. Dankenswerterweise zur Verfügung gestellt vom Theater Koblenz.

8 Vgl. Lipinski, Romane auf der Bühne (wie Anm. 5), S. 20 und 375. Zum Problem der schwachen Intertextualität von prätextnahen Dramatisierungen, auf das hier nicht näher eingegangen wird, vgl. Bernd Lenz, Intertextualität und Gattungswechsel: Zur Transformation literarischer Gattungen, in: Ulrich Broich und Manfred Pfister (Hrsg.), Intertextualität. Formen, Funktionen, anglistische Fallstudien, Tübingen 1985, S. 158–177.

9 Mersmann, Lebensbeichte (wie Anm. 6), S. 20.

10 Andreas Pecht, Roman zur Bühnenfassung verknappt. »Die Abenteuer des Joel Spazierer« am Theater Koblenz – Spannungsbogen fehlt, in: Rhein-Zeitung vom 06.02.2017, S. 29.

die Autoren wird als »herkulische Aufgabe« bewertet, die mehrere Monate beansprucht und vor allem in Kürzen und Streichen bestanden habe. Anders wäre es nicht möglich gewesen, »den komplex konstruierten, figurenreichen Roman für die Bühne zu adaptieren.«[11] Dass bei einer Dramatisierung eines Romans im Allgemeinen und bei einer doch längeren Vorlage wie dem *Joel Spazierer* im Besonderen in erster Linie gekürzt und gestrichen werden muss, ist naheliegend. Aufgrund der Möglichkeiten des Romans, mehrere Schauplätze zu etablieren und problemlos zu wechseln, vielfältige Handlungsstränge in- und miteinander zu verweben, zeitliche Ebenen zu begründen und das gesamte Spektrum von Umstellungen wie Pro- und Analepsen zu nutzen, kommt es bei Dramatisierungen meist zu einer Handlungskürzung bis zur Reduktion um ganze Handlungsstränge und zur ersatzlosen Streichung von Figuren. Natürlich kann dramatische Literatur all das auch, nutzt es aber aus Rücksicht auf das Publikum einer etwaigen Bühnenumsetzung nicht im epischen Ausmaß. Eine Erweiterung erfährt das Drama in Dramatisierungsprozessen deshalb selten. Nicht nur, dass Ergänzungen schwieriger sind als Kürzungen, es ist bei Werken der Literatur, deren Autoren nicht oder nicht länger als 70 Jahre tot sind, urheberrechtlich gar nicht erlaubt. Der Roman dient hier also gleichsam als Stofflieferant für die Bühne. Oder anders gewendet: Die Bühne bedient sich des Romans als Stofflieferant. Der Theaterkritiker Andreas Pecht hingegen meint, dass die Eigenart des Stoffes des Joel Spazierer »in diesem Fall aber offenkundig an eine Romanform gebunden [ist] – die der Bühnendramatik weder bedarf noch sie anbietet«.[12]

Pechts Besprechung endet mit der Frage: »Warum und wozu diesen brillanten Roman in eine Stückform quetschen, die per se nie und nimmer ein vergleichbares Niveau erreichen kann?«[13] Diese Untersuchung könnte mit einer Frage beginnen: Warum sollte es »per se nie und nimmer« möglich sein, dass eine Dramatisierung das »Niveau« seiner Vorlage erreicht? Vielleicht, weil es sich um unterschiedliche Präsentationsformen des Geschehens handelt, die eine Vergleichbarkeit des ästhetischen Endproduktes sehr erschweren. Um das aufzuzeigen, sollen im Folgenden die beiden Texte auf den vier narrativen Ebenen in Bezug auf Kommunikationsstrukturen und narrativem Gefüge vergleichend analysiert werden.

---

11 Mersmann, Lebensbeichte (wie Anm. 6), S. 20. Figurenreich ist das Drama ebenfalls. Immerhin bleiben trotz Streichung noch über 50 handelnde Figuren. Die Dimension der Kürzungen wird durch die Dauer der Aufführung (lt. Programmheft) verdeutlicht: »Circa 3 Stunden« werden für die aus 650 Romanseiten entstandenen 80 A4-Seiten Drama benötigt.

12 Pecht, Roman zur Bühnenfassung verknappt (wie Anm. 10), S. 29.

13 Ebd.

Geschehen und Geschichte (*histoire*)

Zieht man zu diesem Zwecke das Modell heran, das vier narrative Ebenen unterscheidet, ist es möglich, zu erkennen, auf welcher Ebene sich Drama und Roman wie und warum unterscheiden. Wolf Schmid selbst erkennt dieses Potenzial für eine Narratologie des Dramas nicht. Er geht ebenfalls davon aus, dass der Roman von einer Erzählinstanz vermittelt werde, während das Drama ohne vermittelnde Instanz auskomme. Schmid versteht unter narrativen Texten Texte, die eine Zustandsveränderung darstellen, noch unabhängig davon, ob und wie die entsprechenden konkreten Texte vermittelt sind. Narrative Texte werden dann in zwei Unterkategorien eingeteilt, nämlich einerseits vermittelte narrative Texte, in denen eine Zustandsveränderung von einer Erzählinstanz erzählt wird, und andererseits mimetisch narrative Texte, in denen die Zustandsveränderung ohne Vermittlung dargestellt wird.[14] Die unterste Ebene bildet das Geschehen:

> Das Geschehen ist die amorphe Gesamtheit der Situationen, Figuren und Handlungen, die im Erzählwerk explizit oder implizit dargestellt oder logisch impliziert sind. Das so verstandene Geschehen bildet ein räumlich grundsätzlich unbegrenztes, zeitlich unendlich in die Vergangenheit verlängerbares, nach innen unendlich zerkleinerbares und in unendlich vielen Eigenschaften konkretisierbares Kontinuum. Das Geschehen entspricht dem formalistischen Fabelbegriff im Sinne Šklovskijs, aber es wird hier nicht gedacht als ästhetisch indifferentes Material, sondern als bereits ästhetisch relevantes Resultat der Erfindung, jenes Aktes, den die antike Rhetorik inventio oder εὕρεσις nannte.[15]

Hinsichtlich einer Vermittlungsinstanz gibt es zwischen Roman und Drama auf dieser Ebene keinen Unterschied. Auch die Dramatisierung kann diesbezüglich also von ihrer Romanvorlage nicht differieren, denn selbst gekürzte und gestrichene, also nicht mehr explizit dargestellte Teile,

---

[14] Schmid, Elemente (wie Anm. 4), S. 8. Diese Auffassung, also dass der Roman vermittelt ist, das Drama hingegen nicht, entspricht auch jener klassischen Erzähltheorie, wie sie beispielsweise Stanzel und Genette vonseiten der erzählenden Literatur und Pfister aus dramentheoretischer Perspektive vertreten. Relativ neu ist die Unterscheidung von mimetischen und vermittelten Texten innerhalb der Gruppe der narrativen Texte als Gesamtheit aller geschehensdarstellenden Texte unabhängig von der Präsenz einer Vermittlungsinstanz. Nach dieser Logik zählt das Drama zu den im weiteren Sinn narrativen Texten, der Roman zu den im engeren Sinn narrativen Texten. Vgl. dazu auch Rajewsky, Von Erzählern (wie Anm. 2), S. 40. Die verschiedenen Erzählbegriffe, auch jene, denen Mittelbarkeit und/oder Zustandsveränderungen zugrunde liegen, diskutiert Matthias Aumüller. Vgl. Matthias Aumüller, Literaturwissenschaftliche Erzählbegriffe, in: ders. (Hrsg.), Narrativität als Begriff. Analysen und Anwendungsbeispiele zwischen philologischer und anthropologischer Orientierung, Berlin/Boston 2012, S. 141–168.

[15] Schmid, Elemente (wie Anm. 4), S. 223.

sind in der Dramatisierung implizit vorhanden oder zumindest logisch impliziert. Ein einfaches Beispiel: András Fülöp[16] verbringt als vierjähriger Knabe fünf Tage und vier Nächte allein in der großelterlichen Wohnung in Budapest, nachdem seine Großeltern vom ungarischen Geheimdienst verhaftet und tage- und nächtelang verhört und gefoltert werden. In dieser Zeit, so erfährt man aus dem Roman, trinkt der kleine Joel aus der Wasserleitung, isst trockenes Brot und geht auch auf die Toilette. Diese Details werden im Drama nicht explizit dargestellt. Dennoch muss davon ausgegangen werden, dass Joel seine Grundbedürfnisse auch im Drama zu befriedigen weiß. Diese Vorgänge müssen notwendigerweise geschehen. Aber auch kontingente Ereignisse, wie das Umstoßen von Blumentöpfen und Anhäufen von Blumenerde werden zwar nur im Roman dargestellt, sind aber auch im Drama vorhanden, nur eben nicht auf der Textoberfläche.

Ein anders Beispiel: Der autodiegetische Erzähler rekurriert immer wieder auf seinen Freund Sebastian Lukasser.[17] Freundschaft ist im Roman ein wichtiges Thema. Auch wenn Sebastian Lukasser als Figur der Kürzung vollständig zum Opfer fällt, existiert er, wie viele andere auch, zumindest auf der Ebene des Geschehens implizit. Schließlich verdanken wir ihm die Existenz der Erzählung: »Ich erzählte, ich würde an einem Buch schreiben. Nicht korrekt war daran das Tempus. Ich schrieb noch nicht. Aber ich nahm mir vor, es zu tun. Sebastian hatte mir dazu geraten. Schlicht: Ich solle mein Leben aufschreiben, hatte er mir geraten. Er werde mir dabei helfen. Falls ich es wünschte.«[18] Joel wünschte. Lukasser lektorierte, gab Tipps und Empfehlungen die Gattung, Formulierungen und Anspielungen betreffend.[19] Aber er wurde von der Erzählinstanz des

[16] Erst später nennt er sich Joel Spazierer, dazwischen noch Andres Philip, Hans-Martin, danach Ernst-Thälmann Koch. Im Folgenden immer mit dem titelgebenden Namen Joel bezeichnet.

[17] Sebastian Lukasser taucht bereits in früheren Roman Köhlmeiers auf. Vgl. Antje Graf, Figur der Freundschaft. Sebastian Lukasser als textüberschreitendes Phänomen im Werk Michael Köhlmeiers, in: Kritische Ausgabe 30 (2016), S. 15–18.

[18] Michael Köhlmeier, Die Abenteuer des Joel Spazierer, München 2013, S. 528–529. Vgl. zur Ermunterung zur Niederschrift auch Andreas Wistoff, Spazierengehen zwischen Fakten und Fiktionen. Über Michael Köhlmeiers Roman Die Abenteuer des Joel Spazierer, in: Jianhua Zhu, Jin Zhao und Michael Szurawitzki (Hrsg.), Germanistik zwischen Tradition und Innovation, Berlin 2018, S. 307–311, hier S. 307.

[19] Beispielsweise geht der eigentliche Romanbeginn (nach einem Witz, der schon vor der eigentlichen Geschichte die Entstehung des Romans thematisiert) – ein Grimmelshausen-Zitat – auf Lukasser zurück; Zur Anspielung auf Grimmelshausen vgl. Simon Zeisberg, Köhlmeier, Michael: Die Abenteuer des Joel Spazierer [Rezension], in: Simpliciana 35 (2013), S. 490–492, hier 490. Mit dem gleichen Zitat beginnt auch der erste Akt des Dramas. Haben wir es deshalb mit einem Schelmenstück zu tun? Das einen Schelmenroman kennzeichnende Motiv der Nahrungssu-

Dramas, aus welchem Grund auch immer, nicht dazu auserkoren, in der Geschichte vorzukommen. Die jeweilige Erzählinstanz in Drama und Roman wählt unterschiedliche Figuren, Handlungen und Situationen aus dem unendlichen Bereich des Geschehens für die jeweilige Geschichte aus. Dadurch entstehen zwei unterschiedliche Geschichten, wenn man Geschichte hier als die zweite narratologische Ebene versteht:

> Die Geschichte ist das Resultat einer *Auswahl* aus dem Geschehen. Sie konstituiert sich durch zwei Selektionsoperationen, die die Unendlichkeit des Geschehens in eine begrenzte, sinnhafte Gestalt überführen:
> (1) Auswahl von bestimmten Geschehensmomenten (Situationen, Figuren und Handlungen),
> (2) Auswahl von bestimmten Qualitäten aus der unendlichen Menge der den gewählten Momenten im Geschehen zuschreibbaren Eigenschaften.[20]

Hier wird der Unterschied zwischen der Dramatisierung und seiner Vorlage deutlich: »Indem der Erzähler die Elemente seiner Geschichte auswählt, legt er eine *Sinnlinie* durch das Geschehen, die bestimmte Geschehensmomente verbindet und andere beiseite lässt. Dabei orientiert er sich am Kriterium der Relevanz für die Geschichte, die er im Begriff ist zu erzählen.«[21] Geht man davon aus, dass eine Erzählinstanz nicht nur im Roman, dem narrativen Text im engeren Sinn, sondern auch im Drama, dem narrativen Text im weiteren Sinn, waltet, insofern sie für die Auswahl der für die Geschichte relevanten Geschehensmomente verantwortlich ist, und genau dann muss von einer Erzählinstanz auch im Drama ausgegangen werden,[22] erkennt man, dass der Erzähler des Dramas einfach nur andere Schwerpunkte setzt als der Erzähler des Romans. Die Sinnlinie wird nur – metaphorisch gesprochen – kürzer und mitunter diffuser. Das gilt für den hier besprochenen konkreten Fall und für viele andere, aber nicht für alle Romandramatisierungen, vor allem jene nicht, deren Vorlage schon vor längerer Zeit erschienen ist.[23] Das grundsätzliche Wirken einer Erzählinstanz im Drama wenigstens auf diesen beiden Ebenen scheint

---

suche kommt in beiden Texten vor, das Außenseitertum der Hauptfigur bleibt auch da wie dort konstitutiv, ebenso die Weltflucht (in die DDR).

20 Schmid, Elemente (wie Anm. 4), S. 223. Kursiv im Original.

21 Ebd., S. 227. Kursiv im Original.

22 Für vermittelte narrative Texte gilt gemäß Schmid, dass »der Erzähler im Erzählwerk als Bedeutungsgeber immer präsent [ist], und sei es nur durch die Auswahl der Geschehensmomente.« Ebd., S. 128. Andere sprechen in dem Fall, wenn auf der Ebene der Präsentation der Erzählung ein Erzähler nicht wahrnehmbar ist, von erzählerlosen Erzählungen (non-narrator-Theorien). Vgl. dazu Irina Rajewsky, Der ›Mythos‹ des erzählerlosen Erzählens revisited, in: Germanisch-Romanische Monatsschrift 2 (2018), S. 189–230.

23 Zum Beispiel: Fontane, Thomas Mann, Döblin, Goethe, Tolstoi, Orwell. Vgl. Lipinski, Romane auf der Bühne (wie Anm. 5).

jedoch einleuchtend, und zwar eben nicht nur kurzfristig, indem, wie bei Episierungstechniken im Drama, ein Erzähler Pfisters Niveau E2 besetzt und dann wieder verlässt.[24]

Durch die restriktivere Auswahl an Geschehensmomenten im Drama entsteht eine deutlich stärkere Raffung der Geschichte. Versteht man mit Schmid Raffung als mehr oder weniger starke Selektion von Geschehensmomenten für die Geschichte,[25] wird deutlich, dass im Roman relativ viele Momente und Eigenschaften vom Erzähler ausgewählt wurden und in der Dramatisierung vergleichsweise wenig. Deshalb wirkt der Roman teilweise gedehnt und das Drama teils stark gerafft, wie an der DDR Episode leicht erkennbar ist. Hier stehen 120 Romanseiten nicht einmal einer A4 Seite im Drama gegenüber.

Erzählung und Präsentation der Erzählung (*discours*)

Die dritte Ebene der Narration, die Erzählung, ist Ergebnis von Linearisierung und Permutation.[26] Linearisierung heißt, dass gleichzeitig stattfindendes Geschehen in eine Reihenfolge gebracht werden muss, in der es dann präsentiert wird. Auf der Bühne könnten zwar mehrere Handlungen gleichzeitig dargestellt werden, im verschriftlichten Drama und im Roman ist das unmöglich. Linearisierung spielt im Falle des *Joel Spazierer* weder im Roman noch in der Dramatisierung eine Rolle. Der diegetische Erzähler im Roman, der wie sein Pendant im Drama seine eigene Geschichte erzählt und lediglich auf eigene Erinnerungen zurückgreifen kann, kann Vorkommnisse, die sich während des eigenen Erlebens ereignen, höchstens aus Erzählungen oder Schriftstücken anderer kennen. Die Anklagerede des Staatsanwaltes fasst beispielsweise Joels Leben noch einmal zusammen und berichtet dabei auch über Gedanken und Tätigkeiten einiger Figuren, die Joel begegnet sind, die diese nach der Begegnung hatten. Der Effekt ist hier, dass der Leser vieles, das er schon kennt oder zu kennen glaubt, aus vermeintlich objektiver Perspektive noch einmal dargeboten bekommt. Der Staatsanwalt bestätigt allerdings Joels Aussagen und ihn somit implizit als zuverlässigen Erzähler – abgesehen davon, dass die Wahrheit der Erzählung in ihrer Gesamtheit zur Disposition steht – stellt dafür aber andere Protagonisten in ein schiefes Licht. So stammt die Idee zur Prostitution und Erpressung der Freier von seinen Wiener Freunden Emil und Franzi und nicht, wie vor Gericht erläutert, von Joel. Eine ver-

---

[24] Rajewski spricht in diesem Fall von Vermittlung zwischen etwas, im Gegensatz zur Vermittlung von etwas – dem ganzen Drama nämlich. Vgl. Rajewsky, Von Erzählern (wie Anm. 2), S. 64.

[25] Vgl. Schmid, Elemente (wie Anm. 4), S. 232f.

[26] Vgl. ebd., S. 224.

bindliche Aussage über den Wahrheitsgehalt lässt sich, wie über alles im *Joel Spazierer*, nicht machen.

Zum Verfahren der Permutation ist anzumerken, dass sowohl Roman als auch Dramatisierung ohne umfangreichere Umstellungen in der Chronologie auskommen. Die großen Episoden (Ungarn – Wien – Belgien – Vorarlberg / Liechtenstein / Schweiz – Wien – DDR) werden in ihrer chronologischen Reihenfolge ab ovo wiedergegeben. Die Erzählinstanz im Roman bedient sich allerdings einiger kleinerer Rückwendungen und Vorausdeutungen (Genettes Prolepsen und Analepsen), die Erzählinstanz im Drama verzichtet darauf. Zur Urteilsverkündung nach dem Mordprozess (Joel ermordet die Mutter seines ›Freundes‹ Leif Lundin) und dem drohenden Todesurteil in Liechtenstein kommt Sebastian Lukasser mit einer Augenbinde. Der Leser erfährt an dieser Stelle, also zu einem Zeitpunkt, an dem Joel dieses Ereignis durch das unerwartete Auftauchen Lukassers in Erinnerung gerufen wird, rückblickend, was es damit auf sich hat, nämlich dem Versprechen, sein Augenlicht für das Leben des anderen zu geben. Joel wird übrigens nicht zum Tode, sondern zu zwölf Jahren Haft verurteilt.[27] Da Sebastian Lukasser im Drama nicht vorkommt, fehlt dieses Ereignis. Man sieht jedoch, auch auf dieser narrativen Ebene wirkt eine Erzählinstanz nicht nur im Roman, denn »[i]n der Komposition der Erzählung bildet sich ein Sinn, der das in der Geschichte angelegte Sinnpotential aktualisiert und modifiziert. In den Verfahren der Komposition [Linearisierung und Permutation, Anm.] wird also die Sinnposition des Erzählers, sein ideologischer Standpunkt mitkonstituiert.«[28]

Als vierte narrative Ebene tritt die »Präsentation der Erzählung« in Erscheinung:

> In der Präsentation der Erzählung wird die medial noch nicht manifestierte Erzählung in der spezifischen Sprache einer Kunstgattung ausgedrückt. Im literarischen Werk geschieht die Präsentation der Erzählung durch die Verbalisierung. Auf dieser Ebene kann die präsentierte Erzählung mit exegetischen Texteinheiten (Wertungen, Generalisierungen, Kommentaren, Reflexionen, metanarrativen Bemerkungen des Erzählers) verknüpft werden.[29]

Diesbezüglich ist noch einmal auf Sebastian Lukasser zurückzukommen. Dieser geht einer Tätigkeit als Schriftsteller nach und gibt dem Erzähler Tipps, wie ein Roman, nämlich dieser, zu verfassen sei. Beispielsweise dass *Joel Spazierer* ein Schelmenroman sei,[30] teilt uns der Erzähler, der in einer

---

27 Köhlmeier, Joel Spazierer (wie Anm. 18), S. 308.

28 Schmid, Elemente (wie Anm. 4), S. 241.

29 Ebd., S. 242.

30 Es ist hier nicht der Ort die Richtigkeit dieser Gattungszuordnung zu überprüfen. Simon Zeisberg spricht jedenfalls von einem der »gelungensten pikarischen Erzählexperimente der letzten Jahre« mit »Subversivitätsanspruch« und einer vergeblichen Suche nach dem Punkt, an dem »das Rätsel des menschlichen Daseins

Art Konfessionserzählung seine turbulente Lebensgeschichte rückblickend darstellt, selbst mit, indem er nicht nur in der erlebten Geschichte starke Präsenz zeigt, sondern auch in seiner Erzählgegenwart. In dieser spricht er den fiktiven Adressaten direkt an und lässt ihn an der Entstehung des Romans, dessen Geschehen er nicht bloß erzählt, sondern den er selbst schreibt, teilhaben. Der Erzähler kommentiert nicht nur seine Lebensgeschichte als Gegenstand der Diegese, sondern reflektiert auch den Erzählvorgang als Produktion des Romans, der ebendiese Lebensgeschichte zum Inhalt hat. So sieht der Leser dem Erzähler beim Schreiben über die Schultern. In anderer als der epischen Form wäre diese Art der Thematisierung von Schriftlichkeit im Zuge eines Erzählvorgangs nicht möglich. Deshalb fällt die Figur des Lukasser und damit der gesamte Bereich der Exegesis im Drama weg.[31] Das heißt nicht, dass es grundsätzlich im Drama keine Möglichkeiten gäbe, sich auf die Exegesis zu beziehen. Man denke dabei nur an das *memory play* Peter Shaffers. In ähnlicher Form sind die Strukturen im *Joel Spazierer* jedenfalls vorhanden. Ein übergeordneter Erzähler wird mit Joel Spazierer etabliert, der als erzählendes Ich seine Geschichte retrospektiv erzählt. Er ist zugleich erinnerndes

---

gelöst wird«. Zeisberg, Joel Spazierer (wie Anm. 19). Der fiktive Autor Joel Spazierer ist sich selbst aber nicht so sicher: »Sebastian hat vorgeschlagen, gelegentlich eine ›barocke rhetorische Figur‹ in die Erzählung einzuflechten, auch damit der belesene Leser in seiner Vermutung bestärkt werde, es handle sich bei meinem Leben um einen ›Schelmenroman‹.« Köhlmeier, Joel Spazierer (wie Anm. 18), S. 191. Man beachte die Anführungszeichen und den Konjunktiv. Auch bei weiteren Erwähnungen des Begriffs wird auf diese Mittel der Modalität zurückgegriffen. Außerdem darf man nicht vergessen, dass »Lüge und Reflexionen über das Lügen« den Roman leitmotivisch durchziehen: »Das reale Geschehen gibt es nicht. Es gibt nur Versionen, die überzeugend erzählt sind, aber unüberprüfbar bleiben. Wirklichkeit und Wahrheit sind nur Konstruktionen. Die explizite Ebene des Erzählers, auf der dies als Problem direkt formuliert wird, unterbricht immer wieder die Handlung.« Wistoff, Fakten und Fiktionen (wie Anm. 18), S. 308f. An anderer Stelle wird angedeutet, es handle sich um eine »Biographie«. Köhlmeier, Joel Spazierer (wie Anm. 18), S. 38. Die fingierte Biografie ist eine gängige Form des Schelmenromans.

31 »Der Begriff der Exegesis [...] bezieht sich auf die Ebene des Erzählens und der das Erzählen einer Geschichte begleitenden Kommentare, Erläuterungen, Reflexionen und metanarrativen Bemerkungen des Erzählers.« Schmid, Elemente (wie Anm. 4), S. 7, Anm. 14. Zur Exegesis gehören auch die zahlreichen direkten Leseranreden im *Joel Spazierer*: »Wissen Sie, ich bin nun mehr als fünfundfünfzig Jahre von jener Zeit entfernt.» Köhlmeier, Joel Spazierer (wie Anm. 18), S. 24. »Ich schweife ab, ich weiß, und bitte um Nachsicht«. Ebd., S. 25. Oder »Ich hoffe, ich stecke den Leser mit meiner Verwirrtheit nicht an; ich werde mein Bestes tun, damit er den Überblick behält, wo ich keinen habe«. Ebd., S. 27. »Meine Ambition ist es, Ihnen nicht nur mein Leben zu erzählen ...«. Ebd., S. 38. »Beim Leser muss ich mich entschuldigen – wieder einmal entschuldigen –, sollte er auf den folgenden Seiten die Klarheit und Stringenz der vorausgegangenen Teile vermissen». Ebd., S. 213.

Subjekt und handelnde Figur. Sein Status als erzählendes Ich ist allerdings sehr schwach ausgeprägt. Nur selten fällt die zeitliche Distanz auf, die erlebendes und erzählendes Ich trennt. In der Episode, in der er seinen Vater zum ersten Mal im Alter von sechs Jahren sieht, fällt die Anmerkung: »Ich würde ihm heute gerne ein paar Fragen stellen und ein paar Vermutungen [zur Vaterschaft, Anm.] vorlegen.«[32] In dieser Wendung wird dem Geschehen durch das Temporaladverb heute eine zeitliche Deixis gegeben, die jedoch außer der zeitlichen Differenz zwischen Joels Heute und seinem Damals nicht präziser ausgeführt wird. Danach geht es wieder chronologisch weiter. Sonst kommentiert er noch seine erste Beichte lakonisch damit, dass es auch seine letzte war,[33] den Karriereverlauf seines Strafverteidigers nach dem ersten Mord analysiert er so: »Nach meinem Fall war Dr. Wyss nicht mehr als Strafverteidiger tätig. Der Mann hat nicht gut geendet.«[34] Diese Wendungen *ad spectatores* des erzählenden Ichs haben etwas mit Sympathielenkung und Introspektion ins Bewusstsein der Figur zu tun. Allerdings wirbt der Erzähler hier nicht für Verständnis für seine Taten, sondern unterstreicht seine Gleichgültigkeit in moralischen Fragen. Die anderen, sehr zahlreichen Wendungen an den fiktiven Adressaten erfüllen vor allem eine Funktion: Die »zeitraffende Wiedergabe von Ereignissen, die nicht szenisch präsentiert werden.«[35]

Der Joel Spazierer des Romans ist ein diegetischer Erzähler, der zu seinen (zukünftigen) Lesern ein nahezu freundschaftliches Verhältnis aufbaut. Der Fokus des Joel Spazierer des Dramas liegt insgesamt auf dem erzählten und dargestellten Geschehen, selten im Kommentieren, Erläutern oder gar Rechtfertigen des vergangenen Geschehens, das subjektiv erinnert wird, wie die Zeit in Budapest nach der Enthaftung der Großeltern, die durch diverse Zuwendungen der Geheimdienstoffiziere »eine gemütliche und fröhliche Zeit« gewesen sei.[36]

32 Wipplinger und Wildgruber, Joel Spazierer (wie Anm. 7), S. 5.

33 Ebd., S. 30.

34 Ebd., S. 44. Im Roman steht hier noch »[h]atte nichts mit mir zu tun«, was die Funktion der Aussage dann doch in Richtung Entlastung lenken kann. Köhlmeier, Joel Spazierer (wie Anm. 18), S. 280.

35 Ansgar Nünning, Be my Confessors! Formen und Funktionen epischer Kommunikationsstrukturen in Peter Shaffers Amadeus, in: Forum Modernes Theater 2 (1994), S. 141–159, hier 150.

36 Wipplinger und Wildgruber, Joel Spazierer (wie Anm. 7), S. 5.

Katharina Meiser

Clowneskes Erzählen in Michael Köhlmeiers *Zwei Herren am Strand*[1]

I Zur Grundstruktur des Romans

In Michael Köhlmeiers Bestseller *Zwei Herren am Strand* (2014) berichtet ein namenloser Ich-Erzähler, ehemals Literatur- und Geschichtslehrer, jetzt hauptberuflich puppenspielender Clown, von der Freundschaft zwischen Charlie Chaplin und Winston Churchill, die sich 1927 am Rande einer Party im Strandhaus der Schauspielerin Marion Davies als geistige Doppelgänger identifizieren, weil sie beide unter Selbstmordgedanken leiden. Zufällig lernen sie sich beim nächtlichen Spaziergang am Strand kennen, schließen kurzerhand eine Allianz gegen ihre Depressionen und legen das Versprechen ab, einander fortan prompt zur Hilfe zu eilen, sobald einer von ihnen vom sogenannten »schwarzen Hund« heimgesucht wird.[2] »Sie gaben zu«, heißt es über ihr erstes Zusammentreffen,

> vielleicht nicht die Person des anderen erkannt zu haben, sehr wohl aber die Persönlichkeit und meinten damit deren Drangsal. Chaplin […] sagte, es sei ihm ein Schauder über den Rücken gelaufen bei dem Gedanken, einem Doppelgänger zu begegnen […], Churchill bestätigte, ihm seien ähnliche Gedanken durch den Kopf gegangen, und dass er und Mr. Chaplin erstens äußerlich, zweitens nach ihrer Herkunft und drittens in ihren politischen Ansichten sich voneinander so stark unterschieden, habe das Unheimliche der Sache nur noch gesteigert. (ZH 27f.)

Nach der Party sehen sie sich im *Biltmore Hotel* wieder, unternehmen einige Tage später einen Spaziergang in die Malibu Hills und treffen sich 1928 im Anschluss an die Premiere von *The Circus* in New York. Auf Einladung der Politikerin Lady Astor sehen sie sich 1931 nach der Premiere von *City Lights* in London, dann auf Churchills Anwesen Chartwell in Kent, in Biarritz und abermals in New York. Der Roman endet mit ihrem letzten Treffen in den *Hayden Studios* in Kalifornien im Jahr 1940, dem Jahr, in dem Chaplin Hitler mit seiner Parodie *The Great Dictator* den Kampf erklärt und Churchill als Premierminister die militärische Führung

---

1 Zuerst erschienen in: Katharina Meiser und Sikander Singh (Hrsg.), Narren, Clowns, Spaßmacher. Studien zu einer Sozialfigur zwischen Mittelalter und Gegenwart, Hannover 2020.

2 Michael Köhlmeier, Zwei Herren am Strand. Roman. 5. Auflage, München 2017 [Erstauflage 2014], S. 22. Im Folgenden zitiert unter der Sigle ZH und entsprechender Seitenzahl.

gegen Hitlerdeutschland übernimmt. Ausgehend von diesen wenigen Zusammenkünften, entwirft Köhlmeier ein episodenhaftes, nicht chronologisch erzähltes, bis in die Kindheit der Protagonisten zurückreichendes Tableau der privaten Lebenssituationen und gesellschaftspolitischen Zeitumstände. Neben dem gemeinsamen Feind Hitler fokussiert der metafiktional-historische doppelbiografische Roman vor allem die Depressionen der beiden und die daraus resultierende Notwendigkeit des Trostes und der Heilung. Zu seiner Geschichte, so der Erzähler, motiviere ihn vor allem die zentrale »Frage, wie die Retter, bevor sie die Welt retten konnten, sich selbst gerettet haben und wovor.« (ZH 132)[3]

Wer sich trotz des geschlossenen Fiktionsvertrags für den (sogenannten) faktualen Gehalt des im Paratext deutlich als solchen ausgewiesenen Romans interessiert, wird schnell fündig. Auf Youtube zeugen auch Videos davon, dass Churchill und Chaplin sich tatsächlich kannten.[4] Um der im Roman durch die »Allgegenwart von Faktenwissen« befeuerten Wahrheitsliebe des Lesers Genüge zu tun:[5] Chaplin und Churchill lernten sich am 21. September 1929 im Rahmen von Churchills Kalifornien-Reise anlässlich einer Dinner-Party im Strandhaus der Schauspielerin Marion Davies kennen, wo William Randolph Hearst sie einander vorstellte. Im Zuge derselben Reise trafen sie sich zu einem Abendessen in der Suite der Churchills im *Biltmore Hotel* wieder, am 24. September besuchte Churchill das Filmset von *City Lights*. Als Chaplin sich anlässlich der Premiere des Films 1931 in London aufhielt, verbrachte er einen Abend bei den Churchills in Chartwell; zwei Tage darauf wohnte Churchill der Premierenfeier bei. Während Chaplins Europareise kam es im August desselben Jahres zu einer Verabredung zum Mittagessen in Biarritz, wo

---

3 Mit der Geschichte über zwei Genies, die einer Rettung beziehungsweise des Trostes bedürfen, variiert Köhlmeier zwei für sein Werk repräsentative Sujets. Außergewöhnliche Menschen sowie die Notwendigkeit zwischenmenschlicher Zuneigung stehen häufig »im Mittelpunkt von Köhlmeiers Welten.« Aleida Assmann, Laudatio auf Michael Köhlmeier, in: Michael Braun und Susanna Schmidt (Hrsg.), Literaturpreis der Konrad-Adenauer-Stiftung. Michael Köhlmeier, Sankt Augustin/Berlin 2017, S. 22–33, hier S. 26 und vgl. S. 28

4 https://www.youtube.com/watch?v=M07CG7i__8A (aufgerufen am 23.02.2021). Denkwürdig an diesem Video ist, dass hier am Schluss ein Brief Churchills an Chaplin eingeblendet wird, in dem der Staatsmann Sokrates paraphrasiert. Die Passage deckt sich in auffälliger Weise mit dem poetologischen Programm von Köhlmeiers Roman. In Churchills Brief heißt es: »According to Plato, Socrates said that the genius of tragedy and comedy was essentially the same and that they should be written by the same author.«

5 Vgl. Frank Riedel, Ziemlich unterschiedliche Freunde. Michael Köhlmeiers *Zwei Herren am Strand* erzählt vom erfolgreichen Umgang mit dem eigenen schwarzen Hund., in: literaturkritik.de, online abrufbar unter: https://literaturkritik.de/id/19806 (aufgerufen am 23.02.2021). Hier und im Folgenden wird das generische Maskulinum verwendet. Alle männlichen Formen schließen die weibliche ein.

Churchill sich für seine Recherchen für die Biografie über seinen Vorfahren John Churchill aufhielt; im September 1931 war Chaplin ein Wochenende zu Gast bei den Churchills in Chartwell; 1935 veröffentlichte Churchill einen Essay über Chaplin;[6] eine letzte Begegnung ereignete sich 1956 im *Savoy Grill* in London. Auf *histoire*-Ebene greift der Roman neben diesen Treffen auch die historisch verbürgte Neigung der Protagonisten zu Depressionen und unzählige weitere biografische Fakten und Anekdoten auf, die in zahllosen (auto-)biografischen Darstellungen und Zeugnissen nachzulesen sind.[7] Auf viele dieser Texte rekurriert der Erzähler innerhalb des *discours* explizit; andere dürfen als nicht ausgewiesene Informations- und Inspirationsquellen des empirischen Autors gelten, wie etwa David Robinsons umfassende Chaplin-Biografie.[8]

Inzentiv für die Erzählfiktion scheint zunächst die Plausibilisierung der Freundschaft zwischen den beiden Genies zu sein. Die Explikation dieser biografischen Leerstelle verspricht das »Unheimliche« der Bekanntschaft offenzulegen und damit exklusiv-vertrauliche Einblicke ins Seelenleben der mythenumwobenen Jahrhundertlegenden zu gewähren (vgl. ZH 28). Der Erzähler, der sich in autoreflexiver Auseinandersetzung mit seinem Quellenmaterial geflissentlich als redlicher Historiograf und akribischer Archivar inszeniert, postuliert von Beginn an einen (allzu) klaren Glaubwürdigkeitsanspruch seiner Geschichte, die er aus zweiter Hand bezieht. »Am Weihnachtstag 1931, gegen Mittag – so erzählte mir mein Vater –, stand ein Mann auf den Stufen zum Eingang des Hauses 119 East 70th Street in Manhattan, New York. Er wollte Mr. Winston Churchill besuchen, der hier vorübergehend bei seiner Cousine weilte« (ZH 11)

---

6 Vgl. James W. Muller (Hrsg.), Winston Churchill: Great Contemporaries. Churchill reflects on FDR, Hitler, Kipling, Chaplin, Balfour, and other giants of his age, Wilmington 2012.

7 Zur Freundschaft zwischen Chaplin und Churchill vgl. Bradley P. Tolppanen, The British Bulldog and the Little Tramp. Winston Churchill and Charlie Chaplin, in: Finest Hour 179 (2018), online abrufbar unter: https://winstonchurchill.org/publications/finest-hour/finest-hour-179/churchill-and-chaplin-3/ (aufgerufen am 23.02.201). Dass Tolppanen sich für seinen Überblick über die Treffen zwischen Churchill und Chaplin seinerseits bei (auto-)biografischen Darstellungen bedient und seine Informationen selektiert und perspektiviert, es sich bei seiner Darstellung also (ganz im Sinn von Köhlmeiers Roman) desgleichen nicht um eine objektive Wahrheit handeln kann, versteht sich von selbst.

8 David Robinson, Chaplin. Sein Leben. Seine Kunst. Aus dem Englischen von Brigitte Mentz und Matthias Müller, Zürich 2017 [Erstauflage1989]. In einem Vorwort und einer Danksagung thematisiert Robinson die Grenzen und Möglichkeiten autobiografischen Erinnerns und (auto-)biografischen Schreibens sowie die Recherchen zu seinen neu erschlossenen Quellen. Zu den explizit in *Zwei Herren am Strand* genannten Quellen des Erzählers gehören zum Beispiel: Winston Churchill, *My Early Life. A Roving Commission*, London 1930, und Mary Soames, *Clementine Churchill. the biography of a marriage*, London 1978.

heißt es zu Beginn des Romans. Und am Ende des einleitenden Kapitels wird dem Authentizitätspostulat erneut lakonisch Ausdruck verliehen: »Dies alles habe ich über meinen Vater erfahren.« (ZH 11, 15) Die Binnenfiktion, so erfährt der Leser über Einschübe der Rahmenfiktion, basiert weitgehend auf Gesprächen des Erzählers mit dessen verstorbenem Vater, der als Kind Churchill und Chaplin getroffen und nach dem Tod seiner Frau an einer (nie publizierten) Churchill-Biografie geschrieben habe.[9] Der Fund eines Briefwechsels zwischen dem Vater und Churchills einstigem Privatsekretär William Knott – vom Erzähler ironisch als »›The *very private* Private Secretary to a *very* prime Prime Minister‹« (ZH 18) bezeichnet – veranlasst den Ich-Erzähler zu weiteren Recherchen. Neben besagtem Briefwechsel sei die zweite »ergiebigste Quelle« für seinen doppelbiografischen »Bericht« ein Interview zwischen Chaplin und dem Journalisten Josef Melzer:

> Wenige Monate vor seinem Tod, im Sommer 1977, sprach Chaplin [...] ausführlich und ein letztes Mal in seinem Leben mit einem Journalisten, mit Josef Melzer, der von einem deutschen Nachrichtenmagazin den Auftrag erhalten hatte, ›dem Geheimnis der Lichtgestalt des Lichtspieltheaters auf die Spur zu kommen, bevor sie sich selbst in Licht auflöse‹ – so Melzer im Vorwort zu seinem Buch (J.M., Chaplins Tugend, W. Kert Verlag, Bern 1979) [...]. Churchill war seit zwölf Jahren tot. Chaplin fühlte sich nicht mehr an seinen Pfadfinderschwur gebunden und gewährte Einblick in das intime Thema dieser von aller Welt als kurios empfundenen Freundschaft und erzählte auch von ihrer ersten Begegnung am Strand von Santa Monica. (ZH 29)

Während zahlreiche biografische Details und viele vom Erzähler herbeizitierte Quellen historisch verbürgt sind, sind seine Hauptquellen – wie vieles andere mehr – frei erfunden. »Der poetische Redestatus [...] sanktioniert alles Dargebotene, auch das real Falsche und Unmögliche, als poetisch wahr;«[10] und der Erzähler weiß die fiktiven Quellen ebenso authentisch zu vermitteln wie die faktualen, so zum Beispiel, wenn er plausibel fingiert, was er auf Josef Melzers Tonmitschnitt des Interviews mit Chaplin hört.[11] Der wörtlich zitierte Verriss Billy Wilders über Chaplins

---

9 »Mein Vater war als Kind Chaplin und Churchill begegnet, beiden in unserer kleinen Stadt, beiden zur gleichen Zeit. [...] Mein Vater hatte in seiner Jugend und seinem frühen Erwachsenensein mit diesen Vorbildern gelebt.« (ZH 16)

10 Jürgen H. Petersen, Die Fiktionalität der Dichtung und die Seinsfrage der Philosophie, München 2002, S. 29.

11 »Ihm sei unheimlich geworden, erzählte Chaplin und lachte lange auf Josef Melzers Tonband, bis dieser in sein Lachen einstimmte. Als wären, sagte er und war wieder ernst, als wären seine Gedanken irgendwo in der Luft hängen geblieben [...].« Ebd., S. 53. Dieses Verfahren der Fiktions-Beglaubigung wird im Roman immer wieder auch metapoetologisch formuliert, zum Beispiel, wenn der Erzähler im Schlusskapitel davon berichtet, wie sein Vater ihm sogenannte »›Gespräche der Eltern über ihren Sohn‹« vorgeführt habe: »Er [der Vater des Erzählers] spielte

Autobiografie, an den Melzer sich während seines Interviews mit Chaplin angeblich erinnert, ist indes tatsächlich in der 41. Nummer des Jahrgangs 1969 des *Spiegel* abgedruckt.[12] Demgemäß bleibt es für den Leser häufig opak, bei welchen Geschehnissen und Quellen es sich um außerfiktional nachprüfbare Fakten und bei welchen es sich um fingierte Imaginationen handelt. Fakten und Fiktionen beglaubigen gleichermaßen die Fiktion; die Fiktion vergegenwärtigt aber auch biografische und historische Details. Die Suche des Lesers nach sogenannten Fakten wird im Verlauf des Romans jedoch durch eine graduell zunehmend explizite Fiktionsironie ad absurdum geführt. Der Erzähler bewegt sich dabei zwischen Illusionsbildung und Illusionsbrechung, illusionsbedingender Wahrscheinlichkeit und ausgestellter »Doppelpoligkeit der ästhetischen Illusion« als einem latenten Nebeneinander von ästhetischer Erfahrung und ästhetisch-rationaler Distanz,[13] bis er sich am Schluss des Romans zu seiner Erzähler-Rolle als Clown bekennt.

II Clowneskes Erzählen zwischen Fakt und Fiktion

Prägnantes Charakteristikum des *telling* in *Zwei Herren am Strand* ist von Beginn an eine graduell und erzählmethodologisch unterschiedlich explizit gemachte Inkongruenz zwischen dem klar postulierten Wahrheits- und Objektivitätsanspruch einerseits und der eben dadurch zur Schau gestellten erzählerisch-fiktiven Wahrheitskonstruktion andererseits. Damit ist weniger das Missverhältnis zwischen Objektivierungsstrategien im *telling* und narrativen Vergegenwärtigungsstrategien (wie Bewusstseins- oder Gedankenzitate und zitierte Figurenrede)[14] im *showing* gemeint, denn authentizitätsstiftende narrative Elemente, die in weiten Teilen des Romangeschehens eine (durch die Quellen nicht zu plausibilisierende) interne Fokalisierung suggerieren, eignen auch jeder nicht-fiktionalen Biografie, weil biografische Wahrheit nie »ohne ein gewisses Maß an Illusionsbildung und Inszenierung« auskommt. Biografische Darstellungen beruhen ja immer »zu einem nicht geringen Teil auf der Suggestion von Authentizität« und verbinden zwischen einer »›faktologischen‹ Wahrheit«, welcher

das so glaubwürdig, dass mir während der Szene nicht einmal der Gedanke kam, das alles sei gar nicht echt.« Ebd., S. 248–249.

12 Online abrufbar unter: https://www.spiegel.de/spiegel/print/d-46175696.html (aufgerufen am 23.02.2021).

13 Werner Wolf, Illusionsdurchbrechung, in: Ansgar Nünning (Hrsg.), Metzler Lexikon Literatur- und Kulturtheorie. Ansätze – Personen – Grundbegriffe. Dritte, aktualisierte und erweiterte Auflage, Stuttgart/Weimar 2004, S. 282.

14 Vgl. exemplarisch ZH 36: »Er spürte, dass ihm die Stimme wackelte und die Tränen aufstiegen«; ZH 51–54: »Er wusste nicht, was er wozu meinen sollte. Er hatte nicht zugehört«; ZH 67: »Er hatte den Tramp verraten. Ihn für seine eigenen Zwecke benützt. Er hatte die Kunst verraten.«

sich »die Historiker verpflichtet sehen« (*history*) und »einer ›atmosphärischen‹«, die »das Terrain der Künstler ist« (*story*).[15]

Köhlmeiers Erzähler geht über solche für Biografien typische Methoden weit hinaus. Kennzeichnend dafür sind eine ironische Haltung des Erzählers und diverse Verfahren der Metaisierung.[16] Grundsätzlich ist der Narration das (selbst-)ironische Wissen des (übertrieben) präpotent auftretenden Ich-Erzählers eingeschrieben, dass der »Mahlstrom der Referenzen und Verweise«,[17] mit dem er den Leser vordergründig von der Wahrscheinlichkeit des Erzählten zu überzeugen sucht, die postulierte Faktizität der Geschichte nur mehr korrodiert. Entgegen der auf Propositionsebene explizit formulierten Intention, die Wahrheit über Churchill und Chaplin ans Licht zu bringen, lenkt der Erzähler die Aufmerksamkeit wiederholt auf die im Kompositum Bio-grafie bereits angelegte Grundambivalenz zwischen Leben und Schreiben, Wirklichkeit und Diskurs.[18] Die Informationsfülle und Quellenflut, mit der er den Leser von seiner

---

15 Bernhard Fetz, Biographisches Erzählen zwischen Wahrheit und Lüge, Inszenierung und Authentizität, in: Christian Klein (Hrsg.), Handbuch Biographie. Methoden, Traditionen, Theorien.Stuttgart/Weimar 2009, S. 54–60, hier S. 58.

16 Da die Einstellung bzw. wertende Perspektivierung des Erzählten durch den Erzähler in Genettes erzähltheoretischem Instrumentarium fehlt, wird hier mit dem Begriff der Erzählhaltung operiert, die mit Jürgen H. Petersen verstanden wird als »das Licht, in dem der Erzähler das Erzählte erscheinen lässt, sofern er eine bestimmte Einstellung erkennbar macht: Seine Haltung kann bejahend oder verneinend, kritisch oder unkritisch, pathetisch oder ironisch sein usw., d.h. das Erzählte bekommt eine bestimmte Färbung.« Jürgen H. Petersen, Kategorien des Erzählens. Zur systematischen Deskription epischer Texte, in: Poetica 9 (1977), S. 167–195, hier S. 193. Zur Metaisierung vgl. die Skalierung von Funktionspotentialen metaisierender Darstellungsverfahren in: Janine Hauthal, Julijana Nadj, Ansgar Nünning und Henning Peters: Metaisierung in Literatur und anderen Medien. Begriffsklärungen, Typologien, Funktionspotentiale und Forschungsdesiderate, in: Dies. (Hrsg.), Metaisierung in Literatur und anderen Medien. Theoretische Grundlagen – Historische Perspektiven – Metagattungen – Funktionen. Berlin/New York 2007, S. 1-19, hier S. 9.

17 Klaus Nüchtern, Nackt auf einem Blatt Papier, in: Die Welt online vom 18.10.2014, online abrufbar unter: https://www.welt.de/print/die_welt/literatur/article133408529/Nackt-auf-einem-Blatt-Papier.html (aufgerufen am 23.02.2021). Auch Assmann konstatiert, dass in »der postmodernen Fiktion Köhlmeiers […] die Geschichte, die er erzählt, nicht mehr von den Stufen ihrer Vermittlung ablösbar [ist]. Woher wir etwas wissen, aus welchen Quellen wir schöpfen, von welchen Informanten wir abhängig sind, all das geht unauflöslich in die Fiktion mit ein. Der Gestus des Dokumentarischen ist überwältigend – alles wird mit einer Referenz versehen und beglaubigt. Dieser fast schon kriminalistische Umgang mit Informationen ist aber Teil der Fiktion selbst, die sich in diesem Punkt ironisch überbietet.« Assmann, Laudatio (wie Anm. 3), S. 23.

18 Ansgar Nünning, Fiktionale Metabiographien, in: Christian Klein (Hrsg.), Handbuch Biographie. Methoden, Traditionen, Theorien, Stuttgart/Weimar 2009, S. 132–136, hier S. 133.

Glaubwürdigkeit zu überzeugen versucht, provoziert letztlich nichts anderes als die erkenntnistheoretische Einsicht, dass »jedes Faktum Resultat eines Interpretations- und Selektionsprozesses« ist und deshalb auch immer »fiktionsstiftend wirken kann.«[19] Rhetorisch wird die Glaubwürdigkeit des Erzählers im Text häufig in Form von ironischen Brechungen in Zweifel gezogen, die auf ein Missverhältnis von Proposition und Illokution hinweisen. Im dritten Kapitel etwa mokiert der Erzähler sich über seine Protagonisten, indem er den kunstgeschichtlichen locus classicus des melancholischen Künstlergenies[20] übertrieben darstellt und diese Toposrekurrenz in einer Anekdote gipfeln lässt, deren Glaubwürdigkeit er sogleich mit ironischem Augenzwinkern subvertiert:

> Sie besprachen Motive und Techniken, sich das Leben zu nehmen, diskutierten Peristase und Ambiente der letzten Tage und Stunden berühmter Selbstmörder – Vincent van Gogh, Seneca, Ludwig II. von Bayern, Lord Lyttelton, Hannibal oder Jack London (dem Chaplin noch persönlich begegnet war und der ihm die Idee zu *The Gold Rush* geliefert hatte) und analysierten ihre eigenen aktuellen Befindlichkeiten, indem sie die genannten Beispiele dazu in Vergleich brachten. Sie waren sich jederzeit gewärtig, dass sie des Trostes bedurften, klagten vor ihren Nächsten gern, dass sie – beide hatten einen Hang zu Pathos und Weinerlichkeit – ihr ganzes Leben des Trostes bedurft hatten. (Zu ihrem beiderseitigen Erstaunen stellten sie fest, dass sie, längst bevor sie sich kennen gelernt hatten, jeder einen kleinen Essay zu diesem Begriff hatten schreiben wollen. Ohne voneinander zu wissen, waren sie von T.S. Eliot dazu aufgefordert worden. Der berühmte englische Dichter, selbst geplagt von Depressionen, hatte für seine Zeitschrift *The Criterion* ein ABC des Trostes geplant, Chaplins und Churchills Beiträge wären aufeinanderfolgend erschienen. Aus irgendwelchen Gründen war nichts daraus geworden.) (ZH 21)

Hyperbolische Darstellungen der Repräsentation diverser geistesgeschichtlich tradierter Topoi bewirken in *Zwei Herren am Strand* immer wieder eine ironische Relativierung (künstlerischer) Selbstzuschreibungs-

[19] Stephanie Catani, Geschichte im Text. Geschichtsbegriff und Historisierungsverfahren in der deutschsprachigen Gegenwartsliteratur, Tübingen 2016, S. 222.

[20] Der Konnex zwischen Genie und Wahnsinn, von besonderer Geistes- und Schaffenskraft auf der einen und depressiven Zuständen auf der anderen Seite, wird kulturgeschichtlich prominent in den *Problemata physica* des Pseudo-Aristoteles erwähnt, der sich fragte, warum »alle hervorragenden Männer, ob Philosophen, Staatsmänner, Dichter oder Künstler, offenbar Melancholiker gewesen« seien. Bei Künstlern ist der Topos ein beliebtes Selbstzuschreibungsmuster, weil er die Deklaration ihres gesellschaftlichen Sonderstatus stützt. Pseudo-Aristoteles, *Problem XXX, I.*, in: Peter Sillem (Hrsg.), Melancholie oder Vom Glück, unglücklich zu sein. Ein Lesebuch, München 1997, S. 21–28, hier S. 21.

muster.[21] Die distanzierte Erzählhaltung manifestiert sich in dergleichen Passagen im ironischen Sprechakt.

Der Erzähler unterläuft seine eigenen Redlichkeitsbekundungen regelmäßig auch durch augenscheinliche argumentative Widersprüche. Sein Vorhaben, die biografische Leerstelle der Freundschaft zwischen Chaplin und Churchill mit Wahrheit zu füllen, kennzeichnet er bereits zu Beginn als Aporie, wenn er mehrfach betont, die beiden hätten nie über ihren Freundschaftspakt gesprochen, sondern immer »absolutes Stillschweigen« darüber bewahrt, was »die als besonders neugierig bekannten englischen Journalisten in Weißglut und Spekulationen« (ZH 13) getrieben habe.[22] Und dass es sich mit seinem Bericht bezeichnenderweise gleichfalls nur um Spekulationen handeln kann, machen zahlreiche Kommentare deutlich, die den vermeintlich akribischen und redlichen Umgang mit dem so bezeichneten Quellenmaterial selbstironisch unterminieren und narrative Finten unmissverständlich exponieren, wie im Folgenden:

> Ich beute Melzers Buch in einer Weise aus, wie es eigentlich nicht entschuldbar ist. Allerdings lässt sich tatsächlich keine andere Quelle an Kompaktheit und Fülle mit *Chaplins Tugend* vergleichen, weder Geoffrey Powers verdienstvolle Anthologie von Chaplins Äußerungen gegenüber der Presse, noch Erica Southerns Interview mit dem Tramp; außerdem gibt es keinen Grund, Pierre Kessler, des Meisters französischem Sekretär, nicht zu glauben, der behauptete, Chaplin selbst habe in Melzers Buch sein Vermächtnis gesehen. Das Buch hat zwei Auflagen erlebt, inzwischen ist es schon lange vergriffen, der Verlag existiert nicht mehr; im Zentralverband antiquarischer Bücher im Internet, so konnte ich zu Beginn meiner Arbeit feststellen, waren gerade einmal drei Exemplare angeboten. (ZH 58)

Immer wieder signalisieren metareferenzielle Bezugnahmen auf den Wahrheitsstatus beziehungsweise auf die fingierte außerfiktionale Referenz des Erzählten, dass der Erzähler aus einer oszillierenden Zwischenposition heraus ein Spiel mit Illusionsdestruktion und Illusionsförderung, erkenntnistheoretischer Reflexion und Fabulierspaß treibt. Allein die Informationsspiralen, aus denen er sein Wissen bezieht (der Erzähler hat

---

21 Vgl. auch die Rekurrenz auf den Topos des Doppelgängers: »Chaplin – der ohne Zweifel eine Affinität zu romantischen Archetypen hatte – [...].« (ZH 27) Oder die Rekurrenz auf den Topos vom göttlich inspirierten, wahrheitsverkündenden Künstler: »Der Tramp war ihm immer rätselhaft gewesen, er wusste nicht, wer dieser Kerl eigentlich war [...]. Er war eines Tages dagewesen, fertig, unbekannt, rätselhaft [...]. Nun glaubte er zu verstehen, was ›poetische Wahrheit‹ meinte.« (ZH 44f.)

22 Vgl. auch »Dass Chaplin und Churchill niemandem, auch nicht den engsten Freunden, von ihren Spaziergangsgesprächen erzählten (›talk-walks‹, wie der geschmeidige Chaplin sagte, ›duck-walk-talks‹, wie der korpulente Churchill selbstironisch verdrehte und ergänzte), hatte einen Grund, nämlich das Thema derselben: der Freitod.« (ZH 20)

seine Informationen aus dem Buch des Chaplin-Biografen Melzer, der sich wiederum auf Chaplins Äußerungen stützt, der die Geschehnisse aus der Erinnerung nacherzählt [vgl. ZH 102ff.]), legen bereits nahe, Melzers kritische Frage, »ob hier nicht vielleicht doch Betrug am Menschen geübt wurde [...]«(ZH 35), metapoetologisch zu verstehen. Die Diskrepanz zwischen der explizit formulierten Authentizitätsfiktion des Erzählers und distanzerzeugenden Signalen vergrößert sich merklich auch dadurch, dass die zentrale Mimesis-Problematik immer wieder metafiktiv verhandelt wird. Chaplin zum Beispiel erzählt von einer Freundin seiner Mutter, die ihm schon als Kind den denkwürdigen Satz eingeprägt habe: »Der Künstler betrüge den lieben Gott. Das und nichts anderes sei Kunst. Gott hat ihm die Gnade des Talents gegeben, und wozu nützt er sie? Er zeigt auf der Bühne einen Menschen, und entweder macht er ihn besser, als er ist, oder schlechter.« (ZH 34) Und der am Strand von Biarritz malende Churchill fragt seinen Freund Chaplin, wie der Künstler in der Lage sein könne, die Farbe des Himmels darzustellen: »Alle sagen, er ist blau. Und ist er es nicht? Sehen Sie sich den Himmel an, Charlie! Ist er blau? Also mischt sich der Maler ein Blau und vergleicht es mit dem Himmel, aber es ist etwas ganz anderes.« (ZH 56f.) Als autoästhetischer Metakommentar muss auch die Passage gelesen werden, in der der Erzähler Chaplins Gedanken über ein mögliches Filmprojekt zitiert, als dieser den malenden Churchill am Strand von Biarritz beobachtet:

> Hier in Biarritz, genau an dieser Stelle würde ich drehen [...]. Zwei Männer treffen einander am Strand, und alles, was man sieht, ist anders, als es tatsächlich ist. [...] Ein Zweipersonenstück. Titel: *Zwei Herren am Strand.* Besetzung: *Buster Keaton und Charlie Chaplin* [...]. Chaplin als Anti-Chaplin. Das Leben, wie es ist! Es besteht nämlich nicht aus drei Akten oder fünf Akten, es ist kein Drama. Das Leben ist eine Revue aus aneinandergereihten Szenen, ohne Ordnung. [...] Ein guter Film verwandelt das nur Merkwürdige in ein Mysterium. Er tut es, indem er zeigt, was ist. (ZH 103f.)

Zum Spiel des Erzählers gehört es auch, dass er die Zweifelhaftigkeit seiner eigenen wissenschaftlichen Methoden zwar thematisiert, mit dem Erzählen aber gleichwohl unverwandt fortfährt. Seine kritisch-reflexiven Einwände hindern ihn offenkundig nicht daran, an seiner Wahrscheinlichkeitsillusion festzuhalten; die Einsichten poststrukturalistischer Sprach-, Identitäts- und Biografietheorien sind der Narration zwar eingeschrieben,[23] haben jedoch keine epistemologische Skepsis zur Folge und bergen insofern auch keine destruktive Gefahr für die Geschichte. Der Erzähler gesteht etwa ein, dass Erica Southern, die Verfasserin des *Interviews mit dem Tramp*, in Wahrheit Lilian Bosshart geheißen und »drei Viertel von Chaplins ›Antworten‹ frei erfunden« (ZH 159) habe, bezieht sich »einge-

23 Vgl. Nünning, Fiktionale Metabiographien (wie Anm. 18), S. 133.

rechnet aller Vorbehalte« dennoch auf diese Quelle, die »bei den allermeisten Exegeten von Chaplins Werk und Leben als trüb« (ZH 159, 186) gelte. Bei einem angeblichen Briefentwurf Churchills an Chaplin handelt es sich nach eigener Aussage desgleichen um eine höchst unsichere Quelle, auf die er aber ebenfalls unverhohlen zurückgreift: »Den Brief habe ich in den Unterlagen meines Vaters gefunden, es handelt sich um eine Kopie einer Kopie einer Kopie, blass und an manchen Stellen schwer lesbar. William Knott hat ihm die Blätter auf seine Bitten hin zugeschickt [...].« (ZH 132) Wenn er schließlich im 39. von insgesamt 44 Kapiteln unumwunden preisgibt, gerade sein Hauptinformant William Knott sei ein notorischer Lügner gewesen, kann das nur mehr als Parodie auf den eigenen Wahrheitsanspruch gelesen werden:

> In seinem ersten Brief wiederholte er [William Knott], was er ihm [dem Vater des Erzählers] [...] in ihrem Gespräch in Aachen großspurig gestanden hatte: »Seit fünfunddreißig Jahren lüge ich: Das ist meine Geschichte, und es ist mein Beitrag zur Geschichte des 20. Jahrhunderts.« (ZH 219)

Die fortgesetzt und ostentativ bekundete Wahrheits-Illusion wird auch parodistisch durch Episoden der *histoire* gebrochen, die in ihrer (im Romanverlauf potenziell zunehmenden) Absurdität augenfällig mit den Zuverlässigkeitsbeteuerungen der Erzählinstanz kontrastieren; – so die These, Churchill und Hitler seien sich am Rande des geplatzten Treffens im *Hotel Continental* begegnet, dies allerdings unerkannt und auf der Herrentoilette, wo sie zuerst ein babylonisches Fluchen angestimmt und sich daraufhin »starren Auges« (ZH 156f.) voneinander abgekehrt hätten. Immer auffälliger nehmen die aus zweifelhafter Archivarbeit stammenden und durch unzählige Kanäle geflossenen Informationen eine groteske Wirkung an, so dass der Leser hinter dem Erzähler bald keinen redlichen Literatur- und Geschichtslehrer mehr vermuten kann, der zwischen *history* und *story* vermittelt, sondern einen unzuverlässigen Clown erahnt, der – clownesk – dialektisch »zwischen gespielter Einfalt und tieferer Einsicht«[24] agiert und damit ein Vexierbild vorlegt, das Komik erzeugt, ohne dabei jedoch das ernsthafte Interesse an seiner Geschichte aufzugeben. Gegen Ende des Romans weiten sich die kuriosen Begebenheiten von der Binnenhandlung (auch) auf die Rahmenhandlung aus, innerhalb derer das Clowneske schließlich explizit-programmatischen Charakter gewinnt. Im 38. Kapitel schildert der Erzähler die bizarre Geschichte seiner Heimatstadt, die im Zweiten Weltkrieg von den Alliierten nicht bombardiert worden sei, weil sein Vater dort einst Churchill aus einer misslichen Lage befreit habe. Der Erzähler behauptet, in der einst von ihrem prominenten Besucher Chaplin

[24] Elisabeth Frenzel, Narr, der weise, in: Dies., Motive der Weltliteratur. Ein Lexikon dichtungsgeschichtlicher Längsschnitte. 3. Überarbeitete und erweiterte Auflage, Stuttgart 1988, S. 561–575, hier S. 563.

so benannten »Stadt der Clowns« aufgewachsen zu sein, die sich dadurch auszeichne, lange weltweit die einzige gewesen zu sein, »in der es eine Schule für Clowns« (ZH 211) gegeben habe, die sogar Diplome habe vergeben dürfen. Chaplin habe hier im Rahmen seiner Europareise 1931 ein Seminar für Kinder abgehalten, an dem der Vater des Erzählers teilgenommen und einem fremden Mann geholfen habe (vgl. ZH 213):

> Das Gerücht hing in der Stadt, und sein Leben lang behauptete mein Vater, dieser fremde Mann sei niemand anderer gewesen als Winston Churchill. Tatsächlich war Churchill zu jener Zeit in Deutschland, das lässt sich belegen, den Grund seiner Reise kenne ich nicht, wahrscheinlich hatte sie [...] den Zweck, für sein Marlborough-Buch zu recherchieren. Vielleicht aber war er auch gekommen, nur um seinen Freund Charlie zu treffen, vielleicht sogar, um bei ihm die *Methode des Clowns* zu studieren. Als Dank für die Unterweisung schrieb der Herr meinem Vater auf die Rückseite von Chaplins Fotografie: *Thank you, my friend Robert, / I will not forget you and your pretty little town / God bless the clowns! / Your faithful student*. Mit seinem Namen unterzeichnete er freilich nicht. Mein Vater hat die Schrift graphologisch untersuchen lassen, gleich von drei Gutachtern. Der erste glaubte eher nicht, dass es sich um Churchills Handschrift handelte; der zweite war überzeugt, niemand anders als der ehemalige englische Premierminister habe die vier Zeilen geschrieben; der dritte hielt dies immerhin für möglich bis wahrscheinlich. Mein Vater hat es nie ausgesprochen. – Er war ein durch und durch naiver Mensch. Einer von den seltenen, die wissen, dass sie naiv sind; einer von den weit selteneren, denen dieses Wissen nichts anhaben kann. [...] – Er hat es nie ausgesprochen, nein, aber ich weiß, ich weiß, ich weiß, er glaubte fest daran, dass er unserer Heimatstadt den Untergang erspart hat. *God bless the clowns!* (ZH 214f.)

Die Plausibilität der Rahmenerzählung, auf die sich die Wahrscheinlichkeitsfiktion der Binnenerzählung stützt, ist damit vollends hinfällig. Nicht nur sind beide Hauptinformanten als unglaubwürdige Fabulanten entlarvt, die auf je eigene Weise persönlich mit der (erzählten) Geschichte verstrickt sind; auch das dreifach beglaubigte Wissen des Erzählers erweist sich durch die Übertreibung als subjektive Hypothese. Trotz aller offenbarter Spekulationen und persönlicher Interessen wird das Erzählte aber keinesfalls desavouiert – im Gegenteil: Die Geschichte erscheint gerade aufgrund der sie konstituierenden Emotionalität und persönlichen Tragikomik legitim, und zwar unter Berufung auf ihr clowneskes Potenzial (»*God bless the clowns!*«). In aller Klarheit zeigt sich in dieser sowohl ironisch-distanzierten als auch emotional-beteiligten Erzählhaltung die für den – den homo ludens verkörpernden – Clown typische Verbindung des Menschlichen mit dem Spielerischen.[25] Das clowneske Selbstverständnis des Erzählers, das auf der Reziprozität von Ernst und Komik basiert und

[25] Vgl. Frenzel, Narr (wie Anm. 24), S. 563.

die Kategorien von richtig/wahr und falsch im poetischen Spiel unterminiert, waltet innerhalb der Diegese auch als Haltung gegenüber den prominenten Romanfiguren. Denn diese werden einerseits durchaus als ernst zu nehmende historische Persönlichkeiten mit den ihnen eigenen Befindlichkeiten und Ängsten präsentiert; andererseits gibt der Erzähler sie aber auch der Lächerlichkeit preis, indem er die Mythenbildung um die Genies ins Groteske steigert und damit auch deren Selbststilisierungen offenlegt.[26] Die zentralen Themen der Binnenfiktion – Legendenstatus respektive Mythisierung und Identitätssuche, Geschichte(n) und Wahrheit, Genialität und Depression, Künstlertum und Wirklichkeitsabbildung – werden durch die Doppelhaltung des Erzählers stets zweiseitig beleuchtet, erscheinen also weder nur im Licht einer abgegriffenen Topik noch nur im Licht einer (fiktiv)-subjektiven Ausprägung. Das den Wahrheitsbegriff und Möglichkeitssinn auch in rezeptionsästhetisch-hermeneutischer Hinsicht immerfort vervielfältigende und damit andauernde (spiralförmige) Deutungsbemühungen in Gang setzende doppelperspektivische, nämlich sowohl ironisch-kritische als auch naiv-fabulierende Erzählverfahren, das die *histoire* mitnichten (zer-)stört, sondern sie erst konstituiert, birgt die gesamte Poetologie des Romans: Diese ent-wickelt sich im Verlauf des Geschehens über die verschiedenen Erzählebenen und deren Metaebenen hinweg, bis sie am Ende aufgedeckt wird. Über zahlreiche Spiegelungsverfahren zwischen *histoire* und *discours* manifestiert sich ein metatextuelles Verweisungssystem, das sich am treffendsten über das sich im Erzählen selbst offenbarende Grundprinzip des Doppelten greifen lässt und symbolisch im Bild der Spirale Ausdruck findet.

III Das Doppelte als Erzähl-, Struktur- und Sinnprinzip

Inhaltlich wird zunächst auf der Ebene der im Text verhandelten Identitätsproblematik deutlich, dass die Figuren immer eines Alter Ego als Projektionsfläche für ihre Ich-Erzählung bedürfen.[27] Damit bezeugen sie das für Köhlmeier unerschütterliche menschliche Bedürfnis »zu erzählen und erzählt zu bekommen.«[28] Das Erzählen als solches wirkt »fundamental bewußtseinskonstitutiv«, und die »Wirklichkeits-konstruktion« der Figuren »beruht grundsätzlich auf narrativer Tätigkeit.«[29] Das Motiv der heilsamen

---

26 Vgl. dazu Anm. 25.

27 Thematisch knüpft Köhlmeier damit zum Beispiel eng an sein 2007 publiziertes Opus magnum *Abendland* an. Vgl. dazu Catani, Geschichte im Text (wie Anm. 19), S. 204 und Assmann, Laudatio (wie Anm. 3), S. 28.

28 Michael Köhlmeier, Warum ich Erzähler bin. Michael Köhlmeier über die Möglichkeiten und Unmöglichkeiten des Erzählens, in: Profil (Wien) vom 17.5.1997.

29 Günther A. Höfler, Musterschüler und Helden. Zur anthropologischen Erzählpoetik Michael Köhlmeiers, in: Günther A. Höfler und Robert Vellusig (Hrsg.), Michael Köhlmeier, Graz/Wien 2001, S. 63–87, hier S. 65.

dialogisch-erzählerischen Auseinandersetzung des Ichs mit einem Anderen durchzieht den Roman von der Rahmen- in die Binnenerzählung und vice versa, bis es sich zum Schluss als eigentlicher Erzählanlass erweist.

Auf rahmenfiktionaler Ebene lebt der Vater des Erzählers mit den Vorbildern Chaplin und Churchill und verarbeitet mit dem Verfassen einer Churchill-Biografie den Tod seiner Frau. Die entsprechenden Überlegungen zu dieser Methode expliziert er gegenüber seinem Sohn:

> Wenn ein Mensch sehr traurig ist, [...] sei es ratsam, dass er sich von sich selbst ablenke. Es gebe einige Begabte, denen gelinge es, so zu tun, als wären sie ein anderer; sie schauen sich selber an, schütteln den Kopf über sich selbst oder nicken beifällig, sie nehmen sich ernst, aber nicht allzu ernst; auf diese Weise gelingt es ihnen, ohne Schaden über die Traurigkeit hinwegzukommen. Die meisten Menschen aber sähen immer und überall nur sich selbst, was ja auch kein Wunder sei, sei man selbst ja man selbst. Diese könnten nicht so tun, als wären sie ein anderer, ihnen bleibe nichts anderes übrig, als so zu tun, als wäre ein anderer sie. [...] Am besten gelinge das, wenn man das Leben eines anderen nacherzähle. (ZH 17)

In der Vater-Sohn-Beziehung, die nach dem Tod der Mutter und Ehefrau zunächst von Sprachlosigkeit, Melancholie und Alkoholismus des Vaters geprägt ist, bis der Erzähler seinem Vater eines morgens gesteht, er habe »keine Lust mehr zu leben« (ZH 16), nehmen Gespräche über die Churchill-Biografie des Vaters und über den Berufswunsch des Sohnes fortan einen prominenten Stellenwert ein. Das Komische erhält hier Einzug in den konkreten Lebensvollzug:

> Mein Vater meinte, er und sein Sohn seien zu einsam und lachten zu wenig. Er schlug vor, zweimal in der Woche ins Theater oder ins Kino zu gehen. Ich sah meinen ersten Chaplin-Film – *Limelight* – und sah meine ersten Clowns [...]. Ich interessierte mich für Clowns, mein Vater sagte, Clown sei ein ehrenwerter Beruf. Er besorgte mir Bücher mit Biografien berühmter Komiker und mit Sketches und Anleitungen zu Pantomimen [...]. Wir hatten schöne Abende. Er erzählte mir, was er gelesen hatte und was er zu schreiben gedenke, ich spielte ihm vor, was mir an Komischem eingefallen war. [...] Wir beide lachten sehr viel in dieser Zeit. Ich konnte mir vorstellen, wenn ich groß bin, eine Biografie über Charlie Chaplin zu schreiben, wie er [...] an einer Biografie über Winston Churchill schrieb. (ZH 18)

Mit der vorliegenden doppelbiografischen Darstellung des (Clown-) Erzählers wird das Motiv der dyadischen Kommunikation metatextuell gesteigert. Als puppenspielender Berufsclown, dessen erstes großes Vorbild Chaplin war und dessen erstes abendfüllendes Programm unter dem Titel »*Die Melancholiemaschine*« darin bestanden hatte, die Melancholie in eine komische Perspektive zu rücken, nimmt er eine Metafunktion ein, die das Clowneske zur Erzählpoetik erhebt. Nicht zuletzt steht der doppelbiografische Roman des empirischen Autors Michael Köhlmeier in der

Genretradition der Parallelbiografie, wie sie der griechische Schriftsteller und Platoniker Plutarch begründete, der das Leben berühmter griechischer und römischer Staatsmänner gegenüberstellend beleuchtete und Reflexionen zu erkenntnistheoretischen Fragestellungen in seine biografischen Darstellungen einflocht.[30] Summa summarum ist *Zwei Herren am Strand* insofern auch als kreative Auseinandersetzung mit der griechischen Klassik – und insbesondere mit Platon – zu lesen, dessen Antwort auf das erkenntnistheoretische Dilemma bekanntlich ebenfalls die Form des Dialogs gewesen war.

Zwischen Rahmen- und Binnenerzählung vermittelnd, steht William Knott, für den die brieflichen Gespräche mit dem Erzähler-Vater den Ariadne-Faden darstellen, der ihn nach Churchills Tod aus dem Labyrinth ins Leben zurückführen soll: »Was William Knott meinem Vater in vielen langen Briefen erzählte – das meiste davon wollte mein Vater gar nicht wissen –, hatte den Zweck, den Faden aufzuwickeln, der ihn in das eigene Leben zurückführen sollte.« (ZH 220) Auf binnenfiktionaler Ebene identifiziert Churchill sich mit seinem Vorfahren und tröstet sich über seine schwerste Zeit politischer Machtlosigkeit mit dem Verfassen einer Marlborough-Biografie hinweg, die sich ihm zufolge eher »wie ein spannender Roman« lese, was er seiner Tochter Mary zu verdanken habe, die »sich weniger mit *history* als mit *story* beeindrucken ließ.« (ZH 142) Auch der Erzähler verdeutlicht den fehlenden Objektivitäts- und Wahrheitscharakter dieser Biografie, die vor allem eine identitätsstiftende Komponente für den Biografen selbst gehabt habe: »Wichtig ist, wie ihn sein Nachfahre und Biograf Winston Churchill gezeichnet hat.« (ZH 146) Churchill und der Erzähler-Vater verfolgen die Strategie, so zu tun, »als wäre ein anderer sie.« Sie lenken von sich selbst ab und kommen über ihre Traurigkeit hinweg, indem sie »das Leben eines anderen nacherzähle[n].« Chaplin indes scheint mit der von ihm selbst geschaffenen Kunst-Figur, dem Tramp, zu den »Begabte[n]« zu gehören, denen es gelingt, »so zu tun, als wären sie ein anderer.« (ZH 17) Sein Leinwand-Alter Ego trägt jedoch auch zur Verschärfung seines Identitätsproblems bei, denn ohne den Tramp hat Chaplin allein deshalb kein Selbstbild mehr, weil das Fremdbild lediglich auf Legenden um die Kunst-Figur basiert: »Ich war niemand! Alles war der Tramp! Jeder, der mich auf der Straße erkannte, [...] sah in mir den Tramp. [...] Als wäre er nicht ich. Als wäre er ein anderer.« (ZH 30)[31] Chaplin repräsentiert den traurigen Menschen, der sein Leid hinter der

---

30 Vgl. dazu auch Catani, Geschichte im Text (wie Anm. 19), S. 186. Und: Assmann, Laudatio (wie Anm. 3), S. 30. Im Rückgriff auf Chaplins Autobiografie berichtet Tolppanen (Anm. 7) übrigens davon, dass Chaplin bei einem Besuch in Chartwell *Plutarch's Lives* unter Churchills Büchern entdeckt habe.

31 Eine von Chaplins schlimmsten depressiven Phasen kommentiert der Erzähler: »Er betrachtete sein Spiegelbild und konnte den Tramp nicht finden.« (ZH 83)

Maske der Komik verbirgt und dessen scheinbare Leichtigkeit »von einer hintergründigen Schwermut durchzogen« ist;[32] hinter dem »professionellen Spaßmacher« kommt »der private Melancholiker« zum Vorschein.[33] Während Churchill Heilung von seiner Schwermut im Verfassen von Biografien, im Malen und im Alkohol sucht, findet Chaplin seine zentrale Bewältigungsstrategie in der sogenannten »Methode des Clowns«, die er seinem Freund Churchill während eines Spaziergangs ans Herz zu legen versucht. Der Erzähler gibt das Gespräch in autonomer direkter Figurenrede wieder. Die unmittelbar präsentierten Inhalte unterlaufen dabei die Erwartung an einen Dialog zwischen den beiden Berühmtheiten in einer Weise, die die Szene grotesk und albern erscheinen lässt; der dramatische Modus dient hier der parodistischen Darstellung:

> »Ich schreibe mir einen Brief. [...] Buster Keaton hat mich auf diese Methode aufmerksam gemacht. Ich soll mir einen großen Bogen Papier besorgen, hat er gesagt. Den soll ich über den Fußboden ausbreiten. [...] Auf diesen Bogen Papier lege ich mich. [...] Bäuchlings. [...] Das ist etwas sehr Ernstes, Winston. Das ist die Methode des Clowns. [...] Es gibt keinen Menschen auf der Welt, der ernster wäre als ein Clown.«
> »Ja, ja, ich verstehe. Das hat man hundertmal gelesen. Weiter!«
> »Ich muss dabei nackt sein. Ich darf nichts mit der Welt zu tun haben. Ich muss allein mit mir sein. Das ist sehr wichtig. Eine Hose bereits ist die Welt, und ein Hemd ist auch die Welt.«
> »Ich gebe Ihnen recht.«
> »Ich liege auf dem Bogen Papier und schreibe einen Brief. Bitte, Winston, lachen Sie nicht. Lachen Sie? Nein, Sie lachen nicht. An mich selbst schreibe ich einen Brief. [...] Sollten Sie diese Methode einmal anwenden, geben Sie nicht der Versuchung nach, an einen Freund zu schreiben. Zum Beispiel an mich. Schreiben Sie nicht: Lieber Charlie. Schreiben Sie: Lieber Winston. Es fällt Ihnen gewiss das Richtige ein, keine Sorge. Weil in diesem Moment alles richtig und alles wichtig ist.«
> »Das will ich beherzigen.«
> »Aber ich schreibe nicht, wie man üblicherweise schreibt, müssen Sie wissen.‹
> »Sondern?«
> »Ich drehe mich dabei«
> »Wie drehen Sie sich dabei?«
> »Wie ein Uhrzeiger. Auf dem Bauch drehe ich mich. Und schreibe dabei. [...]. In einer Spirale, um genau zu sein. Von außen nach innen. Es ist ein Mahlstrom. So soll es sein.«
> »So soll es sein. Wie ein Mahlstrom. Ja. Weiter!«
> »Das ist alles. Es ist tatsächlich alles, Winston.«
> »Hat es geholfen?«

32 Roswitha von dem Borne, Der Clown. Geschichte einer Gestalt, Stuttgart 1993, S. 32.

33 Constantin von Barloewen, Clown. Zur Phänomenologie des Stolperns, Königstein im Taunus 1981, S. 103.

»Ja.« [...]

»Sie sind ein Feldherr, Charlie. Hellsichtig wie Wallenstein, kühn wie Nelson, unbarmherzig wie Arminius. Ich will von Ihnen lernen. Darf ich von Ihnen lernen? Wie groß ist der Bogen Papier? Genau, bitte! Länge? Breite?.« (ZH 59ff.)[34]

In einer Mise en abyme veranschaulicht die »Methode des Clowns« das Erzähl-, Sinn- und Strukturprinzip des Romans. Als »Mahlstrom«, in dem alles richtig und wichtig erscheint, spiegelt sie in erkenntnisphilosophischer Hinsicht die fortwährende subjektive Neuperspektivierung von Welt und illustriert, dass Wahrheit – im Gegensatz zur scholastischen und korrespondenztheoretischen Formel veritas est adaequatio rei et intellectus – ein sich dem Zugriff immer wieder Entwindendes ist. Existenzphilosophisch gewendet, bildet sie damit sowohl die Frage nach der Wahrheit beziehungsweise dem wahren Ich als auch die Antwort darauf ab, insofern diese immer nur diskursiv und vorläufig sein kann. Als Aufspaltung des Ich in ein schreibendes und in ein adressiertes spiegelt die »Methode des Clowns« auch die für die Selbstreflexion notwendige Distanzierung des Ichs von sich selbst. Letztlich steht sie als alle Ebenen durchziehendes und flexibel die Richtung wechselndes Strukturprinzip auch für die metafiktionale Gesamtanlage des Romans und die sich im Verlauf zunehmend ent-wickelnde clowneske Narration. Gemäß seines durch die Spirale versinnbildlichten Erzählprinzips der doppelten Perspektivierung rückt der Erzähler folgerichtig auch die Spirale selbst in eine ambivalente Optik zwischen Ernst und Komik ein. Adornos angebliche Definition der »Methode des Clowns« in dessen angeblich lange verschollenem Essayfragment »*Gerüste zu einer Theorie des Komischen*« (ZH 163) zum Beispiel ist trotz der kuriosen Kontextualisierung auch als ernsthafter Metakommentar zum narrativen Prinzip zu verstehen. Die Methode bestehe für Adorno nämlich aus nichts anderem als aus der

> Leistung, sich selbst vor sich selbst lächerlich zu machen – mit dem Ziel, sich selbst zu entfremden. Ganz bei sich selbst kann der Mensch nämlich nicht über sich selbst lachen, denn Lachen bedeutet immer Lachen auf Kosten eines anderen. Er muss sein Ich aufspalten in ein Ich, das lacht, und in ein anderes, das ausgelacht wird. Dies ist das Ziel der Methode. (ZH 166)

---

[34] Wenn der Erzähler später berichtet, dass William Knott in Churchills Nachlass einen Brief gefunden habe, in dem Churchill seine Begegnung mit Hitler im Restroom des *Hotel Continental* nach Art der »Methode des Clowns« schildert, diesen Brief allerdings nicht an sich selbst, sondern an Chaplin adressiert, so ist darin ein ironischer Fingerzeig des Erzählers zu erkennen (vgl. ZH 155f.). Für den Hinweis auf die Verfälschung der Methode durch Churchill danke ich den Teilnehmern und Teilnehmerinnen meiner komparatistischen Master-Übung »Geschichten von Narren und Clowns« im Sommersemester 2019 an der Universität des Saarlandes.

Ganz in diesem Sinn verteidigt der Erzähler die Methode zu Beginn des 30. Kapitels einerseits vehement (sie sei »weder komisch noch besorgniserregend und auch nicht entsetzlich – jedenfalls nicht, wenn sie wirkt; das heißt, wenn es mit ihrer Hilfe gelingt, die Depression zu vertreiben oder wenigstens abzumildern. Recht hat, wer heilt« [ZH 162]); andererseits stellt er sie unter Vorbehalt und rückt sie ins Licht der Komik, wenn er das Gerücht lanciert, Adorno sei auf frischer Tat bei der Anwendung der Methode ertappt worden: »Die praktische Umsetzung der *Methode des Clowns* [...] erwähnt er [Adorno] in seinem Essay nicht. Er schämte sich. Irgendwann, heißt es, habe ihn seine Haushälterin dabei erwischt.« (ZH 166f.)

Die (Beschreibung der) Methode drückt also im Kern die komplementäre Beziehung zwischen Tragik und Komik aus; dies in existenzieller Hinsicht in Bezug auf die mit sich selbst ringenden und der Heilung bedürftigen Romanfiguren; dies aber auch in diskursiver Hinsicht auf allen Erzählebenen. Denn die Methode bezeichnet das zentrale narrative Prinzip des Romans, das durch die parodistische Beschreibung der Methode ganz im Sinn der Methode ironisch gebrochen und damit relativiert wird. Durch die karikatureske Schilderung der Anwendung der Methode durch Churchill (der laut Erzähler seine Begegnung mit Hitler im Restroom in einem ›Clowns-Brief‹ an seinen Freund Chaplin verarbeitet hat) und Adorno wird die – ohnehin durch die Unmöglichkeit ihrer praktischen Anwendung gekennzeichnete – »Methode des Clowns«, die bei näherer Betrachtung auch das sprichwörtliche Sich-im-Kreis-Drehen mit einer Bauchlandung vereint, einerseits verspottet. Andererseits bezeichnet aber ausgerechnet Adornos Definition der Methode gerade jene Haltung, die der Erzähler selbst einnimmt – und zwar als Clown, der die mit seiner Geschichte exponierten erkenntnis- und existenzphilosophischen Fragen zwar durchaus sehr ernst nimmt, sich aber in eine ironische Schwebeposition begibt, die es ihm erlaubt, dem eigenen Erzählen mit der gebotenen Komik zu begegnen. Die »Methode des Clowns« bezeichnet demnach die Fähigkeit, sich selbst und der Welt mit Vorbehalt und Lachen zu begegnen, ohne sich selbst dem Nihilismus und ohne das Leben dem Skeptizismus anheimzugeben.

IV Fazit: Poetik des Clownesken

Das erzählerische Vabanquespiel zwischen Fakt und Fiktion schärft in *Zwei Herren am Strand* grundsätzlich das Bewusstsein dafür, »dass die geschichtliche Welt dem Biographen« und dass Welt dem Individuum im Allgemeinen, dem Künstler respektive Schriftsteller im Besonderen, nicht als solche »zugänglich ist, sondern nur in [...] vermittelter Form von perspektivisch gebrochenen [...] und subjektiv gefärbten Beschreibungen.«[35]

[35] Nünning, Fiktionale Metabiographien (wie Anm. 18), S. 135.

»Jede historische Aussage ist, infolge untilgbarer persönlicher Faktoren, eine Entstellung und demzufolge nie wahr.«[36] Oder, wie es der vom Erzähler zitierte Churchill formuliert: »Man kann nur Geschichte von einzelnen Menschen erzählen, Geschichte als solche lässt sich nicht erzählen.« (ZH 142) Insofern kann der Roman durchaus als ironische Kontrafaktur der Gattung Biografie gelesen werden; er ist aber mehr als das, weil er die Frage nach Wahrheit nicht in postmoderner Manier ad absurdum, sondern zu einer konsequenten Antwort führt, die die Existenzberechtigung der Erzählliteratur gleich mitliefert: Die Wahrheit liegt im Erzählen selbst und ist immer auch Fiktion. Obwohl oder gerade weil sich die Welt in einen divergenten Perspektivenpluralismus auflöst und deshalb nicht synthetisch zu deuten ist, können Trost und Heilung für den einzelnen im Erzählen von Geschichte(n) bestehen. Mit ihrer spiralförmigen Bewegung illustriert die »Methode des Clowns« sowohl die erkenntnis- und existenzphilosophische Diagnose des unendlichen Perspektivenstrudels als aber auch gleichzeitig die erzählerische(n) Antwort(en) darauf, nämlich zum einen das Prinzip der Verdoppelung des Ich über eine Identifikation mit einem anderen beziehungsweise über das Ein-Schreiben des Ich in ein anderes (wie es Churchill und der Erzähler-Vater tun); und zum zweiten das Prinzip der Verdoppelung des Ich durch eine ironische Selbstdistanzierung (wie es Chaplin und der Erzähler tun). Aus seiner Metaperspektive als Clown bezieht der Erzähler aus dem menschlichen Verlangen nach Wahrheit bei gleichzeitigem Wissen um deren Unmöglichkeit seinen narrativen Impetus, denn seine poetische Freiheit verdankt sich der subjektiven Perspektivierung der sogenannten Wirklichkeit.

Am Ende des Romans wird die spezielle Haltung des Erzählers zum Erzählten endlich explizit als (existenz-)philosophisches und poetologisches Programm dechiffriert. Sein Erzählen gewinnt damit einen Eigenwert als Allegorie des Clownesken und steht mithin doppelt im Zeichen des Doppelten, nämlich als ein Ein-Schreiben in die Geschichte des Vorfahren und als eine Distanzierung davon. In einer Analepse bekennt der Erzähler sich zum eigentlichen Schreibanlass als einer persönlichen (heilenden) Auseinandersetzung mit der eigenen Depression und mit dem eigenen Vater. Hinter dem berufsmäßigen Puppenspieler-Clown verbirgt sich ebenfalls ein privater Melancholiker – einer, der um diese Konstellation weiß und sie aus ironischer Selbstdistanz in eine tragikomische Optik rückt.

Als Vorlage für den in Romanform vorliegenden doppelbiografischen Text dient dem Erzähler ein thematisch parallel verlaufendes, bewusst inszeniertes Gespräch zwischen ihm selbst als puppenspielenden Weißclown und seinem verstorbenen Vater, dem er die Rolle des Augusts zu-

[36] Arthur C. Danto, Analytische Philosophie der Geschichte. Übersetzt von Jürgen Behrens, Frankfurt am Main 1980, S. 59.

weist. Nach dem Tod seines Vaters und der Sichtung des Nachlasses habe der Erzähler gewusst, dass er ein Gespräch mit seinem Vater führen müsse, so, wie dieser damals ein Gespräch mit seiner Mutter geführt habe (vgl. ZH 248ff.). Sein Vater habe ihm als Kind sogenannte »›Gespräche der Eltern über ihren Sohn‹« vorgeführt, denen allerdings gar »nichts Parodistisches« geeignet habe, weil sein Vater ein »großer unfreiwilliger Komödiant« gewesen sei, der die Gespräche gar »nicht lustig gemeint«, sondern viemehr »so glaubwürdig« gespielt habe, dass dem Erzähler »nicht ein Mal der Gedanke kam, das sei alles gar nicht echt.« (ZH 248f.) Wie sein Vater und die Protagonisten des Romans ›heilt‹ sich also auch der Erzähler durch das dyadische Erzählen, inszeniert den Dialog in seiner Rolle als Clown aber auf einer Meta-Ebene, die ein freies Spiel mit der Wahrheit und reflexive Distanz zu sich selbst erlaubt:[37]

> Mein Vater und ich unterhielten uns über Depressionen, ich war der Weißclown, er der August. […] Der Weißclown erzählte das alte indianische Schöpfungsmärchen, das von dem Gott berichtet, der aus Langeweile die Welt erfindet, indem er, auf dem Bauch liegend und sich im Uhrzeigersinn drehend, alle Geschehnisse der Zeit – beginnend bei der Trennung von Licht und Dunkel [...] in einer Spirale aus Bildern und Zeichen in den Stein ritzt [...]. Der August erzählte dagegen von der Freundschaft zwischen dem größten Staatsmann und dem größten Schauspieler; wie die beiden gemeinsam gegen Hitler kämpften, der eine mit Lachen, der andere mit Krieg. Der Weißclown streute die Geschichte über Theodor W. Adorno ein und seinen verschollenen Aufsatz *Gerüste zu einer Theorie des Komischen*, und dass der Philosoph in der Stunde bitterster Verzagtheit im amerikanischen Exil sich auf den Bauch gelegt und einen Brief an sich selbst geschrieben habe. Der August erzählte von Gott, an den er glaubte, und dass Gott sich manchmal betrügen lasse, von puppenspielenden Weißclowns zum Beispiel, und dass er denen nicht böse sei, auch wenn sie nicht an ihn glaubten. Der Weißclown nannte den August einen dummen August, und der August schwieg und schwieg lange und blickte geradeaus ins Schwarze hinein. »Bitte, sprich mit mir», sagte der Weißclown zum August, »sprich mit mir, sonst kann ich heute Nacht nicht einschlafen!« Da küsste ihn der August und erzählte, wie er vom größten aller Komödianten gelernt hatte, den Stock in der falschen Hand zu halten, und wie er, der Geschickteste der Ungeschickten, einem kleinen

[37] Mit seinem Erzähler-Clown setzt Köhlmeier sich produktiv mit traditionellen Funktionen des Theater-Narren auseinander, der oft die Aufgabe eines »Spielplatzbereiters« und »Schlußsprechers« einnahm. »In nahezu allen Spielen des 15. und frühen 16. Jahrhunderts nimmt der Narr eine Art Mittlerrolle zwischen szenischem Geschehen und Publikum ein, interpretiert die Handlung, ist klug und bedächtig. Sein Auftreten, das von der Handlung gesehen nicht notwendig erscheint, symbolisiert das Spielerische, den Mimus, die Fiktion, das Als-ob.« Frenzel, Narr (wie Anm. 24), S. 507. Köhlmeier macht das Auftreten seines Clowns indes zur Voraussetzung der erzählten Geschichte überhaupt; das Spielerische und die Fiktion gewinnen damit existenziellen Charakter für *histoire* und *discours*.

> dicken, schon etwas älteren, laut schnaufenden Mann im schwarzen Anzug mit einer schweren Uhrkette an der Weste Nachhilfeunterricht im Ungeschicktsein gab [...]. (ZH 253)

Zwei Herren am Strand ist eine intentional (selbst-)ironisch und (selbst-)kritisch perspektivierte Meta-Auseinandersetzung des Erzählers mit der (eigenen) Geschichte, ist eine clowneske Variante der Lebensbewältigung – und in dieser Form eine virtuos erzählte, ganz eigene, ernst-komische Geschichte, die den Glauben an die Heilkraft des Erzählens trotz aller Widerstände – oder vielmehr aufgrund dieser Widerstände – bewahrt und damit auch die Frage beantwortet, »wie die Retter, bevor sie die Welt retten konnten, sich selbst gerettet haben und wovor.« (ZH 132) Nicht ohne Grund inszeniert Köhlmeier das Gespräch seines Erzählers mit dessen Vater als Puppenspiel zwischen Weißclown und dummem August, denn keine »anderen zwei Figuren der Bühne« sind »je so einstimmig als komplementäre Aspekte ein und derselben Person interpretiert« worden wie diese.[38] Während der Weißclown den klug kalkulierenden, wissenden und autoritären Part des Clown-Duos personifiziert, repräsentiert der August das naive, gläubige Kind, dessen »Nicht-Wissen [...] die Unmittelbarkeit des Erlebens« sichert und die »Fähigkeit des Staunens bewahrt.«[39] Der warmherzige und tölpelhafte August will von Vernunft nichts wissen,[40] bleibt insofern zwar ›dumm‹, konterkariert aber in seiner Naivität auch die allzu verbissene Ernsthaftigkeit, die Eitelkeit und elitäre Arroganz des Weißclowns. Das Wissen des traurigen Weißclowns, seine luzide Einsicht in die Bedingungen menschlichen Seins und die Unmöglichkeit von Wahrheit, wird ergänzt durch den naiven August, der ungeachtet dessen einfach weiterhin seine (lustigen) Geschichten erzählt. Dass der Erzähler bewusst als Weißclown konzipiert ist, der sich den naiven August als Alter Ego zur Seite stellt, mag zum Schluss eine Kurzcharakteristik des Weißclowns veranschaulichen, die in erstaunlicher Weise mit der Romankonzeption korreliert: Der Weißclown, heißt es bei Fried und Keller, sei mental

> wendig wie der Fisch im Wasser, setzt Irrwitz für Plausibilität ein, schwebt über das glatte Parkett von Evidenz und gezielter Irritation. [...] Vage nur Erahntes wird vom Weißclown in die Konkretion gehoben, Lächerliches ins Sinnhafte gewendet und Ernsthaftes in schwindelerregende Höhe exaggeriert [...]. [...] Bei allem Willkürlichen und Zwielichtigen, das seiner Art anhaftet, geht vom ihm etwas [...] Zwingendes aus. [...] Er schafft Konsistenz, indem er jede einzelne Darbietung, jedes einzelne Handlungselement sinn-, aber auch unsinnstiftend mit dem Darstellungsganzen verwebt. Dies geschieht, indem er mit tänzelnder Leichtigkeit die Ebenen und deren Metaebenen

38 Annette Fried und Joachim Keller, Faszination Clown, Düsseldorf 1996, S. 205.
39 Ebd., S. 184.
40 Ebd., S. 185.

wechselt, mal hier, mal da einen Anknüpfungspunkt aufgreift, um ihn in seinen roten Faden einzuspinnen. [...] Jede seiner Doppelbödigkeiten kann gleichwohl Hinweis und Finte sein. [...] Spielerisch werden Potentiale der Wirklichkeit in Bühnenleben [bzw. in Romanfiktion, KM] verwandelt: Magie der Illusion. Eine Illusion, wie letztlich alles in einer Welt aus Erscheinungsformen das Spiel von Täuschungen ist, von denen sich unsere Wahrnehmung ernährt.[41]

Köhlmeier kombiniert existenziellen Ernst mit Erzählspaß, indem er den philosophischen Dekonstruktivismus mit seinem clownesken Erzählprinzip beantwortet, das künstlerisch-poetisches mit reflexiv-philosophischem Potenzial ins Treffen führt. Sein Erzähler inszeniert sich nicht als weiser Narr und moralisches Gewissen der Gesellschaft, denn er nimmt sich »ernst, aber nicht allzu ernst« (ZH 17) und erzählt auch einfach dort weiter, wo es genau genommen nicht mehr vertretbar wäre. Insofern ist der Roman sowohl Metaspaß als auch Metaernst des Autors, der bei allem Wissen um alles Nichtwissen gerade dort seine Lebenswahrheit findet, wo er spielend erzählen lassen kann, frei nach dem Motto »recht hat, wer heilt«.[42]

---

41 Ebd., S. 200.

42 Ebd., S. 162. Zu Köhlmeiers Erzählpoetik vgl. exemplarisch Höfler, Musterschüler (wie Anm. 29) und Alfred Doppler, Geschichtenerzählen als Annäherung an die Wahrheit. Laudatio auf den Hebelpreisträger Michael Köhlmeier, in: Montfort 40 (1988), S. 165–167. Am Ende lässt sich darüber spekulieren, ob die Interpretationsspirale nicht noch weiter zu öffnen und *Zwei Herren am Strand* auch als heilsame Auseinandersetzung Köhlmeiers mit dessen verstorbenem Vater zu deuten sein könnte. Köhlmeiers Dankesrede *Finden und Erfinden. Ehre und Schmach des Dichters* nämlich, die er (drei Jahre nach Erscheinen des Romans) anlässlich der Verleihung des Literaturpreises der Konrad-Adenauer-Stiftung hielt und in der er von seinen Vater-Sohn-Gesprächen über Möglichkeit und Unmöglichkeit der Abbildung (biografischer und historischer) Wahrheit berichtet, bewegt sich thematisch nah am Roman. Köhlmeier spricht hier von einem (nicht realisierten) Vorhaben seines Vaters, diverse Legenden über Pontius Pilatus »zusammen mit der historischen Realität zu einer großen Satire zu verweben« – ein Vorhaben, das er vielleicht einmal anstelle seines Vaters realisieren werde, denn er sei der Meinung, die »Söhne soll[t]en das Werk der Väter fortsetzen.« Bei der Beantwortung von Pilatus' Kardinalfrage »Was ist die Wahrheit?« seien sie sich lange nicht einig gewesen, berichtet Köhlmeier. Nachdem der Vater – von Berufs wegen Historiker – zunächst immer bei der Ansicht geblieben sei, es könne bei seinen Publikationsprojekten um nichts anderes gehen, als die Wahrheit zu Papier zu bringen, habe er seinem Sohn eines Tages dann aber doch augenzwinkernd gestanden, ihm sei klar geworden, »dass es keine Wahrheit in der Geschichte geben könne.« »So gesehen«, zitiert Köhlmeier seinen Vater, »seid ihr Dichter sogar ehrlicher als wir Historiker. Ihr schreibt wenigstens *Roman* vorne drauf.« Michael Köhlmeier, Finden und Erfinden – Ehre und Schmach des Dichters, in: Michael Braun und Susanna Schmidt (Hrsg.), Literaturpreis der Konrad-Adenauer-Stiftung. Michael Köhlmeier, Sankt Augustin/Berlin 2017, S. 37–49, hier S. 47f., 40 und 43. Erstabdruck der Rede in Stimmen der Zeit 142 (2017), 9, S. 634–640.

Songtexte und Lyrik

Roger Vorderegger

Die Quintessenz der Formensprache. Michael Köhlmeiers Songtexte

»Ein Song ist ein auf das Wesentliche reduzierter Roman.«
Michael Köhlmeier

Intro

In Vorarlberg mag es ein klein wenig anders sein. Hier wissen doch einige der auch nicht professionell mit Literatur Befassten um die Gattungsvielfalt in Michael Köhlmeiers Werk. Im gesamten deutschsprachigen Raum aber dürfte er seinem Publikum vor allem als Erzähler bekannt sein. Als solcher hat Köhlmeier sich auch selbst immer verstanden und das in diversen Statements zum Thema zum Ausdruck gebracht. Geradezu programmatisch heißt denn auch die Rede, die er anlässlich der Verleihung des Anton-Wildgans-Preises gehalten hat: »Warum ich Erzähler bin«.[1] Dort findet sich auch die schöne, nämlich als gleichsam ›parallelistische‹ Hilfsverbgirlande angelegte Formulierung: »Mag das Erzählen eine primitive Kunst sein [...] – ich kann nur tun, was ich kann, und was ich kann, ist, was ich muß, und was ich muß, ist, was ich will: erzählen nämlich.«[2] Das hat Michael Köhlmeier, wie wir wissen, dann ja auch ausgiebig getan.

Auffällig in diesem Zusammenhang aber ist nicht nur, dass er neben der schriftlichen auch die mündliche Tradition des Erzählens pflegt, sondern auch, dass seine Erzählungen, Kurzgeschichten und Romane bemerkenswert viel Dialogpassagen enthalten, dass darüber hinaus seiner Erzählrede selbst, wie zu Recht bemerkt wurde, »ein kolloquiale[r] Ton« eignet und endlich dass das Moment des Dialogischen und, damit verbunden, die Mündlichkeit oft auch ein Konstruktionsprinzip seiner Romane und Erzählungen bilden.[3] Eben dies aber schlägt auch eine Brücke zum Dramatischen, allerdings nicht im Sinne einer an die klassische Gattungspoetik angelehnten Definition des Dramas, der zufolge dieses eine dichte-

---

1 Vgl. Michael Köhlmeier, Warum ich Erzähler bin. Rede anlässlich der Verleihung des Anton-Wildgans-Preises 1997, in: profil vom 17.05.1997, S. 100.

2 Ebd.

3 Vgl. dazu bes. Robert Vellusig, Der Erzähler. Betrachtungen zum Werk Michael Köhlmeiers, in: Günther A. Höfler und Robert Vellusig (Hrsg.), Michael Köhlmeier, Graz/Wien 2001, S. 25–62, das Zitat ebd. S. 39. Was das kolloquiale Konstruktionsprinzip der Romane betrifft, sei hier nur, um zwei besonders anschauliche Beispiele zu wählen, erinnert an die Verhörsituation im Roman *Die Musterschüler* oder die Interviewsituation in *Spielplatz der Helden*.

rische Grundform ist, welche eine eigene Welt konsequent als Konflikt in einem spannungsgeladenen Dialog (oder auch Monolog) entfaltet (und szenisch zur Darstellung bringt), insofern also Handlung als dialogisches Geschehen präsentiert, sondern in der freieren Definition des Begriffs, der zufolge das Drama ein Oberbegriff für Texte mit verteilten Rollen ist, also unter den Gattungen diejenige, wo primär geredet wird. Dieser nicht im eigentlichen Sinn dramatische, aber dem Dramatischen doch zugeneigte Gestus begegnet einem bei Köhlmeier immer wieder. Er manifestiert sich in der dialogischen Vergegenwärtigung zahlreicher Handlungssequenzen in seinen Romanen und einem Erzählgestus, der ungefähr so lautet: »Komm, setz dich her, hör mir zu, ich weiß was, ich kenne da jemanden, und seine (oder ihre) Geschichte geht so.« Besonders aber bestimmt dieser Gestus, und eben darauf will diese Einleitung hinaus, auch einen bemerkenswert großen Teil seiner Lyrik und insbesondere seiner Songs, um die es hier ja primär gehen soll.

I

Michael Köhlmeiers lyrisches Œuvre – und ich sehe seine Songs als einen integralen Teil desselben – liegt, nicht in seiner Gesamtheit, aber doch im Wesentlichen – Unpubliziertes freilich ausgenommen[4] – in nur drei Büchern vor. Dazu kommen noch einige verstreute Veröffentlichungen sowie die Gedichte, die integrierender Teil des *Peverl-Toni*-Romans[5] sind. Verglichen mit seinem umfangreichen erzählerischen Werk, ist das nicht viel. Nichtsdestotrotz aber markiert auch seine Lyrik und markieren insbesondere auch seine Liedtexte, wie angedeutet, einen besonders charakteristischen Teil seines Gesamtwerks.

Köhlmeiers Liedtexte sind 2009 unter dem Titel *Hundertsieben Songs* als Sammlung seines bis zu dem Zeitpunkt in diesem Genre Geschaffenen publiziert worden. Der Titel trifft die Sache insofern, als das englische Wort »Songs« hier in der Tat die adäquate Gattungsbezeichnung ist. Zu-

4 Dass es davon doch einiges geben dürfte, geht schon aus dem bio-bibliografischen Fragebogen hervor, den Köhlmeier 1985 dem Felder-Archiv zur Verfügung gestellt hat. Inzwischen dürfte nicht Weniges dazugekommen sein. Vgl. M. Köhlmeier, Bio-bibliographischer Fragebogen für das Franz-Michael-Felder-Archiv, in: Höfler u. Vellusig (Hrsg.), Michael Köhlmeier (wie Anm. 3), S. 258–267. Schon unterm Datum 1970 ist da etwa zu lesen (S. 261): »ungefähr 15 bis 20 Gedichte, unveröffentlicht« sowie »ungefähr 20 Lieder, texte nur zum Teil vorhanden.« Der Rechtschreibfehler findet sich so natürlich im Original, R.V. Zudem stellen, einer Auskunft Michael Krügers zufolge, auch die beiden im Hanser-Verlag publizierten Gedichtbände lediglich eine Auswahl dar. Der »geborene Erzähler« (H. Broch) Köhlmeier hat also immer schon Gedichte (und auch Lieder) geschrieben.

5 Vgl. Michael Köhlmeier, Der Peverl Toni und seine abenteuerliche Reise durch meinen Kopf, Hamburg 1982.

gleich ist der Band, und das ist doch bemerkenswert, damit aber auch Köhlmeiers erste lyrische Buchveröffentlichung überhaupt. Die beiden anderen Lyrikbände nämlich sind erst 2012 bzw. 2017 erschienen und tragen die Titel *Der Liebhaber bald nach dem Frühstück* sowie *Ein Vorbild für die Tiere*. Ein Blick in diese zeigt, dass Köhlmeiers Lyrik besonders in formaler Hinsicht erstaunlich vielfältig ist. Enthalten die genannten Bände doch Balladen wie Sonette, kurze Protokolle wie lyrisch-poetische Momentaufnahmen, Monologe und kurze lyrische Erzählungen bzw. Anekdoten, oft auch – bezeichnenderweise – versetzt mit dialogischen Elementen. Gemeinsam aber ist ihnen, dass sie in der Regel dem Alltag auf der Spur sind, gelegentlich auch dem Außergewöhnlichen im Gewöhnlichen, dass sie sehr nah an der Prosa sind und, insbesondere was ihren sprachlichen Gestus betrifft, eher unprätentiös.

Eben dies aber gilt in hohem Maße auch für seine Songtexte. Zudem bilden diese, so die These, die im Folgenden noch genauer expliziert werden soll, gleichsam die Quintessenz seiner lyrischen Formsprache generell. Oder, um es etwas anders zu formulieren, in diesen ist er sich selbst (wohlgemerkt als Autor von *Lyrik*, nicht als Autor generell) am nächsten, eben weil er in diesen Songs – zumindest sehr oft – vor allem auch Erzähler ist. Köhlmeiers Songs sind, das ist nicht unwichtig, im Vorarlberger Dialekt geschrieben. Darüber hinaus sind sie, bedingt selbstredend schon durch ihr gattungsimmanentes Formmoment, gewöhnlich stärker als die übrige, in jüngerer Zeit publizierte Lyrik rhythmisch durchkomponiert sowie – in der Regel – mit Endreimen versehen.[6]

Insofern schlagen sie aber auch eine Verbindungslinie zu Köhlmeiers sehr frühen Gedichten, die sich als integrierender Teil des Romans im *Peverl-Toni*[7] finden oder auch – partiell mit Überschneidungen – in den Beiträgen für die Lyrik-Anthologie des Felder-Vereins *Neue Texte aus Vorarlberg* aus dem Jahr 1979. Eines dieser Gedichte, Köhlmeiers Rezeption des Surrealismus, der Romantik wie seine Affinität zur Mathematik reflektierend, beginnt so:

---

[6] In dem Zusammenhang ist es nicht uninteressant darauf hinzuweisen, dass Köhlmeier einer der vier Poetikvorlesungen, die er im Rahmen seiner Bamberger Poetikprofessur gehalten hat, den Titel gegeben hat: *Schreiben als magische Beschwörung am Beispiel von Reim und Rhythmus*. Das ist für den Erzähler (und Nacherzähler) Köhlmeier doch immerhin bemerkenswert und zeigt, wie sehr sein Schreiben sich auch aus diesen Quellen speist.

[7] Im *Peverl-Toni*-Roman führt Köhlmeier ein relativ breites Repertoire an (eher traditionellen) lyrischen Formen vor, um sie mit (weniger traditionellen oder zumindest die gängige Erwartungshaltung konterkarierenden) Inhalten zu füllen: Sonett, Ballade, Volkslied, Kindergedicht. Am auffälligsten unter diesen ist sicherlich der erotische Sonettenkranz im siebten Kapitel des ersten Abenteuers. Vgl. Köhlmeier, Peverl Toni (wie Anm. 5), S. 47–57.

Der Sechser hat es gut, er braucht
Wachholderschnaps nicht scheun.
Denn fällt er trunken auf den Kopf,
denkt jeder: eine Neun.

Die Null ist tot! Die Null ist tot!
Ich hab sie tot gemacht!
Den Hals hab ich ihr umgedreht!
Jetzt ist sie eine Acht.[8]

Die Verse finden sich exakt so auch am Ende des ersten Abenteuers im *Peverl-Toni*-Roman. Sie begleiten dort gleichsam einer allerdings eher fröhlichen Untergangsmusik gleich das Verschwinden des Gespensterschiffs der Zauberin Soffi Mutz. Im Rahmen der fantastischen Abenteuer des Anton Pevny und des vor allem aus surrealistischen und romantischen Quellen[9] gespeisten fantastischen Erzählgestus erweckt Köhlmeier eine zur Entstehungszeit der Verse, nämlich den 1970er-Jahren, eher unübliche Art der Poesie im Rückgriff auf die genannten Traditionslinien wieder zum Leben. Eben diese Wiederbelebung stand zum herrschenden literarischen Zeitgeist, insbesondere mit Blick auf die damalige Lyrikproduktion, von der sogenannten neuen Subjektivität über die Verzahnung von Alltag und Politik bis zum Experiment unter dem Signum des Konkreten, quer. Sie passte so wenig in diesen wie Köhlmeiers Art zu erzählen.

Etwas anders sieht die Sache bei den frühen Songs aus. In ihnen nämlich findet sich sehr viel vom Zeitgeist der Post-68er-Ära, und zwar sowohl im Hinblick auf den Inhalt der Songs als auch die Inspirationsquellen, aus denen sie sich speisen. In den folgenden Analysen sollen, verbunden mit Einzelinterpretationen, zunächst die frühen Songs, dann die späteren betrachtet werden.

II

Köhlmeiers frühe Songs – denn Songs schreibt man bekanntlich nicht für deren Abdruck in Büchern, sondern für den musikalischen Vortrag – sind zuerst auf der LP *Owie lacht* erschienen. Die Langspielplatte, Kenner der Szene wissen das, enthält jedoch nicht nur Lieder von diesem, vielmehr ist sie eines der zentralen Produkte der Zusammenarbeit von Michael Köhlmeier mit Reinhold Bilgeri, die in den 1970er-Jahren als Musikduo Bilgeri

---

8 Neue Texte aus Vorarlberg 2. Lyrik, hrsg. vom Franz-Michael-Felder-Verein, Bregenz 1979, S. 79.

9 Vgl. dazu genauer bes.: Doris Greber, Michael Köhlmeiers erster Roman. Gründe der Moderne. Diplomarbeit, Innsbruck 1991; Wilhelm Stowasser, Michael Köhlmeier als Seiltänzer zwischen Vorstellung und Realität. Das Romantische in den Romanen »Peverl Toni«, »Telemach« und »Nachts um eins am Telefon«. Masterarbeit, Graz 2011.

& Köhlmeier auftraten und deren bekanntestes Lied ›Oho Vorarlberg‹ – zumindest in diesem Bundesland – bis heute eine relativ hohe Popularität besitzt. Das Album wurde im ORF-Landesstudio Vorarlberg unter Mitwirkung der Musiker der Band Clockwork[10] aufgenommen und im Fink's-Verlag, damals, was das Verlagswesen betrifft, die Plattform für die neue antikonservative Literatur des Landes, publiziert. Und antikonservativ, nicht nur aus der damaligen Perspektive, ist in jedem Fall auch das Album, das, was die Texte betrifft, einerseits sehr persönliche Zugänge der beiden (bis heute miteinander befreundeten) Autoren und Musiker zu bestimmten Themenfeldern bietet, andererseits aber auch sehr gut den allgemeinen Zeitgeist, präziser, das Lebensgefühl der eher progressiv orientierten Jugend der 1970er-Jahre spiegelt.

Köhlmeiers Lieder aus dem *Owie-lacht*-Album reflektieren dabei zum einen das politische Moment der Zeit, die Studentenproteste im ›Frankfurt-Song‹[11] etwa und den Terrorismus der Baader-Meinhof-Gruppe bzw. die (allzu übertriebene) Angst vor demselben in ›Z' Breagaz am Bahnhof‹ (HS 4), zum anderen das Lebensgefühl des Sich-treiben-Lassens, der Feste in ›Wo die Birken stehn‹ (HS 8) oder in ›Hätt i a klä meh Geald‹ (HS 16). Darüber hinaus, nämlich in ›Sus wär i sealbr dra‹, dem vielleicht interessantesten, weil vielschichtigsten dieser frühen Lieder, das eben deshalb hier etwas näher betrachtet werden soll, zeigt sich auch deutlich Köhlmeiers Rezeption des Surrealismus (sowie anderer literar- und kulturhistorischer Fixpunkte) wie das angesprochene stark dialogorientierte Moment seiner Erzählhaltung. In dem Lied – wie selbstredend etwa auch in dem ›Frankfurt-Song‹ – spiegeln sich darüber hinaus auch Erfahrungen seiner Studentenzeit in Deutschland.[12] Zwei Strophen der insgesamt sechs des Liedes seien im Folgenden zitiert. Es beginnt so:

> Döt stond an Hufa Lüt umanand
> Und i sia, dia sind alle ganz alloa
> Und i frog oan: »Uf was wartend ihr dänn?«
> Und er set: »Du, mir suchand an Stoa.«
> Und i frog ean: »Wafag an Stoa denn?«
> Setr: »Dean Stoa vo deam weisen Ma.«
> Und i künnt eam säga, dass i dean Stoa schon lang ha.
> Abr i säg liabr nüt, will sus wär I sealbr dra (HS 6)

---

10 Bis zum Start von Bilgeris Solokarriere als Sänger (1981) war er Sänger eben dieser Rockgruppe Clockwork. Deren erste Single, *I call you* wurde übrigens ebenfalls im Fink's-Verlag publiziert.

11 Vgl. Michael Köhlmeier, Hundertsieben Songs, Hohenems 2009, S. 10ff. Im Folgenden zitiert unter der Sigle HS und entsprechender Seitenzahl.

12 Köhlmeier studierte von 1970 bis 1976 Politikwissenschaft und Germanistik in Marburg sowie von 1977 bis 1980 Mathematik und Philosophie in Gießen.

Die dritte Strophe des Liedes fügt dem Thema noch eine weitere Dimension, nämlich die der Dauer, hinzu:

> Dia Lüt stond scho zwoahundert Johr vor der Tür
> Und ab und zua kut oana druf
> Er zoagt uf dia Tür und set: »Döt isch se!
> Dond d Stüa weag, dänn got se uf!«
> Aber sie haltend si alle d Ohra zua
> Und fangend z Studiera a
> I hett an VorSCHLAG, wia ma dia Tür ufmacha ka
> Abr i säg liabr nüt, will sus wär I sealbr dra (HS 6)[13]

Das bekannte Thema vom Stein der Weisen durchzieht (nicht nur in den zitierten Strophen) leitmotivisch diesen Song. Allerdings kommt dem Stein hier eine ganz andere Bedeutung als die gängige zu. Denn offensichtlich ist der »Stoa vo deam weisen Ma«, den die hier vor einer geschlossenen Tür Wartenden suchen, nicht jener Stein, der als Inbegriff alchimistischen Strebens gilt, der ›unedle‹ in edle Metalle, vor allem in Gold, zu verwandeln in der Lage wäre. Eher schon, aber auch diese Deutung ist zumindest mit einem, wenn nicht mehreren Fragezeichen zu versehen, meint er den Stein als Prinzip von Heilung und Läuterung oder der Verwandlung in ein höheres Selbst generell. Bemerkenswert ist jedenfalls, dass das lyrische Ich hier ebenso freimütig wie selbstbewusst bekennt, dass es den besagten Stein, den die anderen vergeblich suchen, schon längst hätte. Außerdem wisse es auch, wie man die Tür, vor welcher die anderen warten, aufmachen könnte. Tür und Stein sind dabei wie Schlüssel und Schloss miteinander verbunden. Denn die Tür befindet sich noch hinter einem Haufen Steine, die man nur wegschaffen müsste. Dann könnte man sie, so behauptet zumindest das selbstbewusste lyrische Ich, problemlos öffnen. Hinzu kommt noch, das steht in der zweiten Strophe, dass alle diese Leute vor dem »Arbeitsamt« stehen. Wie aber sind diese Fakten miteinander verbunden? Und welche Bedeutung kommt denn nun dem berühmten Stein der Weisen in diesem Song zu? Keine eindeutige, aber doch eine mögliche Auflösung liefert die letzte Strophe des Lieds. Sie geht so:

> Jetzt got mi alls a, und i renn zu der Tür
> Vo deam Arbeitsamt, und i schrei:
> »Des ischt dia Tür! Dond d Stüa weag! Jeda
> Niet oan, dänn kondr vorbei.«
> Abr si lachend bloß, und sie tanzend bloß
> Und es fangt zum Reagna a
> Und i dänk mir, jeda von deana ischt an gschieda Ma
> Und genau des sött ma säga, will sus ischt ma sealbr dra.

---

[13] Alle folgenden Zitate aus dem Song ebd.

Das Gedicht als Ganzes unter besonderer Berücksichtigung der letzten zwei Zeilen reflektiert, so steht zu vermuten, die Erfahrungen des theorieaffinen Österreichers mit der Seminarkultur auf deutschen Unis in den 1970er-Jahren, einer Zeit also, wo im Zuge der Post-68er-Ära die vornehmlich linke bis marxistisch-leninistische politische Theorie – von Marx und Engels selber über Trotzki bis zur Frankfurter Schule, Herbert Marcuse, Ernst Bloch, Jean-Paul Sartre, Georg Lukàcs, Walter Benjamin, um hier nur die vor allem im germanistischen Diskurs stark diskutierten Autoren zu nennen – eine Blütezeit erlebte, und, das besonders, mehr als nur ›Theorie‹ war oder Stoff, den es zu lernen galt.[14] Köhlmeiers »Sus wär i sealbr dra« steht zur Verherrlichung dieser Theorie quer, es unterläuft sie kritisch, ohne sie explizit zu kritisieren. In der fünften Strophe nämlich heißt es: »Oan stupft mi und flüstert mit Kennerblick: / ›Da Sa-sa-sasartre ischt tot.‹ / An andra heats ghört, und er lacht si kaputt / Und er set: ›Du, der moant bloß Gott.‹«[15] Diese Zeilen in Verbindung mit dem Hinweis »Und i dänk mir, jeda von deana ischt an gschieda Ma« lassen eben diese Kontextierung des Lieds – zumal eben vor dem Hintergrund von Köhlmeiers Biografie – mehr als plausibel erscheinen. Sie betrifft freilich nur einen Aspekt desselben. Die anderen sind, mit diesem Kontext freilich aufs Engste verbunden, die zwei zentralen Anspielungen des Songs, nämlich an den »Stein der Weisen« und an die »Tür«, vor der in diesem Fall nicht nur einer, sondern eben »an Hufa Lüt« stehen. Hier stellt sich, und das dürfte auch so intendiert sein, für etwas gebildetere Leser die Assoziation an Kafkas Türhüter-Parabel *Vor dem Gesetz* ein. Wie der zaghafte Mann, eingeschüchtert von den Worten und der Gestalt des Türhüters, bis zum Ende seines Lebens vergeblich hofft, »Eintritt in das Gesetz«[16], wie es wörtlich heißt, zu erlangen, so finden auch die, die in Köhlmeiers Song vor dem »Arbeitsamt« warten, keinen Eintritt, können

---

14 Vgl. in diesem Zusammenhang auch Köhlmeiers Reflexion dieser Studentenzeit in seiner Wildgans-Preis-Rede, in der das Primat der Politik gegenüber der Kunst in der damaligen Zeit sehr kritisch gesehen wird: »Marburg war damals eine sehr politisierte Universität, das galt vor allem für die Germanistik. Ein Seminar über Heinrich Manns *Der Untertan* lief schon nach der ersten Sitzung auf eine Diskussion über den Revisionismus der Sozialdemokratie in den zwanziger Jahren hinaus. Literatur, wurde verkündet, habe nichts anderes zu sein als ein Transmissionsriemen für eine politische Idee [...]. Die Erzählung, die ich für eine Königin hielt – und immer noch halte –, die wurde zu einer Dienerin degradiert. Der Schriftsteller habe der Lakai der Politik zu sein. Das verwirrte mich, deprimierte mich auch.« Köhlmeier, Warum ich Erzähler bin (wie Anm. 1).

15 Die letzte Aussage ist natürlich auch eine Nietzsche-Anspielung, an das berühmte mehrfach wiederholte Wort vom Tod Gottes, wie es sich vor allem in der *Fröhlichen Wissenschaft* und im *Zarathustra* findet.

16 Franz Kafka: Vor dem Gesetz. In: F.K.: Gesammelte Werke in zwölf Bänden. Nach der Kritischen Ausgabe hrsg. von Hans-Gerd Koch, Frankfurt am Main [4]2002, Bd. 1. Ein Landarzt und andere Drucke zu Lebzeiten, S. 211–212, hier S. 211.

die (hinter Steinen verborgene) Tür nicht öffnen. Ob man nun (bei Kafka) das Gesetz oder (bei Köhlmeier) den »Stoa vo deam weisen Ma« metaphysisch oder daseinsimmanent deuten mag, ist dabei so entscheidend nicht, entscheidender ist vielmehr der verwehrte Eintritt, also das Verfehlen der Selbstfindung im Sinne der Verwirklichung eines persönlichen Lebensgesetzes oder der Heilsfindung in einem vorgegebenen göttlichen Plan. Interessant ist darüber hinaus aber auch und vor allem die Differenz im Umgang mit diesem Versagen, dem verwehrten Eintritt bzw. dem Unvermögen, die geschlossene Tür zu öffnen. Denn in Köhlmeiers Song wiegt eben dieses nicht schwer. Im Gegenteil. Mag die Tür auch verschlossen sein, den vor ihr Wartenden scheint das so viel nicht auszumachen. Sie lachen nur und tanzen und lassen die Tür Türe sein, verschieben mithin die individuelle Sinn- oder kollektive Heilssuche auf später oder halten sie für so wichtig nicht. Dem lyrischen Ich ist das zwar nicht ganz geheuer, dennoch fügt es sich der Mehrheit, sagt nichts und denkt sich nur: »[J]eda von deana ischt an gschieda Ma.« Das ist doppeldeutig, bezieht sich gleichsam auf zwei durchaus unterschiedliche, ja partiell auch gegensätzliche Seiten der hier – indirekt – porträtierten Studentengeneration. Die eine Seite ist die theorieaffine dieser Leute. In dem Fall kommt es darauf an, die einschlägigen Texte (vor allem der linken politischen Theorie) gelesen zu haben, über sie diskutieren zu können. Dann darf man als »gschieda Ma« oder natürlich auch als eine gescheite Frau gelten. Die andere Seite ist die dem Sinnengenuss, dem Fest, der Ausgelassenheit zugewandte Seite der Leute, die vor der Tür warten. »[J]eda von deana ischt« auch und gerade deshalb »an gschieda Ma«, so denkt sich das lyrische Ich, weil die hier Versammelten statt auf dem Öffnen der Tür zu beharren lieber im Regen tanzen und lachen.

Auffallend ist, dass das Ich des Gedichts den Wartenden gegenübersteht, sich nicht als Teil von diesen versteht, sondern eher als Außenseiter.[17] Es wird nicht müde zu betonen, dass es den »Stoa vo deam weisen Ma« schon besitze und auch wisse, wie man die geschlossene Tür aufmachen könne. Zusätzlich unterstreicht dieses Gegenübersein das refrainartig wiederholte »Sus wär I sealbr dra«. Womit genau dieses Ich denn selber dran wäre, bleibt allerdings im Dunkeln. Ist es vor dem Hintergrund von Kafkas Türhüter-Parabel und der Thematik vom Stein der Weisen die individuelle Sinnfindung? Wäre demnach das lyrische Ich »sealbr dra«, also

---

17 Vor dem Hintergrund von Köhlmeiers Biografie und insbesondere seiner Äußerungen über seine Studentenzeit in der Wildgans-Preis-Rede könnte man das Gegenübersein des lyrischen Ichs in dem Song auch so deuten: Hier sind die allein oder primär politisch interessierten Studenten, die die Gesellschaft verändern wollen, dort der Erzähler Köhlmeier, der den Stein der Weisen schon längst gefunden hat, weil für ihn Literatur eben nicht primär »ein Transmissionsriemen für eine politische Idee« ist, sondern ein Wert an sich.

aufgefordert, seinen je individuellen Weg bzw. Lebenssinn zu finden oder zu gehen? Dieser Deutung steht allerdings entgegen, dass das Ich des Gedichts behauptet, den »Stoa vo deam weisen Ma« ja ohnedies schon zu besitzen. Jedenfalls wird es auch nicht müde zu betonen, dass es, im Gegensatz zu den anderen, eher schweigsam ist, lieber nicht sagt, was es weiß. So bleibt es ein Außenseiter, allein wie die anderen Wartenden, die zwar »an Hufa Lüt« sind, aber, wie es gleich zu Beginn heißt, letztendlich eben auch allein: »Und i sia, dia sind alle ganz alloa«. Den »Stoa vo deam weisen Ma«, den je individuellen Lebenssinn muss eben doch jeder für sich allein finden – mag das der Zeitgeist von 1968 auch anders gesehen haben.

Das immer wieder Abgebrochene in der Gedankenführung, der seltsame Hinweis darauf, dass die Leute schon 200 Jahre vor jener Tür warten und Liedzeilen wie die folgenden – man könnte im Übrigen noch mehr zitieren – »Oana haltet a Rede und set: / ›Jetzt stommr alle do.‹ / An andra frogt: ›Wer?‹ Und er set: ›Mein Gott!‹ / Und an dritta set: ›I ka num stoh.‹ / Und an Vierta frogat: ›Woane denn?‹« – zeigen neben dem erwähnten Bezug auf Kafka und den Stein der Weisen auch einen Bezug zu einer literarischen Traditionslinie, die vom Surrealismus bis zu Dada reicht. Allerdings weniger im Sinne einer direkten Bezugnahme, vielmehr im Sinne einer indirekten Rezeption. Diese indirekte Bezugnahme meint, dass Köhlmeiers Rezeption der genannten Traditionslinie gefiltert erscheint sowohl durch die Rezeption vor allem der amerikanischen Singer-Songwriter-Tradition als auch der Rock- und Popmusik(texte) generell. Allen voran ist hier natürlich der von Köhlmeier außerordentlich geschätzte, ja verehrte Bob Dylan zu nennen. *Like Bob Dylan* heißt nicht nur ein früher Einakter Köhlmeiers, bei unterschiedlichen Gelegenheiten hat dieser immer wieder betont, wie sehr er Dylan bewundert, wie sehr der inzwischen mit dem Literaturnobelpreis Geehrte ihn beeinflusst habe durch seine Stimme, durch seine Musik, durch seine Texte. In einem Interview anlässlich des 75. Geburtstags des Musikers, und kein Wunder, dass man hier gerade den bekennenden Fan Köhlmeier zu Dylan befragt hat, heißt es denn auch unmissverständlich: »Er ist der Künstler, der mich in meinem Leben inspiriert hat wie kein anderer. Keine Literatur, kein Film hat mich je so inspiriert wie seine Musik.«[18]

Es wäre eine durchaus nicht uninteressante Aufgabe, eben diesen Dylan-Spuren im Werk Köhlmeiers nachzugehen, zumal Dylans Songs ihrerseits wieder, zumindest eine große Zahl von ihnen, extrem anspielungsreich sind, durch eine Vielzahl von Inspirationsquellen durchgegangen sind und dergestalt eine Verbindungslinie ziehen von Woody Guthrie bis

---

18 Karl Fluch, Köhlmeier über Dylan. »Er hat mich inspiriert wie kein anderer«. Interview, in: Der Standard vom 24.5.2016, online abrufbar unter: http://derstandard.at/2000037485562/Michael-Koehlmeier-Er-hat-mich-inspiriert-wie-kein-anderer (aufgerufen am 23.02.2021).

sind und dergestalt eine Verbindungslinie ziehen von Woody Guthrie bis Arthur Rimbaud, von Kerouac bis Blake, von der Bibel bis zu Hank Williams oder von Yeats bis zu den Beatles, E- und U-Musik und E- und U-Literatur dabei konsequent aufeinander beziehend.

III

Diese Verbindungslinie zwischen E und U schlagen auch die Songtexte von Köhlmeier. Sie sind, das betrifft vor allem die späteren Lieder, um die es im Folgenden gehen soll, in ihrer Mehrzahl, Balladen. Balladen erzählen bekanntlich in knapper (lyrischer) Form eine Geschichte, die szenisch dargeboten wird, vereinen dergestalt also Merkmale dramatischer, epischer und lyrischer Dichtung. Dass der *Erzähler* Köhlmeier, dessen Erzählungen stark auf das Moment des Dialogischen setzen, sich gerade dieser Form in seinen Songs gern bedient, erscheint von daher nur konsequent. Und eben deswegen ist er auch hier ganz bei sich selber.

Im Mittelpunkt von Köhlmeiers Balladen steht – fast immer – der Mensch. Genauer gesagt, geht es in diesen Liedern aber nicht um *den* Menschen, sondern um einzelne, bestimmte Menschen, öfters sind es gesellschaftliche Außenseiter, manchmal die eigenen Kinder, gelegentlich Freunde. Ausgangspunkt ist in der Regel eine bestimmte Situation oder Stimmung, von der aus das Lied und mit ihm ein bestimmter Charakter (oder das Verhältnis des lyrischen Ichs zu einer bestimmten Person) entwickelt werden. In dem Fall können diese Balladen dann auch Liebeslieder sein. Die klingen dann etwa so:

> Neamand ka vazela
> Wia mine Liabschte vazella ka
> I schau zum Feanschtr usse
> Duss gond grad d Liachtr a
>
> Dia trurige Gschicht vom Vattr
> Vo da Muattr und vo da Tochtr dazua
> Dr Vatr heat all z viel
> Und d Muattr heat nia gnua
>
> Und s Meatele ischt gä net do
> Ihr Herz ischt, als wärs us Papier
> Mine Liabschte macht a Pause
> Und die Pause ghört bloß mir (HS 58)[19]

Dieses Lied, ›Wenn mine Liabschte vazellt‹[20] betitelt, zuerst in der drei CDs enthaltenden Box *42 songs* erschienen, hat insgesamt vier Strophen.

---

[19] Die folgenden Zitate aus dem Song ebd.

[20] ›Wenn mine Liabschte vazellt‹ ist zuerst in der drei CDs enthaltenden Box *42 songs* (2001) erschienen. Die einzelnen CDs haben die Titel *Jugend, Himmel* sowie *Kaffee und Zigaretten*.

Die hier zitierte ist die zweite. In die Liebesgeschichte der zwei, die sich hier, das steht in der ersten Strophe, abwechselnd Geschichten erzählen, ist noch eine (nicht dargestellte, aber unmissverständlich angedeutete) Missbrauchsgeschichte hinein verwoben. Sie betrifft den Vater und die Tochter, von denen hier die Rede ist, letztere eben auch zugleich die »Liabschte« des lyrischen Ichs. Die Geschichte endet damit, dass diese am nächsten Morgen den Zug nimmt, um möglichst weit fort zu reisen: »Sie flügt ane, wos wit vo dahoam ischt / Und seis so wit wia da Mo«. Eben dieser Zug, genauer: das wiederkehrende Geräusch der Züge, figuriert leitmotivisch auch als Hintergrundgeräusch des Songs. Die regelmäßig wiederkehrenden Züge »vo da ÖBB« begleiten die Erzählung der Liebsten. Sie stehen für die Bewegung und sind doch immer da, kommen jeden Morgen, Mittag und Abend und noch dazwischen an, fahren weiter und kommen wieder, genau wie die Erinnerungen an das traumatische Kindheits- oder (das ist nicht eindeutig bestimmt) Jugenderlebnis der Geliebten. Dem entkommt man nicht, indem man wegfährt. Und doch ist das Wegfahren notwendig, weil es zumindest scheinbar und zumindest vorübergehend Distanz schafft zu eben diesem und damit auch zu dem, was einmal Daheim war und zugleich die Perversion von Daheim: »Und sie flügt mit am Zug davo / Sie flügt ane, wos wit vo dahoam ischt / Und seis so wit wia da Mo«.

Der Song ist über die referierte Thematik hinaus nicht zuletzt insofern interessant, als das Erzählen – und zwar auf mehrfache Weise – hier auch thematisch wird. Es ist konstitutiv für den dargestellten Charakter, die Liebste, die besonders gut erzählen kann, konstitutiv für den Song, der eben davon handelt, es situativ vorführt, und schließlich wird noch – mit dem Hinweis auf die Missbrauchsgeschichte – eben diese als Geschichte in der Geschichte erzählt.

Diese Ballade wie auch die meisten anderen Songs von Köhlmeier – ›Sus wär i sealbr dra‹ bildet diesbezüglich doch eher eine Ausnahme – sind trotz ihrer – freilich sehr unterschiedlichen – Komplexität leicht verständlich. Gewöhnlich geht es in diesen Liedern, wie angedeutet, um die Exposition eines Charakters oder vielleicht besser einer literarischen Porträtskizze oder die einer Stimmung. Mit Blick auf Letzteres heißt es dann etwa: »Übr d Stroßa zühend d Moatla / Vo da Brucka fallt da Mo / Uf da Brucka wartend d Moatla / Wänd mim Mo is Wassr go.« (HS 134) Der Titel dieses Liedes ist übrigens identisch mit der zitierten ersten Zeile. Die Lieder, die Porträtskizzen sind, erzählen entweder Geschichten oder sie exponieren einen Charakter in Verbindung mit einer bestimmten Stimmung, charakteristischen Handlungen und/oder auch der Beziehung des Autors resp. des lyrischen Ichs zur porträtierten Person wie etwa in den den eigenen Kindern gewidmeten bzw. ihnen geltenden Liedern, ›A schös Liad (Paulalied)‹ und ›Kläna Bändl (Lorenzlied)‹ betitelt (vgl. HS 38ff.).

»An Bleistift im Sack / Und an Öpfl im Sack / S ischt Mäntig, i ha frei und ha da Hemingway dabei«[21] beginnt etwa ersteres.

Gewöhnlich arbeitet Köhlmeier in seinen Songs – hier, das gilt es zu betonen, ist ausschließlich von den Texten die Rede – mit den für die Gattung üblichen Mitteln, nämlich einer stark von Rhythmus und Reim geprägten Grundstruktur. Auffällig ist dabei die große Vielfalt an Strophenformen. Da gibt es kurze, dreihebige Achtzeiler wie im ›Frühlingsliad‹ (HS 48), vierhebige Zwölfzeiler mit einem langen Refrain wie in ›Mämol möcht i‹ (HS 46), traditionelle vierhebige Vierzeiler wie in dem erwähnten ›Übr d Strossa zühend d Moatla‹, den Wechsel von vier und achtzeiligen Strophen mit unterschiedlicher Länge wie in ›A rots Lieble‹ (HS 68) oder ganz kurze Zwölfzeiler wie in dem langen, immerhin ebenfalls zwölf Strophen umfassenden ›Blues vom Anfang‹ (HS 32), der eine sehr alternative und doch von den traditionellen Schöpfungsgeschichten (und der Naturgeschichte) inspirierte Geschichte erzählt, die sehr schön auch Köhlmeiers poetische und surrealistisch inspirierte Umdeutung des Materials demonstriert. Dieses bildet hier nämlich nur den fernen Hintergrund für eine ganz eigene Geschichte – mit Hohenemser Lokalkolorit, gesellschaftskritischen Begleittönen und Anspielungen an verdrängte NS-Verbrechen.

Man könnte im Übrigen auf noch weit mehr Formen aufmerksam machen, die in Köhlmeiers Songs begegnen, etwa auf die unterschiedlich langen Strophen in dem ›Blues vo da Krüppl‹ (HS 262–265),[22] wo Zwölf-, Acht-, Sechs- und Fünfzeiler einander abwechseln, durchaus nicht von einem regelmäßigen Metrum bestimmt, und wo eine Strophe in dem längeren Song nicht weniger als 17 Verse hat. Allerdings ist der Song dann ganz so unregelmäßig auch wieder nicht. Denn gleichsam als Leitmotiv verbindet die einzelnen Strophen miteinander – bezeichnenderweise – die Zeile »Iiiiiiiii ----- könnt vazella«. Und erzählt wird hier selbstredend dann auch, übrigens ganz ohne falsche Betulichkeit, vielmehr mit nichts beschönigender Direktheit, wie es im Titel schon heißt, »vo da Krüppl«, und zwar aus der Innenperspektive, präzise, aus der Sicht eines einzelnen. Insofern ist der Blues auch ein Rollengedicht.

Davon gibt es einige in dem Band, etwa jenes ebenfalls unter die verstreuten Songs eingereihte Lied mit dem Titel ›Luagt mi a, da Bua, as wär er an Vogl‹ (HS 236), das das Thema Gewalt an Kindern aus der Sicht eines

---

21 Auch diese Lieder sind übrigens aus der 42-songs-CD. Die übrigen Lieder aus dem Buch *Hundertsieben Songs* sind eben aus der *Owie-lacht*-Platte, zum Teil verstreute Songs, die hier gesammelt wurden, *Lieder nach Motiven von Hank Williams*, 2008 ebenfalls als CD erschienen, sowie Lieder, die Köhlmeier für die Vorarlberger Band Schellinski geschrieben hat, und zwar für deren CDs *Tränavogl*, *Us m Sack* und *Herz Schmerz Hotel*.

22 Das Lied selbst ist allerdings nicht länger als zwei Seiten, da in dem Buch auf der rechten Seite jeweils immer die hochdeutsche Übersetzung abgedruckt ist.

Täters zur Darstellung bringt. Auch hier also zeigt sich, eben im Rollengedicht, in der Lyrik Köhlmeiers die eingangs erwähnte Verbindung zum Monologischen oder Dialogischen, im weitesten Sinn also zur dramatischen Form. In dem Fall wird aus der Rollenfigur heraus, der lyrischen Form entsprechend, eine bestimmte Stimmung, Situation und mit dieser, präziser, eben aus dieser heraus ein Charakter entfaltet.

Die große Vielfalt an Strophenformen, die charakteristisch für Köhlmeiers Songs ist, lässt, wenig verwunderlich, einen Schluss zu, nämlich den: Es ist die Geschichte, die vorgibt, wie sie erzählt werden will. An ihrem Fluss, den Verzweigungen ihres Inhalts orientiert sich die formale Struktur. Die Stärke, wenn man so will, dieser Songs liegt in ihrer Nähe zum Leben, auch in dem Unprätentiösen der Darstellung, das manchmal eben deshalb überzeugt, weil es gar nicht so viel will, nicht viel mehr als etwas näherbringen, das auf dem Weg liegt und – nach Möglichkeit – bewegen soll. Besonders charakteristisch in dieser Hinsicht ist etwa ein Song wie ›Vabänd a beda Händ‹ (vgl. HS 62), der der flüchtigen Begegnung oder eher nur der Wahrnehmung eines Mädchens am Bahnsteig gilt, das, wie es schon im Titel heißt, an beiden Händen Verbände trägt, oder die Ballade ›Muchti und Marie‹ (HS 74–77), welche die Liebesgeschichte zwischen zwei Rauschgiftsüchtigen erzählt. Diese endet nicht tragisch, sondern mit einem geradezu klassischen, fast kitschigen Happy End, nämlich mit der Heirat der beiden und der Geburt ihres Kindes. Und doch steht die Ballade als Ganzes zu diesem Happy End quer. Zum einen, weil die erzählte Geschichte mehr Fragen offenlässt denn beantwortet, zum anderen, weil das Ende auch nur gleichsam als eine Station dargestellt und nicht als solches gesetzt ist. Gleichwohl aber ist dem Ende mit dem Versprechen auf Erneuerung (eben der Geburt) auch ein positiver Grundton inhärent. Der Refrain der Ballade lautet:

D Sunna kut net vom Fleack
Abr viellicht isches s Leaba
D Sunna kut net vom Fleack
Abr viellicht isches s Leaba

Dieser Refrain wird am Ende noch ein letztes Mal wiederholt. Zur Geburt des Kindes steht die Behauptung, dass das Leben nicht vom Fleck komme, quer. Andererseits kommt eben für den in der Sucht Gefangenen das Leben in der Tat nicht vom Fleck. Es ist für ihn die Wiederkehr des Immergleichen, der Kicks, die sich wiederholen, aber keine wirkliche Erneuerung nach sich ziehen. Das Leben ist in dem Fall die Straße, die von einem Schuss, einem Kick zum nächsten führt, aber nicht, mit Hölderlin zu sprechen, »ins Offene«. Die Metapher der Sonne fügt sich in dieses Bild. Sie ist – für den Süchtigen – gleichbedeutend mit diesem Kick, glänzend hell, aber auch bedrohlich, tödlich für den, der ihr zu nahekommt, zu viel nimmt vom Stoff, der letztlich aber auch das ist, was wärmt. Denn ohne den Kick, ohne diese Sonne, wäre das Leben eine einzige Nacht, nicht lebenswert. Vom Fleck kommt das Leben dann aber eben doch mit der Geburt des Kindes.

Dieses Kind ist ein Versprechen wie jedes (menschliche) Leben. Und eine der zentralen Möglichkeiten von Literatur ist, eben diesem Leben, das täglich tausendfach entsteht und vergeht, nachzuspüren, damit es – zumindest für eine Weile – erinnert wird oder etwas weiter hinausstrahlt. Nicht nur der Erzähler Köhlmeier, auch der Songschreiber hat, wie dargestellt, das seine dazu getan in den zahlreichen Songs, die Personen gelten, die manchmal Porträts sind, manchmal nur Momentaufnahmen, in denen ein Leben, eine Person, eine Seite derselben kurz aufblitzt, eben dieser Möglichkeit von Literatur und damit den Personen, von denen die Songs handeln, (s)eine Stimme im wörtlichen und übertragenen Sinn zu geben. Und das ist doch was.

Michael Krüger

Der Erzähler als Dichter

Dürfen Romanciers Gedichte schreiben? Wieso denn nicht, kann die Antwort nur lauten, jeder darf heute alles tun und lassen, was er für richtig hält, ob das den hohen Kunstrichtern nun gefällt oder nicht. Aber bei einem Blick zurück fällt doch auf, dass viele der großen oder bedeutenden – was immer das heißen mag – Romanschriftsteller verschämt auf ihre lyrischen Hervorbringungen hingewiesen haben, wenn sie sie denn überhaupt zum Teil ihres Werkes rechnen wollten.

Kann man sich vorstellen, dass der enthusiastische, an sich, an der Welt und an Geldmangel leidende Charles Baudelaire Romane veröffentlicht hätte? Jeder, der die *Blumen des Bösen* gelesen hat, wird mit dem Kopf schütteln: Einer wie Baudelaire hat das Lyrische, die lyrische Form, das poetische Sprechen über seine Wahrnehmung der Zeit zu so artistischer Höhe getrieben, dass es für die epische Form, wie sie seine Zeitgenossen mit größter Meisterschaft entwickelt haben, untauglich war. Kann man sich das Sonett *Der Schwan* als Kurzgeschichte vorstellen? Und andererseits wären Stendhal, Flaubert, Balzac oder Sue nie auf die Idee gekommen, ihre Zeit in Verse zu bannen, wie es früher einmal martialisch hieß, ihr Metier war die Prosa, das Massenpublikum, die Zeitung, der Konflikt des Einzelnen mit der Masse, von Stadt und Land, und Land und Welt, von Kirche und Bürgertum und wie die Begriffspaare, die der große Erzähler zu dramatischen Oppositionen aufbaut, alle heißen. Auf jeden Fall ist es der Stoff des Jahrhunderts, der verhandelt wird – ganz unabhängig davon, wie viele Leser sich dafür gewinnen ließen. Stendhal wenig, Balzac viel.

Auch hier gibt es natürlich die Ausnahmen: zum Beispiel Zola, der neben seinen dreißig oder mehr Romanen auch noch die Zeit und die Muße und das Bedürfnis fand, sich in Gedichten Ausdruck zu verschaffen. Aber generell gilt: Offenbar musste man sich entscheiden, auf welcher Seite der Literatur man stehen wollte – auf der Seite der Poesie oder auf der Seite der Prosa, und wer sich nicht entscheiden konnte, schrieb zum Ärger der Literaturwissenschaft lyrische Prosa oder prosaische Lyrik, denn es gehörte natürlich zum festen Bestandteil einer ordentlichen Wissenschaft, das Lyrische vom Dramatischen und Prosaischen sorgfältig abzugrenzen.

Man könnte zu diesem Thema geradezu ein literarisches Quiz entwickeln: Wer und warum ist einer Dichter, Lyriker, Verseschmied, oder aber Romancier, Erzähler, Prosaist. Das Dramatische hat sich verabschiedet, weshalb man neuerdings Romane auf die Bühne hievt, wenn auch keiner außer den Theaterleuten versteht warum.

Hätte Marcel Proust seine *Suche nach der verlorenen Zeit* nicht auch in einem längeren Gedicht abhandeln können? Nein, sagt der gebildete Literaturwissenschaftler. Aber warum nicht? Proust hat in seiner Jugend auch Gedichte geschrieben, von denen er sich aber später geradezu ostentativ distanzierte. Er wollte sie nicht einmal in seine *Gesammelten Werke* aufnehmen. Und Robert Musil, der außer seinen frühen Erzählungen bis an sein Lebensende nicht einmal den *Mann ohne Eigenschaften* zu Ende bringen konnte, warum hat er nicht damit geliebäugelt, seiner geliebten Frau ein paar Blousons auf den weiblichen Körper zu schreiben? Und Hermann Broch? Und Joseph Roth, warum hat er es nicht vermocht oder nicht gewollt, zwischen die Romane und Reportagen ein paar lyrische Botschaften über die untergehende Habsburger-Welt zu schmuggeln? Und warum ist es Alfred Döblin, dem Meister des Argot, nicht im Traum eingefallen, dem Franz Bieberkopf ein paar Gassenhauer zuzuschreiben? Und Heinrich und Thomas Mann? Fehlanzeige. War Franz Kafka nun ein genuiner Dichter – denn ein Romancier war er nun wirklich nicht. Und wie steht es mit Robert Walser, der zwölf dicke Bände mit Romanen und Prosastückli vollgeschrieben hat, aber auch einen halben mit unvergesslichen Gedichten? Natürlich war er einer der besten Dichter des 20. Jahrhunderts.

Und andererseits: Kann man sich vorstellen, dass Bertolt Brecht, der Autor der *Svendborger Gedichte*, je auf die Idee verfallen wäre, den großen Roman über die Weimarer Republik zu schreiben? Sein Cäsar-Roman, der einzige größere Prosaversuch Brechts, blieb Fragment. Aber da gab es doch noch den *Dreigroschenroman*, gleich nach Kriegsende und Rückkehr aus dem amerikanischen Exil veröffentlicht!? Nie gelesen. Rainer Maria Rilke hat einen geglückten Versuch in Prosa unternommen, aber ist sein großartiger *Malte* nicht doch eine Art Prosagedicht?

Hätte man Hugo von Hofmannsthal auffordern sollen, endlich einmal die große Form zu versuchen? War es eine bewusste Entscheidung von Stefan George, sich auf Gedichte zu beschränken? Gottfried Benn bleibt, trotz seines *Rönne*, im Gedächtnis der Nachwelt der schillernde Dichter einer Spätzeit. Astern, schwelende Tage: das kann in einem Gedicht passieren... aber in einem Roman?

Kurzum, wir wissen zuverlässig, dass Fjodor Dostojewski nach dem Besuch des Spielcasinos keine Gedichte geschrieben hat, Lew Tolstoj nicht daran gelegen war, mit lyrischer Prosa die Nachwelt zu faszinieren, und Iwan Turgenjew zwar die Dichtung über alles liebte, selber aber nicht das Bedürfnis verspürte, sie zu schreiben – aber die tieferen Gründe für diese Einseitigkeit bleibt selbst uns passionierten Lesern verborgen.

Man kann dieses Spiel endlos fortsetzen, ohne zu einem wirklich schlüssigen Ergebnis zu kommen. Die literaturwissenschaftlichen Untersuchungen zu dieser Frage füllen ganze Bibliotheken, aber immer, wenn man den Zipfel zu einer Lösung dieser Frage in den Fingern zu haben glaubt, fallen einem Gegenbeispiele ein – und die mühsam errichtete Konstruktion fällt wie ein Kartenhaus zusammen. Eduard Mörike ist trotz des großartigen Romans vom Maler Nolten mit seinem Gedicht »Auf eine Lampe« unsterblich geworden. Unsterblich? »Ich bitte Sie«, hätte der zynische Dr. Gottfried Benn gesagt, und in der Tat, über dieses Thema müssen wir uns ein andermal länger unterhalten, zum Beispiel anhand der Gedichte von Paul Celan.

Walter Benjamin hat in einem seiner bis heute interessantesten Aufsätze »Der Erzähler. Betrachtungen zum Werk Nikolai Lesskows« festgehalten, dass der wahre Erzähler »unter die Lehrer und Weisen ein[geht]«: Ihm ist es »gegeben, auf ein ganzes Leben zurückzugreifen. (Ein Leben übrigens, das nicht nur die eigene Erfahrung, sondern nicht wenig von fremder in sich schließt. Dem Erzähler fügt sich auch das, was er vom Hörensagen vernommen hat, seinem Eigensinn bei.) Seine Begabung ist: sein Leben, seine Würde – sein *ganzes* Leben erzählen zu können. Der Erzähler – das ist der Mann«, schreibt Benjamin, »der den Docht seines Lebens an der sanften Flamme seiner Erzählung sich vollkommen könnte verzehren lassen. Darauf beruht die unvergleichliche Stimmung, die bei Lesskow so gut wie bei Hauff, bei Poe so gut wie bei Stevenson, um den Erzähler ist.«[1] Ich glaube, keiner hat etwas dagegen, mit der Tinte, die all diese Namen hintereinander gesetzt hat, auch den Namen Michael Köhlmeier anzufügen.

Und nun hat dieser genuine Erzähler von Lebensgeschichten zwei stattliche Bände mit Gedichten veröffentlicht: *Der Liebhaber bald nach dem Frühstück* und *Ein Vorbild für die Tiere*,[2] und wir dürfen fragen, ob das nun Nebenwerke sind, Brosamen, vom Tisch des *Abendland*-Erzählers gefallen, Späne, die beim Hobeln der Bretter, die den Rahmen abgeben zu den fantastischen Geschichten von Churchill und Chaplin, übrigblieben, oder eben doch eigenständige Kunstwerke, die sich zwischen den schweren Brocken behaupten können?

---

1 Walter Benjamin, Der Erzähler. Betrachtungen zum Werk Nikolai Lesskows, in: Benjamin, Gesammelte Schriften, hrsg. von Rolf Tiedemann und Hermann Schweppenhäuser, Bd. 2/2: Aufsätze, Essays, Vorträge, Frankfurt am Main 1977, S. 438–465, hier S. 464f.

2 Michael Köhlmeier, Der Liebhaber bald nach dem Frühstück. München 2012; Ein Vorbild für die Tiere. München 2017. – Aus *Der Liebhaber bald nach dem Frühstück* wird im Folgenden zitiert unter der Sigle LF, aus *Ein Vorbild für die Tiere* unter der Sigle VT, jeweils mit entsprechender Seitenzahl.

Kein Mensch bekennt sich mehr dazu, sich von Gedichten inspirieren zu lassen – bis auf die eintausendvierhundertundzweiunddreißig Dichter natürlich, die fleißig ihre Vorgänger und die Zeitgenossen lesen. Es ist uncool zu sagen, Gedichte würden einem das Herz erwärmen, und wenn ein Mädchen einen Buben beeindrucken will, schenkt sie ihm besser nicht die *Gesammelten Gedichte* von Paul Celan, sondern einen soliden Liebesroman, der gut ausgeht. Und umgekehrt wäre der Bub ein Schöps, wenn er glaubte, das angebetete Mädchen mit den Gedichten der heiligen Häretikerin Christine Lavant herumkriegen zu wollen. Das ist vorbei. Vielleicht kommt eine solche Gelegenheit einmal wieder, wenn die seltsam verschlüsselten Gedichte die letzten für die Überwachungskameras unlesbaren Mitteilungen sind, die dann, wenn alle Codes geknackt sind, für den Buben und das Mädchen die einzigen Möglichkeiten des klandestinen Austauschs sind. Dann käme das alte Wort aus der Schule: »Was will der Dichter uns damit sagen?« wenigstens bei den Geheimdiensten wieder zu seinem vollen Recht. Man muss heutzutage nur aufpassen bei Liebesgedichten, dass sie nicht als anzüglich verstanden werden. Der groteske Streit über das an die Wand einer Berliner Schule gemalte Gedicht von Eugen Gomringer sollte alle warnen, die heute noch auf die freie Meinungsäußerung wenigstens in der Literatur setzen.

Aber die Regel sieht anders aus... Im Moment muss man mit Günter Eichs Gedicht »Zuversicht« sagen: »In Saloniki / weiß ich einen, der mich liest, / und in Bad Nauheim, / das sind schon zwei«[3] oder man muss an Enzensbergers Gesetz erinnern, wonach in jeder Nation, ganz gleich aus wie vielen Menschen sie besteht, ob wir Island nehmen oder Amerika, sich immer genau eintausendvierhundertundzweiunddreißig Menschen für Gedichte interessieren. In Island, heißt das, befindet sich in jedem fünften Haus wenigstens ein Mensch, der sich offen dazu bekennt, bei Tageslicht oder heimlich in der Nacht hin und wieder ein Gedicht gelesen zu haben, in Amerika gibt es ganze Stadtviertel, in denen noch nie eines gelesen wurde. In Deutschland wird wenigstens die schöne Sitte gepflegt, in Bestattungsinstituten eine Auswahl von Gedichtfragmenten für die ansprechende Gestaltung des Trauerzirkulars vorgelegt zu bekommen, sodass die toten Anverwandten, die sich nicht mehr wehren können, in ihrer letzten Stunde auf Erden ein paar Zeilen von Abraham a Sancta Clara – vorne hui und hinten pfui – oder von Rilke mit in die Ewigkeit nehmen dürfen. Auch Benns Zeile »In meinem Elternhaus hingen keine Gainsboroughs«[4] findet hier vielfach Verwendung. Aber ansonsten sind Gedichte, sieht man vom Rap ab, aus der Öffentlichkeit verschwunden.

---

[3] Günter Eich, Gesammelte Werke. Bd. 1: Die Gedichte. Die Maulwürfe, hrsg. von Axel Vieregg, Frankfurt am Main 1973, S. 166.

[4] Gottfried Benn: Teils-Teils, in: Benn, Sämtliche Werke. Stuttgarter Ausgabe, hrsg. von Gerhard Schuster. Bd. 1: Gedichte 1. Stuttgart 1986, S. 317f., hier S. 317.

Nicht einmal die rechtspopulistischen Bewegungen in Deutschland und Österreich, die sich so emphatisch auf Tradition berufen, können mit den Namen Mörike, Novalis, Lenau oder Platen etwas anfangen, und Lenau darf man nicht einmal in den Mund nehmen, weil er Zigeunerlieder geschrieben hat und Heine war doch so irgendetwas wie ein Jude. Also beschränkt man sich auf Burschenschaftslieder und Trinksprüche, um die tausendjährige erfolgreiche deutsche Geschichte hochleben zu lassen. So-viel zur Tradition.

Egal. Einer, ich habe vergessen wer – aber es muss ein Dichter gewesen sein – hat einmal gesagt, Gedichte seien wie Gras: Selbst wenn man die Straße teert und versiegelt, sprießt es nach einer Weile durch den Asphalt. Aber es gilt auch: »Es träumt sich nicht mehr recht von der blauen Blume. Wer heut als Heinrich von Ofterdingen erwacht, muss verschlafen haben.«[5]

Sie müssen entschuldigen, dass ich so lange und nicht besonders originell über die geradezu unheimliche Präsenz von Gedichten spreche, besser über ihre Nicht-Präsenz, aber das ist nun mal mein Metier. Ich muss immer lachen, dass dann, wenn ein Gedichtband sich mehr als dreitausendmal in den deutschsprachigen Ländern verkauft, bereits von einer Renaissance des Gedichts geredet wird, statt genauer hinzusehen, was da geschrieben steht. »Warum – fragt der polnische Dichter Adam Zagajewski – gibt es so viele durchschnittliche Poeten, deren Gewöhnlichkeit uns zur Verzweiflung treibt? Warum lassen die zeitgenössischen Poeten sich auf geistige Lauheit ein, auf kleine, kunsthandwerkliche, ironische Scherze, auf einen eleganten, gelegentlich fast schon wieder sympathischen Nihilismus?«

In Michael Köhlmeiers Roman *Abendland* steht im zehnten Kapitel des dritten Teils, der die Abenteuer des Erzählers in Amerika berichtet, wie er zum Schriftsteller wurde:

> Ein Notizbuch voll mit ersten Sätzen hatte ich. Sechzig durchnummerierte bleistiftbeschriebene Seiten – das war alles, was ich nach fünf Monaten in der Hauptstadt der Welt an literarischer Arbeit vorzuweisen hatte. Ich hatte mich so sehr daran gewöhnt, unter Dagmars fordernder Anleitung für Dagmars kriegerisches Lob zu dichten, dass ich mich nach unserer Trennung als Schriftsteller erst neu erfinden musste – so rechtfertigte ich mich vor mir selbst. Ich wagte mich nicht an zweite Sätze heran, heuchelte mir vor, die ersten könnten dadurch ihre Keuschheit verlieren; ihre Vorläufigkeit würden sie verlieren -davor war mir in Wahrheit bange: dass ich Kraft beweisen müsste. Ich hatte sogar schon daran gedacht, die Sätze in Zeilen zu brechen und sie mit arabischen Ziffern zu versehen und sie zu je zehn oder zwölf zu bündeln und die Bündel mit arabischen Ziffern zu überschreiben und zu

[5] Walter Benjamin, Traumkitsch, in: Benjamin, Gesammelte Schriften, hrsg. von Rolf Tiedemann und Hermann Schweppenhäuser, Bd. 2/2, Frankfurt am Main 1977, S. 620–622, hier S. 620.

behaupten, das Ergebnis sei ein Poem. Einige Gedichte von William Carlos Williams kamen mir so vor – wie, was man mitkriegt, wenn ein redelustiger Engel über einen drüberfliegt.[6]

Und dann folgt, im englischen Original, das Gedicht »The Red Wheelbarrow«, das in der Übersetzung von Hans Magnus Enzensberger folgendermaßen lautet:

Die Rote Schubkarre

so viel hängt ab
von

einer roten Schub-
karre

glänzend von Regen-
wasser

bei den weißen
Hühnern.[7]

Diese 15 außerordentlich unscheinbaren Wörter, die, hintereinander gelesen, einen nicht besonders dramatischen Sachverhalt bezeichnen, hat Williams zu vier Strophen zu jeweils zwei Versen arrangiert – und dieses Nichts an Aufwand in seinem Gedichtband *Spring and All* (dt. *Frühling und Alles*) 1923 veröffentlicht. Was hängt bitte von der roten Schubkarre ab, die da glänzend vom Regen bei den weißen Hühnern steht? Heute steht die Rote Schubkarre zusammen mit einem anderen ähnlich gebauten, vielleicht noch etwas rätselhafteren, das »This Is Just to Say« heißt – »Nur damit du Bescheid weißt« – am Anfang jeder Anthologie moderner amerikanischer Poesie – zwei Ikonen einer nicht-narrativen Poesie, die unter dem Stichwort »Imagismus« nicht nur in der Dichtung, sondern auch in der Malerei Schule gemacht hat. »Alle Kunst ist sinnlich«, hat Williams gesagt, »versucht nicht dahinterzukommen. Lehnt euch zurück, entspannt euch, lasst sie euch ins Gesicht zischen.«[8] »No ideas but in things«[9] lautet Williams' berühmtester Ausspruch, keine Ideen außer in

6 Michael Köhlmeier, Abendland, München 2008, S. 464f.

7 William Carlos Williams, Gedichte. Amerikanisch und deutsch, übers. von Hans Magnus Enzensberger, Frankfurt am Main 1962, S. 83. Im englischen Original: »So much depends upon a red wheel barrow glazed with rain water beside the white chicken«, ebd., S. 82.

8 William Carlos Williams, A Note on Poetry, in: The Oxford Anthology Of American Literature, hrsg. von William Rose Benét und Norman Holmes Pearson, New York 1938, S. 1313–1314.

9 William Carlos Williams, The Collected Poems, hrsg. von Walton Litz und Christopher MacGowan. Bd. 1: 1909–1939, New York 1986, S. 264.

Dingen, mit dem er, wie Enzensberger gesagt hat, zum Erzvater der modernen amerikanischen Poesie geworden ist. Nun das zweite Gedicht:

Nur damit du Bescheid weißt

Ich habe die Pflaumen
gegessen
die im Eisschrank
waren

du wolltest
sie sicher
fürs Frühstück
aufheben

Verzeih mir
sie waren herrlich
so süß
und so kalt.[10]

»Die Rote Schubkarre«, heißt es weiter in Köhlmeiers *Abendland*, »war mein Lieblingsgedicht, seit ich es, von Mr. Paul zu seiner Ziehharmonika vorgetragen, zum ersten Mal gehört hatte; und ich glaube, es ist mein Lieblingsgedicht noch heute.«[11] Was dieses Gedicht dem Dichter Michael Köhlmeier bedeutet hat – und wahrscheinlich immer noch bedeutet –, kann man in seinem ersten Gedichtband *Der Liebhaber bald nach dem Frühstück* nachlesen, wo es zum Beispiel heißt:

Analyse der Gewalt 1

Aus ihrem Ärmel
Kroch
Ein Frettchen,

Sprang
Mir an die Stirn
Und fiel

Nach dem Biss
Ab
Als ein leeres Stück Fell.
(LF 21)

---

[10] Williams, Gedichte (wie Anm. 7), S. 93.
[11] Köhlmeier, Abendland (wie Anm. 6), S. 465.

Oder ein anderes Gedicht:

Porträt am späten Nachmittag

Sie duschte, trank im Stehen, nass
Und nackt, einen Espresso. Durchs
Fenster sah sie auf die Marktstände
Hinunter; einige Tauben schienen sich
Zu langweilen, andere waren aufgeregt.
Die Brandwunde an ihrem Unterarm
Begann wieder zu schmerzen, sie
Leckte darüber und blies darauf.
(LF 15)

Und ein drittes Gedicht:

Analyse der Gewalt 3

Im Schaufenster
Der Bäckerei
Hängen Rosen,

Die Stiele
Nach oben,
Die Köpfe

Nach unten,
Blätter und Dornen
Abgetrennt.
(LF 83)

Die Ähnlichkeiten springen genauso ins Auge wie die Unterschiede. Während das zweite Gewalt-Gedicht das Bild kommentarlos und gewissermaßen nackt ins Zentrum stellt, die nach unten hängenden Rosen im Schaufenster der Bäckerei, trägt »Gewalt 1« bereits den Keim einer Geschichte in sich, und das Porträt einer Frau ist bereits eine Geschichte in der Nussschale. An diesen drei dem Dichter William Carlos Williams verpflichteten Gedichten ist der Übergang vom Gedicht zur Erzählung ablesbar. Die mit den Köpfen nach unten hängenden, blätter- und dornenfreien Rosen sind nichts als ein Stillleben, ein stillgestelltes Bild, ein Augen-Blick, eine Fotografie, ein Memento mori. Da es sich nicht um Astern oder Kornblumen handelt, sondern um Rosen, fallen einem natürlich hundert Geschichten aus der Mythologie ein, wo die Königin der Blumen, wie die Rose zum ersten Mal von Sappho genannt wurde, ihre herausragende Rolle in fast allen Zivilisationen spielt. Die Rose steht für Anmut und Schönheit und für den Eros, aber wenn sie ihrer Stacheln und ihrer Blätter entledigt ist und kopfunter im Schaufenster hängt, dann ist ihr symbolischer Gehalt wohl dahin. Und nur weil sie so lahm und kraftlos das Schaufenster der Bäckerei verunziert, hat sie der Dichter wahrgenommen. Wäre im Schaufenster ein großer Strauch herrlich blühender Rosen gestanden, hätte der Dichter diese sicherlich auch wahrgenommen – ah, sieh da, ein Strauß blühender Rosen im Schaufenster der Bäckerei –, aber höchstwahrscheinlich kein Gedicht darüber geschrieben, und schon gar keines mit dem Titel: »Analyse der Gewalt«. Versuchen wir es trotzdem:

Im Schaufenster
Der Bäckerei
Stehen Rosen,

Die herrlichen
Köpfe funkeln
Im Licht,

Die Dornen
Unter den Blättern
Vergraben,
Sie stechen nicht mehr.

Ich glaube, ich muss das nicht weiter kommentieren. Das Bild funktioniert in dem Gedicht eben nur, wenn die Köpfe hängen und Dornen und Blätter entfernt sind. Unser Auge zuckt nur, wenn etwas an den alltäglichen Bildern nicht stimmt. Keiner würde sagen, schau mal, die drei schönen Rosen da im Schaufenster, aber jeder würde die vergammelten, nicht gerade Werbung für die Bäckerei machenden Blumen bemerken. Ein Memento mori? Keiner würde sagen, schau mal, die graue Schubkarre dort, aber die rote Schubkarre bei den weißen Hühnern ist ein unvergessliches Bild, und nicht einmal ein Kind würde rufen: Die Frau hat ja einen Kopf! Aber jedem Kind leuchtet die Zeile ein: »Dem Bürger fliegt vom spitzen Kopf der Hut«,[12] wie es in dem Gedicht »Weltende« von Jakob van Hoddis heißt.

Das Gedicht mit dem Frettchen geht insofern über das Dinggedicht hinaus, als eine Szene beschrieben wird, Mann und Frau oder Bub und Mädchen oder Mann und Mädchen, wenn man davon ausgeht, dass erwachsene Frauen immer seltener mit einem Frettchen auf der Straße anzutreffen sind. In New York ist das Halten von *Mustela putorius furo* sogar verboten, in Österreich Gott sei Dank nicht, man muss allerdings beim Überqueren der Grenze innerhalb der EU einen Heimtierausweis dabei haben. Was ist passiert? Wenn in einem Gedicht ein *Ich* auftaucht, so haben wir in der Schule gelernt, ist es ein lyrisches Ich, das wir nicht verwechseln sollen mit dem Autor, eine ziemlich fragwürdige Regel, denn oft genug ist es natürlich der Autor, der in dem Gedicht spricht. Wenn in einem Gedicht Caesar spricht, der auf dem Weg nach Gallien über Kopf-

---

12 Jakob van Hoddis, Weltende, in: Hoddis, Dichtungen und Briefe, hrsg. und komm. von Regina Nörtemann, Göttingen 2007, S. 9.

schmerzen klagt, dann ist es natürlich nicht Hermann Mayer, der spricht, aber andererseits darf man annehmen, dass Hermann Mayer, der Autor, sich in Kopfschmerzen gut auskennt. Es ist also doch Hermann Mayer, der sich in Caesar verwandelt hat und als Caesar über Mayers Kopfschmerzen berichtet. Bevor wir uns aber auf die reiche Ich-Philosophie einlassen, nehmen wir also einfach an, dass Michael Köhlmeier die Szene mit dem Frettchen gesehen hat, wenn sie ihm nicht selbst passiert ist: Ein Frettchen, das zur Familie der Iltisse gehört und Fleischfresser ist, das mindestens einmal täglich eine Maus vertilgt, springt – aus freien Stücken oder stellvertretend für das Mädchen – dem *Ich* an den Kopf, beißt zu und fällt runter wie ein leerer Schlauch. Ein starkes Bild. Was hat der Berichterstatter zu dem Mädchen gesagt, dass es sein Frettchen auf ihn loslässt? Ist er vielleicht der Vater des Mädchens, der es nach Hause holen wollte, weil es nicht mit den Buben hinter dem Bahnhof herumgammeln sollte? Oder wollte er sich aus anderen Gründen dem Mädchen nähern? Wir wissen es nicht. Wir müssen uns mit dem starken Bild begnügen. Nein, wir müssen uns nicht begnügen, wir können uns auch an seiner Rätselhaftigkeit freuen. Mir geht es jedenfalls, seit ich es zum ersten Mal gelesen habe, nicht mehr aus dem Kopf: Die Gewalt, die in ihm steckt, verhindert, dass man es vergisst.

Das Gedicht von der Frau, die geduscht hat, nackt am Fenster steht, einen Espresso trinkt und schließlich ihre Brandwunde am Unterarm leckt, liest sich wie das Exposé zu einer Kurzgeschichte, ein Gedichttypus, den Michael Köhlmeier besonders mag. Was dieser Szene *en mouvement* vorausgegangen ist, dürfen wir uns ausmalen, ebenso wie es zu dieser Verletzung an ihrem Unterarm gekommen ist. War es ein Unfall, ein böser Streit? Oder hat sie sich am Bügeleisen verbrannt? Ich nehme an, dass jeder von Ihnen bereits den Farbkasten der Imagination herausgeholt hat – leider haben wir hier nicht die Zeit, die Ergebnisse zu vergleichen. Aber wir dürfen sicher sein, dass der Autor es darauf angelegt hat, dass wir herausfinden wollen, wie die Leerstelle des Davor zu füllen ist. Denn das Bild kennen wir natürlich, und wenn wir es nicht selber mit eigenen Augen gesehen haben, dann auf den poetisch-realistischen Bildern von Hopper oder Delville: eine nackte Frau, die durch die Lamellen einer Jalousie auf die Straße blickt, auf das pralle Leben des Wochenmarktes und die teils aufgeregten, teils gelangweilten Tauben, die keinen Blick für die Frau haben. Bei Hopper haben wir uns angewöhnt, diese stillen Bilder einer Frau als Allegorien der Einsamkeit zu sehen. Die Filmemacher, nicht zuletzt Wim Wenders, aber vor allem Jim Jarmusch, der William Carlos Williams-Kenner und -Liebhaber, der seinen letzten Film nach dem Lebensort von Williams, Paterson, genannt hat – die Filmemacher haben immer wieder versucht, diese stillen, eingefrorenen Bilder zum Laufen zu bringen. Und tatsächlich fällt es uns leicht, das Gedicht wie einen Ausschnitt aus einem

Film zu lesen: Wir können uns vorstellen, dass die Frau, wenn der Espresso getrunken ist und sie sich etwas angezogen hat, auf die Straße tritt, wo die Tauben auffliegen, und im Café eine Freundin trifft, um ihr die verheerende Geschichte ihrer Brandwunde zu erzählen. Der Lebensfilm, im Gedicht für eine Sekunde angehalten, geht also weiter, es beginnt die Geschichte – eine Aktion, die wir uns zum Beispiel bei dem Bild der nackten Maja nicht vorstellen können: Sie bleibt, leicht verhüllt oder nicht, für immer so liegen, wenn nicht Prüderie und Dummheit ihr eine Decke auf den Körper legen.

Kurzgeschichtengedichte, haben wir gesagt. Vielleicht lohnt es sich, wieder einmal die Kurzgeschichten von Raymond Carver zu lesen, die Musterbeispiele für solche Aussparungsmeisterschaft sind. Der Leser dieser Vieldeutigkeitsexerzitien wird zum Mitautor, und erst viel später kommen dann die Prosaisten wie John Updike, die mit feinen und natürlich auch mit breiten und rohen Pinselstrichen, mit Beschreibungen und Reflexionen und Dialogen die Leerstellen ausfüllen und aus dem stillen, geheimnisvollen Bild einer nackten Frau hinter den Jalousien The Great American Novel machen, das Vorbild für die gehobene Mittelstandsgesellschaft in den Vereinigten Staaten.

Aber am Anfang, als die amerikanische Avantgarde nach Europa aufbrach, Paris unsicher machte und den Arzt William Carlos Williams in der Provinz zurückließ, gab es nur diese enigmatischen Gedichte, die alles sagten und nichts erklärten.

Um noch ein letztes von William Carlos Williams inspiriertes Gedicht zu zitieren: »Eine knappe Stunde danach« aus Michael Köhlmeiers zweitem Lyrikband *Ein Vorbild für die Tiere*, aber vorher noch einmal das Pflaumengedicht:

Nur damit du Bescheid weißt

Ich habe die Pflaumen
gegessen
die im Eisschrank
waren

Du wolltest
sie sicher
fürs Frühstück
aufheben

Verzeih mir
sie waren herrlich
so süss
und so kalt.[13]

---

13 Williams, Gedichte (wie Anm. 7), S. 93.

Und Köhlmeiers *Eine knappe Stunde danach*:

> Deine Handschuhe
> liegen auf dem Kühlschrank in der Küche
>
> Ich kann sie dir mitbringen.
> Schöner wäre, du kommst sie dir holen.
>
> Pass auf, dass du dir nicht wieder den Finger einklemmst.
> Unser Handtuch trocknet auf der Terrasse.
> (VT 101)

Die Welt, wie sie in den beiden Gedichtbänden von Michael Köhlmeier auftaucht, ist immer als seine Welt in Vorarlberg zu erkennen: der Kanal und der Damm, die Schweizer Grenze, der Garten, die Wiese mit dem Kirschbaum, die Maisfelder, seine Frau und die Kinder, die Überlandmasten mit den Vögeln darauf, der jüdische Friedhof, die Berge, der Föhn, der die Menschen gelegentlich verwirrt. Eine geordnete Welt wie die von John Cheever, in die gelegentlich der Blitz fällt, nicht nur der meteorologische Blitz, der die Szenerie grell erhellt und heraushebt aus dem friedlichen Voralpenland, sondern auch der Blitz des Schicksals, des Zufalls, der alles durcheinanderwirbelnden Kontingenz. Aber Blitze dauern Sekunden, dann wird das Bild wieder klar und überschaubar. Es könnte eine perfekte, selbstverständliche Idylle sein abseits der sogenannten großen Welt mit ihren immer unlösbarer scheinenden Problemen. »Das Märchen beginnt in den Wäldern, / In den Städten endet es.«, heißt es in dem Gedicht »Letzte Freiheit«, einem bukolischen Schnappschuss, der folgendermaßen weitergeht:

> Du zeigst mir, wo es das schönste Gemüse gibt.
> Ich weiß über anderes Bescheid.
>
> Wir fliehen aus unseren Behältnissen.
> Hornissen, Bienen, Hummeln, Wespen – kleine nützliche Feinde.
> Du legst dich über das Heck des Bootes
> Und befreist die Schraube vom Tang.
>
> Und ich
> sehe dir dabei zu.
> (VT 110)

Man muss genau hinsehen, um die Feinde zu entdecken, die kleinen, nützlichen Feinde, wie es ausdrücklich heißt.

Sogar Personen – nicht nur ich und du – tauchen wie selbstverständlich auf, ohne dass sie näher vorgestellt werden müssen, sie gehören dazu, sind Teil dieses Ambientes, Nachbarn, Freunde, Kollegen, sie heißen Bertram Kohler oder Berta Batlogg, Edgar Meyer mit seiner Frau Hedi, Frau Dr. Frey, Marion und Evelyn oder Dr. Robert oder Alwin Luger, letzterer sogar mehrmals, als müssten wir ihn alle kennen. Aber wir kennen natürlich keine der Personen und lernen auch nicht viel von ihnen kennen. Es gehört zur literarischen Strategie des Dichters Michael Köhlmeier, dass er seine Welt zugleich zeigt und verbirgt. Er ist ein Spurenleger, der alles aufbietet, um die Spuren schnell wieder zu verwischen. Taucht ein Gesicht auf, ist es eine Maske. So entwickeln sich diese seltsamen Rätselbilder, die eine ganz präzise Szenerie aufbauen, deren einzelne Teile uns vertraut sind, deren Gesamtansicht jedoch verwirrend ist wie ein Suchbild. Aus der Eindeutigkeit wird eine irisierende Vieldeutigkeit, aus dem festen Boden der Tatsachen ein schwankender Grund. Ein Beispiel:

Vor dem Sonnenuntergang

In aller Ruhe: Was hast du vorzubringen?
Dass die Mütter die Kinder anschreien.
Zu viel Beschreibung macht fromm.
Mitten im Regen geht einer barhäuptig.

Er ist ein Relikt aus jener Zeit,
als der Mensch noch nicht gemessen wurde.
Wir denken an die Abende im Wirtshaus
Und das würdevolle Gegröle.

Diese Allee, sagt Dr. Robert,
Ist auf meine Anregung hin gepflanzt worden.
Ich vermisse dich, deine dunkle Stimme.
Du hast deine Handschuhe bei mir vergessen.

Das Böse ist der Trainingsort des Guten.
Auf der Straße liegt ein Schimmer
Wie ein Scherben, in dem ich mich sehe.
Das Böse ist der Trainingsort des Guten.
(VT 54)

Ich will hier nicht meine Lesart anbieten, jeder liest ein Gedicht anders, und besonders bei nicht ganz einfachen Gedichten gehen die Meinungen schwer auseinander. Am besten fährt man noch immer, wenn man sich das vergegenwärtigt, was hängen geblieben ist. Das sind zum Beispiel die Handschuhe, die der oder die vergessen hat, die kennen wir schon aus einem anderen Gedicht, das ganz eindeutig ein Liebesgedicht war. Und der, der spricht, geht vor Sonnenuntergang auf der Straße, er geht von jemandem weg, ob er nach Hause geht, ist fraglich. Einmal heißt es: Einer geht barhäuptig. Dann heißt es: Wir denken an die Abende im Wirtshaus. Dann heißt es: Ich vermisse dich. Und dann sagt noch ein Herr Dr. Robert, diese Allee, also wahrscheinlich die Straße, von der die Rede ist, sei auf Anregung von ihm angelegt worden. Also ein Chor von Stimmen.

Und dann zwei schwere Aussagen: Er, der Barhäuptige, der im Regen geht, ist ein Relikt aus jener Zeit, als der Mensch noch nicht gemessen wurde. Und schließlich, und sogar wiederholt: Das Böse ist der Trainingsort des Guten.

Goethe hat einmal Eckermann diktiert: »Alle meine Gedichte sind Gelegenheitsgedichte, sie sind durch die Wirklichkeit angeregt und haben darin ihren Grund und Boden.«[14] Über dieses Monument an Einsicht können wir lange nachdenken. Goethe will sich von den intentionalen Dichtern absetzen, die sich vornehmen, über eine bestimmte Sache, über die Liebe, den Frühling oder den tendenziellen Fall der Profitrate ein Gedicht zu schreiben, koste es was es wolle. Er dagegen bevorzugt das Gedicht, das zu ihm kommt, das ihn trifft oder streift oder auch umhaut. Es lohnt sich also, immer einen Bleistift oder ein Stück Papier dabei zu haben, damit man es festhalten kann. Goethe hatte kein Papier dabei, als er als 26jähriger in dem Holzhäuschen über der Ilm saß und darüber nachdachte, ob er nun sein ganzes Leben als Angestellter des Herzogs von Weimar in diesem Provinznest bleiben müsse, in Rufweite der verheirateten Frau von Stein. Da flatterte vor seinen Augen ein Gedicht vorbei wie ein Kohlweißling und weil er kein Notizbuch dabeihatte, schrieb er es mit einem Bleistift auf die Bretterwand hinter ihm. Dort steht es, immer wieder erneuert, bis heute, es steht in allen Gesamtausgaben und gehört zu den am meisten übersetzten Gedichten der deutschen Sprache. Seine Herstellung hat höchstens zwei Minuten gedauert, seine Wirkung gleicht einem Erdbeben.

Über allen Gipfeln
ist Ruh,
In allen Wipfeln
Spürest Du
Kaum einen Hauch;
Die Vöglein schweigen im Walde.
Warte nur! Balde
Ruhest du auch.[15]

Dieses Gedicht, so kurz es ist, lässt sich nicht zusammenfassen. Man darf alles Mögliche hinein- und wieder herauslesen, ohne dass es dadurch von seiner eigentümlichen Stimmung, seiner Aura, seiner Schönheit, seiner Sehnsucht verliert. Es ist das perfekte Gelegenheitsgedicht, ohne Tricks und doppelten Boden. Aber die Hauptsache: Man kann es nicht schreiben *wollen*!

---

14 Johann Peter Eckermann: Gespräche mit Goethe in den letzten Jahren seines Lebens. 1823–1832. Bd. 1, Leipzig 1836, S. 54.

15 Johann Wolfgang von Goethe: Ein gleiches, in: Goethe, Werke. Weimarer Ausgabe. Bd. 1.1, Weimar 1887, S. 98.

Zum Schluss will ich noch ein Gedicht zitieren, die Kurzform einer Kurzgeschichte, auch wenn der Titel in eine andere Richtung weist. Es heißt:

Hiob

Ein Polizist und eine Polizistin klopfen
An die Tür des Direktors.
Anzeige sei erstattet worden.

Ein Mann in einem blauen PKW –
Es könnte ein Mazda sein oder ein Honda –
Halte neben Buden und fordere sie auf einzusteigen.

Wenn sie wollten, sage er,
Dürften sie junge Katzen streicheln,
Eis gäbe es auch.

Man solle die Eltern warnen,
Auch Bekannten sei grundsätzlich nicht
Zu trauen, im Gegenteil.

Eingestiegen sei bisher noch niemand.
Ein Rundbrief an alle Eltern mit Briefkopf der Schule
Werde aber dringend empfohlen.

Und doch war ein Bub eingestiegen.
Der Vater besorgte sich eine Waffe.
Die Mutter wurde in eine Klinik gebracht.

Die Polizei stellte ein Suchkommando zusammen.
Man arbeitete im unmittelbaren Umfeld.
Man arbeitete auch mit Hunden.

Aber dann kam der Bub zurück,
Lachte wie ein Mann und erzählte, er habe
Junge Katzen gestreichelt und Eis gegessen.
(VT 115f.)

Ach, hätte das Gedicht nicht »Hiob« geheißen, es wäre eine einfache, vielleicht auch spannende Geschichte gewesen. Aber es heißt nun mal »Hiob«! Aber was hat die biblische Vorlage für alles Klagen in der Welt mit der beschriebenen Szene zu tun? Erwarten Sie nicht, dass ich es Ihnen sage, sie dürfen ratlos sein und zweifelnd, aber nicht verzweifelt! Für die Verzweifelten gibt es Prosa.

So wird es Ihnen mit vielen Gedichten von Michael Köhlmeier ergehen. Man muss sie nur lesen und wieder lesen und noch einmal lesen. Lehnt euch zurück, entspannt euch, lasst sie euch ins Gesicht zischen.

Mythos und Gegenwart

Sotera Fornaro

Michael Köhlmeier und das Schweigen Homers

I

Wir Altertumsforscher leiden unter einer besonderen Nostalgie, der Nostalgie nach all dem, was verloren gegangen ist. Fast immer lesen und erforschen wir Fragmente von Texten oder Dingen. Die wenigen Werke der antiken Literatur, die uns vollständig überliefert sind, gleichen deshalb mächtigen Schiffen auf der Fahrt durch ein allzu dunkles Meer, auf dem unzählige Relikte schwimmen. Wir reisen auf diesen Schiffen und auf der Reise begegnen wir oft den Relikten, die manchmal nur schwach leuchten, manchmal aber auch unseren Weg erhellen. Doch die Schifffahrt auf einem so dunklen Meer ist schwierig und unsicher. Wir sehen uns um wie im dichten Nebel, und was wir nicht sehen können stellen wir uns vor. Zum Beispiel haben wir eine schmerzliche Nostalgie nach den Poesien von Sappho, nach den zahlreichen verloren gegangenen Tragödien des Sophokles und den glänzenden Farben, welche die antiken Statuen bedeckten.

Nur in einem Fall ist unsere Nostalgie weniger schmerzlich. Die vielen Dichtungen, die den Trojanischen Krieg schilderten, fehlen uns nicht sehr. In diesem einzigen Fall wiegt der Verlust nicht so schwer. Schon die Alten waren sich nämlich der Tatsache bewusst, dass diese Dichtungen dem Vergleich mit der *Ilias* oder der *Odyssee* nicht standhalten konnten: Die beiden homerischen Dichtungen scheinen vollkommen entstanden zu sein, ganz gewaffnet, wie Athene aus Zeus' Kopf. Doch warum? Worin unterscheiden sich die homerischen Dichtungen von den vielen anderen, verloren gegangenen epischen Poemen, die sowohl den Trojanischen Krieg als auch die Rückkehr der siegreichen griechischen Helden aus diesem schrecklichen Krieg erzählten?

II

Der Unterschied ist vor allem folgender: Erstmals enthüllten die homerischen Dichtungen, auf eine für ihre Entstehungszeit erstaunliche Weise, was ein Dichter leisten kann, das heißt, *wie* es ihm gelingt zu erzählen und *wie* er das Publikum mitzureißen versteht, das sogar das Essen und Schlafen vergisst, um ihm Gehör zu schenken (vgl. z.B. *Odyssee*, XIII, 1–2). Die homerischen Dichtungen zeigen zum ersten Mal, was Dichtung und wer ein Dichter ist, obwohl wir nicht einmal wissen, ob ein Mann namens Homer – was auf Griechisch ›Geisel‹ bedeutet – je wirklich gelebt hat.

Aristoteles schreibt in der *Poetik*, dass Homer »göttlich« war (1459a30). Der erste Dichter der abendländischen Literatur, meint er, schuf zwei Dichtungen, die einen Anfang, eine Mitte und ein Ende hatten. Er erhob nicht den Anspruch, alles zu erzählen; es wäre zu lang, zu kompliziert und auch langweilig gewesen (1459a30–35). Aus eben diesem Grund ließen sich, lehrt Aristoteles weiter, aus der *Ilias* bzw. aus der *Odyssee* »eine oder höchstens zwei Tragödien« gewinnen (1459b5), und die Tragödie galt dem Philosophen aus Stagira bekanntlich als die vollkommenste Kunstform.

Die Nähe der homerischen Dichtungen zu den griechischen Tragödien ist auch ein nicht zweitrangiger Grund für ihre andauernde Aktualität. Die von Aristoteles verherrlichte Vollkommenheit ist nämlich nicht nur ein ästhetischer Vorzug, sondern besitzt auch einen moralischen Sinn: Wie in den griechischen Tragödien finden wir bei Homer alles, was das Leben der Menschen, das Menschsein in all seinen möglichen Nuancen betrifft. Deshalb werden wir nie müde, Homer und die griechischen Tragödien zu lesen, denn letztlich sprechen diese wunderbaren Dichtungen aus so ferner Zeit immer noch von uns. Insbesondere erzählen jene Dichtungen, schrieb Simone Weil, den Schmerz, das Leiden und die Angst vor der Grenze und dem Tod – eine Angst, die den Menschen auch in den reinsten Momenten der Freude oder des Glückes erfasst.[1] Die homerischen Dichtungen erzählen mit anderen Worten die Vorläufigkeit jedes Ereignisses im menschlichen Leben, die Zerbrechlichkeit der furchterregendsten Macht, die Schwäche der gewaltigsten Kraft und die Vergänglichkeit der glühendsten Liebe.

Homer lehrt jedermann, dass der Augenblick nicht angehalten werden kann – weder der schöne Augenblick des Glückes und Erfolgs noch der des größten Unglücks. Alles ist in steter Entwicklung, lernen wir von Homer; alles unterliegt dem unendlichen Spiel des Wechsels von Unheil und Glück. Auch deshalb findet man, wie ein antiker Rhetor, genannt Dion Chrysostomos (›Goldmund‹), schrieb, in Homers Dichtung den Anfang, die Mitte und das Ende (or. XVIII). Jeder kann sich darin widerspiegeln, sei es ein Jugendlicher, ein Mensch mittleren Alters oder ein Alter. Doch im Laufe der Zeit ist der Spiegel Homers zerbrochen. Wir haben ihn kaputtgemacht, indem wir ihn auf den harten Boden unserer persönlichen Geschichte haben fallen lassen, oder er ist unter dem ungeheuren Gewicht der großen kollektiven Geschichte zersprungen.

---

[1] Vgl. Simone Weil, Die Ilias oder das Poem der Gewalt [1943], in: Simone Weil, Krieg und Gewalt. Essays und Aufzeichnungen, Zürich 2011, S. 161–191.

III

Die Klassiker sind unsere zerbrochenen Spiegel, in denen wir unsere Obsessionen ebenso wie die – nicht immer schöne – Wirklichkeit betrachten können, ohne Angst davor, dass sie uns versteinert. Homer spiegelt deshalb das wider, was wir in ihm suchen: unsere erste, absolute Liebe, als wir mit den Versen der *Ilias* XIV, 216–217, sagen konnten, dass das Begehren (*hymeros*) noch den Weisesten den Verstand raubt; er spiegelt das einige Denken (die Eintracht, *homophrosyne*) wider, das uns mit einem ewigen Versprechen an einen Lebensgefährten bindet, wie Odysseus sich an Penelope band. Der Spiegel Homers zerbrach und zerbricht in der Niedergeschlagenheit und der Bitterkeit der Rückkehr aus dem Kriege – sowohl für diejenigen, die ihn miterlebt haben, als auch für die, die ihn nur aus Erzählungen kennen, denn der Krieg gibt niemals Sieger, sondern nur Besiegte zurück. Und der Spiegel Homers zerbricht jedes Mal, da wir versuchen, zu unseren Wurzeln zurückzukehren, und verstehen, wie viel ein verlorener oder abwesender Vater zählte; und jedes Mal, da wir uns erneut auf den Weg der Suche nach uns selbst machen, wenn wir fühlen, dass wir uns selbst unbekannt sind.

Tausend andere Geschichten deutet Homer lediglich an. Sie fließen aus einem Namen, aus der Beschreibung eines Gegenstands oder Ortes, aus einem einfachen Adjektiv oder einem Gleichnis hervor: so etwa die »geflügelten Worte« (*epea pteroenta*) oder »Worte wie stöbernde Winterflocken« (*Ilias*, III, 216), die weißarmigen Frauen, der »geduldige Odysseus«, der »wie ein Reh zitternde« (*Ilias*, XXII, 1) oder »wie ein hungriger Löwe« (*Ilias*, XI, 113ff.) sich in die Schlacht stürzende Soldat, die »dämmernde Frühe mit Rosenfinger« (*rododaktylos Heos*, z.B. *Odyssee* II,1). Diese und andere Bilder sind wie Erleuchtungen. Wir sind von ihnen geblendet, aber wir wissen sie nicht zu erklären. Homer, meinte Aristoteles (*Poetik*, 1459a30) erzählt nicht alles: deshalb lässt unsere Fantasie und Vorstellungskraft in sein Schweigen und seine Leerstellen eindringen, gleichsam als wollte er uns herausfordern.

IV

Diese Herausforderung hat Michael Köhlmeier aufgegriffen, der Homers Schweigen eine Stimme gegeben und in ein drängendes, fließendes, wie von einer Gottheit eingegebenes Erzählen verwandelt hat. Es handelt sich um ein ›Epos‹ im etymologischen Sinne, das heißt um eine ›Erzählung‹, die in einer unendlichen Spirale Erzählungen hervorbringt und für weitere Erzählungen offen ist.

Wie aber spiegelt sich Köhlmeier in der *Odyssee* und zerbricht zugleich ihren Spiegel?

In erster Linie entnimmt er der Dichtung Nebenfiguren, die in der Handlung der *Odyssee* wesentlich sind, aber hinter dem einzigen Protagonisten Odysseus in den Hintergrund treten. Köhlmeier schrieb zwei homerische Romane, *Telemach*[2] und *Kalypso*[3], die bereits im Titel eine Alternative zur *Odyssee* darstellen und die ganze symbolische Reichweite dieser homerischen Figuren ausloten. In Köhlmeiers Romanen verweben sich narrative und zeitliche Standpunkte, der Mythos verflicht sich mit der Gegenwart, die Stimme des Erzählers mit den Stimmen der Personen, die Götter beobachten die Menschen wie eine Kamera, welche die menschlichen Handlungen in einem Film festhält, und der zeitgenössische Autor kommentiert den Text der Antike und tritt mit ihm ins Gespräch. Köhlmeier hat die Erzähltechniken Homers genau verstanden, vor allem die Repetitivität der einzelnen Ausdrücke (die sog. ›homerische Formeln‹) sowie der ›typischen Szenen‹,[4] die zur Metapher für die Repetitivität des menschlichen Daseins und zu einem Mittel wird, damit die Erzählung unendlich viele verschiedene Lösungen anbieten, wie in dem bekannten Film *Sliding Doors* oder in *Lola rennt*. So werden die ältesten Erzählungen der abendländischen Literatur von Köhlmeier einer durch und durch postmodernen Montage unterzogen.

V

Wie alle epischen Dichtungen beginnt die *Odyssee* mit einem Proöm, das den Weg des Gesanges angibt und seine Themen vorwegnimmt. Wir erinnern uns an das Proöm der *Odyssee*, 1–6:

> Sage mir, Muse, die Taten des vielgewanderten Mannes,
> Welcher so weit geirrt nach der heiligen Troja Zerstörung,
> Vieler Menschen Städte gesehn und Sitte gelernt hat
> Und auf dem Meere so viel unnennbare Leiden erduldet,
> Seine Seele zu retten und seiner Freunde Zurückkunft.
> Aber die Freunde rettet' er nicht, wie eifrig er strebte;

Ein Erzähler beginnt von einem Mann zu berichten, der anonym bleibt, und die Erzählung kommt von einer Muse, der Göttin der Erinnerung. Der Erzähler will, dass die Göttin ihn, indem sie in seinen Geist eintritt und ihm die Worte gibt, daran erinnert, was diesem Mann widerfahren ist, denn jede Erzählung entsteht aus dem Gedächtnis. An seiner Oberfläche oder in seiner Tiefe ist sie bereits in unserem Unterbewusstsein vorhan-

---

2 Michael Köhlmeier, Telemach, München 1995. Im Folgenden zitiert unter der Sigle T.

3 Michael Köhlmeier, Kalypso, München 1997. Im Folgenden zitiert unter der Sigle K.

4 Für wichtige Begriffe der homerischen Exegese vgl. J. Latacz und Anton Bierl (Hrsg.), Basler Homer-Kommentar, Berlin/New York, 2000ff.

den, bereit, plötzlich hervorzukommen. Man könnte dieses Gedächtnis ›Inspiration‹ nennen, aber besser bezeichnen wir es als ›Leben‹, weil wir nicht aus unseren Träumen, sondern aus unseren Erinnerungen bestehen. Dieser Mann, berichtet Homer, änderte oft seine Meinung, seine Denk- und Verhaltensweise; er musste sich anpassen und flexibel sein, da das Leben oft seine Pläne durchkreuzte und ihn vom Weg abbrachte. All seine Erfolge erwiesen sich als kurzlebig. Er gewann einen Krieg, aber bei der Rückkehr musste er unendlich leiden. Er hatte vertrauenswürdige Gefährten, die er alle verlor. Im Proöm der *Odyssee* bittet der Dichter die Muse, ihn an die Taten dieses Mannes zu erinnern und an »irgendeinem Punkt« (*amothen*, *Odyssee*, I, 9) zu beginnen. Denn das Gedächtnis hat nicht den Verlauf eines Tagebuchs und der Erzähler ist kein Historiker oder Journalist und auch kein Richter, der die Ereignisse mit Präzision zu rekonstruieren hat. »Sage hiervon auch uns« (*eipe kai emin*, v. 10), sagt der Dichter, an »irgendeinem Punkt« des Kreises beginnend, der das Leben darstellt, aber auch an einem jedes Mal anderen Punkt, den das Gedächtnis auf den Spuren der augenblicklichen Empfindung nahelegt. Jede Episode, jedes Ereignis und jedes Ding ist immer dasselbe und doch stets anders, je nachdem, was wir darin erblicken und wie wir uns darin wiedererkennen, je nachdem, woran wir uns bewusst oder unbewusst erinnern wollen, denn nicht das Erinnern an sich ist der mögliche Gegenstand einer Erzählung, sondern das *Wie* der Erinnerung. Vor allem aber wird keine Erinnerung Erzählung, wenn wir sie für uns behalten.

Sage hiervon *auch uns*, singt der Dichter im Proöm; *auch uns*: Er bittet die Muse, allen Dichtern und Erzählern der Welt, den gestrigen, den heutigen und zukünftigen sowie denen, die ihnen Gehör schenken wollen, von jenen Taten zu erzählen. Die Einsamkeit tötet die Erzählung, nicht das Gedächtnis. Aber ein Gedächtnis ohne Erzählung ist steril, ein ununterbrochener Dialog allein mit sich selbst tötet den Sinn des Lebens.

So finden wir am Anfang von *Telemach* eine Gestalt, deren Name uns verborgen wird und die es nicht mehr ertragen kann, das Echo der eigenen Worte zu hören, weil sie niemanden hat, dem sie sie erzählen könnte. Das nicht geteilte und überlieferte Gedächtnis ist Stille. Da die Erzählung aber, genau wie Odysseus in der *Odyssee*, I, 1, *polytropos*, ›vielgestaltig‹ und ›wandelbar‹ ist, ist die Erzählung, auch wenn sie dasselbe erzählt, doch nie dieselbe.

VI

Köhlmeier scheint das Pröom der *Odyssee* sehr genau gelesen zu haben. Homer lässt sein Poem nicht mit der Abreise des Odysseus aus Troja beginnen, wie man es sich von einem mittelmäßigen Aoiden, der die *nostoi*, die ›Rückkehr‹, besingt, hätte erwarten können. Er lässt das Poem vielmehr mit einer Nicht-Abfahrt beginnen, mit Odysseus, der in einem Paradies festsitzt, das so herrlich, wie wir uns ein Paradies vorstellen können, aber unbeweglich ist, ganz im Gegensatz zum Leben.

Dieses Paradies ist die Insel der Kalypso, der wunderschönen Nymphe, deren Name ›die Verbergende‹ bedeutet – oder etwa, suggeriert Köhlmeier, die ›Verborgene‹, die es folglich zu entdecken gilt? Und währt diese Entdeckung, da es sich um eine Göttin handelt, vielleicht ewig?

Bei dieser Momentaufnahme, diesem Stillstand ohne Zukunft, lässt Köhlmeier seine beiden Romane über die *Odyssee* beginnen und entwirft zwei Proöme, die neben das homerische treten bzw. es erweitern und zu seinen äußersten Konsequenzen führen:

> Ihm war, als wandelte er auf stumpfem, schwarzem Grund, der keine Geschichten erzählte und keine Geschichte mehr zuliess. (T 7)

So beginnt *Telemach*. Wie bei Homer wird Odysseus der Name verwehrt. Zusammen mit allem anderen hat er seinen Namen verloren, vor allem aber die Fähigkeit zum Erzählen eingebüßt, denn er ist der Krankheit verfallen, nur sich selbst zu erzählen und nur sich selbst zuzuhören; er erkennt die Stimmen der Natur nicht wieder und vernimmt nichts anderes als seinen eigenen Atem. Der Name dieser Situation eines scheinbaren Todes, dieser Aufhebung der Zeit und Geräusche, dieses Nichts, das dem Bewusstsein sogar die Möglichkeit nimmt, sich selbst zu erkennen, ist Einsamkeit.

Davon handelt das Proöm der *Odyssee*: von einer verzweifelten und vernichtenden absoluten Einsamkeit, von einem Menschen, der alles verloren hat, selbst seinen Namen, und dem als letztes Mittel des Widerstands nichts anderes bleibt als zu weinen. Das Weinen kommt den Helden zu; Odysseus weint, weil er ein Held ist, weil er die Fülle des Lebens gekannt hat und weiß, dass man nicht leben kann, indem man dieser Fülle nachtrauert.

Doch Odysseus weint auch, weil er in einem Widerspruch gefangen ist. Dies verdeutlicht der Anfang von Köhlmeiers *Kalypso* sehr gut. Odysseus steht an der Grenze zwischen seinem Dasein als Sterblicher, als ein ›Mann‹ (*andra,* das erste Wort des homerischen Epos) wie alle anderen, und einer besonderen Situation, in der ihm die Unsterblichkeit verheißen wird.

> »Ich« – so erzählte Odysseus bei Gelegenheit, von der wir später berichten werden – »stand an der Pforte des Hades...« (K 7)

So beginnt *Kalypso*. Odysseus zwischen Leben und Tod, Odysseus bis an die Grenzen seiner Menschlichkeit. Odysseus, der Held der Grenze.

In der *Odyssee* bittet die Nymphe Odysseus, für immer bei ihr zu bleiben, ewig jung. Diese Situation ist, schreibt Köhlmeier, »das Begehrlichste und Entsetzlichste zugleich«. Scheinbar wählt der Mann seine unvollkommene Menschlichkeit, aber die Ironie des Dichters legt nahe, dass bereits für ihn entschieden wurde: Die Dichtung macht ihn so wie noch unsterblich. Die *Odyssee* schildert also nichts anderes als den Kampf eines Mannes, der etwas anderes sein will als das von anderen für ihn konstruierte virtuelle Bild; er will nicht der zur Ewigkeit verurteilte Held sein. Vor allem will er keinesfalls der Held sein, der sich ungeheure Verbrechen hat zuschulden kommen lassen.

Odysseus – der Odysseus von *Kalypso*, aber auch jener der *Odyssee* – ist also ein Mann, der mit seiner Wirklichkeit ringt und der will, dass die Wirklichkeit dem Traum vorzuziehen sei. Doch die Wirklichkeit des menschlichen Lebens besteht aus einem einzigen vollkommenen Augenblick, dem Augenblick der Glückseligkeit, und aus zahlreichen, manchmal furchtbaren Fehlern, wie denen, durch die Odysseus der Held wird, der er ist. Dem einzigen Augenblick der Glückseligkeit, den er in der Umarmung Penelopes und ihres soeben geborenen Kindes in der Stille der Familie erlebt, stehen schreckliche Entscheidungen gegenüber, die zum Teil aus der Notwendigkeit des Krieges fließen, aber auch aus den furchtbaren Leidenschaften in seinem Herzen: dem Zorn, der Rache, dem Ehrgeiz. Odysseus ist aufgrund der grausamen Taten, derer er fähig war, zum Helden geworden: Er hat die Tötung Iphigenies zugelassen, gegen Palamedes intrigiert und den kleinen, unschuldigen Astyanax töten wollen. Von diesen blutrünstigen Stationen seines Weges zum Helden kann Odysseus sich nicht befreien. Sie kehren in seinen Albträumen wieder, lassen ihn neben Kalypso nicht schlafen und verwehren ihm die Seligkeit und das Paradies.

VII

Kalypso ist also ein Gegenwartsroman, keine Umdichtung Homers, der die Psychoanalyse nicht kannte. *Kalypso* beschreibt den Zerfall des Ich. Der Roman fragt, warum das Gedächtnis verdrängt, woran es sich nicht erinnern will. Er dringt zu den großen Fragen des Daseins vor, die keine homerischen, sondern heutige Fragen sind: Ist der Tod vielleicht ewige, unbewegliche Schönheit? Ist der erotische Trieb das einzige dem Menschen gegebene Mittel, um den Tod auf Abstand zu halten? Wollen wir den Tod überhaupt zurückdrängen oder sind wir eher versucht, ihn anzunehmen und die Angst vor ihm zu leugnen, indem wir ihn frei wählen?

Kalypso beginnt im Reich der Toten, wo Odysseus der ersten reinen Liebe seiner Jugend begegnet: Aphaia, ›die Verschwundene‹, eine Gestalt, die jede Sehnsucht nach dem, was nicht war, in sich fasst: das Mädchen, die Verführerin, die mit dem Tod (und dem Leben) spielen wollte, indem es sich von einem Felsen stürzte. Doch vielleicht lag in dieser kindischen, albernen Geste mehr Heldentum als in der Grausamkeit des berühmtesten aller Helden. Vielleicht auch nicht. Köhlmeier will gewiss keine Antworten geben, sondern Fragen stellen, vor allem sich selbst. Manchmal stellt er sie im Stil der platonischen Dialoge, dann wieder mit der beißenden Ironie, die bereits für Lukian von Samosata oder für das *Satyricon* von Petronius kennzeichnend war.

Doch neben der – von den Griechen *psycacoghia* genannten – Notwendigkeit, sich von der Erzählung mitreißen zu lassen und in das Kaleidoskop ihrer wandelbaren Bilder einzutauchen, bleiben der Stachel des menschlichen Denkens, der fortwährende Dialog mit sich selbst und den anderen und die Herausforderung der Reise auf dem gefährlichen Meer des Lebens. *Erroso!* – ›Alles Gute‹, wünscht Köhlmeier den Lesern, den Personen und sich selbst am Ende der beiden Romane auf Griechisch. Wir können ihm nur dankbar dafür sein, dass er uns zusammen mit den Personen der *Odyssee* auf diese unendliche Reise mitgenommen hat.

Detlef Goller

Große Erzähleingänge revisited – Michael Köhlmeiers *Nibelungen*

uns ist in alten mæren wunders vil geseit
von helden lobebæren von grôzer arebeit,
von vroiden, hôchgezîten, von weinen und von clagen,
von küener recken strîten muget ir nu wunder hœren sagen.[1]

Die erste Strophe aus der Karlsruher Nibelungenhandschrift C, die wohl im ersten Viertel des 13. Jahrhunderts entstanden ist, gehört zu den ganz wenigen Überbleibseln mittelalterlicher Literatur, die im gegenwärtigen kulturellen Gedächtnis noch präsent sind. Gründe dafür gibt es viele. Für diesen Beitrag soll zumindest darauf hingewiesen werden, dass der Beginn einer Überlieferung des *Nibelungenliedes* in der Neuzeit und damit auch die Entwicklung der Germanistik als Nationalphilologie[2] mit dieser Wiederentdeckung der Pergament-Handschrift am 29. Juni 1755 in der Bibliothek im Palast Hohenems von dem Arzt Jacob Hermann Obereit nach Hinweisen von Johann Jakob Bodmer eng verknüpft ist. Es ist hier auch nicht der Ort, weiter auszuführen, warum diese Strophe immer weiter tradiert wird und auch stets tradierenswert bleiben wird. Stattdessen wird in diesem Beitrag der Beginn der *Nibelungen*[3] des in Hohenems beheimateten Michael Köhlmeier vor dem Hintergrund der sog. »Programmstrophe«[4] der Nibelungenhandschrift C untersucht.

Bei Köhlmeiers Erzähleingang ist zunächst auffällig, dass die in anderen dramatischen oder epischen Neuerzählungen des *Nibelungenliedes* irgendwie bzw. irgendwo auftauchende Strophe der *alten mæren* lediglich im Klappentext auf der Rückseite erscheint. Im Gegensatz zum Hör-

1 »Nibelungenlied« Strophe 1. Zitiert nach: Das Nibelungenlied. Nach der Ausgabe von Karl Bartsch, herausgegeben von Helmut de Boor. 22., revidierte und von Roswitha Wisniewski ergänzte Auflage. Wiesbaden (Deutsche Klassiker des Mittelalters 3) 1996.

2 Vgl. hierzu mit Literaturverweisen Philipp Schmitt, Germanenbilder. ›Germanische‹ Stoffe und Motive in der skandinavisch-, deutsch- und niederländischsprachigen Literatur von der Vorromantik bis 2013, Würzburg 2018, S. 45.

3 Michael Köhlmeier, Die Nibelungen neu erzählt. München 2012, S. 9. Im Folgenden zitiert unter der Sigle N und entsprechender Seitenzahl.

4 Vgl. zu diesem Begriff wie zu dem folgenden Ausführungen Jan-Dirk Müller, Das Nibelungenlied. 3. neu bearbeitete Auflage, Berlin 2019, S. 62–64.

buch[5], in dem unmittelbar mit dem Handlungskontext »Am Hof zu Worms« eingesetzt wird, beginnen Köhlmeiers Buch-»Nibelungen« mit folgenden vier Zeilen.

> Es war einmal vor achthundert Jahren. Aber es ist nicht
> wichtig, wann es war. Es war. Die Zigeuner beginnen ihre
> Geschichten mit: Es war, weil es nicht war. Das ist ein
> guter Anfang ....[6]

In Köhlmeiers Text ist eine solche aus dem Erzählkontinuum herausgehobene Einleitung in einem seiner sechs Teile des Buches beinahe singulär. Lediglich im sechsten und letzten Teil der *Nibelungen* wird im ersten Unterkapitel »Stummes, taubes Lied« (N 113)[7] der spätere Handlungsfortgang, insbesondere dessen starke Verkürzung gegenüber der Stoffgeschichte durch einen Erzählereinschub gerechtfertigt. Dieser Einschub befindet sich allerdings bereits auf dem Hörbuch. Aufgrund dieser doppelten Besonderheit bekommt der Erzähleingang neben seiner Initialstellung eine besondere Bedeutung, auch wenn dieser sonst nicht weiter grafisch hervorgehoben wird. [8] Diese Eingebundenheit des aus dem Handlungsverlauf herausgehobenen Eingangs gilt auch für die Nibelungenhandschrift C. Dort ist der Texteingang wenig vom sonstigen Text grafisch unterschieden, lediglich eine mehrzeilige und reich verzierte Initiale für das U und fünf folgende farbige Majuskeln (*NS IST*) markieren die Stelle als den Beginn des Textes.

»Es war einmal«

Köhlmeiers »Es war einmal« evoziert einen Märchenbeginn. Damit werden ein zunächst oraler und später auch schriftlicher Überlieferungskontext

---

5 Vgl. https://www.youtube.com/playlist?list=OLAK5uy_lvi0kc9D_6kxPbf3u6uqyi-Sd97CoEpvI (aufgerufen am 23.02.2021).

6 Der Text wird entsprechend der Zeilentrennung in der Ausgabe wiedergegeben. Analog zur ersten Strophe der Nibelungenhandschrift C wird dieser Erzähleingang im Folgenden ebenfalls als ›Programmstrophe‹ bezeichnet. Nur darauf hingewiesen sei an dieser Stelle auf die Vielzahl der Möglichkeiten, diese vier Zeilen in eine lyrische Form zu transferieren. Hier ergäbe sich ein großes Interpretationsspektrum je nachdem, an welcher Stelle das jeweilige Versende gesetzt werden würde. Die Möglichkeit einer Annäherung an so etwas wie eine Autorintention durch die Betonung dieses Abschnittes mithilfe der vom Autor selbst gelesenen Hörbuchversion ist nicht möglich, da dort der Erzähleingang fehlt.

7 Diese Überschrift ist ein vom Erzähler explizit markiertes Zitat vom »Dramatiker Friedrich Hebbel«.

8 In der entsprechenden Ausgabe wird nach diesem in Blocksatz gesetzten Eingang lediglich eine Leerzeile gesetzt, was auch sonst im Text einen neuen Abschnitt der Erzählung markiert, ohne dass dabei ein Wechsel der Erzählebene markiert wird.

ebenso anzitiert, wie ein unbekannter Verfasser, eine Variation der Geschichte im Lauf der Überlieferung, ein wie selbstverständliches Erzählen vom Wunderbaren sowie eher offene Orts- und Zeitbezüge.[9] In der Nibelungenhandschrift C wird gleich mit dem ersten Wort *uns* eine Erzählgemeinschaft zwischen dem Sprecher und den Hörern gestiftet. *in alten mæren* kündigt den Rückbezug auf alte Geschichten an, die zum einen im Wortsinne be-wundernswert sind und zum anderen gesagt wurden, d.h. mündlich erzählt. Das märchentypische Schweben zwischen mündlichem Vortrag eines schriftlich fixierten Textes für einen konkreten Rezipientenkreis wird am Strophenende deutlich. Dort wird dann so getan, als wenn ein mit *ir* direkt angesprochenes Publikum das zuvor umrissene inhaltliche Gesamtpaket (*von fröiden hôchgezîten – von weinen und von clagen*) *nu*, d.h. unmittelbar in diesem Augenblick, erzählt bekommt; die Rezipienten können die *wunder hœren sagen*. Damit wird – unabhängig davon, dass auch von einem mündlichen Vortrag des Textes im Rahmen der höfischen Kultur auszugehen ist – in einem auf einer Pergamenthandschrift schriftlich fixierten und sicher auch als schriftlich konzipierten Text so getan, als sei dieser Text »mündliche Rede in einer Gemeinschaft von Anwesenden«[10]. Koch und Österreicher sprechen hierfür von konzeptioneller Mündlichkeit bei medialer Schriftlichkeit.[11] Max Lüthi weist für den Köhlmeier'schen Märcheneingang auf die damit aufgerufene Beziehung von Vergangenheit und Gegenwart hin: »Die Formel ›Es war einmal‹ will keineswegs die Vergangenheit des Erzählten betonen, sondern im Gegenteil andeuten: Was einmal war, hat die Tendenz, immer wiederzukommen.«[12]

»vor 800 Jahren.«

Das bei Köhlmeier folgende Temporaladverbiale »vor 800 Jahren« destruiert dann geradezu die mit dem Märchenbeginn aufgerufenen offenen Orts- und Zeitbezüge. So wird eher auf die dem Märchen verwandte Gattung der Sage mit stärker realen Orts-, Zeit- und Personenbezügen verwiesen. Vor 800 Jahren ist für Köhlmeiers Erzählung etwa um 1200. Dieses Datum verweist in all seiner Unbestimmtheit auf vieles, das für den

---

9 Vgl. Heinz Roellke, Artikel ›Märchen‹, in: Reallexikon der deutschen Literaturwissenschaft. Neubearbeitung des Reallexikons der deutschen Literaturgeschichte. Bd. 2: H – O, hrsg. von Harald Fricke. Berlin/New York 2000, S. 513–517.

10 Müller, Nibelungenlied (wie Anm. 4), S. 62.

11 Vgl. hierzu: Peter Koch und Wulf Österreicher, Sprache der Nähe – Sprache der Distanz. Mündlichkeit und Schriftlichkeit im Spannungsfeld von Sprachtheorie und Sprachgeschichte, in: Romanistisches Jahrbuch 36 (1985), S. 15–43, hier vor allem S. 29ff.

12 Max Lüthi, Es war einmal ... Vom Wesen des Volksmärchens. 8., neu bearbeitete Auflage, Mit einem Vorwort von Lutz Röhrich, Göttingen 1989, S. 35.

folgenden Text von Bedeutung ist. Um 1200 ist die Zeit des Hochmittelalters, der höfischen Kultur mit ihren großen Hoffesten, den *hôchgezîten* aus der Nibelungenprogrammstrophe, die in den zeitgenössischen höfischen Romanen genauso literarisch gefeiert wurden wie zum Beispiel das Mainzer Hoffest Friedrich Barbarossas 1184. »[K]urz vor 1200«[13] gilt auch als Entstehungszeit der ersten großen Verschriftlichung des Nibelungenstoffes, die heute gemeinhin als »Das Nibelungenlied« bezeichnet wird.

»Aber es ist nicht wichtig, wann es war.«

Mit diesem zweiten Satz der Köhlmeier'schen ›Programmstrophe‹ wird die eingangs angebotene sehr konkrete zeitliche Verortung der folgenden Erzählung mit all den damit verbundenen Bezügen zum Nibelungenstoff und dessen zeitgenössische Einbettung sofort wieder relativiert: »Aber es ist nicht wichtig, wann es war.« Dennoch bleibt das zuvor Aufgerufene trotz dieser unmittelbaren Relativierung seiner Wichtigkeit im Hintergrund präsent: die Anklänge an die Blüte der Ritterzeit und Ritterepen um 1200. Für das *Nibelungenlied* ist eben die Erzählgegenwart um 1200. Die ›Programmstrophe‹ in der Nibelungenhandschrift C markiert alleine mit dem verwendeten Wortmaterial ein Oszillieren von zeitgenössischen literarischen Entwürfen mit alten Geschichten aus der Völkerwanderungszeit in der folgenden Erzählung: das aktuelle höfisch-kultivierte Programm, markiert mit *vroiden hôchgezîten*, wird mit der vorhöfisch unzivilisierten Zeit in einen Erzählzusammenhang gebracht. Es heißt in der ›Programmstrophe‹ *recken* und eben nicht *ritter*! Diese Ineinssetzung unterschiedlicher Zeitebenen ist bei Köhlmeiers ›Programmstrophe‹ natürlich ebenfalls mitzudenken und wird auf diese Weise noch verstärkt. Aufgrund der Entstehungszeit seines Textes wird die von der folgenden Erzählung umfasste Zeitpanne sogar noch mindestens verdoppelt. Die 800 Jahre von 1200 bis zur Köhlmeier'schen Erzählgegenwart der Jahrtausendwende werden zumindest nicht ausgeschlossen und die etwa 800 Jahre von 1200 zurück zur Völkerwanderungszweit bleiben bestehen. Vielleicht ist es aufgrund dieses großen zeitlichen Rahmens »nicht wichtig, wann es war«, weil eine genaue Bestimmung damit immer unmöglicher wird. So wird auch das typisch heldenepische Wechselspiel zwischen historisch belegbarer Geschichte und einem zeitlich nicht greifbaren Vor-Zeitalter[14] in Köhlmeiers Anfang deutlich hervorgehoben. Was lediglich hier zum zweiten Mal suspendiert wird, sind Bezüge zu einer bestimmten historisch beleg- bzw. nennbaren Zeit, auch wenn diese unmittelbar davor sehr konkret evoziert wurden.

---

[13] Müller, Nibelungenlied (wie Anm. 4), S. 47.

[14] Vgl. dazu ausführlicher ebd., S 19–29.

»Es war.«

Das nun in den ersten drei Sätzen zum dritten Mal auftauchende »Es war.« markiert ohne anschließendes Temporaladverbiale, was scheinbar für die folgende Erzählung wichtig ist: ein Primat der gewesenen Faktizität: Weder erscheint diese wie zuvor historisch-konkret (»vor 800 Jahren«) noch märchenhaft-unbestimmt (»einmal«). Für die Rezeption der Heldenepik um 1200 wird angenommen, dass die erzählten *alten mæren* im Sinne einer »besondere[n] Art der Geschichtsüberlieferung«[15] als wahr geglaubt wurden. In Köhlmeiers ›Programmstrophe‹ wird mit der an dieser Stelle fehlenden Zeitangabe einerseits der Anspruch der folgenden Erzählung »als historische Überlieferung«[16] getilgt, was Jan-Dirk Müller als Geltungsanspruch für die genuin mittelalterliche Heldenepik festhält. Diese Ablehnung einer konkreten zeitlichen Fixierung erscheint vor dem Hintergrund des in der Heldenepik typischen Nebeneinanders von Ereignissen aus unterschiedlichen Zeiten sinnvoll. Andererseits wird durch die Betonung, dass »es war« wichtiger ist als eine konkrete Zeitangabe dennoch ein wie auch immer gearteter »Verbindlichkeitsanspruch«[17] der Erzählung herausgestellt. Dieser Verbindlichkeitsanspruch scheint wichtig zu sein, da »es war« noch ein nächstes Mal in diesen vier Zeilen auftaucht.

»Die Zigeuner beginnen ihre Geschichten mit:«

Damit wird noch einmal explizit gemacht, dass es an dieser Stelle tatsächlich um die Abwägung eines für das Folgende passenden Erzähleingangs geht. Der diese Aussage abschließende Doppelpunkt markiert, dass hier so etwas wie ein zweiter Anlauf hierzu unternommen wird. Dass dafür ausgerechnet die Gruppe der »Zigeuner« als Referenzrahmen ausgewählt wird, erscheint mehrdeutig und auch nicht endgültig interpretatorisch auflösbar. Einerseits wird so eine scheinbar heute noch praktizierte orale Erzähltradition aufgerufen, in der die erzählten Geschichten mit ihren Erzählern, den »Zigeunern«, durch Europa ziehen und sich auf dieser Reise auch verändern. Dies entspräche den gängigen literaturwissenschaftlichen Entwürfen für die Überlieferung des Nibelungenstoffes: einer Variabilität im Laufe der Zeit, einer damit verbundenen Vorstellung von kollektiver Autorschaft sowie einer Anpassung der aktuellen Nibelungendichtung an die jeweils konkret vorliegenden Rezeptionsbedingungen[18]. Andererseits wird mit dieser Vorstellung auch Alterität bzw. Exotik, d.h. *wunders vil* in

15 Joachim Heinzle, Das Nibelungenlied. Eine Einführung, Frankfurt am Main 1987, S. 27.

16 Müller, Nibelungenlied (wie Anm. 4), S. 19.

17 Heinzle, Nibelungenlied (wie Anm. 15), S. 27.

18 Vgl. dazu zum Beispiel Hilkert Weddige, Einführung in die germanistische Mediävistik. 5., durchgesehene Auflage, München 2003, S. 224f.

den *mæren* evoziert. Darüber hinaus kann die Verwendung des Begriffes »Zigeuner«, der heute von der damit bezeichneten Gruppe der Sinti und Roma als diskriminierend empfunden wird,[19] am Beginn einer weiteren Neuerzählung des gerade im Dritten Reich zu ideologischen Zwecken vereinnahmten und missbrauchten *Nibelungenliedes*[20] als Hinweis auf die in dieser Zeit begangenen Verbrechen der Nationalsozialisten dieser Gruppe gedeutet werden. Nicht zuletzt wird mit diesem Einschub auch Spannung bei den Rezipienten aufgebaut, wie denn die »Zigeuner« ihre Geschichten beginnen.

»Es war, weil es nicht war.«

Diese Antithese bietet viele Lesarten. Konsequent wird damit das Oszillieren zwischen Faktizität und Fiktionalität, Erzählgegenwart und erzählter Vergangenheit weiter vorangetrieben. Verstärkt wird dieser Eindruck noch vor dem Hintergrund, dass gerade für eine diesem Erzähleingang ebenfalls eingeschriebene konzeptionelle Mündlichkeit für die beiden Verbformen »war« in mindestens zwei verschiedenen Versionen ein -h- mitdenkbar bzw. mithörbar erscheint. Beinahe chiastisch setzt die Erzählung ihren Anfang, indem sie auf etwas verweist, das nicht stattgefunden hat und gerade deshalb aus dem gegenwärtigen Standpunkt der Erzählung als vergangene Faktizität bzw. Wahrheit ausgegeben werden kann.

»**nicht** wichtig, wann **es war.**« - »**Es war.**«
»**Es war,**« -»weil **es nicht war.**«[21]

»Das ist ein guter Anfang …«

Analog zur ›Programmstrophe‹ des *Nibelungenliedes* wird am Ende des Köhlmeier'schen Erzähleinganges die erzählte Vergangenheit in die Gegenwart des Erzählens transportiert: *muget ir* ***nu*** [jetzt] *wunder hœren sagen* – »Das **ist** ein guter Anfang«.[22] In insgesamt 8 Sätzen bzw. Teilsätzen von Köhlmeiers ›Programmstrophe‹ wird siebenmal eine Form von »sein« als Hauptverb verwendet, fünfmal im Präteritum (»war«) und zweimal im Präsens (»ist«). Es scheint fast so, als ob Köhlmeier mit »Es war« auf die typische Initialformel des *Nibelungenliedes* bzw. des heldenepischen Erzählens insgesamt zurückgreift: *Es wuohs in Buregonden, ein vil edel*

[19] Vgl. hierzu z.B. Stefan Loubichi, Der Holocaust an Sinti und Roma. 2014, online abrufbar unter: https://www.zukunft-braucht-erinnerung.de/der-holocaust-an-sinti-und-roma/ (aufgerufen am 23.02.2021).
[20] Vgl. hierzu z.B. Heinzle, Nibelungenlied (wie Anm. 15), S. 99–107.
[21] Hervorhebungen D.G.
[22] Hervorhebungen D.G.

magedin[23], *Es was ein küneginne gessezzen über sê*[24]. Solche Formeln markieren nach Jan-Dirk Müller »einen voraussetzungslosen Beginn ..., der sich aus unendlicher Rede herauslöst«[25]. Damit wird auch ein Verbindlichkeitsanspruch des Erzählten jenseits aller historisch greifbaren Faktizität betont. In Köhlmeiers Erzähleingang macht »Es ist« die Prämissen für die konkrete Erzählung deutlich, während »Das ist« diese dann endgültig festlegt. Mit diesem vor allem durch die drei Auslassungspunkte am Ende auch optisch als vom Textganzen hervorgehobenen, aber im Gegensatz zum Nachwort als noch zu dem Erzählganzen gehörigen Eingang inszeniert sich der Erzähler als ein reflektierender und sich teilweise sogar selbst widersprechender. Zum Abschluss seiner ›Programmstrophe‹ konstatiert dieser Erzähler, beinahe wie Gott in der Bibel nach jedem Schöpfungstag, dass das Ergebnis dieses Reflexionsprozesses gut bzw. ein guter Anfang ist. Ein solcher Erzähler erscheint als eine nach Schmidt-Dengler typisch Köhlmeier'sche »Erzählinstanz, die offenkundig doch über allem waltet«[26]. Darauf wird noch zurückzukommen sein.

Für den gesamten Erzähleingang bleibt festzuhalten, dass nicht nur durch die sofortige Zurückweisung gleich des ersten Gedankens, sondern in den gesamten vier Zeilen sich Köhlmeiers Erzählinstanz in den *Nibelungen* einer eindeutigen Zuordnung des von ihr zu Erzählenden in typische Gattungsschemata verweigert. Dies tut sie allerdings gerade mit dem knappen Aufrufen fast aller für den Nibelungenstoff relevanten Gattungsmerkmale und der Einbettung der folgenden Erzählung in einen nibelungentypischen semi-oralen Erzählzusammenhang. Somit erscheint gerade vor dem Hintergrund des für alle Neu- oder Nacherzählungen geradezu normsetzenden Beginns der Nibelungenhandschrift C, die Aussage, »Das ist ein guter Anfang...«, uneingeschränkt gültig.

Folgen

Inhaltlich folgt auf die ›Programmstrophe‹ bei Köhlmeier statt einer Gleichschaltung der Lebensläufe von Kriemhild und Siegfried im ersten Unterkapitel seines ersten Teils eine nachgerade klassische Exposition. Das die Handlung durchgängig bestimmende Personal wird vorgestellt. Es sind die drei Burgundischen Könige, Gunter, Gernot und Gieselher, ihr Lehensmann Hagen von Tronje sowie deren Schwester Kriemhild. Entscheidend für den weiteren Handlungsverlauf ist ihr Verhältnis zu ihrem

---

23 Nibelungenlied (wie Anm. 1), 2,1.

24 Ebd., 326,1.

25 Müller, Nibelungenlied (wie Anm. 4), S. 63.

26 Wendelin Schmidt-Dengler, Sonnenflecken. Homerisches Gelächter in Michael Köhlmeiers Roman *Telemachos*, in: Günter A. Höfler und Robert Vellusig (Hrsg.), Michael Köhlmeier, Graz 2001, S. 88–101, hier S. 95.

Lehensmann Hagen, sowie wiederum dessen Verhältnis zu deren Schwester Kriemhild. Die passiven, ja entscheidungsfaulen und damit auch potenziell angreifbaren Könige folgen der von ihrem Vater Dankwart übernommenen Maxime »Es wird schon nichts passieren.« (N 12) Deshalb überlassen diese die Regierungsgeschäfte Hagen von Tronje, der vom Erzähler als »zutiefst widersprüchlicher Charakter [...], unberechenbar, undurchschaubar, [...] unbedingt loyal und unschlagbar klug« (ebd.) bezeichnet wird. Darüber hinaus wird er vom Erzähler verdächtigt, Kriemhild zu lieben. Allerdings ist diese Liebe eine einseitige. Damit kann Hagen aus mehreren Gründen gut leben. Da Kriemhild zunächst alle Bewerber als nicht adäquat ablehnt, bleiben Hagen die Freuden von intellektuellen Rededuellen bzw. fast heldenepischen Reizreden mit ihr. Bei denen treibt Hagen durch seine scheinbare Unterstützung der potenziellen Bewerber Kriemhild dazu, diese Bewerber dann auf gar keinen Fall als Ehemann in Betracht zu ziehen. So wähnt Hagen sich stets auf der sicheren Seite, bis Kriemhild schließlich nach dem Falkentraum gänzlich auf einen Ehemann verzichten will. Als noch wichtiger für Hagens Frustrationstoleranz hinsichtlich der einseitigen Liebe wird angegeben, dass er die Unmöglichkeit dieser seiner Liebe mit seiner niederen Stellung in der Ständepyramide (»Es war einmal vor 800 Jahren«) begründen kann. Was demnach nicht sein kann, kann für ihn nicht sein: »Es war, weil es nicht war.«

Die Ankunft Siegfrieds am Ende des ersten Teils von Köhlmeiers *Nibelungen* verschiebt diese Ausgangskonstellation vor allem aus der Perspektive Hanges fundamental. Er verliert beides: Kriemhild an Siegfried und vor allem seine Handlungsmacht am Hof, da die Burgunderkönige diese gerne an ihren standesgleichen Schwager abtreten und nun sogar Geheimnisse vor Hagen besitzen. Hagens Versuche, vor allem die Handlungsmacht zurückzugewinnen, führen mit jedem Scheitern immer weiter in den Untergang: Zunächst will er Siegfried zu einem von ihm beeinflussbaren Schüler machen. Nachdem dies keinen Erfolg hat, gewinnt er seine verlorene Stellung am Hof auch nicht durch Siegfrieds Ermordung wieder gänzlich zurück. Dies erscheint nicht mehr notwendig, da sowohl vom Erzähler als auch auf der Handlungsebene immer wieder markiert wird, dass nach der Ermordung Siegfrieds das von Hagen Zeit seines Lebens vertretene Primat der Diplomatie gegenüber der Mechanik des Hasses Kriemhilds chancenlos ist. Daher gibt Hagen in Köhlmeiers *Nibelungen* im Gegensatz zum *Nibelungenlied* sowohl zu Kriemhilds Hochzeit mit Etzel als auch zur Reise der Burgunden nach Ungarn ohne Widerspruch seine Zustimmung. Sein letzter erfolgreicher Versuch, Kriemhild das Versteck des Nibelungenschatzes nicht zu verraten, ist dann auch weniger als diplomatisches Geschick oder persönlicher letzter Triumph zu interpretieren, wie es im *Nibelungenlied* suggeriert wird. Während er dort Kriemhild nach Gunthers Ermordung auf deren Frage nach dem Versteck des Schatzes verhöhnt, besteht bei Köhlmeier seine Antwort und damit sein letzter Auftritt im Text aus einem einzigen Wort: »Nein.« Fast scheint es so, dass Hagen an seinem unmittelbar bevorstehenden Tod ebenso wenig interessiert ist wie der Erzähler an einer Ausgestaltung des Untergangs der Burgunden. Dass dies dann lediglich den »[s]echste[n] Teil« Teil von Köhlmeiers *Nibelungen* umfasst und nicht der inhaltlich beinahe paritätischen Zweiteilung des *Nibelungenliedes* folgt, zerstört keinesfalls »das Gleichgewicht des Nibelungenliedes«[27], wie es Sigurd Paul Scheichl beklagt. Stattdessen folgt diese Abweichung Köhlmeiers von »seinem ›Stoff‹«[28] genauso wie die anderen textchronologischen Umstellungen, inhaltlichen Streichungen sowie Hinzufügungen konsequent der durch die Exposition eröffneten Handlungslogik.

Die Erzählinstanz[en]

Wie bereits in der Analyse der ›Programmstrophe‹ erwähnt, inszeniert sich dort in einer semi-oralen Tradition ein seinen Stoff kennender sowie dessen angemessene sprachlich-stilistische Ausgestaltung reflektierender olympischer Erzähler. Dieser wird im Verlauf der Geschichte auf verschiedenen Erzählebenen und in verschiedenen Erzählerrollen immer wieder deutlich. Dieser Erzähler nimmt immer wieder das, was im Erzähleingang in wunderbarer Kürze umrissen wird, auf und führt dies, manchmal leider auch in sehr plakativer Breite, fort. Als Beispiel hierfür wird in diesem Beitrag lediglich der Erzählerkommentar vor Siegfrieds Drachenkampf genannt:

> Und er [Siegfried; D.G.] kam zur Schlucht.
> Nun taucht die Geschichte ab ins Märchenhafte. Die Geschichte der Nibelungen mäandert zwischen Historischem, Sagenhaftem, und Märchenhaftem dahin. Wie alle diese Sagen, die zuletzt in einem Epos oder einem Lied, in einer reproduzierbaren Form der Erzählung zusammengefasst wurden, basiert auch das Nibelungenlied auf verschiedenen Geschichten aus verschiedenen Zeiten, die der Autor, wer immer er auch war, zu einem neuen Ganzen komponiert hat. Jede der ursprünglichen Geschichten gab es in verschiedenen Variationen. Verschiedene Erzähler trugen sie in verschiedene Länder, dort entwickelten sie sich gemäß der verschiedenartigen Situation verschiedenartig weiter. Nicht anders liegt der Fall beim Nibelungenlied.
> Hier also beginnt das Märchen … (N 38f.)

Dieser Erzählereinschub dient zunächst einmal der Spannungssteigerung unmittelbar vor Siegfrieds Kampf mit dem Drachen und kann demnach

27 Sigurd Paul Scheichl, Michael Köhlmeier als Neu-Erzähler, in: Günter A. Höfler und Robert Vellusig (Hrsg.), Michael Köhlmeier, Graz 2001, S. 102–124, hier S. 115.

28 Ebd.

auch als Erzähleingang hierzu interpretiert werden. Die drei Auslassungszeichen am Ende markieren einen Beginn des Folgenden ebenso wie bei der ›Programmstrophe‹. Wie dort werden an dieser Stelle die verschiedenen einflussgebenden Traditionen für den Nibelungenstoff und damit auch für die eigene Erzählung aufgerufen: Märchen, Sage und Historie. Zusammen mit der ausführlichen Hervorhebung und Erläuterung eines bis heute andauernden und scheinbar unabschließbaren Überlieferungsprozess des Nibelungenstoffes erfolgt an dieser Stelle im Erzählganzen so etwas wie eine erste Auslegung der eigenen ›Programmstrophe‹ durch den Erzähler.

Die Aussagen folgen der von Hilkert Weddige für die mittelalterliche Heldenepik vorgeschlagenen begrifflichen Trennung von Heldensage als dem »stoffliche[n] Substrat von Formen der Literatur [...], die Taten von Helden zum Gegenstand haben«[29], und Heldendichtung, als »einmalige[] künstlerische[] Formung der jeweiligen Heldensage«[30]. Damit inszeniert sich der Erzähler nicht nur an dieser Stelle als »Gelehrter unserer Zeit«[31], auch wenn der Autor Michael Köhlmeier immer wieder geradezu kategorisch das Gegenteil betont: »Ich bin kein Wissenschaftler, ich bin ein Erzähler.« [32] Trotz der grundsätzlichen Skepsis gegenüber einer Vermischung von Erzähler und Autor, wird doch gerade für Köhlmeiers Nacherzählungen aufgrund seiner Aussagen in den jeweiligen Nachworten eine Nähe von Erzähler-Ich in seinen verschiedenen Rollen zum Autor-Ich[33] erkannt. Dies wird auch dadurch unterstrichen, dass am Beginn des Nachwortes eine zweite Auslegung der Programmstrophe erfolgt. Dort wird die eingangs evozierte sagentypische Vermischung von Geschichte »und anderen verstreuten nordischen Mythenmotiven« (N 125) explizit angesprochen und die bereits vom Erzählereinschub ausgeführte Variation in der Sagenüberlieferung am konkreten Beispiel der Varianz innerhalb der Überlieferung des *Nibelungenliedes* ausgeführt. Dazu schreibt der Autor Köhlmeier: »Das Werk ist in mehr oder weniger fragmentarischen Handschriften auf uns gekommen. Dabei handelt es sich zum Teil um Abschriften eines vermuteten Originals, zum Teil um Weiterdichtungen und Varianten.« (Ebd.) Spätestens an dieser Stelle erfolgt eine beinahe literaturwissenschaftlich korrekte Einordnung der eigenen Erzählung in diesen Überlieferungsprozess des Nibelungenstoffes. Letztendlich erschei-

---

29 Weddige, Germanistische Mediävistik (wie Anm. 18), S. 213.

30 Ebd.

31 Scheichl, Köhlmeier als Neu-Erzähler (wie Anm. 27), S. 106.

32 Die Kraft der Mythen. Schriftsteller Michael Köhlmeier über die Faszination überlieferter Geschichten. Moderation Britta Bürger, online abrufbar unter: https://www.deutschlandfunkkultur.de/auszeichnung-die-kraft-der-mythen.954.de.html?dram:article_id=283659 (aufgerufen am 23.02.2021).

33 Vgl. Scheichl, Köhlmeier als Neu-Erzähler (wie Anm. 27), S. 116.

nen die Grenzen zwischen Erzähler-Ich und Autor-Ich mindestens in ihrer Inszenierung als Gelehrte fließend. Dies wird besonders im bereits erwähnten sechsten Teil von Köhlmeiers *Nibelungen* deutlich, wo der Erzähler bei der Begründung seiner unterschiedlichen inhaltlichen Gewichtung der Geschehnisse vom sonst bei Erzählereinschüben üblichen »uns« und »wir« in die Erste Person Singular wechselt: »anders, als ich es [...] tue. [...] Ich möchte [...]. Ich bin auch der Meinung« (ebd.). Der bereits erläuterte Gestaltungswille dieses »Ichs« macht dann auch den dahinter liegenden ›Schrift-steller‹ sichtbar. Dieser gibt sich als Erzähler, der erzählen will, was »[u]ns heute interessiert« (ebd.).

Nachwort

Im Nachwort der *Nibelungen* lässt sich eine erstaunliche Parallele zu dem erkennen, was Stephan Müller als Gemeinsamkeit in der Nibelungenforschung herausgearbeitet hat:

> Große Nibelungenbücher beginnen [oder enden; D.G.] also mit einem persönlichen Bekenntnis, das den Autor nahe an seinen Gegenstand rückt und biographisch mit ihm eng führt. Das ›Ich‹ des Autors exponiert sich damit im Verhältnis zu seinem Gegenstand. Und Teil des wissenschaftlichen oder dichterischen Werkes, das man danach liest, ist die Leidenschaft dessen, der sich darin mit dem Nibelungenlied auseinandersetzt.[34]

Die räumlich-biografische Engführung erfolgt in Köhlmeiers Nachwort über einen allgemeinen literaturhistorischen Abriss der germanisch-mythischen Traditionen um den Untergang der Burgunden aus Worms über die Sänger an den Höfen, dem Verschriftlicher des Stoffes, der zwischen Wien und Passau gelebt haben muss, sowie der Vielzahl der Handschriften bis hin zum Autor-Ich nach Hohenems und der dortigen Nibelungenhandschrift: »Ich weiß bis heute nicht, ob die Hohenemser Handschrift von großer oder doch eher kleiner Bedeutung ist.« (N 125f.) Verbunden mit dieser Engführung ist auch der erneute Wechsel von einem allgemein-unverbindlichen »man« hin zum Autor-»Ich«. Dort in Hohenems »lebt man in der Geschichte der Nibelungen«: die dort gefunden Nibelungen-Handschriften, die Nibelungen-Orte, die Nibelungen-Dramen einschließlich der einheimischen Nibelungendarsteller. Frei nach Horst Fuhrmann[35] könnte man für dieses Köhlmeier'sche Universum sagen

---

[34] Stephan Müller, Schwache Texte – Starke Leser. Über die Leidenschaft der Nibelungenforscher und die Rezipienten der Heldendichtung in: Johannes Keller und Florian Kragl (Hrsg.), 11. Pöchlarner Heldenliedgespräch. Mittelalterliche Heldenepik – Literatur der Leidenschaften, Wien 2011, S. 149–159, hier S. 151. Diesen Hinweis verdanke ich Valentina Ringelmann.

[35] Horst Fuhrmann, Überall ist Mittelalter. Von der Gegenwart einer vergangenen Zeit, München 1996.

›Überall ist Nibelungen‹. Am Ende dieses Nachworts berichtet Michael Köhlmeier von einer Kindheitsvision. »Ich selbst sah mich als den Erzähler, auf unserem Schloßberg sitzend und über das Rheintal blickend.« Damit macht er selbst am Ende des gesamten Buches noch einmal zwei wesentliche Aspekte seiner *Nibelungen* deutlich: zum einen die Einreihung in die heldenepisch mindestens semi-orale Erzähltradition eines immer wieder erzählten, weil immer wieder neu erzählenswerten Stoffes; zum anderen die Rolle des Erzählers, der sich in der heldenepischen Tradition des Mittelalters als Glied in der Kette der Stoffüberlieferung versteht. Daher hat sich auch der Autor des *Nibelungenliedes* um 1200 nicht genannt, wie z.B. Hartmann von Aue als Verfasser des *Iweins* oder Wolfram von Eschenbach als Autor des *Parzival*. Daher wissen wir auch heute noch nicht wie Michael Köhlmeier bei der Abfassung seines Buches, wer dieser Nibelungenautor war. Köhlmeiers Nibelungenerzähler und/oder der Nibelungenerzähler Köhlmeier, als den er sich dann eben selbst sieht, sitzt auf dem Schlossberg und blickt über den Rhein: Für seine *Nibelungen* bedeutet dies, dass deren Erzählinstanz über dem Stoff sitzt bzw. steht. Diese wählt das aus dem Stoff aus, was ihr für uns erzählenswert erscheint. Dazu gehören inhaltliche Umstrukturierungen, Streichungen und Ergänzungen gegenüber der Stofftradition. Dieser Erzähler erscheint in verschiedenen Rollen auf verschiedenen Erzählebenen und versieht die Erzählung mit Kommentaren aus seiner Zeit für seine Zeit. Die alleine durch das Nachwort gegebene Nähe zwischen dem Autor als Erzähler auf dem Schlossberg und dem auktorialen Erzähler des Textes wird auch dadurch intensiviert, dass der Erzähler seine Eingriffe in die Stofftradition einschließlich der diesen zugrunde liegenden Deutungshypothesen im Erzählverlauf oft erklärt. Dass dies häufig im Duktus des Dozierens geschieht, unterstützt die bereits erwähnte These Scheichls, dass dieser »Erzähler als Gelehrter unserer Zeit«[36] im Text auftritt. Gleichzeitig wird deutlich, dass Köhlmeier, wie sein Erzähler es für den Nibelungenautor um 1200 selbst konstatiert hat, ebenso die aus Hohenems zu ihm nach Hohenems weitergetragenen verschiedenen Nibelungengeschichten aus verschiedenen Zeiten »als Autor …, zu einem neuen Ganzen komponiert hat«. Die Nibelungen werden von ihm eben nicht weiter erzählt, sondern im Medium der Schrift »neu erzählt«, wie er es im Untertitel seines Werkes selbst angekündigt hat.

---

36 Scheichl, Köhlmeier als Neu-Erzähler (wie Anm. 27), S. 106.

Florian Gassner

Vom Mythos Erzählen: Michael Köhlmeiers *Der Menschensohn*

I Hinführung. Die Geschichte von Jesus

Michael Köhlmeiers *Der Menschensohn* behandelt »Die Geschichte vom Leiden Jesu«, so der Untertitel. Wird in der Gegenwartsliteratur von Jesus erzählt, ergibt sich die Frage nach dem Standort innerhalb der breit gefächerten Tradition der biblischen Nacherzählung. Eröffnet der Text die Welt des leibhaftigen, gekreuzigten und wiederauferstandenen Messias, »achtet [er] die Wahrscheinlichkeit der evangelischen Quellendokumente [...] ohne Entmythologisierungsabsicht«, [1] wie im Fall von Patrick Roths Christus-Novelle *Riverside* (1991)? Oder setzt der Text ohne Rücksicht auf religiöse Befindlichkeiten die zynische Erfindung eines Erlöserglaubens in Szene, [2] wie in Philip Pullmans *The Good Man Jesus and the Scoundrel Christ* (2010)? Eigentümlich an Köhlmeiers Erzählung ist, dass diese beiden Pole – metaphysische Gewissheit und aufgeklärte Glaubenskritik – nebeneinander bestehen dürfen, und zwar vom Anfang bis zum Ende. Wiederholt räumt der Text die Unwahrscheinlichkeit der evangelischen Überlieferung ein, dazu referiert der Erzähler Erkenntnisse der historisch-kritischen Bibelforschung. Über weite Strecken hinweg wird somit vom Glauben, nicht aber im Glauben erzählt. Doch schon der Titel verweist klar auf die dogmatische Tradition: »Der Menschensohn« ist theologisches Programm, ebenso der Untertitel der Erzählung. Schließlich erfüllt Jesus gerade durch sein Leiden, durch die Passion, seine heilsgeschichtliche Rolle. Der Paratext schwört das Publikum auf den Jesus der christlichen Glaubenslehre ein. Der Buchumschlag – ein Renaissancegemälde des Kreuzweges – verstärkt diesen Eindruck noch.

Der Leser oder die Leserin wird beim Aufschlagen des Buches also auf eine »Christusnovelle« eingestellt, auf eine Erzählung im Einklang mit der biblischen Überlieferung. Doch schon auf der ersten Seite kehrt der Erzähler die Vorzeichen um und eröffnet die Geschichte mit einer für das Genre äußerst ungewöhnlichen Formel: Nicht mit »Im Anfang war ...« oder »Dies ist ...«, sondern mit »Es war einmal ...«. Überraschend ist

---

1 Grete Lübbe-Grothues, Die Kunst der Christusnovelle *Riverside*, in: Patrick Roth, Riverside. Christusnovelle, Frankfurt am Main 2005, S. 108–124, hier S. 110.

2 Declan Marmion, Review of Philip Pullman's Jesus by Gerald O'Collins, in: The Furrow 62 (2011), 1, S. 59–60, hier S. 60.

auch die Fortsetzung dieser Eröffnung: »Es war einmal ein Mann, der hieß Judas.« Und um das Verwirrspiel komplett zu machen, wird noch einmal präzisiert: Im Jerusalem des Neuen Testaments habe es nämlich mehr als einen Judas gegeben, und so erklärt der Erzähler: »Den Judas, von dem ich erzählen möchte, nannte man den Thomas« (MS 9).[3] Noch vor Abschluss der ersten Seite hat der Text damit dreierlei literarische Traditionen evoziert: Eine biblische Nacherzählung, eine märchenhafte Legende und einen modernen, ironischen Erzähler.

Dieser umständliche Einstieg legt nahe, dass hier mit den Lesern und Leserinnen gespielt wird, mit ihren Erwartungen an die Gattung, an die Erzähltradition und an die Heilsgeschichte. Dies gibt Anlass, zu fragen, warum der Text dieses Spiel mit dem Erwartungshorizont inszeniert und welche Aussage über die christliche Glaubenstradition er damit anstrebt. Die folgende Analyse zeigt: *Der Menschensohn* integriert Frömmigkeit und religiöse Skepsis im Dienst einer selbstreflexiven Auseinandersetzung mit den Bedingungen des Glaubens in der Moderne. Dabei geht es keineswegs darum, den christlichen Mythos zu entzaubern. Das Ziel ist es vielmehr, die christliche Ursprungserzählung in einer Form zu präsentieren, die dem historischen Ort moderner Gläubigen gerecht wird. Glauben in der Moderne ist paradox. Paradox ist zum Beispiel, dass sich der religiöse Fundamentalismus aus der Moderne heraus entwickelt hat, oder dass die Säkularisierung Religion nicht aufgelöst, sondern nur als gesellschaftliches Sondersystem ausgelagert hat. Ebenso widersprüchlich ist es, dass der Glaube und der moderne Kulturrelativismus nebeneinander bestehen, dass die religiöse Gewissheit trotz des Wissens um konkurrierende Glaubensangebote in einer globalisierten Welt fortbesteht.[4] Wer in der westlichen Moderne glaubt, muss mit derartigen Widersprüchen leben und diese aushalten können. Dieser Zustand wird in Michael Köhlmeiers Erzählung ausgelotet.

Der Menschensohn wendet sich damit jedoch nicht etwa gegen den westlichen Zeitgeist, gegen eine vermeintliche, zunehmende Säkularisierung westlicher Gesellschaften. Die Forschung zur Sozialgeschichte der vergangenen zwei Jahrhunderte zeigt nämlich, dass die Aufklärung keineswegs ein säkulares, nachreligiöses Zeitalter eingeläutet hat. Ganz im Gegenteil: Für das 19. Jahrhundert hat der Historiker Olaf Blaschke einen enormen konfessionellen Aufschwung festgestellt. So wirkmächtig schätzt Blaschke diese Bewegung ein, dass er den Vorschlag erwägt, das sogenannte

---

[3] Michael Köhlmeier, Der Menschensohn. Die Geschichte vom Leiden Jesu, München 2001. Im Folgenden werden die Seitenzahlen mit der Sigle MS im Text nachgewiesen.

[4] Brian S. Turner, Introduction. Paradoxes of Religion and Modernity, in: Brian S. Turner, Religion and Modern Society. Citizenship, Secularization and the State, Cambridge 2011, S. 228–235.

bürgerliche in »ein zweites konfessionelles Zeitalter«[5] umzubenennen. Erst in der zweiten Hälfte des 20. Jahrhunderts lässt sich für Westeuropa ein deutlicher Rückgang der konfessionellen Bindung beobachten. Diese Entwicklung hat man lange Zeit mit der sogenannten Säkularisierungsthese begründet, die »besagt, dass Prozesse der Modernisierung einen letztlich negativen Einfluss auf die Stabilität und Vitalität von Religionsgemeinschaften, religiösen Praktiken und Überzeugungen ausüben.«[6] Seit den 1990er-Jahren konkurriert dieses Erklärungsmodell jedoch mit der sogenannten Individualisierungsthese, der zufolge religiöse Praktiken in der Moderne mit derselben Wirkmacht fortbestehen. Sie entwickelten sich nun aber in anderen Formen weiter, unabhängig vom Wirkungskreis der großen Konfessionen und damit statistisch schwieriger nachweisbar. In westlichen Gesellschaften präsentiere sich der Glaube nun als »individuell einzigartige Auswahl aus unterschiedlichen religiösen Traditionen, innerhalb derer das Christentum zwar noch ein wichtiges Element darstellen könnte, aber eben nur noch eines neben anderen.«[7] Manche Individualisierungstheoretiker beobachten dem Religionswissenschaftler Detlef Pollack zufolge sogar ein »umgekehrt proportionales Verhältnis« zwischen der Entwicklung der Kirchen und der individuellen Glaubenspraxis: »Mit dem Bedeutungsrückgang der Kirchen kommt es ihnen zufolge zu einem Aufschwung individueller Religiosität«.[8] Ein derart individualisierter Zugang zum Glauben verlangt dem Einzelnen beträchtliche Arbeit ab: Eine beständige Auseinandersetzung mit theologischen Kernfragen vor dem Hintergrund einer globalisierten und von den technischen Wissenschaften durchdrungenen Moderne. Diesen Zustand reflektiert und würdigt *Der Menschensohn*, auf der Gattungsebene, durch seine Erzählstrategien und in seiner Auseinandersetzung mit der christlichen Heilsgeschichte.

II Gattungsfragen. Zwischen Märchen und historischem Roman

Der Menschensohn ist im Grunde ein klassischer historischer Roman. Dreh- und Angelpunkt der Gattung sind die von Georg Lukács so getauften »mittleren Helden«. Dabei handelt es sich um »Hauptfiguren, die infolge ihres Charakters und ihres Schicksals mit beiden Lagern [einer historischen Umbruchssituation] in eine menschliche Verbindung geraten.« Besonders wichtig ist, dass sich ein solcher Held für den größten Teil der Handlung »nicht leidenschaftlich einem der kämpfenden Lager anschließt«,

---

5 Olaf Blaschke, Ein Zweites Konfessionelles Zeitalter?, in: Geschichte und Gesellschaft 26 (2000), 1, S. 38–75.

6 Detlef Pollack, Kirchlichkeit, Religiosität und Spiritualität in Europa, in: Elke Ariëns, Helmut König und Manfred Sicking (Hrsg.), Glaubensfragen in Europa. Religion und Politik im Konflikt, Bielefeld 2011, S. 15–49, hier S. 17.

7 Ebd., S. 18.

8 Ebd.

denn nur so kann er »kompositionell ungezwungen ein solches Vermittlungsglied abgeben.«[9] In *Der Menschensohn* übernimmt einer der Jünger Jesu die Rolle des mittleren Helden, der sogenannte ungläubige Thomas. Die Figur eignet sich besonders deshalb für diese Rolle, weil sie in den Evangelien – mit Ausnahme ihres großen Auftritts nach der Auferstehung – fast konturlos bleibt. In *Der Menschensohn* wird der Charakter dann folgendermaßen zu einem »Vermittlungsglied« zwischen den »kämpfenden Lagern« ausgebaut: Thomas ist ein gläubiger, doch nicht frommer Jude im Jerusalem der Ära Pilatus. Die römische Kultur, mit ihrem Hang zu wissenschaftlicher Rationalität, übt auf ihn eine große Anziehungskraft aus. Im Zeichen des technischen Fortschritts, und gegen den Widerstand seines jüdischen Umfelds, begibt er sich sogar in römische Dienste, um den Bau eines neuen Brunnens zu leiten. Kurz darauf beginnt jedoch seine Faszination mit dem Propheten Jesus. Diese Verbindung bringt ihn nun mit den römischen Statthaltern, vor allem aber mit dem Rationalismus der römischen Kultur in Konflikt. – Aus dieser Anordnung heraus entwickelt der Erzähler schließlich sein Panorama der Gesellschaft im Judäa des frühen ersten Jahrhunderts.

Die Thomas-Figur erfüllt als Erzählzentrum eine weitere gattungsspezifische Funktion: Sie dient dem zeitgenössischen Publikum als Vermittler zwischen der Vergangenheit und der Gegenwart. In *Der Menschensohn* bedeutet dies, die Einstellungen einer aufgeklärten und industrialisierten Gesellschaft in das biblische Geschehen hineinzutragen. Thomas erweist sich zum Beispiel als Vertreter eines modernen Bildungs- und Leistungsprinzips. Seine außerordentlich erfolgreiche Karriere verdanke er »ganz allein seinen Fähigkeiten als Baumeister, Architekt, Ingenieur«, sehr zum Misstrauen seines jüdischen Umfelds (vgl. MS 13). Dabei leidet er an einem modernen Zustand, den man – je nach historischem Bezugspunkt – als Melancholie, Depression oder Burn-out bezeichnen könnte. Die Rede ist von einem »Riß durch die Seele« (MS 31), Thomas selbst erklärt: »Mein Körper ist gesund, in meiner Seele bin ich krank« (MS 47). Ursache ist ein Konflikt zwischen Glauben und Wissen, den der Erzähler folgendermaßen beschreibt: »Thomas war Rationalist. Besser müßte man sagen: Er war auch Rationalist. Zumindest eine Seite in ihm weigerte sich zu glauben, was er nicht sehen, nicht hören, nicht mit logischen Schritten nachvollziehen konnte« (MS 22). Trotzdem kann sich Thomas nicht vom Glauben lösen. Diesen Wiederspruch in seinem Wesen bringt gleich zu Beginn der Geschichte eine Entscheidungssituation an den Tag. Mit leicht ironischem Unterton schildert der Erzähler, wie Thomas die gesellschaftlichen Folgen einer Tätigkeit im Dienst der viel gehassten Römer abwägt.

---

[9] Georg Lukács, Der historische Roman, Berlin 1965, S. 44.

> Thomas schloß sich in seinem Haus ein. Er zog die Fensterläden zu. Er betete. Bat Gott, er möge für ihn eine Entscheidung fällen. Dann betete er nicht mehr. Er wußte, nicht Gott mußte sich entscheiden, sondern er, Thomas, der Mensch. Dann betete er wieder, betete darum, daß er sich richtig entscheid[.] (MS 24)

Dieser fast schon pathologische Zweifler schließt sich erst nach und nach dem Kreis um Jesus an, und er leistet bis zuletzt Widerstand. Als er beispielsweise die Speisung der Fünftausend verpasst und von Judas Iskariot gedrängt wird, dessen Bericht über das Wunder einfach zu glauben, da heißt es: »Thomas glaubte nicht. Diese Geschichte beleidigte seine Intelligenz. Nein, er glaubte nicht!« (MS 69) Letztendlich wird Thomas aber doch versöhnt, und zwar durch Jesu berühmten Schiedsspruch zum Fall der Ehebrecherin. »Mit diesen Worten hat Jesus die Sehnsucht nach Liebe und die Sehnsucht nach höchster Rationalität zusammengeführt« (MS 77). Damit liest sich *Der Menschensohn* ein wenig wie eine Bekehrungsgeschichte, genauer: wie eine doppelte Bekehrungsgeschichte. Zur Hälfte der Erzählung bekennt sich Thomas zu Jesus dem Propheten, zum Schluss schließlich zum auferstandenen Messias (vgl. MS 137).

Ungewöhnlich für eine Bekehrungsgeschichte wäre nun aber der Märchenton der Erzählung. Damit gemeint ist nicht nur die Eingangsformel »Es war einmal ...«. Ins Auge fällt auch die überwiegend parataktische und formelhafte Sprache, die bereits das obige Langzitat offenbart: Bemerkenswert kurze Satzkonstruktionen, viermal das Verb »beten« in sieben Sätzen und das dreimal wiederholte »dann« als einzige Adverbialkonjunktion. Ähnliches findet sich schon auf der ersten Seite, als die Leser und Leserinnen an den Protagonisten herangeführt werden.

> Judas war ein häufiger Name. Jeder in Judäa kannte einen Judas. Und wenn sich Leute unterhielten und von einem Judas sprachen, dann gab es immer einen, der fragte: Welchen Judas meinst Du? Und dann sagte man: Den aus diesem Dorf oder den aus jenem Dorf oder den von dieser Straße oder den von jener Straße... (MS 9)

Es stellt sich die Frage, ob *Der Menschensohn* vielleicht als Hinführung zur Passionsgeschichte für das junge Publikum konzipiert wurde, und ob daher die sprachlichen und strukturellen Eigenheiten des Textes rühren. Dieselbe Frage beschäftigt insgesamt die Forschung zu Michael Köhlmeiers Nacherzählungen biblischer, antiker und mythologischer Stoffe. Für manche zielten die »meist parataktischen Satzstrukturen« klar auf das »jugendliche Lesepublikum«; sie seien »offensichtlich als Entgegenkommen gedacht«.[10] Für andere wiederum ist es ebenso »offensichtlich«, dass sich Köhlmeier »keineswegs in erster Linie an ein junges Publikum« (MS 103)

---

[10] Britta Rolfes, Heldenbilder im Wandel. Die Nibelungenhelden in neueren Adaptionen der Kinder- und Jugendliteratur, Baltmannsweiler 2005, S. 178.

richtet.[11] Im Vordergrund stehe vielmehr die Illusion einer »Mündlichkeit, die [...] den Texten eine in vergleichbaren Nachschöpfungen nicht zu findende Lockerheit verleiht« (MS 105).[12] In *Der Menschensohn* jedenfalls scheint die parataktische Sprache weniger ein Zugeständnis an junge Leser und Leserinnen und eher Teil eines komplexen Spiels mit Gattungskonventionen. Dies zeigt sich spätestens, als die Märchenformel »Es war einmal ...« zur Mitte der Erzählung wiederkehrt.

Aus Thomas' Perspektive verfolgen die Leser und Leserinnen zum ersten Mal eine Predigt Jesu, und zwar jene am See Genezareth, die mit der Speisung der Fünftausend endet. Thomas macht sich dabei Notizen, um den Vortrag anschließend »im nüchternen Zustand« nachzubereiten – zu sehr befürchtet er, von dem rhetorischen Talent des Predigers geblendet zu werden.

> Aber wenn Jesus Geschichten erzählte – keine länger, als ein Mann dreimal den Atem anhalten kann –, dann vergaß Thomas, was er sich so sehr vorgenommen hatte, nämlich: Distanz zu halten, Skepsis zu bewahren, mißtrauisch zu bleiben. Nach jeder Geschichte sagte er sich: Gib acht, wenn er wieder zu erzählen beginnt! Sei auf der Hut, wenn er wieder mit Es-war-einmal anfängt. Und dann erzählte Jesus eine neue Geschichte, und wieder schwand alle Vorsicht in Thomas dahin... (MS 62)

Bemerkenswert an diesem Abschnitt ist Thomas' gattungstheoretische Einordnung der Gleichnisse Jesu. Die Formel »Es war einmal ...« schafft eine interessante Verbindung zur europäischen Märchentradition. Gattungsgeschichtlich ist es gewiss interessant zu fragen, wo die Gemeinsamkeiten und Unterschiede liegen, und inwieweit der Vergleich die jeweilige Textsorte auf- oder abwertet. Weit bedeutender ist aber im gegenwärtigen Zusammenhang, dass die Stelle etwas Verschlagenes an sich hat. Eingedenk dessen, dass *Der Menschensohn* mit »Es war einmal ...« beginnt, scheint es, als sagte der Text augenzwinkernd über sich selbst: »Die Geschichte von Thomas, die hier erzählt wird, ist nur ein Märchen, aber Jesus hat ja auch ›nur Märchen‹ erzählt.« Dieses ironische Augenzwinkern ist eine der zentralen Erzählstrategien des Textes.

III Erzählstrategien. Romantische Ironie und historische Bibelforschung

Der Menschensohn bietet ein lustvolles Spiel mit den Möglichkeiten, eine fiktionale Welt auszugestalten. Oft bringt sich der Erzähler selbst in die Geschichte ein, zum Teil mit autobiografischen Informationen: Einmal ergänzt er die Charakterbeschreibung des Protagonisten mit der Erinne-

---

[11] Sigurd Paul Scheichl, Michael Köhlmeier als Neu-Erzähler, in: Günther A. Höfler und Robert Vellusig (Hrsg.), Michael Köhlmeier, Graz 2001, S. 102–124, hier S. 103.

[12] Ebd., S. 105.

rung an seinen ersten Besuch in Wien (vgl. MS 20), ein anderes Mal referiert er in der ich-Form Forschungsergebnisse zur Rolle des Hohen Rats in der altjüdischen Gesellschaft (vgl. MS 71). Dieser unorthodoxe Zugang zur Jesus-Geschichte ruft eine weitere Assoziation hervor, die sich durch die Köhlmeier-Forschung zieht: Eine Verbindung zur Tradition der postmodernen Literatur. Insbesondere mit Blick auf die Nacherzählungen von Mythen und Legenden verweist die Forschung gern auf einschlägige Merkmale: »die Mischung der Quellen, die Polyphonie, das Zitatenspiel, die Intertextualität, die Auffassung der Literatur als Textur« und den »skeptische[n] Relativismus des melancholischen Weltbilds.«[13] In dieser Aufzählung fehlt nun aber ein Kernstück der postmodernen Bewegung, nämlich das politische Moment, das insbesondere Jean-François Lyotard deutlich herausgearbeitet hat.[14] Die Mehrzahl der Nacherzählungen Köhlmeiers, ganz gewiss aber *Der Menschensohn* bemüht sich jedoch keineswegs um eine politische Aussage. Schlüssiger als ein Bezug zur postmodernen Theorie ist daher eine Verbindung zur romantischen Ironie. Wie bei den Romantikern wird die Ironie in Köhlmeiers Erzählung »als ein infinites Widerspiel entgegengesetzter Momente konzipiert, dessen Zweideutigkeit sich nicht mehr in Eindeutigkeit überführen und auflösen lassen soll«.[15] Diese Strategie steht im Einklang mit dem Thema des Werkes: Dem Ringen um die Darstellung des nicht Darstellbaren, nämlich einer positiven Idee des Glaubens. Dabei heißt »›Idee‹ im Sinne des ironischen Idealismus [...] nicht eine begrifflich vermittelte Identität, sondern die permanente Vergegenwärtigung einer unaufhebbaren Differenz.«[16] Diese Zweideutigkeit, diese unaufhebbare Differenz ergibt sich in Köhlmeiers »Geschichte vom Leiden Jesu« aus der ungelösten Spannung zwischen aufgeklärtem Historismus und vormodernem Mythenglauben. Diese Spannung tragen sowohl der Erzähler als auch die Figuren in die Handlung hinein.

Als wichtige Quelle der Ironie erweist sich in *Der Menschensohn* eine eigentümliche Durchlässigkeit der historischen Zeitebenen. Begriffe oder Redewendungen der christlichen Glaubenstradition werden in die Handlung eingebracht, obwohl diese zu Lebzeiten Jesu noch nicht zur Verfügung stehen sollten. Dabei schweben die Aussagen oft zwischen Erzäh-

---

13 Jean-Charles Margotton, Tradition und Modernität in Michael Köhlmeiers Erzählungen, in: Anne-Marie Corbin und Friedbert Aspetsberger (Hrsg.), Traditionen und Modernen. Historische und ästhetische Analysen der österreichischen Kultur, Innsbruck 2008, S. 142–153, hier S. 152. Vgl. auch: Scheichl, Neu-Erzähler (wie Anm. 11), S. 120; Rolfes, Heldenbilder (wie Anm. 10), S. 167.

14 Jean-François Lyotard, Randbemerkung zu den Erzählungen, in: Peter Engelmann (Hrsg.), Postmoderne und Dekonstruktion. Texte französischer Philosophen der Gegenwart, Stuttgart 1990, S. 49–53.

15 Peter L. Oesterreich, Ironie, in: Helmut Schanze (Hrsg.), Romantik-Handbuch, Stuttgart 2003, S. 352–366, hier S. 357.

16 Ebd.

lerkommentar und Figurenrede, sodass offenbleibt, ob hier die Regeln der historischen Kontinuität in der Tat verletzt werden. Ein erstes Beispiel: Der Ingenieur Thomas wird von einem Arbeiter aus seinem Büro zu seiner Baustelle gehetzt, auf der helle Aufregung herrscht, obwohl nichts weiter gefunden wurde als ein schwarzes und schweres Holz. Nichtsdestotrotz: »Auf dem Rückweg zur Baustelle bekam Thomas von dem Mann schließlich ein Drama zu hören, wie es die Stadt und der Weltkreis noch nicht erlebt hätten« (MS 36). Würde das Zitat nun mit dem Indikativ enden – mit »hatten« –, dann dürfte man hier einen Erzählerkommentar vermuten. Der Konjunktiv lässt jedoch auch auf erlebte Rede schließen, womit der Arbeiter den apostolischen Segen vorweggenommen hätte. An einer anderen Stelle berichtet der Erzähler über den kometenhaften Aufstieg des Nazareners: »Über Jesus wurden inzwischen viele Geschichten erzählt, wenn irgendwo zwei oder drei beieinander standen, dann wurde über ihn geredet« (MS 63). Damit spielt der Text natürlich auf die einschlägige Stelle aus dem Matthäusevangelium an, die Stelle verweist aber auch in die Jugendzeit vieler Leser und Leserinnen, die den entsprechenden Kanon noch aus dem konfessionellen Religionsunterricht in der Volksschule kennen. Damit kommt es wiederum zu einer kurzen Störung der Fiktion, mit einem kleinen Augenzwinkern zum Publikum. Ähnliche Stolpersteine finden sich auch zum Ende der Geschichte hin, so zum Beispiel als Thomas den Jünger Nikodemus danach befragt, was sich nach der Kreuzigung zugetragen habe. »Er ist hinabgestiegen in die Hölle, fährt Nikodemus fort mit dem Satz, der später im Glaubensbekenntnis wiederkehrte ...« (MS 134). Ein weiteres Mal unterbricht eine unwahrscheinliche Prolepse für einen kurzen Moment den Strom der Erzählung.

Das letzte Beispiel verweist auch auf das Problem der Überlieferung, das sich *Der Menschensohn* selbstreflexiv zu eigen macht. Dazu gehört unter anderem die Auseinandersetzung des Erzählers mit der historisch-kritischen Bibelforschung, die wiederum spielerische Züge trägt. So entwirft der Erzähler zur Mitte der Geschichte eine Verbindung zwischen dem Jünger Thomas und dem apokryphen Thomasevangelium, das 1945 in Ägypten entdeckt wurde. Es folgt ein Exkurs zur biblischen Textkritik, mit Schwerpunkt auf Alter und Herkunft der kanonischen Evangelien. Das Thomasevangelium habe sich dabei als fehlendes Bindeglied herausgestellt, das die synoptischen Texte als Archetyp verbinde und das womöglich sogar von einem Zeitzeugen verfasst worden war. Dieser Umstand sei für einen Dichter gleichzeitig Glück und Versuchung: »Für den Erzähler, dem das Es-könnte-so-gewesen-sein mindestens ebenso wichtig ist wie das Es-war-so, bedeutet das schon fast soviel wie ein Freibrief für die Phantasie, sein Thomas – unser Thomas – habe ihn gesehen, habe ihn gehört. Habe mitgeschrieben...« (MS 90). Doch ist dies letzten Endes auch eine ernüchternde Erkenntnis. Die Forschung eröffnet zwar immer wieder neue Perspektiven auf den historischen Jesus, sie setzt aber auch immer neue Grenzen, die man nur mit der Fantasie überschreiten kann.

Das Problem der Zeitzeugenschaft wird aber nicht nur wissenschaftlich aufbereitet, auch die Erzählstrategien vergegenwärtigen diese Herausforderung in der Annäherung an den historischen Jesus. So schließen die Kapitel zum Höhepunkt der Geschichte hin oftmals mit einer kurzen, neu eingerückten Formel, die es erlaubt, das Berichtete zu hinterfragen: »So die Legende« (MS 101), »So die Politischen« (MS 103), »Sagt Longinus« (MS 131) oder »So erzählt Nikodemus« (MS 134). Ein ums andere Mal betont der Text so die Distanz zum Geschehen und die Abhängigkeit von den Beobachtungen Dritter. Besonders im Schlussteil wird somit die Unzulänglichkeit der Überlieferung herausgesellt, und der Knackpunkt ist dabei gerade ›unser Zeitzeuge‹. Thomas hat die Passion nämlich verpasst und ist nun selbst auf Zeugenberichte angewiesen. Er spricht nacheinander mit Petrus, Josef von Arimatäa und dem Jünger Johannes, doch stellt es sich heraus, dass keiner aus dem Kreis der Jünger beim Tod Jesu zugegen war. Schließlich machen Thomas und Johannes den römischen Soldaten Longinus ausfindig, der dem Gekreuzigten die Lanze in die Seite gestoßen hat. Dieser bekennt sich überraschend zum Messias, weil Jesus im Augenblick seines Todes ein Wunder an dem Soldaten bewirkt habe. Das Blut des Sterbenden sei über den Stil seiner Lanze an seine Hand gelangt, und als er sich dann ins Gesicht fasste, habe sich plötzlich sein schweres Augenleiden verflüchtigt. Nun wird Longinus jedoch als eine Figur »mit zusammengekniffenen Augen« (MS 128) eingeführt, die auch nach der Kreuzigung »mit zusammengekniffenen Augen« (MS 130) von Jesus erzählt. Thomas und Johannes sprechen ihn darauf an: »Du kneifst immer noch deine Augen zusammen«, worauf Longinus einsilbig antwortet: »Gewohnheit« (ebd.). Ob das Wunder also tatsächlich stattgefunden hat, das entzieht sich dem Protagonisten und damit auch dem Publikum. Selbst im Reich der Fantasie hält der Erzähler seine Leser und Leserinnen immer auf Armeslänge von der Heilsgeschichte entfernt. Damit stellt sich erneut die Frage vom Eingang, ob hier vom Glauben oder im Glauben erzählt wird, ob *Der Menschensohn* eine einfallsreiche Parodie auf das Problem der Zeitzeugenschaft ist, oder aber eine Parabel über den Glauben.

IV Theologie. Auseinandersetzung mit der Heilsgeschichte

In *Der Menschensohn* verdichtet sich die heilsgeschichtliche Handlung mit der Lazarus-Episode, in einem Kapitel mit der Überschrift »Damit das Wirken Gottes sichtbar werde« (MS 91). Das Kapitel eröffnet mit weiteren Überlegungen zur Zeitzeugenschaft, die in einer bemerkenswerten Überleitung münden:

> Wahr ist, daß im Thomasevangelium nur Worte Jesu überliefert sind, aber nicht ein einziges Wunder, das er vollbracht hat. Die Legenden aber erzählen – und man verzeihe mir, daß ich die heiligen Evangelien als Legenden bezeichne –, die Legenden erzählen... (ebd.)

Der Gedanke wird an dieser Stelle nicht weiter ausgeführt, er verweist jedoch auf eine vorangegangene Diskussion des Legendenbegriffs. Dort erklärt der Erzähler: »Legenden sind heilige Stücke der Mythologie, und die Mythologie will, daß alles, was ist und Bedeutung hat, auf den Ursprung zurückgeführt wird« (MS 78). Es scheint, als würde *Der Menschensohn* damit endgültig abrücken von einer dogmatischen Lesart der Evangelien. Stattdessen finden wir den nüchternen und rationalistischen Zugang von Hans Blumenberg, der in *Arbeit am Mythos* schreibt: »Der Mythos ist eine Ausdrucksform dafür, daß der Welt und den in ihr waltenden Mächten die reine Willkür nicht überlassen ist.«[17] Die Entzauberung der Mythen sieht auch Jean-Charles Margotton als Kennzeichen der Nacherzählungen Köhlmeiers: »Das Mythische bleibt zwar in den Episoden, im Stil, an manchen Stellen sogar in Zitaten gegenwärtig, aber die Hinwendung zum Mythischen geschieht nicht ohne Desillusionierung.«[18] Diese Beobachtung mag nun auf die meisten der Nacherzählungen zutreffen, für Köhlmeiers »Geschichte vom Leiden Jesu« ist dies aber nicht der Fall. In *Der Menschensohn* – und das ist das Besondere an dieser Nacherzählung – wird die Desillusionierung zwar immer angedeutet, doch nie endgültig vollzogen.

Wie zuvor gesagt entzieht sich die Wahrheit der Passionsgeschichte nicht nur den Lesern und Leserinnen, sondern auch dem Protagonisten und sogar dem Erzähler. Ausdrücklich spricht das Nachwort an, dass Jesu Gestalt die Geschichte hindurch schattenhaft bleibt. Zunächst erklärt der Erzähler, dass er seine Geschichten nicht erfinde, sondern sich vielmehr von den Figuren ihre Geschichte erzählen lasse. »Was aber,« fragt er darauf hin, »wenn diese Figur Jesus Christus sein soll? Geht das? Erzählt er mir eine Geschichte, die er sonst noch keinem erzählt hat? Nein das tut er nicht. Das hat er jedenfalls nicht getan« (MS 139). Das sei von einem offenbarten Gott aber auch nicht zu erwarten. So heißt es weiter: »Es hätte mich auch gewundert, wenn er mir Dinge erzählt hätte, die er bisher geheimgehalten hatte. Angenommen, er ist Gott – würde er einem Menschen eine Geschichte erzählen?« (Ebd.) Bei allem Zweifel, den die Thomasfigur in die Passionsgeschichte einbringt: In *Der Menschensohn* ist dem Problem ›Jesus‹ letzten Endes nicht beizukommen.

Es überrascht daher auch nicht, dass Jesu Handeln an Thomas – die doppelte Bekehrung – von der Erzählung stets ernst genommen wird. Wie gesagt: Als Jesus mit der berühmten Formel »... der werfe den ersten

---

[17] Hans Blumenberg, Arbeit am Mythos, Frankfurt 1979, S. 50.

[18] Margotton, Tradition und Modernität (wie Anm. 13), S. 151.

Stein auf sie« das Leben der Ehebrecherin verteidigt, da heißt es im Text ganz ohne die sonst übliche Ironie: »Mit diesen Worten hat Jesus die Sehnsucht nach Liebe und die Sehnsucht nach höchster Rationalität zusammengeführt« (MS 77). Als Thomas andererseits zum Ende der Erzählung allein zu Hause sitzt, immer noch unsicher darüber, ob Jesus tatsächlich der Messias ist, da bietet *Der Menschensohn* eine fast schon pathetische Schlussszene:

> Und da stand Jesus vor ihm.
> »Thomas,« sagte er, »leg deine Hand in meine Wunden! Du bist mein Bruder.«
> Da hat ihm Thomas geglaubt.
> Thomas der Zwilling, Thomas der Zweifler. War nun für alle Zeit der Zweifel aus dem Herzen des Thomas verbannt? Der Zweifel, heißt es, ist der gute Lehrer, der aus der leichtsinnigen Zuversicht die weise Hoffnung macht. (MS 137)

Auf diese Art pendelt *Der Menschensohn* durchweg zwischen Mythenkritik und christlichem Dogma, und zwar auf eine Art und Weise, die sich kaum entwirren lässt. Man betrachte beispielsweise die eigentümliche »Legende vom Kreuz« (MS 78), die ihren Anfang am Baum der Erkenntnis nimmt. Einen Zweig davon habe Seth auf Wunsch seines Vaters Adam vom Paradies auf dessen Grab verpflanzt. Den großgewachsenen Baum habe Salomo in eine Brücke verwandeln lassen, in dieser Form sei das Holz anschließend in die griechische Unterwelt hinabgesunken, wo es Herkules aufgefangen und wieder in Richtung Oberfläche geschickt habe. Dort taucht es schließlich auf Thomas' Baustelle auf und trägt zuletzt in Kreuzesform den Messias. Ohne Umschweife gesteht der Erzähler ein, dass es sich bei dieser Legende um einen »Bastard« handelt, »verschiedene Mythologien haben mitgemischt.« Dies sei aber »typische für eine Übergangszeit, in der sich etwas Neues zu entwickeln beginnt, das selbst noch nicht über genügend Selbstgewißheit verfügt, nicht einmal genug, um sich einen Namen zu geben« (MS 82). Die Selbstironie des Erzählers darf nun aber nicht davon ablenken, dass diese Bastard-Legende letztendlich doch die Grundzüge der paulinischen Lehre nachzeichnet: Adam und sein Fall, die Begründung des Menschengeschlechts durch Seth, die wegbereitende Rolle des Geschlechts David und schließlich die Erhöhung des Messias am Kreuz. Damit erarbeitet sich diese »Bastard-Legende« als Phänomen der Übergangszeit wieder ein Stück Legitimität.

Mit diesen Widersprüchen einer Übergangszeit muss sich auch Thomas – ebenso wie der moderne Mensch – immer wieder auseinandersetzen. Bis zuletzt bleibt er hin- und hergerissen zwischen dem Willen zum Glauben und dem Wissen um dessen Unzulänglichkeit. Bereits die Exposition eröffnet diesen Zwiespalt, als Thomas seine Beziehung zur hebräischen Bibel reflektiert. »Das Buch«, heißt es dort, »war ihm Trost, aber Thomas war sich auch bewußt, es ließ sich vieles herauslesen, und wer ein Argument nötig hatte, und sei es für eine noch so irrsinnige These, der brauchte sich gar nicht so viel Mühe zu machen, er würde in der Bibel ein Argument finden« (MS 12). Ähnliche Formen der Resignation sind auch in der Moderne geläufig, angesichts einer Glaubenspraxis, die sich mit Fundamentalismus, Säkularisierung und Kulturrelativismus auseinandersetzen muss. Modern ist an Thomas aber eben auch, dass er sich trotz seines Wissens bemüht, sich den Glauben zu erarbeiten. So heißt es in der Erzählung weiter: »Manchmal ergriff den Thomas blankes Entsetzen – daß bereits alles verloren sein könnte, was seinem Leben Halt gab. Er war der Zweifler, der Entzweite, der sich danach sehnte, glauben zu können, und der doch ein Ungläubiger war« (MS 12f.). In diesem Sinn ist Michael Köhlmeiers *Der Menschensohn* am meisten historischer Roman. Über die Figur des Thomas begegnet ein moderner Zweifler dem Messias. Er muss sich im Lauf der Geschichte immer wieder daran abarbeiten, dass die Vernunft dem religiösen Empfinden widerspricht, selbst in der mythischen Zeit, in der Geburtsstunde des Christentums, im Angesicht des Erlösers. Thomas ist ein Zeitzeuge des Gekreuzigten, und dennoch bleibt ihm keine andere Wahl, als wider besseres Wissen zu glauben.

Alexander Honold, Seraina Plotke

Der Mann, der Gelesenes wiederbelebt. Michael Köhlmeier und die Antonius-Legenden

I

Im ersten und im letzten Satz umreißt Michael Köhlmeiers Novelle ihren Protagonisten mit einer bedeutungsvollen Periphrase, die zugleich den Titel dieses Werks bildet, nämlich als den »Mann, der Verlorenes wiederfindet« (M 7, 157).[1] Diese Umschreibung ist als ein alternativer Ausdruck für die Hauptfigur zu verstehen, die im Text als ein gewisser Prediger Antonius, und noch spezifischer: als der Heilige Antonius von Padua aus dem 13. Jahrhundert kenntlich gemacht wird, der heute insbesondere in katholischen Gebieten als Schutzpatron aller Schusseligen und Vergesslichen bekannt ist. Insofern ist die Periphrase »Der Mann, der...« ein Musterbeispiel für den Vorgang identifizierenden Denkens, bei dem eine Person mit einem von ihr zu unterscheidenden kulturellen Bedeutungsrahmen in Übereinstimmung gebracht wird (nach der Terminologie Gottlob Freges sind also »Gegenstand« und »Gegebenheitsweise« der Antonius-Figur, ihre Bedeutung und ihr Sinn, aufeinander bezogen zu denken[2]). Weil aber der kulturelle und erst recht der religiöse Sinn dieser Antonius-Figur vielschichtig ist, weit ins Gebiet der Heiligenviten und Legendenbildung zurückreicht und dabei auf (mindestens) zwei unterschiedliche Überlieferungsstränge und Namensträger verweist (Antonius eins und zwei sozusagen, auf die wir im zweiten Teil dieses Beitrages eingehen werden), ist es angebracht, zunächst die Köhlmeier'sche Antonius-Figur als Person eigenen Rechts für und an sich selbst zu betrachten, gewissermaßen als Antonius drei.

Diesen Antonius zeigt die Erzählung im Moment seines Abgangs aus der Welt der Irdischen, am Nachmittag, Abend und in der Nacht seines Sterbetages. Bei seiner letzten Predigt, die der körperlich Geschwächte in der Einsiedelei von Camposampiero hielt, war er von einer riesigen Volksmenge umgeben; es sollen an die dreitausend Personen gewesen sein, die ihn anschließend auf seinem letzten Weg nach Arcella bei Padua begleiteten. Die Erwartungen sind hochgespannt. Wie würde das vor sich

---

[1] Michael Köhlmeier, Der Mann, der Verlorenes wiederfindet, München 2017. Zitate aus dieser Ausgabe werden im Haupttext fortlaufend mit Angabe der Sigle M und entsprechender Seitenzahl nachgewiesen.

[2] Gottlob Frege, Über Sinn und Bedeutung, in: Zeitschrift für Philosophie und philosophische Kritik 100 (1892), S. 25–50.

gehen, wenn Gott einen solchen zu sich holte, einen zungenmächtigen Prediger, der schon zu Lebzeiten im Rufe eines Auserwählten, eines Heiligen stand? »[...] [E]in Mensch [...], vom Boden emporgehoben, von unsichtbaren Händen und Armen, und weiter in die Luft gleichsam geworfen oder geblasen [...], hoch und höher und immer höher, bis er winzig klein im Blauen verschwand.« (M 11) Das war es, was die Schaulustigen zu Padua sehen wollten, eine buchstäbliche vor ihren Augen sich abspielende Himmelfahrt, während die Mühseligen und Beladenen sich auf der Platzfläche drängten, damit Antonius ihnen ein letztes Mal die Beichte abnehme und die Segnung der Absolution erteile. Der Protagonist von Köhlmeiers Novelle befindet sich am Beginn eines gedehnten, durch zahlreiche Rückblenden und eingestreute Episoden erzählerisch verlängerten Sterbevorgangs, er liegt einfach nur da, in flirrender Hitze, von Durst und von den Heimsuchungen seiner Einbildungskraft gepeinigt inmitten eines öffentlichen Platzes, auf dem sich immer noch zahllose Menschen tummeln.

Der Mangel an äußerlicher Handlungsdramatik wird durch eine mitlaufende Innenschau überwogen, die nochmals wesentliche Stationen aus dem Leben des Gottesmannes aufruft; dargeboten werden diese Erinnerungen von der Instanz eines Chronisten, wie aus gelegentlichen Zwischenrufen einer ungeduldigen Hörer- oder Leserschar deutlich wird, die sich ausdrücklich an diesen Chronisten wendet. Hierdurch schafft Köhlmeier eine verdoppelte Kommunikationssituation, bei welcher einesteils der in Agonie liegende Antonius stumm und leidend inmitten seiner Gemeinde liegt, während andernteils der retrospektiv über ihn berichtende Chronist vor einer ungreifbaren Schar von Zuhörern oder Lesern postum über diese letzte Phase des Sterbevorgangs Auskunft gibt und dabei als Vorgeschichte einige frühere Szenen aus dem Lebensfilm des Antonius einstreut und abrollen lässt.

An oberflächlicher Dramatik haben diese Sterbestunden wenig zu bieten. Als in Arcella die Leibschmerzen des Predigers stärker werden, legt man ihn dort auf dem Platz vor dem Kloster auf einer mit Seilen bespannten Pritsche nieder und bettet ihn vor aller Öffentlichkeit zur letzten Ruhe. Der Aufgebahrte klagt über großen Durst, doch als ihm ein junger Franziskanernovize einen gefüllten Trinkschlauch reichen möchte, fährt der Prior des Klosters dazwischen und leert den Inhalt des Wasserschlauchs auf das Pflaster der Piazza (vgl. M 32), weil der Mensch in die Handlungen Gottes nicht mutwillig eingreifen dürfe. Eine Schar von Gläubigen drängt an Antonius heran, um von ihm Sündenvergebung zu erlangen, und aus seinem Vorleben tauchen chimärisch die Gestalt des Großvaters und der ehemaligen Geliebten vor ihm auf. Keine dieser Begegnungen wird sein Los noch ändern, sie reihen sich ein in den Strom von Erinnerungen, mit dem einige folgenreiche Szenen seines früheren Lebens nochmals herangeführt werden.

Von einer »unerhörten Begebenheit«, wie sie seit Goethes einschlägiger Charakterisierung als generisches Bestimmungsmerkmal des Erzähltyps Novelle gelten kann, scheint die Geschichte vom Leben und Sterben des Heiligen Antonius allenfalls Spurenelemente aufzuweisen. Wäre nicht das mit der Heiligenvita eng verflochtene Erzählmuster der Legende hier die treffendere Gattungsbezeichnung gewesen? Sogar von den typischen Handlungsmustern des Märchens hat Köhlmeiers Erzählung einiges aufgenommen, so etwa das Schnitzeljagd-artige Spurenlegen mit den peu à peu abgeschnittenen Stücken des eigenen Gewandes, zu dem der im Wald verirrte junge Antonius gegriffen hatte, um mit den gestreuten Kleiderfetzen die erhofften Suchtrupps seiner Familie auf sich und seine Lage aufmerksam machen zu können.

So nahe sie stofflich den wundersamen Gattungen des Märchens, der Sage und der Legende kommt, so wenig scheint Köhlmeiers Erzählung von den formbestimmenden Eigenheiten der Novelle übernommen zu haben. Sie setzt eben nicht auf exemplarische Gedrungenheit der Handlung, sondern lässt ihre Geschichte vielsträngig zwischen Vorahnungen und Rückerinnerungen ausfransen. Auch auf das Gestaltungsmittel einer zwischen Binnen- und Rahmenhandlung gespiegelten Erzählsituation, wie sie aus den Novellenzyklen seit Boccaccio bekannt ist, verzichtet diese Darstellung des Antonius-Lebens. Und doch handelt es sich um ein mehrschichtiges Textgebilde, das permanent zwischen verschiedenen Erzählebenen changiert, sich seinem Gegenstand in kontrastierenden Ausleuchtungen nähert und dabei Hergebrachtes und Überraschendes, Altes und Neues raffiniert miteinander verflicht. In diesem Falle, so die These, ist die Problemstellung der Novelle, ihrer Etymologie entsprechend, insbesondere auf die temporale Qualität der *noveltà*, die Neuigkeit also, zu beziehen. Denn für jenen Menschen, der in dieser Geschichte als Antonius begegnet, besteht das eigene Leben aus einer spannungsreichen Verbindung von Vorbild und Nachahmung, aus einem musterhaften und frommen In-Spuren-Gehen, das seine Besonderheit aus dem Vorgang des Nachstrebens gewinnt, das sich an den Zeugnissen des religiösen Schrifttums orientiert.

II

Denn seit sich der begabte junge Klosterzögling Fernando bei seiner Einkleidung den geistlichen Namen Antonius gegeben hatte, war damit sein eigenes Leben ganz auf den sinnhaften Nachvollzug des Geschriebenen und Gelesenen gestellt. Er benennt sich nach dem Wüstenheiligen Antonius der Antike, »nachdem er die Vita Antonii des Athanasios von Alexandrien studiert hatte« (M 17). Antonius eins, die früheste Überlieferungsschichte, ist also jener Antonius Eremita, der im alten Ägypten als Einsiedler jahrzehntelang in der Wüste gelebt hatte und dort von zahlreichen Versuchungen heimgesucht worden war, welchen er mit den Mitteln größter Glaubensfestigkeit zu widerstehen hatte.

Die im vierten Jahrhundert nach Christus vom Bischof und Kirchenvater Athanasius von Alexandrien geschaffene *Vita Antonii* gehört zu den prototypischen Heiligenlegenden,[3] die die spätantike und mittelalterliche Hagiografie entscheidend geprägt haben und die durch das gesamte Mittelalter hindurch vielfach rezipiert worden ist. Während die ältesten Heiligenviten im Wesentlichen von den Martyrien berichten, welchen die Standhaften im Glauben im Zuge der frühen Christenverfolgungen ausgesetzt waren, steht die *Vita Antonii* für die Erweiterung des Martyriumsbegriffs, indem nicht mehr nur aufgrund des Glaubens erlittene Folter und Tod als berichtenswerte Fakten der Hochachtung gelten, sondern auch das sich in asketischer Lebensführung äußernde Mönchtum Zeugenschaft besonderer Heiligkeit abgibt. So erzählt die Vita vom Leben des Heiligen Antonius, der sich in die ägyptische Wüste zurückgezogen hat und dort immer wieder vom Teufel heimgesucht wird. Den ihn geradezu körperlich peinigenden Dämonen hält er stand und wird so zum Vorbild aller Mönche, die ihr Leben in Glaube und Frömmigkeit unter Beweis stellen. Der in Antonius gespiegelte monastische Typus des Heiligen wird nicht zufällig charakteristisch für das mittelalterliche Klosterleben, weil sich in der von ihm gelebten Askese und Zurückgezogenheit die betreffende Lebensform exemplarisch fassen lässt.

Die Lebensbeschreibung des Antonius Eremita hat entsprechend auch Eingang gefunden in die großen Vitensammlungen, die Zeichen der mittelalterlichen Intensivierung von Hagiografie und Heiligenverehrung sind. Sie dienten nicht zuletzt der liturgischen Lesung im Rahmen des klösterlichen Gottesdienstes, hatten von daher durch das gesamte Mittelalter hindurch im monastischen Leben ihren festen Platz. Wichtige Sammlungen, in welchen sich auch die Vita des Wüstenvaters Antonius findet, sind etwa die schon in der Spätantike entstandenen *Vitas patrum* oder die im 13. Jahrhundert von Jacobus de Voragine zusammengestellte *Legenda aurea*, in der die Anordnung der Berichte von den einzelnen Heiligen gemäß dem liturgischen Kalender erfolgt.

In der Renaissance und der Barockzeit wird Antonius Eremita mit seinen unter Entbehrungen und Qualen abgewehrten Versuchungen zu einem wichtigen Bildsujet, etwa in dem von erotischen Imaginationen verschiedenster Couleur bevölkerten Antonius-Gemälde des Hieronymus Bosch oder auch in dem Altarretabel von Matthias Grünewald. Oft sind es dralle nackte junge Frauen, die sich lockend und lüstern an den weiß-

[3] Vgl. Athanasius von Alexandrien, Vita Antonii. Leben des Antonius, eingel., übers. und komm. von Peter Gemeinhardt, Freiburg u.a. 2018.

bärtigen, klapperdürren Einsiedler heranmachen; sie fahren alle Spielarten der Verführungskunst auf – oder anders gesagt, nutzen ihre Maler freudig die Lizenz, die ihnen das Antonius-Thema verschafft, um in erotischer Sinnlichkeit schwelgen zu können. Und was die Maler mit treffsicherer Intuition erfasst haben, ist der Umstand, dass unter den Rahmenbedingungen eines Wüstenlebens der Aufmarsch dieser sinnlich-betörenden Schönheiten von vornherein ausschließlich imaginärer Natur sein konnte, dass mithin all jene Verkörperungen der Fleischeslust nirgendwo sonst entsprungen sein konnten als in der Vorstellungskraft des Heiligen selbst. Flauberts einschlägiges Antonius-Drama wiederum zieht aus diesem psychologischen Befund die sarkastische Folgerung, dass der Heilige mit keinem anderen Feinde zu ringen hat als mit sich selbst, dass seine gefährlichsten Versuchungen zugleich seinen tiefsten Sehnsüchten entspringen.

Wie das antike Vorbild im Glauben muss auch Köhlmeiers Antonius solchen Verführungen jeweils »Konter geben«, wie er sagt, und tut dies selbst noch in seiner Agonie, indem er sich an die Rudimente seiner Rednergabe hält, Beistand bei dem Gerüst der Sprache suchend: »still für sich, so dass die Stimme gerade noch den Kehlkopf vibrieren ließ«, sagt Antonius das Alphabet auf. »Dies war eine tägliche Übung. Das Exerzitium des Redners. Vokale, Konsonanten, Diphtonge bildeten die Grundelemente des Sprechens; sie mussten gestochen sein, unverwechselbar« (M 19). Wenn die Verführungen gegen das Seelenheil des spätantiken Eremiten Antonius diesen mit der Macht des Bildes angegangen hatten, mit den Mitteln visueller Überwältigung, so setzt der späte Nachahmer des Wüstenheiligen hingegen ganz auf die Kraft des Wortes und der rhetorisch inspirierten Schriftkultur. Auch Antonius drei – also Köhlmeiers Antonius – weiß um die betörende Verwirrlichkeit selbstgenährter Imaginationen; »als Kind und als junger Mann« hatte er sich »Gespenster vorgezaubert und sich mit ihnen unterhalten« (M 13), nicht viel anders, als es dem Eremiten einst widerfahren war. Doch im Unterschied zu jenem ist der neue Antonius nicht so sehr von unkeuschen Fantasien heimgesucht; ihn, der schon zur Kinderzeit einen »überintelligenten, übereloquenten« (M 43) Eindruck gemacht hatte, gefährden vor allem die Fallstricke seiner großen Begabungen, seines immensen philologischen Wissens und seiner charismatischen Beredsamkeit. Sein Lebensthema ist der Übermut, und schlimmer noch: die in seiner geistlichen Amtsausübung allzu demonstrativ zur Schau gestellte Demut. Denn Antonius wird zum Prediger, zu einem Künder des göttlichen Geistes, der das Ausspielen der eigenen Meisterschaft kaum bezügeln kann, und der selbst dort noch, wo er scheinbar die Geste größter *humilitas* einnimmt, stets die eigne Wirkung im Blick behält.

Tatsächlich hat Köhlmeiers Antonius permanent mit seiner eigenen Hybris zu kämpfen. Immer wieder ist er von Hochmut geplagt, ja wird er unter seinen Mitbrüdern buchstäblich zur Hassfigur aufgrund der *superbia*, die er an den Tag legt. Wie in den einzelnen, als gedankliche Rückblicke gezeichneten Stationen seiner Jugend deutlich wird, ist der begabte Klosterschüler bei seinen Mitmenschen ganz und gar unbeliebt. Ja auch der Chronist, der uns in Köhlmeiers Novelle die Lebensgeschichte dieses Antonius von Padua schildert, scheint die Meinung seiner Zeitgenossen mitunter zu teilen, da er den Protagonisten immer wieder in ein schlechtes Licht rückt.

So zeichnet Köhlmeier seinen Antonius in den Charakterzügen markant anders, als dies in den mittelalterlichen Viten zu Antonius von Padua geschieht – womit wir bei Antonius 2 sind, bei jenem Antonius also, der im frühen 13. Jahrhundert gelebt hat und von dem auch zahlreiche Predigten überliefert sind. Wie Antonius 3 hieß auch dieser Antonius – so berichten es die mittelalterlichen Chronisten[4] – ursprünglich Fernando und stammte aus Portugal; den neuen Namen hat er sich bei seinem Wechsel vom Augustinerchorherrenstift in Coimbra ins ebendortige, neu gegründete Franziskanerkloster St. Antonius zugelegt. Antonius 2 möchte in Marokko als Märtyrer sterben, nachdem er vom entsprechenden Schicksal einiger Mitbrüder gehört hat, deren Gebeine nach Portugal zurückgeführt worden sind. Bereits nach Afrika übergesetzt, muss er seinen Plan allerdings aufgrund einer längeren Krankheit wieder aufgeben, landet dann bei seiner Rückfahrt – von einem Sturm verschlagen – jedoch nicht wieder in Portugal, sondern in Italien, wo er zum charismatischen Prediger wird.

Die ersten Aufzeichnungen zum Leben des Heiligen Antonius von Padua sind bereits kurz nach dessen Ableben entstanden. Die anonym tradierte, *Assidua* genannte älteste Erzählversion beschreibt Fernando als bescheidenen und zurückhaltenden Jüngling, der stets darauf bedacht ist, sich nicht in den Vordergrund zu spielen.[5] Er gibt auch dann noch nichts von seiner Bildung und seiner Redebegabung preis, als nach seiner Ankunft in Italien dringend jemand zum Predigen gesucht wird und man den nun bereits unter dem Namen Antonius bekannten Franziskaner förmlich dazu zwingen muss, das Wort zu ergreifen. Umso größer ist das Erstaunen und die Bewunderung der Menschen, als er zu sprechen beginnt. So wird der portugiesische Antonius in den mittelalterlichen Viten erst eigentlich in die Rolle des Predigers gedrängt.

Insgesamt wird Antonius von Padua in den Legenden des 13. und 14. Jahrhunderts denn auch so charakterisiert, wie es den hagiografischen Darstellungsmodi entspricht. Die Heiligen werden als Vorbilder der Tugend präsentiert, die reich ausgestattet sind mit körperlichen und geistigen Vorzügen, ein gewinnendes Wesen haben und sich zudem durchweg

4 Vgl. weiterführend Jacques Toussaert, Antonius von Padua. Versuch einer kritischen Biographie, Köln 1967.

5 Eine neue deutsche Übersetzung der *Assidua* bietet: Andreas Murk (Hrsg.), Assidua. Eine Biographie des heiligen Antonius von Padua, Würzburg 2018.

lobenswürdig verhalten. Ihre strenge Lebensführung und die beispielhafte Frömmigkeit dienen dem Trost und der Erbauung. Menschliche Schwächen zeigen die Porträtierten kaum, höchstens wenn es darum geht, die exemplarische Tugend dadurch noch zu verstärken.

Aufopfernde Zurückhaltung und Demut zeigt Antonius von Padua in den mittelalterlichen Textversionen auch, als es um das Sterben geht. So zieht sich der Prediger bescheiden zurück, weil er niemandem zur Last fallen will. In der *Assidua* etwa endet sein Leben im engen Kreis weniger Ordensleute, gleichsam sang- und klanglos, und erst nach seinem Tod geraten die zahlreichen Anhänger des Predigers in Aufwallung, als es darum geht, dem Heiligen noch einmal die Ehre zu erweisen.

Köhlmeiers Chronist hingegen markiert von Anfang an eine ironisierende Distanz zu seinem Protagonisten. Dies zeigt sich schon zu Beginn der Novelle, die den Stoff der mittelalterlichen Antonius-Legende zur Märtyrergeschichte umstilisiert. Wie bereits erwähnt, geht die gesamte Erzählung von der Sterbeszene aus, von der aus die Vita des Heiligen analeptisch eingeholt wird. Dass Köhlmeier seinen Antonius zum Märtyrer werden lässt, wird schon im zweiten Satz sichtbar: »Er hatte die Schmerzen nicht mehr ertragen.« (M 7) Der Protagonist wird als Schmerzensmann eingeführt, aber eben als einer, der diesen nicht gewachsen ist. Was der konkrete Auslöser für das Martyrium war, bleibt im Dunkeln. Das Leiden von Antonius scheint vor allem daher zu rühren, dass »die Straße von Camposampiero nach Padua [...] gepflastert und der Wagen hart gefedert« (ebd.) war, was die herbeigerufenen Klarissinnen dazu veranlasst, dem Leidenden »eine Decke und eine Rolle für den Nacken« (ebd.) zu bringen. Von schlimmen Foltervorgängen, wie sie die Märtyrerlegenden berichten, ist hier nicht die Rede. Das einzige, was »grausam grob« (M 10) war, ist das Pflaster, über welches Antonius' »Wagen rumpelte und pumpelte« (ebd.). So entbehrt Köhlmeiers Darstellung nicht der ridikülisierenden Herabsetzung des Heiligen, die in derartigen Reimformeln zum Ausdruck kommt.

Die Problemfigur des mehr von sich selbst als vom Wort Gottes ergriffenen Predigers hatte bereits E.T.A. Hoffmann in einer faszinierenden Charakterstudie mithilfe des Antonius-Motivs dargestellt. Hoffmann schildert in seinem Roman *Die Elixiere des Teufels* (1815)[6] den Werdegang des Klosterzöglings Medardus, der aus schwierigen, belasteten Familienverhältnissen stammt, über deren generationentiefe Verstrickungen die Romanhandlung erst nach und nach Aufschluss gibt. Medardus wird wiederholt von Erscheinungen und Begegnungen heimgesucht, die er nicht einzuordnen vermag.

---

6 E.T.A. Hoffmann, Die Elixiere des Teufels. Werke Bd. 2/2, hrsg. von Hartmut Steinecke unter Mitarbeit von Gerhard Allroggen, Frankfurt am Main 2007.

Als ihn böse Stimmen verleiten, von im Kloster bewahrten verbotenen Elixieren – angeblich noch aus dem Bestand des Wüstenheiligen Antonius – zu kosten, entdeckt Medardus mit überraschter Begeisterung, wie ihm das berauschende Getränk Geist und Zunge löst und er nun mit der Kraft seines frei fließenden Wortes die Mitbrüder und das Kirchenpublikum durch eloquente Predigten mitreißen kann. Gegenüber seinem Prior drängt sich der Novize für die schwierige Aufgabe des Kanzelredners regelrecht auf, um dann vor der Festgemeinde des Kapuzinerklosters mit seinem furiosen rhetorischen Talent zu glänzen. Im selbstgefälligen Virtuosentum dieses Antonius-Nachfolgers geißelt Hoffmann die Gefahr der Überheblichkeit und mangelnden Demut und ergänzt damit die am Wüstenheiligen (Antonius eins) exemplifizierten erotischen Verführungen gewissermaßen um eine ›kommunikative Komponente‹ des von Antonius zwei persuasiv überrissenen Selbstauftritts.

Hoffmanns Medardus und Köhlmeiers Antonius bewegen sich demzufolge *beide* in einem gedoppelten geistlichen Nachfolgeprogramm, nämlich als Adepten sowohl des Eremiten wie des von diesem epochal unterschiedenen Predigers Antonius. Als gemeinsame Schnittmenge der beiden Antonius-Legenden schält Hoffmanns schauerromantische Version des Stoffes die Einsicht heraus, dass gerade die aufgestachelte sinnliche Einbildungskraft sowohl bei den asketischen Bewährungsproben wie auch beim Amt des geistlichen Predigers eine zwiespältige, letztlich aber mehr schädliche als nützliche Rolle spielen muss. In beiden Antonius-Viten sind somit aus romantischer Sicht archetypische Mustererzählungen einer Künstlerproblematik virulent, die einerseits im Medium der Bildlichkeit, andererseits im Element des Wortausdrucks nach den Risiken und Grenzen menschlicher Selbstmächtigkeit fragen.

III

Köhlmeier verhandelt in ›seiner‹ *Vita Antonii* Erziehungsmechanismen und Formen der Selbstbildung im Widerspiel verschiedener, geschichtlich einander überlagernder und miteinander konfligierender Ethiken. Wiederholt beschäftigt sich der junge Gelehrte mit den Werken von Aristoteles, von Avicenna und Averroes; damit ist gleichsam die Rezeptionslinie skizziert, wie das Wissen der antiken Anthropologie über das arabische kulturelle Leben auf der iberischen Halbinsel später auch endlich das mitteleuropäische Geistesleben erreichen konnte, in jenem verschobenen und verzögerten Aneignungsprozess, der mit eurozentrischer Emphase als Renaissance bezeichnet wird.

Problematisch dagegen ist jene apodiktische Strenge einer klerikalen Doktrin, die das kulturell Fremde stets mit Argwohn betrachtet. Bereits die eigene Familienaufstellung wird in Köhlmeiers Novelle für den jungen Fernando (nachmals Antonius) zu einem vielsagenden Konfliktfeld. Da ist einerseits ein offener, warmherziger und dem diesseitigen Leben zugewandter Großvater, der dem Jungen Geschichten erzählt und ihm die Augen für die vielen Erscheinungsformen des Alltags aufschließt. Dieser Großvater nimmt nach dem Tod seiner Ehefrau eine Schwarzafrikanerin bei sich auf, mit der er in unverbrämtem Konkubinat lebt, sehr zum Entsetzen eines überfrommen Sohnes, des Onkels von Fernando, der sich den Prämonstratensern angeschlossen hatte. Dieser Onkel übt auf den jungen Klosterzögling Antonius einen unguten, repressiven Einfluss aus, indem er ihn an den Geist der Intoleranz und der militanten Unerbittlichkeit in Glaubensdingen heranführt.

Zu Lebzeiten des Großvaters war der junge Mann für die Tochter von dessen schwarzafrikanischer Bettgefährtin entflammt gewesen und hatte mit ihr die Genüsse der sinnlichen Liebe kennengelernt. Er »staunte, welche wunderbare Märlein der Orient zu bieten hatte« (M 99), und lebte auf im Vorgeschmack eines großen Liebesglücks, beflügelt von dem Gedanken, »diese schönste Frau in Zukunft sein eigen nennen zu dürfen, ihr beizuwohnen mit der gleichen Lust, mit der sein Großvater ihrer Mutter beiwohnte« (M 102). Dem sittenstrengen Prämonstratenser freilich war dieses ostwestliche Divan-Verhältnis im eigenen Familienhause ein Stein des Anstoßes. Sogleich nach des Großvaters plötzlichem Ableben sorgte der Rache nehmende Onkel denn auch dafür, dass die beiden fremden Frauen ihr weiteres Bleiberecht verloren und ohne auskömmliche Versorgung davongejagt wurden, indem er die Muslimas als gefährliche Feinde des Christentums denunzierte. Fernando, konsterniert und eingeschüchtert, lässt dieses schlimme Unrecht geschehen, obwohl er weiß, dass er dagegen einschreiten müsste. Fernando verliert Basima, seine kurzzeitige Geliebte, die einzige Frau in seinem weltlichen Leben, und erst als sterbender Antonius wird er ihr selbst oder ihrer chimärischen Erscheinung wiederbegegnen.

Der Protagonist hat mit der Verleugnung seiner Liebe ungeheure Schuld auf sich geladen. Seine gründliche Verdrängung des kurzen sinnlichen Glücks und der darauf folgenden schweren Schuld kann in der Tat den Erzählstoff für eine ungeheuerliche Begebenheit abgeben, umso mehr, als diese Episode von keinem Textzeugen der Antonius-Legende überliefert ist.

Warum aber ist Antonius drei derjenige Mann, welcher »Verlorenes wiederfindet«? Sein eigentliches Betriebsgeheimnis ist hier: die *Wiederkehr des Verdrängten*. Ein Schutzpatron der Suchenden darf Antonius für Köhlmeier nur insofern und erst dann genannt werden, als dieser Antonius ein beklagenswerter Meister der Verdrängung und des Selbstbetruges ist. Wenn sich im Rezeptionsprozess der Legende die beiden Antonius-Viten (etwa bei E.T.A. Hoffmann) wiederholt einander annäherten, so legt Köhlmeiers zeitgenössische Deutung ihr Augenmerk besonders auf jenen Punkt der Verdrängung, an dem die kulturgeschichtliche Zäsur zwischen den beiden hagiografischen Überlieferungsschichten besonders markant zu ermessen ist. Denn zwischen Antonius Eremita aus dem spätantiken Ägypten und seinem mittelalterlichen Adepten Antonius zwei steht nichts Geringeres als das folgenreiche weltgeschichtliche Ereignis des aufkommenden Islam, des muslimisch gewordenen Orients.

In vielerlei Spurenelementen deutet Köhlmeier auf die kulturellen Einflüsse des morgenländischen Islams hin, sei es in Fernandos jugendlichen Philosophiestudien der Lehren des Avicenna und Averroes, oder auch im demonstrativen Baderitual des Großvaters, eines unerschrockenen Freigeistes, der sich »im Stil der Araber wusch« (M 94), indem er tagtäglich, seiner Kleider entledigt, in die Fluten des Tejo einzutauchen pflegte. Doch nicht nur durch derlei atmosphärische Anleihen an arabisch-islamischen Kulturformen zollt die Erzählung der zivilisatorischen Bedeutung orientalischer Einflüsse Tribut, sie verschweigt auch nicht die Gegenphänomene einer militanten Islamfeindlichkeit und Abwehrhaltung, wie sie etwa der klerikale Onkel des Protagonisten vertritt.

Für die Adepten einer *doctrina christiana* stellt die epochale Kluft zwischen Wüstenvater Antonius und Antonius von Padua das größtmögliche Schisma der Glaubenseinheit dar, weil hier ein abweichender, irritierend fremdartiger Überlieferungspfad beschritten wurde. In Dantes *Inferno*-Gesängen, die sämtliche Register und Handlungsmuster der mittelalterlichen Theologie an einem singulären Schauplatz versammeln, in den trichterförmig nach unten stürzenden Höllenkreisen, bildet die Erscheinung Mohammeds einen der schlimmsten, unverzeihlichsten Sündenfälle innerhalb der Heils- und Weltgeschichte überhaupt. Dementsprechend hässlich und grausam ist das Bild, das vom Propheten in dem achten Höllenkreis, dem »malebolge« (Schurkenzwinger) gezeichnet wird. Weil er die Religion gespalten habe, muss Mohammed nun seinerseits mit zerspaltenem Körper qualvoll ausharren, ein Zerrbild, das in interreligiöser Hinsicht eine kaum erträgliche Provokation darstellt.[7]

Köhlmeier nimmt Dantes Schilderung des Vergeltungsprinzips dieser Höllenstrafen in ausführlicher Wiedergabe ganzer Passagen in seine Erzählung auf. »Im Traum sah ich die Verdammten« (M 87), lässt der Text seinen Protagonisten berichten, und bei den breit und grell beschriebenen Höllengestalten handelt es sich durchweg um die Geschöpfe aus Dantes Unterwelt. Mit diesem *Inferno*-Panoptikum setzt Köhlmeier gerade den

---

[7] Dante Alighieri, La Commedia/Die Göttliche Komödie. Italienisch/deutsch, in Prosa übers. und komm. von Hartmut Köhler. Bd. 1: Inferno/Hölle, Stuttgart 2010, S. 425; Inf. XXVIII, V. 22–24: »Ein Fass, dem Boden oder Dauben fehlten, hätte nicht stärker aufgeschlagen sein können als der eine dort, der vom Kinn an aufgeschlitzt war, bis da hinunter, wo man furzt.« So die betreffende Passage aus dem 28. *Inferno*-Gesang in einer aktuellen deutschen Prosaübersetzung.

dogmatisch trennenden Elementen ein kritisches Denkmal. Auch Dantes großartiges Weltgedicht gehört an diesem Punkt in eine fatale Reihe ideologischer Kapitalsünden, mit denen das eurozentrische Abendland anders geartete Weltkulturen ausgrenzte, diffamierte und bekämpfte, ohne freilich deren Existenz à la longue leugnen oder ungeschehen machen zu können.

Die Spielarten religiösen Extremismus sind vielfältig, und Köhlmeiers Novelle stellt die Verhaltenszüge dogmenfixierter Hardliner mit der nur leise angedeuteten Irritation eines Chronisten vor, dem es obliegt, en detail zu berichten, anstatt pauschal zu bewerten. Er hat seinen Antonius dahingehend verstanden, dass es dem Amt des Chronisten oder Erzählers zum Ansporn dienen kann, sich die Gestalt des Heiligen von Padua als einen Anwalt der Verlorenen, der in die Abgründe des Vergessens Gefallenen vorzustellen, kurzum: als einen Mann, der Verlorenes wiederfindet und Gelesenes wiederbelebt.

Poetik und Tradition

Aleida Assmann

Finden, Erfinden, Erzählen. Die Welten des Michael Köhlmeier[1]

Einleitung

Vor einigen Jahren stand ich in Thomas Bernhards Arbeitszimmer in seinem Vierkanthof in Pinsdorf in Oberösterreich. Was mich in dieser kleinen Schreibstube am meisten faszinierte, war das Bücherregal. Es war winzig und enthielt vor allem Bernhards eigene Schriften in Gestalt schmaler Suhrkamp-Bände. Da wurde mir klar: Das war eine andere Welt, die wir uns heute kaum noch vorstellen können. Der Raum künstlerischen Schaffens ist nicht mehr so klar abgesondert. Wir leben heute im Informationszeitalter. Dazu gehören private und öffentliche Bibliotheken, Archive und natürlich auch Computer, Smartphones und mit ihnen die Weltreichweite des Internets.

Von der großen Google-Maschine werden permanent Informationen ausgegeben – denn nichts Anderes heißt ja ›Daten‹ –, aber wir wissen immer weniger, wie sie zusammenzusetzen und wozu sie zu gebrauchen sind. In diesem Sinne schrieb schon der Dichter Percy Bysshe Shelley vor 200 Jahren:

> Uns fehlt die kreative Fähigkeit, uns das vorzustellen, was wir wissen; uns fehlt die Poesie des Lebens. Die Zahlen haben unsere Begriffe überholt; wir haben mehr gegessen, als was wir verdauen können. Während die Macht des Menschen über die Umwelt kontinuierlich gewachsen ist, ist unsere innere Welt im selben Maße geschrumpft.[2]

---

1 Zuerst erschienen in: Michael Braun und Susanna Schmidt (Hrsg.), Literaturpreis der Konrad-Adenauer-Stiftung 2017: Michael Köhlmeier, Sankt Augustin/Berlin 2017, S. 21–33. Für den vorliegenden Band wurde der Beitrag partiell überarbeitet.

2 Percy Bysshe Shelley: Defence of Poetry (1840), in: The Selected Poetry & Prose of Shelley, Hertfordshire 2002, S. 655: »We want the creative faculty to imagine that which we know; we want the generous impulse to act that which we imagine; we want the poetry of life; our calculations have outrun conception; we have eaten more than we can digest. The cultivation of those sciences which have enlarged the limits of the empire of man over the external world, has, for want of the poetical faculty, proportionally circumscribed those of the internal world; and man, having enslaved the elements, remains himself a slave.«

Literatur im Informationszeitalter

Michael Köhlmeier ist ein Autor des 21. Jahrhunderts, der aus dem Informationszeitalter heraus und in es hineinschreibt. Seine Texte nehmen Bezug auf ein wachsendes Archiv der Menschheitsgeschichte: Sie schlagen Schneisen in das unübersichtliche Feld der Informationen und knüpfen rote Fäden im Labyrinth des Internets. Köhlmeier ist ein Schöpfer und Visionär. Er verfügt über eine besondere Wünschelrute, mit der er Informationen aufspürt, sie in Wissen verwandelt und in packende Geschichten umsetzt. Immer geht es ihm dabei um ›die Poesie des Lebens‹.

Er zeigt uns dabei auch, was es heißt, im Informationszeitalter zu schreiben. Sein Umgang mit Quellen ist virtuos, denn sie werden nicht nur genutzt und ausgeschlachtet, sondern auch inszeniert und gelegentlich auch erfunden. Die Quellen werden dabei selbst zu Protagonisten. Das Archiv ist zum schöpferischen Urgrund der Literatur geworden und hat dabei die Rolle übernommen, die einst die Tradition, die Imagination oder das Unbewusste innehatten. Das Auffinden im Archiv hat das Erfinden jedoch keineswegs verdrängt, es ist aber von Anfang an eingebunden in den übergreifenden schöpferischen Prozess des Suchens und Findens, des Auswählens und Bewertens, des Komponierens und Präsentierens.

In der postmodernen Fiktion Köhlmeiers ist die Geschichte, die er erzählt, nicht mehr von den Stufen ihrer Vermittlung ablösbar. Woher wir etwas wissen, aus welchen Quellen wir schöpfen, von welchen Informanten wir abhängig sind, all das geht unauflöslich in die Fiktion mit ein. Der Gestus des Dokumentarischen ist überwältigend – alles wird mit einer Referenz versehen und beglaubigt. Dieser schon fast kriminalistische Umgang mit Informationen ist aber Teil der Fiktion selbst, die sich in diesem Punkt ironisch überbietet. Zum Beispiel erfahren wir über den erfundenen Nachlass des Vaters, aus dem der Ich-Erzähler in *Zwei Herren am Strand*[3] seine Informationen schöpft, dass er inzwischen ins *Churchill Archive Centre* in Cambridge eingegangen sei, wo er von Montag bis Freitag von 9–17 Uhr eingesehen werden kann! Von einem anderen Werk, aus dem zitiert wird, lesen wir, dass bei ZVAB noch drei weitere Exemplare vorrätig seien. In dieser fiktionalen Welt ist alles spezifiziert und durchdetailliert; ganz selten ist die Rede davon, dass der Erzähler etwas vergessen hat oder nicht in Erfahrung bringen konnte. Die fiktive Welt, die aus Faktischem und Erfundenem besteht, ist so definitiv wie das Universum selbst.

Einige Rezensenten befürchteten, dass in Köhlmeiers Romanen das Dokumentarische das Fiktionale zu überlagern drohe. Das ist aber Unsinn, denn vom Standpunkt des Künstlers aus gesehen gilt die Maxime:

---

3 Michael Köhlmeier, Zwei Herren am Strand, München 2014. Im Folgenden zitiert unter der Sigle ZH.

»Über das hinaus, was [...] jeder weiß« (ZH 240), sowie das Postulat einer durchgehenden künstlerischen Überformung der Quellen. Die Recherche kann das Schreiben beflügeln, sie kann es aber auch blockieren. In *Abendland*[4] heißt es: »Aber Achtung! Die Recherche ist ein Hund [...]. Für den Schriftsteller kann sie zu einem bissigen Hund werden, der sich erst spielfreudig gibt und am Schluss die Geschichte zerfetzt.« (A 724) Es ist problematisch, wie der Ich-Erzähler betont, von einem Gegenstand zu wenig, aber auch zu viel zu wissen. Dann redet man sich ein, »man habe gearbeitet, wo man doch nur Vorarbeit geleistet hat. Arbeit drückt sich in Seiten aus oder in Zeilen. [...] Wieviel Zeilen hast Du heute geschrieben? Wenn null, hilft es auch nicht, wenn du fünf Stunden in der Bibliothek oder am Internet gesessen hast« (ebd.). Auf die Suche sollte man sich deshalb erst begeben, wenn sich eine Frage stellt. Komposition und Imagination – das sind die Flügel, auf denen sich Köhlmeiers Poesie des Lebens über die Recherche erhebt und entfaltet.

Zwei Seelen

Dieser Autor hat zwei Seelen in seiner Brust: er ist Schriftsteller und Jazzmusiker. Er rückt in seinen Texten die Artisten in den Kernbereich des kulturellen Gedächtnisses. Er mischt den Kunstkanon neu auf, indem er dem Jazz und der Popkultur zu ihrem Rang verhilft, der über die Anerkennung durch bestehende Fangemeinden hinausgeht. So wird zum Beispiel Freitag der 19. April 1935, der Auftritt von Billie Holiday im Apollo Theatre in Harlem, zum Ereignis einer globalen Musikgeschichte, das soziale Schranken und nationale Grenzen überschreitet (vgl. A 177).

Artisten sind Virtuosen und Performer. Sie versetzen Menschen in Begeisterung und Bewegung. Als Schriftsteller platziert sich Köhlmeier nahe bei den Artisten. Er ist nicht nur ein passionierter Sammler und Arrangeur, er ist auch ein mitreißender Erzähler. Auch auf dem gedruckten Papier bleibt seine Sprache immer konkret, dicht, zupackend und dabei nah am gesprochenen Wort. Er ist ein Verwandlungskünstler der Stile und Register. Seine Sprache ist gereinigt von Formeln und Floskeln; sie kennt keine Tabuzonen und ist prall gefüllt mit plastischer Klarheit und sinnlicher Anschauung.

Köhlmeier geht aber auch über den gedruckten Text hinaus und verknüpft als begnadeter Vermittler Archiv und Performance. Nicht nur mit Hörbüchern, sondern auch in beliebten Fernsehserien, im Rundfunk, im Theater und Vortragssaal schlägt er Brücken zwischen dem kulturellen Archiv und der Gegenwart. So bringt er die alten Mythen der Griechen mit ihren Fragen und Rätseln, ihren bizarren Details und ihren vielen

---

[4] Michael Köhlmeier, Abendland, München 2007. Im Folgenden zitiert unter der Sigle A.

Verknotungen und Verknüpfungen ins Gedächtnis der Zuhörer zurück. In seiner ersten Folge über den Sänger aller Sänger, über Orpheus, bereitet der Erzähler sein Publikum auf ein weites Feld und verwirrendes Netz von Geschichten mit unberechenbaren Windungen vor, »die süchtig machen können«. Dieser Zusatz ist entscheidend. Alles, was Köhlmeier anfasst, ist durchpulst von diesem affektiven Bezug. Dabei dramatisiert er in keiner Weise, er aktualisiert auch nicht, sondern erzählt bedächtig und genau. Er erklärt und klärt auf, denn Mythen sind für ihn ein Stück Aufklärung, mit der jede spätere Epoche einschließlich der unsrigen noch viel über sich selbst erfahren kann. Widersprüche werden stehen gelassen – manches ist »biologisch zweifelhaft aber mythologisch vollkommen einwandfrei« – und Varianten werden miterzählt. Vor allem aber sind diese Erzählungen voraussetzungslos und barrierefrei – jeder kann überall einsteigen und sich dem Risiko aussetzen, süchtig zu werden.

Genies und ihre Schutzengel

Außergewöhnliche Menschen stehen im Mittelpunkt von Köhlmeiers Welten, darunter auch Genies, die ihn besonders faszinieren. »Der Genius ist eine Quelle, hinter der immer mehr ist, als aus ihr fließt« (A 313), schreibt sich Sebastian Lukasser in eins seiner Schulhefte. Köhlmeier interessiert sich für Menschen, die Außergewöhnliches leisten. Sie schaffen Vollkommenes, sind Virtuosen der Performance, sie berühren und bewegen ihre Mitwelt. Gleichzeitig sind sie als Menschen besonders fragil und verletzlich. Sie brauchen einen besonderen Schutz. In den Romanen werden ihnen Schutzengel an die Seite gestellt. Der Mäzen ist so ein Schutzengel und wichtiger Partner des Künstlers und Virtuosen. »Sie bieten mir den Genuss Ihrer Kunst«, sagt Carl Jacob Candoris zum Gitarristen Georg Lukasser, »darum ist es ist nur recht und billig, wenn ich Sie dafür ab und zu zum Frühstück einlade.« (A 33) Das ist die zentrale Idee: Zur Kunst gehören mindestens zwei: Künstler und Mäzen, Autor und Leser, Performer und Begeisterte.

Während im Roman *Zwei Herren am Strand* eine komplizierte Kette der Informationsübermittlung aufgebaut wird, tut die Erzählung das genaue Gegenteil: sie schreibt und schraubt sich so nah es nur geht an die historischen Helden heran und erlaubt den Lesern einen direkten und geradezu körperlichen Kontakt mit ihnen, Auge in Auge, Kniescheibe gegen Kniescheibe. So saßen sich Churchill und sein erfundener Privatsekretär William Knott in Augenblicken einer existenziellen Notsituation gegenüber. In dieser Versuchsanordnung, die ein Gegenentwurf zu Freuds Couch ist, versetzt sich auch der Erzähler in die Position des Gegenübers, denn auch er kennt den schwarzen Hund, den plötzlichen Anfall tiefer Melancholie.

Menschen sind verletzlich in Köhlmeiers Romanen, sie bedürfen des Schutzes, des Rats, der tatkräftigen Hilfe. Vor allem brauchen sie Trost – ein Schlüsselbegriff in den Texten. Churchill und Chaplin bilden ein überraschendes Paar – wo unser Vorverständnis Gegensätze sieht, entdeckt Köhlmeier Ähnlichkeiten. Beide sind Künstler, beide kämpfen gegen Hitler, beide werden von Depressionen heimgesucht und bedürfen des Trostes, weshalb der Erzähler sie in einer besonderen Allianz zusammenführt. Es geht ihm dabei nicht um Enthüllungen oder eine neue Geschichte, sondern um eine andere Version des Bekannten, die uns mithilfe seiner Imagination, Recherche und Erfindung die historischen Helden von ihrer menschlichen Seite zeigt, und uns mit ihrer Seele, ihren Anfechtungen, ihrer Schwäche, ihrer Verletzlichkeit bekannt macht.

Der Pakt des Erzählens

Köhlmeier ist ein Vollbluterzähler, der immer zwei im Blick hat: den, der erzählt, und den, der zuhört. Erzählen entsteht erst aus dieser Dyade. Sie ist die existenzielle Grundsituation der Kommunikation. Die Abhängigkeit des Erzählers vom Hörer ist eine Einsicht, die Köhlmeier mit seinem Landsmann Grillparzer teilt: »Jedem Sprecher fehlt die Sprache, / fehlt dem Hörenden das Ohr.«[5]

Köhlmeier kehrt immer wieder zurück zu dieser Grundwahrheit menschlicher Kommunikation, aus der alles menschliche Miteinander entsteht. Der Roman *Abendland* ist durchzogen von der Sehnsucht und dem Bedürfnis, sich im Erzählen zu formen, für das Erzählte Gehör zu finden, sich durch das Hören neu zu erfahren. Was erzählt wird ist idealerweise ein ganzes Leben. Da das Leben als solches jedoch unerzählbar ist, muss es in einzelne Geschichten verpackt werden.

Ich möchte hier eine Geschichte einfügen, die auf dem Heidelberger Bahnhof spielt. Ich hatte noch 20 Minuten Zeit bis zur Abfahrt meines Zuges und suchte mir einen Platz zum Lesen. Auf einer Bank war noch Platz. Die andere Hälfte hatte ein ›Penner‹ im halben Delirium eingenommen – in der linken Hand eine Büchse Warsteiner, in der rechten ein klarer Korn. Ich setzte mich ans andere Ende der Bank und vertiefte mich in meine Lektüre.

> Nach einer Weile höre ich: »Hier, ich biete Ihnen einen Schluck an!«
> Mein Nachbar streckt mir die Flasche mit dem Korn entgegen.
> »Vielen Dank, Alkohol schmeckt mir nicht.«
> »Das ist kein Alkohol, murmelt er, das ist eine Stimulanz!«

---

5 Franz Grillparzer, Der Traum ein Leben. Dramatisches Mährchen in vier Aufzügen, Wien 1840, S. 35.

»Ich habe hier meine Stimulanz«, antworte ich und halte das Buch, das ich lese, in die Höhe.

Mein ›Penner‹ versucht mit glasigen Augen das Titelblatt zu entziffern: Michael Köhlmeier *Abendland*.

»Aber der Kerl, der das geschrieben hat, brauchte sicher auch eine Stimulanz.«

»Ich bin nicht ganz überzeugt. Schauen Sie mal, wie dick das Buch ist, mit Alkohol hätte er das nicht geschafft!«

Da kommt der ›Penner‹ ins Grübeln.

»Jack London, *König Alkohol* – 14, 15 Jahre war ich, als ich das las, und dann zack zack, rüber zum Kiosk hab' ich mir gleich 'ne Flasche geholt, um das an mir nachzuempfinden. Für 'ne Weile war Jack London für uns der Held.«

Dann erzählte er mir, dass er vor 40 Jahren nicht nur in der Südsee und in Acapulco sondern auch in Indien war, sich die besten Grassamen mitgebracht und erstklassig angebaut hat: »Marihuana – wissen Sie, was das ist?«

Und schon war ich in einer echten Michael-Köhlmeier-Situation und hörte jemandem zu, der mir seine Lebensgeschichte erzählte. Meinen Zug hätte ich fast verpasst.

Abendland

Zu den wunderbaren *double tales*, die sich Köhlmeier bei Plutarch abgeschaut hat, dürfen wir auch den Tandemband über Mythen und Märchen mit dem Philosophen Konrad Paul Liessmann rechnen, ebenso wie Projekte, die er mit seiner Frau, der Schriftstellerin Monika Helfer, realisiert hat. Mit dem fiktiven Projekt *Musicians*, bei dem er amerikanische und deutschsprachige Musiker zusammenspannte, hat er einen nationenübergreifenden Kanon entworfen. Immer geht es dabei um eine Revitalisierung von Bildung. Bildung ist etwas, das diejenigen, die in Deutschland und Österreich nach dem Zweiten Weltkrieg aufwuchsen, nicht aus den Händen ihrer Eltern oder Institutionen empfangen konnten. Traditionen waren kompromittiert und zerbrochen. Man musste sich in dieser Generation die Welt selbst wieder zusammensetzen.

Der Roman *Abendland* ist für mich das großartige Dokument eines solchen Sich-die-Welt-neu-Zusammensetzens. Der Titel bleibt bis zum Schluss enigmatisch; tatsächlich taucht das Wort nur einmal auf (vgl. A 584). Richard Faber schrieb in den 1970er-Jahren das Buch *Abendland. Ein politischer Kampfbegriff.*[6] Mit dieser restaurativen Vision eines christlich-imperialen Europa hat der Roman nichts zu tun. Oder doch, denn er

---

6 Richard Faber, Abendland. Ein politischer Kampfbegriff, Hildesheim 1979; Berlin ^{2}2002.

setzt ihm etwas entgegen. Köhlmeier schreibt eine exzentrische Geschichte des 20. Jahrhunderts, die den Schauplatz Österreich global erweitert in Richtung Portugal, Deutschland, USA, Russland, Japan und Namibia. Er umgeht dabei ganz bewusst das Genre des Familienromans. In Familien wird man hineingeboren und sucht sie sich nicht aus. Die Familie, wie Köhlmeier sie darstellt, ist weniger ein Ort der Prägung und Tradierung, als ein Ort des Scheiterns und des Mangels. Deshalb wird bei ihm die Familie neu zusammengestellt: Es herrschen dann nicht mehr die Gene, sondern Affinitäten und gemeinsame Leidenschaften. Der Roman erzählt eine Geschichte des 20. Jahrhunderts, ohne den Krieg in den Mittelpunkt zu stellen. »Alles, was ich über den Krieg wußte«, so Carl über das Jahr 1914, »war, dass man ihn mit i-e schreibt« (A 71). Das Thema des Romans ist nicht der Krieg, sondern die Künste. *Abendland* ist ein Künstlerroman, der neben Musik und Literatur auch der Mathematik ihren Platz einräumt. An die Stelle des Bandes zwischen den Generationen tritt der Pakt zwischen Mäzen und Künstler, der als die Keimzelle der Kultur erkennbar wird. Die Bande der Verwandtschaft sind fragwürdig; sie entstehen aus Missverständnissen und falschen Entscheidungen. Die Bande der Wahlverwandtschaft dagegen beruhen auf Begeisterung. Hier kann man sich nicht irren.

Hommage an die Kunst

In der Kunst ist es wie beim Erzählen: dazu gehören mindestens zwei, die, die sie machen, und die, die sie für sich entdecken, hören, lesen, lieben – und süchtig werden. Dabei sind die Romane Köhlmeiers »nüchtern bis zur Erleuchtung« (ZH 22). Aber an einem Punkt kommt er doch ins Schwärmen, dann nämlich, wenn es um Kunst geht. Sie nimmt in seiner Welt das Zentrum des Heiligen ein. Köhlmeier ist nicht nur ein begnadeter Künstler, sondern auch ein begnadeter Leser. Einen lang vergessenen Steinbeck-Roman zum Beispiel kann er in einer unvergesslichen Schlüsselszene wieder auferstehen lassen (vgl. A 415). *Abendland* ist ein Roman, der – wie das Werk Köhlmeiers überhaupt – das leer und opak gewordene Wort Bildung für uns neu aufschließt. Das nenne ich eine gezielte Auffüllung und Erweiterung der geschrumpften inneren Welt, von der Shelley sprach.

Michael Köhlmeier ist ein leidenschaftlicher Anwalt der Musen. Seine Texte sind durch und durch ironisch, realistisch, sich selbst befragend, gebrochen, aber sie sind auch ein Bekenntnis zur Kunst und zeugen von der Begeisterung für das, »was Menschen bewerkstelligen« (A 68) können. In diesem Verb steckt Arbeit, Hand- und Kopfarbeit, aber auch das Werk mit drin, das dabei herauskommt. Heute ist der richtige Tag, um Michael Köhlmeier von Herzen zu danken für die großartigen Texte, die er bewerkstelligt hat! Ich tue es mit den Worten Dagmars aus dem Roman

Abendland, die nur ein paar ›erste Sätze‹ von ihrem Schriftstellerfreund vor sich hatte. Wir dagegen haben inzwischen ein unglaublich umfangreiches, reichhaltiges und großartiges Œuvre vor uns und können ihr voll zustimmen:

»Ja! Er ist Schriftsteller. Jetzt wisst ihr es. Und zwar der beste, den ich kenne. Ihr werdet Euch an ihn erinnern. Schaut ihn genau an!« (A 131)

Jürgen Thaler

»Lebendige Schrift«. Michael Köhlmeier und die Tradition

Der Titel, der den folgenden Überlegungen zum Werk von Michael Köhlmeier vorangestellt ist, *»Lebendige Schrift«. Michael Köhlmeier und die Tradition*, ist in vielerlei Weise erklärungsbedürftig, und durch und mit diesem Erklären umrahmt er das Werk von Michael Köhlmeier in einem ersten Schritt. Er fokussiert in diesem Erklären wesentliche Aspekte des Schreibens, des Erzählens und auch des öffentlichen Sprechens von Michael Köhlmeier. Gleichzeitig kann im Folgenden nur rudimentär und viel zu oberflächlich auf die im Titel adressierten Konzepte und Theorien eingegangen werden: zum Beispiel auf die Theorie der »Lebendigen Schrift«, wie sie Moses Mendelssohn in seiner Abhandlung *Jerusalem oder über religiöse Macht und Judentum* im Jahr 1783 formuliert hat und die mit den darin enthaltenen Anstrengungen für eine allgemeine Theorie der Übersetzung für Erkenntnisse, das Werk von Michael Köhlmeier betreffend, produktiv gemacht werden kann. Köhlmeier übersetzt, zum Beispiel, aus der Antike in die Gegenwart, aus dem Märchen in den Roman, von der Schrift ins Mündliche, vom Mündlichen ins Schriftliche, von der Realität in die Fiktion und von der Fiktion zurück in die Realität – er ist ein »Übersetzer« par excellence, der seine Vorlagen permanent mittels einem eigenen Reservat von Strategien und Verfahren aktualisiert und verändert, aber auch selbst, ein sehr interessanter Aspekt, Vorlagen quasi vorformuliert, um sie neu erzählen zu können. Dieses Reservat, dieses Archiv an Methoden der Aktualisierung, das sich Michael Köhlmeier über die Jahrzehnte aufgebaut hat und das man aus seinen Werken rekonstruieren kann, kann mit dem Begriff der »Lebendigen Schrift« umkreist werden. Mendelsssohns Überlegungen schließen sich nämlich an an Fragen der (jüdischen) Tradition, an Problemstellungen der Überlieferung, an Überlegungen der möglichen Aktualisierung des einst Geschriebenen, des in der Schrift an einem bestimmten Augenblick Offenbarten. Die Ausführungen von Mendelssohn laufen, so meine unmögliche Abkürzung, darauf hinaus, dass er Tradition, also das Verständnis der Schrift, letztlich den Sinn, der in und aus der Schrift gehoben werden soll, nicht als Form mechanischer Repetition versteht, also als Wiederholung des Gleichen ansieht, sondern dass für ihn Überlieferung gerade auf einem bestimmten Spiel der Differenz beruht, welche die Qualität von Vermittlung und Überlieferung definiert. Mendelssohn sagt, dass der Kontext entscheidend ist für die Gewinnung von Sinn. Überlieferung ist stets, ihm zufolge, Umsetzung, Transposition, Differenz, nur so wird Kontinuität ermöglicht, es gibt keinen ersten und keinen letzten Sinn, alles ist in Bewegung. Mendelssohn verabschiedet sich damit von einem bestimmten Korpus von Schrift, das es zu tradieren gilt, und setzt ihm ein bestimmtes »Zeremonialgesetz«, ein wichtiger Begriff, gegenüber. In diesem Zusammenhang fällt auch der Begriff der »Lebendigen Schrift«: »Das Zeremonialgesetz selbst ist eine lebendige, Geist und Herz erweckende Schrift, die bedeutungsvoll ist und ohne Unterlaß zu Betrachtungen erweckt.«[1]

Die Schrift ist für Mendelssohn letztlich ein

> todter Buchstabe, den nur die Einbildungskraft und der Verstand des Lesens beleben kann. [...] Die ungeschriebenen Gesetze aber, die mündliche Überlieferung, der lebendige Unterricht von Mensch zu Mensch, von Mund zu Herz, sollte erklären, erweitern, einschränken, und näher bestimmen, was in den geschriebenen Gesetzen, aus weisen Absichten, und mit weisester Mäßigung unbestimmt geblieben ist.[2]

Man wird sehen, dass die Aktualisierungen, die Michael Köhlmeier vorlegt, durchaus einem bestimmten neuen »Zeremonialgesetz« folgen, dass sie gerade auf dem Unbestimmten, auf der Lücke, die die Überlieferung lässt, aufbauen, in dem sie sich eben nicht einer identischen Traditionspolitik verschreiben, sondern gerade in der Differenz von Überlieferung und »neuer« Schrift ihre literarische Qualität behaupten. Dies soll in weiterer Folge anhand eines Beispiels verdeutlicht werden, nämlich anhand der dem Verhältnis von Theodor W. Adorno und Charlie Chaplin gewidmeten Abschnitten des Romans *Zwei Herren am Strand* aus dem Jahr 2014. Man hätte es auch gut an der letzten Publikation über den Heiligen Antonius zeigen können und an anderen Beispielen mehr.

Der zweite erklärungsbedürftige Begriff, nämlich jener der »Tradition«, ist schon gefallen. Niemand wird abstreiten, wenn man sagt, dass Michael Köhlmeier ein Autor ist, der ein offensives Verhältnis zur Tradition, genauer, aber nicht nur zur literarischen Tradition pflegt. Niemand

---

1 Moses Mendelssohn, Jerusalem oder über religiöse Macht und Judentum, in: Martina Thom (Hrsg.), Schriften über Religion und Aufklärung, Berlin 1989, S 351–458, hier S. 421. Zu Mendelssohns Konzeption vgl. Willi Goetschel, »Lebendige Schrift«. Zu Mendelsohns Theorie der Übersetzung als Selbstübersetzung, Wolfenbüttel 2015; Carola Hilfrich, Lebendige Schrift. Repräsentation und Idolatrie in Moses Mendelssohns Philosophie und Exegese des Judentums, Paderborn 2000. Letztere hat mich vor vielen Jahren bei gemeinsamen Seminaren in Jerusalem auf die Konzeption der Schrift bei Mendelssohn aufmerksam gemacht. Vgl. zum Zusammenhang von Tradition und Literatur: Manfred Voigt, Moses Mendelssohn und Franz Kafka. Die Heilige Schrift, in: Pardes. Zeitschrift der Vereinigung für Jüdische Studien (2006), 12, S. 101–111.

2 Mendelssohn, Jerusalem (wie Anm. 1), 437.

wird gleichzeitig abstreiten, dass der Begriff der Tradition ebenso komplex, vielleicht sogar komplexer ist als Mendelssohns Theorie der Übersetzung im Zeichen der »lebendigen Schrift«. Auch den Begriff der Tradition, so wichtig er mir scheint, kann ich nur in einem Aspekt hier mit Blick auf das Werk von Michael Köhlmeier diskutieren, nämlich in seiner Beziehung und in seinem Widerspruch zum Begriff der Rationalität, der, nach Adorno, dem der Tradition entgegensteht. Adorno in *Über die Tradition*:

> Tradition steht im Widerspruch zur Rationalität, obwohl diese in jener sich bildete. Nicht Bewußtsein ist ihr Medium, sondern vorgegebene, unreflektierte Verbindlichkeit sozialer Formen, die Gegenwart des Vergangenen; das hat unwillkürlich auf Geistiges sich übertragen.[3]

Zu den traditionsreichsten und im Sinne Adornos wohl am wenigsten hinterfragten literarischen Gattungen zählt das Märchen, das für Köhlmeier aus unterschiedlichen Gründen von zentraler Bedeutung ist. Und wenn Walter Benjamin in seinem Aufsatz über den »Erzähler« – ohne den wohl keine Tagung zum Werk von Michael Köhlmeier heutzutage auskommen kann – wenn Benjamin also schreibt: »Wenige Erzähler haben dem Märchengeist eine so tiefe Verwandtschaft entgegengebracht wie Lesskow,«[4] dann kann man heute, 2019, ergänzen »wie Lesskow und Michael Köhlmeier«. Man wird schwer daran zweifeln, dass eine Figur wie Joel Spazierer aus dem Roman, der seine Abenteuer beschreibt, seinem Schicksal nicht, wie Benjamin es auf Lesskow münzt, »märchenhaft entronnen«[5] sei, dass die ganz Kaskade von Identitätswechseln und die Schilderung brutaler Gewalt, das Spiel vom Erzählen in und von der Gegenwart, das Michael Köhlmeier meisterhaft und mit großem Ernst in Szene setzt, nichts zu tun hat mit Verfahren, die vom »Geist des Märchens« inspiriert sind.

Die Märchen begegnen im Werk von Michael Köhlmeier zumindest auf dreierlei Weise, in dem sie zum einen in andere Gattungen eingebunden sind, dann als Märchen unserer Zeit formuliert werden oder aber, drittens, den jeweiligen Abschnitten, quasi als Intro, so wie man es aus der Musik kennt, vorangestellt werden, um uns zu verführen, *Correspondencen* zwischen den Märchen und den folgenden Teilen der weitverzweigten Handlung zu entdecken. Dadurch wird auch eine neue Tradition im Sinne Adornos postuliert, dieser meint nämlich, wenn man mit dem

---

3 Theodor W. Adorno, Über Tradition, in: Adorno, Gesammelte Schriften, Bd. 10.1., Frankfurt am Main 1997, S. 310. Dazu instruktiv: Rolf J. Goebel, Curtius, Gadamer, Adorno. Probleme literarischer Tradition, in: Monatshefte, 78 (1986), 2, S. 151–166.

4 Walter Benjamin, Der Erzähler. Betrachtungen zum Werk Nikolai Lesskows, in: Benjamin, Gesammelte Schriften, hrsg. von Rolf Tiedemann und Hermann Schweppenhäuser, Bd. 2/2. Frankfurt am Main 1991, S. 458.

5 Ebd.

Begriff der *Correspondence* an die Sache mit der Tradition herangehe, also keine zwingenden historischen Linien verfolge, die Tradition nicht mehr auf das Traditionelle angewiesen sei.[6]

Die Tradition des Märchens ist, auch bei Köhlmeier, im weitesten Sinne in Zusammenhang mit dem Übertritt in ein nachmythisches Zeitalter zu sehen. Die Märchen geben uns eine Idee davon, was die Menschheit unternommen hat, um sich, wie es bei Benjamin bekanntlich heißt, »vom Alp, den der Mythos auf ihre Brust gelegt hat, «[7] zu befreien, das Märchen zeigt uns zum Beispiel in der Gestalt des Dummen, wie man sich gegen den Mythos dumm stellt, usw.[8]

Bei Michael Köhlmeier nun sind solche Fragestellungen schon immer disponibel, gerne auch mit Blick auf eines der Nachfolgeprojekte des mythischen Zeitalters: dem Bösen. Ein Blick in seinen Roman *Moderne Zeiten* aus den 1980er-Jahren zeigt aber schon an, dass bereits hier vom »Anfang der Sage« gehandelt und auch vom »Ende des Märchens« gesprochen wird, also ein Gattungsspiel in Szene gesetzt ist. Man liest im Märchenton: »Da war es Abend geworden über seinem Tag, und er war angekommen an einer sumpfigen Wiese zwischen Altach und Mäder«.[9] Und auch »Es war, als sei die weiße Peitsche einen Tag vor Allerheiligen von den Heiligen selbst geschlagen worden.«[10]. Das ist ein Ton, der uns im Märchen begegnet, den wir aus der Märchenlektüre kennen – und wir wissen um die Begeisterung von Michael Köhlmeier für diese Gattung. Vor allem auch seit er in seinem Vorwort *»Als das Erzählen noch geholfen hat«*, zur Märchenauswahl *Dekamerone*, schwarz auf weiß dargelegt hat, dass ihn Märchen immer schon interessiert haben, dass das Erzählen immer schon seine Sache und die seiner Familie war, aber, so wird man konstatieren, die Bezugnahme auf die Gattung Märchen sich werkbiografisch dynamisiert hat.[11]

Während andere Autorinnen und Autoren seiner Generation auf die Krise der Wahrnehmung der Welt mit einer sprachkritischen Literatur geantwortet haben, die vor allem von der Undarstellbarkeit der Welt, der Gesellschaft, den Verhältnissen zeugte, während Autorinnen und Autoren eine Kritik der Gesellschaft mit einer ausgestellten Kritik der Sprache zu formulieren versuchten, beharrte und beharrt Michael Köhlmeier eigentlich bis heute auf der Kraft der Erzählung, beharrt auf den – traditionellen – Formen der Literatur, auf der Kraft dieser Gattungen, die in kritischer Le-

---

6 Adorno, Über Tradition (wie Anm. 3), S. 316.
7 Benjamin, Der Erzähler (wie Anm. 4), S. 458.
8 Vgl. Ebd.
9 Michael Köhlmeier, Moderne Zeiten, München 1984, S. 101.
10 Ebd., S. 109.
11 Michael Köhlmeier, Wo das Erzählen noch geholfen hat, in: Märchen Dekamerone. Eine Weltreise in hundert Geschichten. München 2011, S. 9–24.

sung und in bestimmten historischen Kontexten und literarischen Reihen, das Weltbild transformierten, zum Beispiel die Tragödie, die Epik, das Märchen.

Es kann deshalb auch aus dieser Richtung nur folgerichtig sein, dass das Thema der Verwandlung, des Nichtidentischen, der subjektiven Erfahrung schon in einem seiner ersten Texte vorkommt, mit dem er als Autor hervorgetreten ist. Gekonnt und mit Absicht stellt er sich darin zudem in eine auf den ersten Blick nicht literarische Tradition, aber in eine Tradition, die natürlich auch mit der Hoffnung auf eine andere Welt einhergeht. Dann nämlich, wenn Michael Köhlmeier eines seiner ersten Theaterstücke mit »Like Bob Dylan« überschreibt, für das er übrigens, lange ist es her, und viele Auszeichnungen sind dieser gefolgt, den *Rauriser Förderpreis für Literatur* 1974 erhalten hat.

Wir schreiben das Jahr 1974, Bob Dylan selbst bereitet sich wohl gerade auf seine anstehende Wiederauferstehung als *stage persona* im Rahmen der 1975 startenden *Rolling Thunder Revue* vor, als er im Rahmen der Bregenzer Randspiele, einem leider schon lange eingeschlafenen Alternativprogramm zu den traditionellen, damals noch (spieß)bürgerlichen *Bregenzer Festspielen*, im Stück von Michael Köhlmeier die Bühne betritt. Die Szene in diesem einaktigen Zweipersonenstück spielt in einer abgewrackten Möbelfabrik. Die Personen heißen Leo und eben Dylan. Dylan, sein eigentlicher Vor- und Nachname bleibt unerwähnt, ist ein wirklicher Fan von Bob Dylan, und besitzt alle LPs von ihm, und es waren schon 1974 einige. Mit dem Stück reiht sich Michael Köhlmeier in eine Reihe ein, die für die österreichische Literatur nicht untypisch ist für diese Zeit. Kurze, der Jugendkultur verpflichtete, sie darstellende Stücke, bei Köhlmeier nun aber mit einem so dezidierten Hinweis auf nur einen, auf Bob Dylan, dass dieser, so hat es den Anschein, einfach einmal darauf antworten musste.[12]

(Nebenbemerkung: Viele haben es gewusst, seit dem »Nobelpreistheater« von Dylan wissen es alle, Dylan lässt sich Zeit, bis er auf etwas reagiert. Auf Köhlmeiers Stück *Like Bob Dylan* hat es lange gedauert, nämlich bis zum Jahr 2006 – als Dylan seinem 32. Studioalbum den Titel eines Romans von Michael Köhlmeier gab: *Modern Times*, *Moderne Zeiten – correspondence*.)

Manche werden sich noch an die Kontroverse erinnern, als man feststellte, dass die Texte auf Dylans *Modern Times* gespickt sind mit Zitaten aus der englischen Übersetzung von Gedichten, die Ovid in seiner Exilzeit abgefasst hatte. Das nur nebenbei. Aber auch ein schönes Beispiel dafür, wie, ich komme auf Köhlmeier zurück, Potenziale der Vergangenheit als traditionslose Tradition ins Heute gebracht werden können, wie andere

12 Vgl. Michael Köhlmeier, Like Bob Dylan, in: Like Bob Dylan. Einakter, Bregenz 1975, S. 7–34.

Erzählungen und andere Texte in die eigenen Texte einfließen, wie so *eine* Form des mündlichen Erzählens aktuell gehalten wird.

Bei Michael Köhlmeier verlaufen aber solche textuellen Anstrengungen nach anderen Verfahren als jenem der bloßen Zitation.

Es ist Köhlmeiers eigenes Zeremonialgesetz, dass er zum Beispiel das Konzept des Erzählens, das Konzept des Mündlichen nicht nur als mündlicher Erzähler zur viel beschworenen Meisterhaftigkeit entwickelt hat, vielmehr ist sein Werk geradezu ein Reservat »fingierter Mündlichkeit« in der Literatur. Damit stellen sich seine literarischen Arbeiten in eine Tradition, die von weit her kommt, nämlich aus den alten Überlieferungen, in der Literatur aber immer neu verhandelt werden, von Bachtin oder Benjamin, der die Offenbarung des mündlichen Erzählens noch eindringlich unter dem Stern der Erfahrung beschworen hat und in den 1930er-Jahren auch als Rettungsmöglichkeit aus der Krise des Romans stark zu machen versuchte, Döblin ist dabei sein Zeuge.[13] In den Romanen von Michael Köhlmeier spielt die Mündlichkeit eine wesentliche Rolle, sie fokussiert auch den Begriff des Erzählens im Bereich des Schriftlichen. Wenn nämlich das Werk von Michael Köhlmeier als das Werk eines großen Erzählers apostrophiert wird, dann sind die Passagen fingierter Mündlichkeit darin zentral.

Das heißt nicht nur, dass sich viele Sätze in den Romanen von Michael Köhlmeier gerade in ihrer Differenz zu den denkbaren mündlichen Varianten behaupten, sondern dass das »Erzählen als solches« zum einen für die Figurenzeichnungen konstitutiv ist, aber auch auf einer allgemeinen Ebene verhandelt wird. Wie man sich überhaupt darüber Klarheit verschaffen muss, was denn eigentlich ein »Erzähler« ist. Sicher jemand, der, wem auch immer, Geschichten mündlich erzählt. Dann wird man davon auszugehen haben, dass man als Erzähler emphatisch auch jemanden nennen kann, dessen Literatur die Eigenschaften mündlichen Erzählens aufweist, hier vor allem wohl solche, die mit Spannung und Allgemeingültigkeit zu tun hat. Das Ganze ist aber ein schwierig auszutarierendes Feld, das hier nicht weiter behandelt werden kann. Jedenfalls finden sich bei Michael Köhlmeier, Formen und Eigenschaften des Erzählens noch auf andere Art und Weise. Zum Beispiel: dass in den letzten Romanen oftmals die gleichen Figuren auftauchen, gemeint ist zum Beispiel Sebastian Lukasser. Das ist ein literarisches Konzept anonymen Erzählens, die Geschichten werden bei Köhlmeier nicht mehr von Generation zu Generation, sondern von Buch zu Buch weitergegeben, obwohl bekanntlich das Buch der Feind des Erzählens ist. In *Bruder und Schwester Lenobel* nun sagt zum Beispiel Robert Lenobel, der als Psychoanalytiker geradezu ein Wiedergänger klassischer Erzählsituationen ist:

---

[13] Vgl. Walter Benjamin, Krisis des Romans. Zu Döblins »Berlin Alexanderplatz«, in: Walter Benjamin, Gesammelte Schriften, hrsg. von Rolf Tiedemann und Hermann Schweppenhäuser, Bd. 3, Frankfurt am Main 1991, S. 230–236.

> In der menschlichen Stimme, mein lieber Sebastian [...] ist alles enthalten. [...] Der Mensch ist ein hörendes Wesen, homo audiens. Nur aus diesem Grund hat der Mensch die Sprache entwickelt. Er braucht etwas zum Hören. Aber nicht einfach nur zum Hören, sonst hätten Miauen oder Bellen oder Zwitschern genügt. Er braucht etwas zum *Zuhören.*[14]

Sein Freund Sebastian erzählt Roberts Schwester Jetti im gleichen Buch »Gutenachtgeschichten« am Telefon – »*Nachts um eins am Telefon – revisited*« –

> und das tat er von nun an jede Nacht, bis sie nach Triest abreiste, und es war ihr nun wirklich der Gedanke gekommen, Italien abzusagen, nur weil ihr dieser allnächtliche Trost so gut gefiel. Sebastian erzählte ihr, er habe vor, eine Sammlung mit Märchen zu schreiben; er sammle: sie, Jetti, sei sein erstes Publikum, wenn sie nichts dagegen habe, ein besseres Publikum könne er sich nicht vorstellen; durchaus nach dem Vorbild der Grimm sammle er, im Unterschied zu diesen aber wolle er sich vor jeder möglichen Deutung hüten, falle ihm zu einer Geschichte eine Deutung ein, scheide er sie aus. Er hatte damals die Naivität als die höchste zu erreichende Qualität bezeichnet und sie als eine »Schauweise« definiert, die sich der fundamentalen Traurigkeit des Denkens bewusst sei, nämlich der Traurigkeit des analytischen Denkens in Begriffen, das sich gegen seine offensichtliche Begrenztheit nicht anders zu helfen wisse als mit Hoffart und Arroganz – und eben Zynismus. Ein gutes Märchen, ein wahres Märchen, flüsterte er in die Telefonmuschel, »da war es schon über zwei Uhr, gebe sich der Erzählung hin, als wäre sie ein Strom, der von keinem Willen gelenkt werde und keine Absicht als Ziel habe. Er sei zur Überzeugung gelangt, dass dem Bösen in der Welt besser auf dem Umweg über das Märchen auf die Schliche zu kommen sei als über die Theologie oder die Soziologie oder die Seelenforschung, denn der Teufel trete manchmal als Witzbold auf, manchmal als Politiker, manchmal als Mann des Friedens, immer als der Verdreher, der den besten Willen in die schlechteste Wirkung verkehrt und vica versa, im Märchen aber könne er sich, wenn überhaupt, nur für eine kleine Zeit verstellen.«[15]

Für die Kunst, gegen die Wissenschaft, für das Erzählen, gegen das Erklären. Für die Naivität als »Sichtweise« auf die Welt, gegen die fundamentale Traurigkeit des analytischen Denkens in Begriffen, so kann man, das verspricht dieser Absatz, einen Ausweg finden aus dem Gefängnis der Moderne, in dem das »Böse« sein Spiel treibt. Wie im Märchen. Und so konstruiert Köhlmeier seine Geschichten; mit Verve gegen die Welt, wie wir sie in den bekannten Schriften kennen, setzt er eine neue Weise der naiven Betrachtung. Ganz gut zu sehen, man hätte, wie anfangs gesagt, vielleicht auch andere Beispiele finden können, in der Version der Beziehung von Theodor W. Adorno zu Charlie Chaplin wie Köhlmeier sie im Roman *Zwei Herren am Strand* entfaltet.

---

[14] Michael Köhlmeier, Bruder und Schwester Lenobel, München 2018, S. 141f.

[15] Ebd., S. 43.

Man weiß von Adorno, dass er Chaplin in Malibu anlässlich der Premiere von *The Best Years in Our Life* getroffen hat, dass Adorno einem kriegsversehrten Schauspieler, der im eben gezeigten Film gespielt hat, nämlich Harold Russell, dessen Prothesen man im Film übrigens sieht, die Hand gegeben hat und zurückschreckte als er auf Metall greift.

> Als ich die Rechte schüttelte, und sie auch noch den Druck erwiderte, erschrak ich aufs äußerste, spürte aber sofort, daß ich das dem Verletzten um keinen Preis zeigen dürfte, und verwandelte mein Schreckgesicht im Bruchteil einer Sekunde in eine verbindliche Grimasse. Kaum hatte der Schauspieler sich entfernt, als Chaplin bereits die Szene nachspielte.[16]

Adorno berichtet darüber – nicht ohne Stolz – in einem Text aus dem Jahre 1964 anlässlich von Chaplins 75. Geburtstag. Jürgen Habermas erinnert sich daran, dass ihm Adorno diese Geschichte knapp vor seinem Tod geschildert habe, und setzt fort; »Natürlich ist diese Geschichte über Chaplin eine über Adorno.«[17]

Adornos Text zielt darauf, dankbar zu formulieren, dass die Scham, die sich durch sein Erschrecken eingestellt hat, durch die Chaplin'sche Wiederholung, durch die Imitation seines Verhalten, sich in etwas zum Lachen verwandelt, das ein Rettendes sein kann, das aber von Adorno nicht weiter verzeichnet wird.

Ich will diesem fein gewobenen Text insofern weiter folgen, als die Beschreibung von Aktion und Reaktion mir in einem gewissen metaphorischen Sinn auch für eine mögliche Beschreibung der Verfahrensweisen dienlich ist, mit denen Michael Köhlmeier sich der »Schriften«, der »Quellen« bedient, die seinen »semihistorischen Szenen« zugrunde liegen. Nicht diese Geschichte der »Kalten Hand« findet man nämlich in den zwei Seiten über Adorno und Chaplin, sondern die Behauptung, dass Adorno der erste war, der den Begriff »Methode des Clowns« verschriftlicht hat. Die Methode des Clowns, so steht es im Roman *Zwei Herren am Strand*, ist ein Verfahren von Chaplin, sich der Depression zu entledigen: Man legt sich nackt auf ein weißes Papier, dreht sich und schreibt einen Brief an sich selbst. Adorno habe, so liest man bei Köhlmeier, diese »Methode des Clowns« in einem Aufsatz mit dem Titel *Gerüste zu einer Theorie des Komischen* abgehandelt. Wann der Aufsatz (den die Adorno-Welt nicht kennt) erschienen sein soll, wird nicht mitgeteilt. Adorno habe aber Gedanken zu diesem Thema bereits 1933 für einen Vortrag geordnet, den er

---

16 Adorno, Zweimal Chaplin (in: Adorno, wie Anm. 3), S. 365.

17 Jürgen Habermas, Urgeschichte der Subjektivität und verwilderte Selbstbehauptung, in: Jürgen Habermas, Politik, Kunst, Religion, Stuttgart 2001, S. 33. Vgl. Karin Harrasser, Subjektivierung als Intussuszeption. Mit Adorno und Chaplin auf einer Party in Malibu, in: Lars Friedrich, Karin Harrasser und Céline Kaiser (Hrsg.), Szenographien des Subjekts, Wiesbaden 2018, S. 155–165.

in Köln vor einer sozialdemokratischen Hochschülervereinigung hätte halten sollen. Der Vortrag, von dem die Adorno-Welt nichts weiß, konnte nicht gehalten werden, weil die Nazis die Veranstaltung verboten hatten. Adorno emigrierte nach Oxford, um dort weiter über das »Phänomen des Komischen« nachzudenken. Ein Zwischenergebnis, so weiß es der Erzähler in Michael Köhlmeiers Roman *Zwei Herren am Strand*, trug Adorno während der Schiffspassage nach Amerika vor. In diesem Vortrag habe Adorno den Ausdruck »Methode des Clowns« verwendet um – es folgt ein Zitat des Vortrags, von dem die Adorno-Welt nichts weiß – »eine mögliche Umgangsform mit der Schamlosigkeit der Welt« zu definieren. Das wisse man, so liest man immer erstaunter, weil unter den Zuhörern ein ehemaliger Student von Adorno gewesen sei, der in Oxford Vorlesungen von ihm am Merton Collage gehört habe. Der Student wird, so heißt es weiter, unter einem anderen Namen, der nicht genannt wird, ein berühmter Mann und habe sich 1965 an diese Szene in einem Fernsehinterview erinnert und dabei seine Mitschrift des Vortrags von Adorno in die Kamera gehalten. Adorno, so weiß es der Roman, habe dieses Interview im Fernsehen (dass Adorno fernsah, weiß die Adorno-Welt nicht) gesehen; jedenfalls habe Adorno auf Nachfrage die Notizen des ehemaligen Studenten bekommen und seine Gedanken zur »Methode des Clowns« rekonstruiert, ohne darin auf Chaplin zu sprechen zu kommen.

Dies alles mündet in einem Aufsatz mit dem schon erwähnten Titel *Gerüste zu einer Theorie des Komischen.* Adorno konnte aber den Text nicht mehr fertigstellen, so dass man auch in diesem Text nicht erfährt, wie der Begriff ›Methode des Clowns‹ zu ihm gelangte. Der Erzähler in *Zwei Herren am Strand* kommt zum Schluss und fasst Adornos Gedanken zusammen:

> Die Methode des Clowns bestehe also aus nichts anderem als der Leistung, sich selbst vor sich selbst lächerlich zu machen – mit dem Ziel, sich selbst zu entfremden. Ganz bei sich selbst kann der Mensch nämlich über sich selbst lachen, denn Lachen bedeutet immer Lachen auf Kosten eines anderen. Er muss sein Ich aufspalten in ein Ich, das lacht, und in ein anderes, das ausgelacht wird. Dies ist das Ziel der Methode.
> Aus Adornos Biografie wissen wir, dass auch er gelegentlich vom schwarzen Hund heimgesucht wurde. Die praktische Umsetzung der ›Methode des Clowns‹ – also bäuchlings auf einem Blatt zu liegen, sich im Uhrzeigersinn zu drehen und in einer Spirale sich selbst einen Brief zu schreiben – erwähnt er in seinem Essay nicht. Er schämte sich. Irgendwann, heißt es, habe ihn seine Haushälterin dabei erwischt.[18]

Mir scheint, dass die Ausführungen zum behaupteten Aufsatz sich gerade im Begriff der Scham mit der von Adorno selbst übermittelten Geschichte

[18] Michael Köhlmeier, Zwei Herren am Strand, München 2014, S. 166f.

engführen lassen. So wie Chaplin Adorno imitiert, um ihn, zumindest für das Subjekt der Skizze, für Adorno, aus dem mit Scham behafteten Schlamassel zu befreien, so imitiert der Erzähler Adorno in *Zwei Herren am Strand*, um die Figur aus der Welt der Wissenschaft zu heben und in die Welt der Geschichten, Märchen und Legenden zu befördern. Literatur – die auf eine andere, bessere Zeit hinschreibt, in der es, so weiß es ein alter Rabbi, und mit ihm komme ich zum Schluss, genauso aussieht wie in unserer Welt, nur etwas anders. Mir scheint, dass in der formulierten und fabulierten Differenz dieser Welten, im behaupteten Dazwischen, in der Lücke, die das Erzählen dem scheinbar Bekannten abringt, eine der poetischen Stärken des Werks von Michael Köhlmeier liegt.

Beiträgerinnen und Beiträger

Aleida Assmann, Prof. Dr. em., 1993 bis 2014 Professorin für Anglistik und Allgemeine Literaturwissenschaft an der Universität Konstanz. Studium der Anglistik und Ägyptologie an den Universitäten Heidelberg und Tübingen. Zahlreiche Gastprofessuren im In- und Ausland. Zusammen mit ihrem Mann Jan Assmann erhielt sie 2017 den Balzan Preis für ihre Forschungen zum Kulturellen Gedächtnis und 2018 den Friedenspreis des Deutschen Buchhandels. Jüngste Buchpublikationen: *Formen des Vergessens* (Göttingen 2016), *Menschenrechte und Menschenpflichten. Schlüsselbegriffe für eine humane Gesellschaft* (Wien 2018), *Der europäische Traum. Vier Lehren aus der Geschichte* (München 2018) und *Die Wiedererfindung der Nation – warum wir sie fürchten und warum wir sie brauchen* (München 2020).

Christian Benesch, Studium der Germanistik sowie der Theater-, Film- und Medienwissenschaft in Wien, danach Lehramtsstudium für die Fächer Deutsch und Geschichte. Dissertationsvorhaben zum Thema *Elemente der Romandramatisierung. Synthese zweier Gattungen* (bei Univ.-Prof. Mag. Dr. Stefan Krammer).

Corina Erk, Dr. phil., seit 2017 Akademische Rätin am Lehrstuhl für Literatur und Medien an der Otto-Friedrich-Universität Bamberg. Studium der Germanistik, Anglistik und Erziehungswissenschaften in Bamberg. 2015 Promotion zu *De-/Konstruktionen der RAF im Post-2000-Kino. Filmische Erinnerungsarbeit an einem Mythos* (Paderborn 2017). Arbeits- und Forschungsschwerpunkte: Europa-Diskurse in der deutschsprachigen Literatur, deutscher Gegenwartsfilm und (TV-) Serien, RAF-Terrorismus in Film, Literatur und Musik, Gedächtnisforschung und Erinnerungskulturen, Gender und Queer Studies. Jüngste Publikationen: *Verhinderte Meisterwerke. Gescheiterte Projekte in Literatur und Film* (hrsg. mit Andrea Bartl u.a., Paderborn 2019), *Die Ballade. Neue Perspektiven auf eine traditionsreiche Gattung* (hrsg. mit Andrea Bartl u.a., Würzburg 2017), *Von Ehekrisen und Adaptionsmomenten auf der Bühne und im Film. Asghar Farhadis THE SALESMAN* (in: Jörn Glasenapp (Hrsg.), *Asghar Farhadi*, München 2019), *Christian Petzolds Deutschlandbilder: Filmische Gesellschaftsporträts als Amalgam aus Ästhetik der Berliner Schule und klassischem Genre-Kino* (in: Jörn Glasenapp (Hrsg.), *Porträtkulturen*, Paderborn 2019), *Phänomenologie der Briefkultur gestern und heute* (in: Felix

Lenz (Hrsg.), *Von der Idee zum Medium. Resonanzfelder zwischen Aufklärung und Gegenwart*, Paderborn 2019).

Sotera Fornaro, Prof. Dr., seit 2003 Professorin für Griechische Literatur und Komparatistik an der Universität Sassari (IT). Studium der Klassischen Philologie an der Universität Bari (IT), danach Promotionen in Klassischer Philologie über Homers *Ilias* (1990) und in Geschichtswissenschaft über Friedrich Creuzer (1994). Mehrere Gastprofessuren und Forschungsaufenthalte in Deutschland (u.a. in Basel, Berlin, Freiburg, Heidelberg, Lüneburg). Jüngste Buchpublikationen (Auswahl): *Antigone. Usi e abusi di un mito dal V sec. alla contemporaneità* (hrsg. mit Raffaella Viccei, Bari 2021); *Un uomo senza volto. Introduzione alla lettura di Luciano di Samosata* (Bologna 2019), *Che cos'è un classico? Il classico in J.M. Coetzee* (Bari 2013), *L', ora di Antigone, dal nazismo agli ›anni di piombo‹* (Tübingen 2012), *I greci senza lumi. L'antropologia della Grecia antica in Christian Gottlob Heyne (1729–1812) e nel suo tempo* (Göttingen 2004).

Florian Gassner, Ph.D., seit 2018 Associate Professor of Teaching an der University of British Columbia. Studium der Germanistik an der Ludwig-Maximilians-Universität München und an der University of British Columbia. 2012 Promotion mit der Arbeit über *Germany versus Russia. A Social History of the Divide between East and West*. Anschließend Lecturer an der Mount Allison University, Postdoctoral Fellow am New Europe College in Bukarest und DAAD-Lektor an der Nationalen Universität Donezk. 2016/17 Gastprofessor an der Universität Kassel und Mitarbeit bei *documenta* 14. Jüngste Publikationen: *Zensur vom 16. bis zum 18. Jahrhundert: Begriffe, Diskurse, Praktiken* (hrsg. mit Nikola Roßbach, Bern 2020), *Martin Luther in Nineteenth-Century Music, Literature & Politics* (in: *Edinburgh German Yearbook* 2020), *Robert Schumanns religiöser Nationalismus um 1848* (in: *German Quarterly* 91 (2018), H. 4), *Giacomo Casanova und die Sexuelle Geographie Europas* (in: *Lessing Yearbook/Jahrbuch* 2017).

Detlef Goller, Dr. phil., seit 2008 Akademischer Direktor am Lehrstuhl für Deutsche Philologie des Mittelalters an der Otto-Friedrich-Universität Bamberg. Studium Deutsch, Sozialkunde und Geschichte für das Lehramt am Gymnasium. 2002 Promotion (*Wan bî mînen tagen und ê hat man so rehte wol geseit. Intertextuelle Verweise zu den Werken Hartmans von Aue im ›Tristan‹ Gottfrieds von Straßburg*, Frankfurt am Main 2005). Leiter des Projektes MimaSch (Mittelalter macht Schule; www.mimasch.de). Lehraufträge u.a. an Universitäten in Ägypten, Bosnien-Herzegowina, Finnland, Italien und Russland.

Arbeits- und Forschungsschwerpunkte: mittelalterliche Sprache und Literatur in der Schule, höfische Literatur, Mittelalterrezeption. Jüngste Publikationen: *Âventiure für die Schule. Mittelalterliche Artusromane und ihr Strukturschema im Deutschunterricht mit Praxishinweisen zu Felicitas Hoppes Iwein Löwenritter* (in: Karla Müller u.a. (Hrsg.), *Literarisches Lernen mit Medienverbünden für Kinder und Jugendliche. Abenteuer/«âventiure» als narrativer Zugang in Theorie und Praxis*, Berlin u.a. 2020), *Lâ mich ruowen, sîn ist zît! Überlegungen zum Einsatz von Sprachgeschichte in der Primarstufe mit einem Entwurf aus der Schulpraxis* (in: Jessica Ammer u.a. (Hrsg.), *In vriuntschaft als es was gedâht. Freundschaftsschrift für Hans-Joachim Solms*, Berlin 2020), *»davon kann man eine Menge lernen«. Mittelalterliche Stoffe und ihre Rezeption in der Kinder- und Jugendliteratur im Deutschunterricht* (in: Julia Benner u.a. (Hrsg.), *Merlin in Bermuda-Shorts. Mittelalteriche Stoffe in Kinder- und Jugendmedien*, München 2019), *wunder hoeren sagen – Ein Essay über die Nibelungensage in Zeiten des kompetenzorientierten Deutschunterrichts* (in: Volker Gallé (Hrsg.), *Vom finsteren zum bunten Mittelalter. Wissenschaftliches Symposium der Nibelungenliedgesellschaft und der Stadt Worms*, Worms 2017).

Iris Hermann, Prof. Dr. phil, Professorin für Neuere deutsche Literaturwissenschaft an der Otto-Friedrich-Universität Bamberg. Promotion über das Prosawerk Else Lasker-Schülers, Habilitation mit der Studie *Schmerzarten. Prolegomena einer Ästhetik des Schmerzes in Literatur, Musik und Psychoanalyse* (Heidelberg 2006). Arbeits- und Forschungsschwerpunkte: Wechselbeziehungen Literatur und Körper, jüdisch-deutschsprachige Literatur, komparatistische Perspektiven der deutschen Literatur, Gegenwartsliteratur, Literatur und Mythos. Jüngste Buchpublikationen: *Es gibt Dinge, die es nicht gibt* (Hrsg., Würzburg 2020), *Deutschsprachige Literatur und Theater seit 1945 in den Metropolen Seoul, Tokio und Berlin. Studien zur urbanen Kulturentwicklung unter komparatistischen und rezeptionsgeschichtlichen Perspektiven* (hrsg. mit Soichiro Itoda u.a., Bamberg 2015), *Fährmann sein. Robert Schindels Poetik des Übersetzen* (Hrsg., Göttingen 2012).

Leonhard Herrmann, PD Dr. phil., seit 2008 wissenschaftlicher Mitarbeiter am Institut für Germanistik der Universität Leipzig, seit 2016 mit Schwerpunkt Literatur des 19.–21. Jahrhunderts. 1997–2003 Studium der Germanistik und Geschichte in Leipzig und Montpellier, 2008 Promotion mit der Arbeit *Klassiker jenseits der Klassik. W. Heinses Ardinghello – Individualitätskonzeption und Rezeptionsgeschichte* (Berlin

2010), 2016 Habilitation (*Literarische Vernunftkritik im Roman der Gegenwart*, Stuttgart: Metzler 2017) und Ernennung zum Privatdozenten. Forschungsaufenthalte an der University of Chicago (2014/15) sowie an der University of California Berkeley (2019/2020). Jüngste Publikationen zur deutschsprachigen Gegenwartsliteratur: *Gegenwartsliteraturforschung* (hrsg. mit Frieder v. Ammon. Mitteilungen des deutschen Germanistenverbandes 3, 2020), *Gegenwartsliteratur. Eine Einführung* (mit Silke Horstkotte, Stuttgart 2016), *Poetiken der Gegenwart. Der deutschsprachige Roman nach 2000* (hrsg. mit Silke Horstkotte, Berlin/New York 2013). Ein aktuelles Projekt befasst sich unter dem Titel *Skeptischer Realismus* mit dem Zusammenhang von Erzählen und Leben in der Literatur des 19. Jahrhunderts.

Simone Ketterl, M.A., seit 2018 wissenschaftliche Mitarbeiterin am Lehrstuhl für Neuere deutsche Literaturwissenschaft an der Otto-Friedrich-Universität Bamberg. Studium der Neueren deutschen Literatur, Englischen Literaturwissenschaft und Germanistischen Mediävistik an der Ludwig-Maximilians-Universität München und der University of Leeds (GB). Dissertationsvorhaben zum Thema *Arbeit an der Auto(r)figur: Thomas Bernhard in Selbst- und Fremdentwürfen.* Arbeits- und Forschungsschwerpunkte: Autorschaftstheorie, Intertextualität, Gegenwartsliteratur, Österreichische Literatur. Jüngste Publikationen: *Beckett, Bernhard, Dante: Intertextuelle Referenzen in Lilian Faschingers »Magdalena Sünderin«* (in: *Studia theodisca* 25 [2018]), *»[A]ufrührerisch, nicht frömmlerisch«. Liberalistische Tendenzen in Johannes Freumbichlers »Philomena Ellenhub«* (in: Aneta Jachimowicz (Hrsg.), *Gegen den Kanon – Literatur der Zwischenkriegszeit in Österreich*, Frankfurt am Main 2017).

Michael Krüger, Buchhändler- und Druckerlehre, über Jahrzehnte Verleger des Carl Hanser Verlags und Herausgeber der Zeitschrift *Akzente*, danach 2013-2019 Präsident der Bayerischen Akademie der Schönen Künste, jetzt freier Schriftsteller. Auszeichnung mit dem Kulturellen Ehrenpreis der Landeshauptstadt München (2000), deren Ehrenbürger er ist. Jüngste Buchpublikationen: *Das Irrenhaus* (Roman, Innsbruck 2016), *Einmal einfach* (Gedichte, Berlin 2018), *Vorübergehende* (Roman, Innsbruck 2018), *Mein Europa. Gedichte aus dem Tagebuch* (Innsbruck 2019), *Nach dem Gewitter die Mücken. Gedichte und Bilder* (mit Christina von Bitter, München 2020).

Friedhelm Marx, Prof. Dr. phil., seit 2004 Lehrstuhlinhaber für Neuere deutsche Literaturwissenschaft an der Otto-Friedrich-Universität

Bamberg. Promotion 1994 mit einer Arbeit über Goethe und Wieland, Habilitation 2000 mit einer Arbeit über Christusfigurationen im Werk Thomas Manns. Arbeits- und Forschungsschwerpunkte: Literatur und Kultur der Moderne, Thomas Mann, Gegenwartsliteratur, Genie-Ästhetik. Jüngste Buchpublikationen: *Wunschort und Widerstand. Zum Werk Uwe Timms* (hrsg. mit Martin Hielscher, Göttingen 2020), *»Unser Leben ist ein Gespräch«. Beiträge zum Werk von Tankred Dorst und Ursula Ehler* (hrsg. mit Ingrid Bennewitz, Würzburg 2020), *Literatur im Ausnahmezustand. Beiträge zum Werk Kathrin Rögglas* (hrsg. mit Julia Schöll, Würzburg 2019), *Handlungsmuster der Gegenwart. Beiträge zum Werk von Lukas Bärfuss* (hrsg. mit Marie Gunreben, Würzburg 2017), *Über Grenzen. Texte und Lektüren der deutschsprachigen Gegenwartsliteratur* (hrsg. mit Stephanie Catani, Göttingen 2015), *Thomas-Mann-Handbuch. Leben – Werk – Wirkung* (hrsg. mit Andreas Blödorn, Stuttgart 2015).

Katharina Meiser, Dr. phil., 2015 bis 2020 wissenschaftliche Mitarbeiterin am Lehrstuhl für Neuere Deutsche Philologie und Literaturwissenschaft an der Universität des Saarlandes. Studium der deutschen und französischen Sprach- und Literaturwissenschaft in Saarbrücken und Metz. 2014 Promotion mit der Studie *Fliehendes Begreifen. Hugo von Hofmannsthals Auseinandersetzung mit der Moderne* (Heidelberg 2014). 2015–2018 Betreuung der Arbeitsstelle für österreichische Literatur und Kultur der Universität des Saarlandes. Seit 2015 Prüferin bei den Auswahltagungen der Studien- und Promotionsförderung der Konrad-Adenauer-Stiftung. Arbeits- und Forschungsschwerpunkte: Literatur und gesellschaftliche Modernisierung, Poetik und Ästhetik, Literatur und Soziologie/Sozial- und Mentalitätsgeschichte, Literatur und Politik. Habilitationsprojekt zu poetologischen Aporien im 20. und 21. Jahrhundert. Jüngste Publikationen: *Narren, Clowns, Spaßmacher. Studien zu einer Sozialfigur zwischen Mittelalter und Gegenwart* (hrsg. mit Sikander Singh, Hannover 2020), *Anna Seghers. Vorträge und Reden* (in: Carola Hilmes u.a. (Hrsg.), *Anna Seghers-Handbuch. Leben – Werk – Wirkung*, Stuttgart 2020), *Nur verwirrte, am eigenen Handwerk zweifelnde Schriftsteller. Poetologische Dimensionen der 68-er Bewegung* (in: Sikander Singh (Hrsg.), *1968. Literatur und Revolution*, Hannover 2019).

Jonas Meurer, M.A., seit 2019 wissenschaftlicher Mitarbeiter am Lehrstuhl für Neuere deutsche Literaturwissenschaft an der Otto-Friedrich-Universität Bamberg. Bachelorarbeit über Arbeit und Nicht-Arbeit bei Robert Walser, Masterarbeit zum Strandmotiv im Werk Thomas Manns. Arbeits- und Forschungsschwerpunkte: Literatur und Ästhetik um 1900, der Zwischen- und Nachkriegszeit sowie der Gegenwart, faktuales und transmediales Erzählen. Jüngste Publikationen: *Karl Wolfskehl, Walter Benjamin und die Magie der Übersetzung* (in: Kay Wolfinger (Hrsg.), *Mystisches Schwabing. Die Münchner Kosmiker im Kontext*, Würzburg 2020) und *»Ich bin nur noch. Ich war nicht mehr. Ich werde nicht mehr sein.« Extreme Zeitentwürfe in Markus Orths' Erzählungen* (in: Andrea Bartl u.a. (Hrsg.), *Von der ganz normalen Verrücktheit der Welt. Studien zum Werk von Markus Orths*, Würzburg 2020), *Karl Wolfskehls Dichterportraits im Kontext seiner Publizistik um 1930* (in: Gabriella Pelloni u.a. (Hrsg.), *»Jude, Christ und Wüstensohn«. Studien zum Werk Karl Wolfskehls*, Leipzig u.a. 2019).

Liesbeth Meurer, Studium des Lehramts an Grundschulen mit Hauptfach Germanistik an der Otto-Friedrich-Universität Bamberg, 2019 Erstes Staatsexamen. Arbeits- und Forschungsschwerpunkte: Literatur der Moderne und der Gegenwart, Narratologie. Dissertationsvorhaben zur Renaissance des Schelmenromans in der deutschsprachigen Gegenwartsliteratur.

Alexander Honold, Prof. Dr. phil., seit 2004 Professor für Neuere deutsche Literaturwissenschaft an der Universität Basel (CH). Studium der Germanistik, Komparatistik, Philosophie und Lateinamerikanistik in München und Berlin. Promotion 1994 an der FU Berlin mit einer Arbeit über Robert Musil und den Ersten Weltkrieg, Habilitation 2002 an der HU Berlin mit einer Studie über die Astronomie im Werk Friedrich Hölderlins. Diverse Forschungsaufenthalte und Gastprofessuren (u.a. in New York, Stanford, Santa Barbara, Essen, Hamburg, München, Wien und Bamberg). Vorsitzender der Hugo von Hofmannsthal Gesellschaft; (Mit-)Hg. des *Hofmannsthal-Jahrbuches* sowie des *Jahrbuchs der deutschen Schillergesellschaft*. Jüngste Buchpublikationen: *Die Tugenden und die Laster. Gottfried Keller, Die Leute von Seldwyla* (Basel 2018), *Der Erd-Erzähler. Peter Handkes Prosa der Orte, Räume und Landschaften* (Stuttgart 2017), *Einsatz der Dichtung. Literatur im Zeichen des Ersten Weltkriegs* (Berlin 2015), *Die Zeit schreiben. Jahreszeiten, Uhren und Kalender als Taktgeber der Literatur* (Basel 2013).

Seraina Plotke, Prof. Dr. phil., 2019 bis zu ihrem Tod im Oktober 2020 Professorin für Germanistische Mediävistik an der Otto-Friedrich-Universität Bamberg. Studium der Germanistik, Latinistik und Philosophie an der Universität Basel. Leitung des Forschungsprojekts *Sebastian Brant im Schnittfeld frühneuzeitlicher Textkulturen* (gefördert durch den Schweizer Nationalfonds) seit 2019. Forschungssemester an der University of Wisconsin-Madison, USA (2000), Erasmus Mundus Scholarship GLITEMA an der Universität Bremen (2014) sowie Gastprofessur am Graduiertenkolleg *Interkonfessionalität in der Frühen Neuzeit* an der Universität Hamburg (2018). Buchpublikationen: *Gereimte Bilder. Visuelle Poesie im 17. Jahrhundert* (München 2009), *Die Stimme des Erzählens. Mittelalterliche Buchkultur und moderne Narratologie* (Göttingen 2017); *Semantic Traces of Social Interaction from Antiquity to Early Modern Times. Historical conversatio* (Newcastle upon Tyne 2017).

Corinna Schlicht, PD Dr. phil., seit 2009 Studienrätin, seit 2011 Oberstudienrätin im Hochschuldienst an der Universität Duisburg-Essen in der Germanistik/Literaturwissenschaft. Studium der Germanistik und Philosophie an der Gerhard-Mercator Universität Duisburg. 2003 Promotion mit einer Arbeit zu Lenka Reinerovás Gesamtwerk, 2017 Habilitation mit der Arbeit *Selbstentwürfe. Literarische Reflexionen der Bedingungen und Möglichkeiten ein Selbst auszubilden* (Paderborn 2020). Lehrtätigkeiten an den Universitäten Duisburg, Paderborn, Nijmegen und Düsseldorf in den Bereichen Neuere deutsche Literaturwissenschaft, Literaturdidaktik und Deutsch als Fremdsprache. Arbeits- und Forschungsschwertpunkte: Literatur des 18.-21. Jahrhunderts (insbesondere Romantik, Literarische Moderne und Gegenwartsliteratur), Geschlechterforschung, Identitätsnarrative, literarische Gesellschaftsreflexionen. Jüngste Publikationen: *Arthur Schnitzler* (Marburg 2013), *Narrative der Entgrenzung und Angst. Das globalisierte Subjekt im Spiegel der Medien* (hrsg. mit Christian Steltz, Duisburg 2017), *Die Vermessung des Körpers. Zeitgenössische Techniken des Selbst und Optimierungsnarrative am Beispiel von Angelika Meiers Roman ›Heimlich, heimlich mich vergiss‹* (in: Werner Jung u.a. (Hrsg.), *Orwells Enkel. Überwachungsnarrative*, Bielefeld 2019), *Liebe und Begehren im Kontext von Androgynie, Crossdressing und Transgender* (in: Frank Becker u.a. (Hrsg.), *Liebesgeschichte(n). Identität und Diversität vom 18. bis zum 21. Jahrhundert*, Frankfurt am Main 2019).

Ulrike Tanzer, Prof. Dr. phil., seit 2014 Professorin für Österreichische Literatur und Leiterin des Forschungsinstituts Brenner-Archiv der Universität Innsbruck, seit 2017 Vizerektorin für Forschung der Universität Innsbruck. Studium der Deutschen Philologie und Anglistik/Amerikanistik (LA) in Wien und Salzburg, 1996 Promotion mit einer Studie über Frauenbilder im Werk Marie von Ebner-Eschenbachs, 2008 Habilitation (*Fortuna, Idylle, Augenblick. Aspekte* *des Glücks in der Literatur*, Würzburg 2011). Sprecherin des Doktoratskollegs *Austrian Studies*. Arbeits- und Forschungsgebiete: Literatur des 19. und 20. Jahrhunderts, Gegenwartsliteratur, Glückskonzepte in der Literatur, Editions-wissenschaft. Jüngste Veröffentlichungen: *Otto Grünmandl: Ein Gefangener. Kurzprosa und Gedichte* (hrsg. mit Maria Piok, Innsbruck 2019), *Marie von Ebner-Eschenbach: Schriftstellerin zwischen den Welten. Zum 100. Todestag* (hrsg. mit Maria Piok u.a., Innsbruck 2018), *Marie von Ebner-Eschenbach – Josephine von Knorr. Briefwechsel 1851-1908. Kritische und kommentierte Ausgabe* (2 Bde., hrsg. mit Irene Fußl u.a., Berlin/Boston 2016), *Marie von Ebner-Eschenbach: Leseausgabe* (4 Bde., hrsg. mit Evelyne Polt-Heinzl u.a., Salzburg 2014f.), *Innsbrucker Poetikvorlesungen* (hrsg. mit Sieglinde Klettenhammer u.a., Innsbruck 2016ff.)

Jürgen Thaler, Dr. phil., seit 1999 leitender Archivar und seit 2018 Leiter des Franz-Michael-Felder-Archivs der Vorarlberger Landesbibliothek. Studium der Germanistik, Publizistik und Kommunikationswissenschaften an der Universität Wien. Abschluss mit der Arbeit *›Ein Kriseln geht durch unsere schüttere Zeit‹. Zur Transformation des Karnevals in den Schriften von Florens Christian Rang (1864–1924)* (Wien 1995), 1995/96 Junior Fellow am Institut für Kulturforschung Wien, 1996/97 Doktoratsstipendiat an der Freien Universität Berlin, Institut für Allgemeine und Vergleichende Literaturwissenschaft. 1997/98 Stipendiat am Franz Rosenzweig-Forschungszentrum der Hebrew University of Jerusalem. 2001 Promotion an der FU Berlin mit der Studie *Dramatische Seelen. Tragödientheorien im frühen 20. Jahrhundert* (Bielefeld 2001). 2001/02 Ausbildung zum wissenschaftlichen Bibliothekar an der UB Wien. Publikationen und Editionen zur Literatur des 19. und 20. Jahrhunderts, zur Archivtheorie und Geistesgeschichte, Kurator von Ausstellungen und Veranstaltungsreihen. Herausgeber des *Jahrbuchs des Franz-Michael-Felder-Archivs*.

Roger Vorderegger, Dr. phil., ehemaliger Projektmitarbeiter am Forschungsinstitut Brenner-Archiv der Universität Innsbruck und Lehrbeauftragter an der Fachhochschule Vorarlberg. Studium der Germanistik, Philosophie und Psychologie in Salzburg und Wien, Abschluss mit einer Dissertation über Hugo von Hofmannsthal. Arbeits- und Forschungsschwerpunkte: Literatur des 19. bis 21. Jahrhunderts, Literaturgeschichtsschreibung, Kulturwissenschaft. Neben wissenschaftlichen auch literarische Veröffentlichungen, darüber hinaus Rezensionen, Nachlasserschließung, Ausstellungsorganisation und -konzeption, Mitarbeit in Jurys und an der Antragstellung für zwei EU-Projekte im Rahmen des FP-7 (*The evolving concept of borders*, 2012) bzw. des HERA-Programms (*Cultural Encounters*, 2013). Jüngste Publikationen: *Raum – Region – Kultur. Regionale Kultur- und Literaturgeschichtsschreibung im Kontext aktueller germanistischer Diskurse* (hrsg. mit Marjan Cescutti u.a., Innsbruck 2013), *Zu einigen Problemstellen regionaler Literaturgeschichtsschreibung und zum Verhältnis von regionaler, nationaler und transnationaler Perspektive* (in: Britta Caspers u.a. (Hrsg.), *Theorien, Modelle und Probleme regionaler Literaturgeschichtsschreibung*, Essen 2016), *Der lesende Felder* (in: Ulrike Längle u.a. (Hrsg.), *Ich, Felder. Dichter und Rebell*, Lengwil 2014).